FABLIAUX EROTIQUES

Dans *Le Livre de Poche*

« Lettres gothiques »

LETTRES GOTHIQUES

Collection dirigée par Michel Zink

FABLIAUX ÉROTIQUES

Textes de jongleurs des XIIe et XIIIe siècles

Edition critique, traduction, introduction et notes
par Luciano Rossi
avec la collaboration de Richard Straub

Postface de Howard Bloch

Ouvrage publié avec le concours du Centre National des Lettres

LE LIVRE DE POCHE

Né en 1945, Luciano Rossi est professeur de philologie romane à l'Université de Zurich depuis 1984. Pendant dix ans il a enseigné la même discipline à l'Université de Sienne. Ses recherches ont porté sur l'art narratif médiéval (de l'Italie, comme de la France et du Portugal), sur la poésie lyrique occitane et sur la réception de la tradition classique au Moyen Age.

Né en 1962, Richard Straub est assistant à l'Université de Zurich. Il prépare une thèse sur l'activité littéraire de David Aubert et un livre sur Gautier le Leu.

AVERTISSEMENT

De la fin du XIIᵉ au premier tiers du XIVᵉ siècle, la littérature française voit naître un grand nombre de contes en vers, le plus souvent comiques ou facétieux, traditionnellement désignés sous le nom de fabliaux. Après 1330 environ le genre s'éteint, mais son esprit, qui anime les contes de Boccace, puis ceux de Chaucer, se retrouve dans les nouvelles françaises en prose de la fin du Moyen Age.

L'humour des fabliaux est volontiers grivois, voire obscène. Leurs thèmes favoris sont érotiques et, secondairement, scatologiques. Beaucoup peuvent, par leur crudité, surprendre même une époque aussi peu bégueule que la nôtre. Ceux qui sont réunis dans ce volume relèvent de cette inspiration. Ce choix n'est pas l'effet d'une complaisance racoleuse. Il a d'autres raisons. D'une part les pièces de ce type sont moins souvent mises à la portée d'un large public que d'autres plus anodines ou moins choquantes. Les florilèges de notre enfance préféraient *Les Trois Aveugles de Compiègne* ou le conte édifiant de *La Housse partie*. D'autre part, et surtout, elles présentent un intérêt considérable pour l'histoire de la sexualité et pour celle de la littérature.

Pour l'histoire de la sexualité : non qu'il faille chercher dans ces textes ahurissants un reflet réaliste des mœurs de leur temps ; en revanche, ils sont révélateurs de ses fantasmes et de son imaginaire sexuel. Pour l'histoire de la littérature : ils s'adressent au même public qui cultivait les raffinements de l'amour courtois et se plaisait aux romans d'aventures et d'amour. La preuve en est que les auteurs des fabliaux font souvent allusion à ces romans et leur empruntent des vers entiers qu'ils jugent piquant de replacer dans des contextes scabreux. Longtemps confondus dans l'anonymat, ces auteurs, qui sont le plus souvent des jongleurs, se révèlent à nos yeux, à mesure que l'étude des fabliaux progresse, avec leur personnalité, leur culture et leur talent particuliers. Histoire de la sexualité et histoire de la littérature, enfin, s'éclairent mutuellement : à la prétérition chère à la littérature courtoise, à son art du détour pour dire le désir et à son refus d'une expression directe de l'innommable, répond dans les fabliaux, de façon inversée et symétrique, un gros plan exclusif et permanent, à vrai dire assez peu érotique à notre goût, sur les parties génitales et sur l'acte sexuel. Comme si les mêmes peurs, les mêmes mépris, les mêmes méprises recevaient deux expressions et deux déguisements opposés et complémentaires.

On voit combien est nécessaire une double approche des fabliaux, par l'histoire de la littérature et par l'analyse des fantasmes sexuels. C'est cette double approche qui est tentée dans le présent volume grâce à la réunion de compétences et de talents complémentaires. L'édition procurée par Luciano Rossi avec l'assistance de Richard Straub, entièrement nouvelle, soigneuse et savante, accompagnée d'une traduction attentive, améliore, même par rapport aux éditions récentes, l'établissement et la compréhension de ces textes souvent difficiles. L'introduction de Luciano Rossi met l'accent sur la personnalité et la culture de leurs auteurs, sur les circonstances dans lesquelles ils composaient, sur les réseaux de relations littéraires qui les unissaient, sur la nature de leur humour, sur les caractères de leur écriture beaucoup plus subtile, voire retorse, qu'on pourrait le penser. Alliant l'érudition à la pénétration, elle fournit sur tous ces points des lumières nouvelles. Elle trouve son pendant et son complément à la fin du volume dans la brillante postface de R. Howard Bloch, auteur d'un livre sur les fabliaux et d'un autre sur la misogynie médiévale. Cette postface porte sur l'érotisme et la sexualité dans les fabliaux. R. Howard Bloch cite au passage, on le verra, bien des pièces qui ne figurent pas dans ce volume : c'est qu'on pourrait, dans le même esprit, en publier plusieurs autres.

L'humour érotique est de toutes les époques. Mais il ne revêt pas à chaque époque une forme poétique aussi élaborée et aussi profondément intégrée à la production littéraire que celle des fabliaux du Moyen Age.

Michel Zınk.

INTRODUCTION

> *Conscius ecce duos accepit lectus amantes ;*
> *Ad thalami clausas, Musa, resiste fores.*

« Lorsqu'un lit complice a reçu les amants, arrête-toi, Muse, à la porte close de leur chambre », observait non sans ironie Ovide[1]. A l'instar du poète latin, Chrétien de Troyes affirme que le narrateur est obligé de se taire sur la joie éprouvée par Lancelot, lors de sa rencontre avec Guenièvre. Sa place, écrit-il, n'est pas dans le récit :

> *... Il lor avint sanz mantir*
> *Une joie et une mervoille*
> *Tel c'onques ancor sa paroille*
> *Ne fu oïe ne seüe,*
> *Mes toz jorz iert par moi teüe,*
> *Qu'an conte ne doit estre dite.*
> *Des joies fu la plus eslite*
> *Et la plus delitable cele*
> *Que li contes nos test et cele[2].*

Quoique Ovide et Chrétien n'épargnent pas aux lecteurs les détails du jeu amoureux, le topos du « silence », sous lequel il faut passer ces baisers, ces étreintes, est bien ancré dans la conscience des écrivains classiques et médiévaux. C'est aux *joculatores*, aux jongleurs, que revient la tâche d'exalter, dans les détails les plus scabreux, les ruses du *ludus cupidinis*. Voilà alors que la chambre à coucher prend dans le récit la place traditionnellement réservée à la forêt arthurienne et aux champs de bataille épiques :

1. *Ars amatoria*, II, v. 704 *sq.*
2. *Le Chevalier de la Charrette*, vv. 4676-4684 : « Sans mentir, il leur advint/ une joie d'une telle merveille/ que d'une pareille encore/ on n'entendit jamais parler./ Mais je garderai le silence sur elle,/ car sa place n'est pas dans le récit. »

> *... uns borjois preuz et hardiz,*
> *sages et en faiz et en diz,*
> *de bones taches entechiez,*
> *lez sa fame se fu couchiez*
> *un mardi a soir en son lit,*
> *a grant joie, a grant delit,*
> *que belle estoit a grant mervoille.*
> *Cil s'andormi et cele voille*
> *qui atendoit autre aventure[3]...*

C'est avec une série de renvois explicites aux romans de Chrétien que Garin décrit les mésaventures d'un pauvre bourgeois, cocufié par sa femme dans le lit conjugal. De son côté, Jean Bodel, en racontant les vanteries d'un clerc rusé qui vient d'abuser d'une jeune fille naïve presque sous les yeux de ses parents, propose à son public la parodie d'un *gab* épique qui n'est pas sans rappeler le *Roman de Renart* :

> *Par lou cuer Dieu, je vien de fotre,*
> *mes que ce fu la fille a l'oste :*
> *s'en ai pris devant et encoste,*
> *aforé li ai son tonel*
> *et si li ai doné l'anel*
> *de la paëlete de fer[4] !*

Le même trouvère arrageois, avec sa réécriture savoureuse d'un passage de l'*Alda, comoedia elegiaca* du XIIe siècle, nous offre dans *Le Sohait des Vez* un petit chef-d'œuvre dans son genre. Les éléments les plus importants du récit (motif du marché des membres virils, métaphore de l'achat et vente appliquée à la puissance sexuelle du marchand) figuraient tous dans la source latine. En ayant recours à l'*ornatus*, à l'*amplitudo sermonis* dont il est passé maître dans son « atelier à fictions », le « rimoieres de flabliaus » attribue au texte latin une valeur exemplaire *a contrario*, en même temps qu'il réussit à dépasser en habileté rhétorique son modèle.

---

3. *Cf.* ci-dessous *Les Treces*, vv. 7-15.
4. *Cf.* ci-dessous *Gombert et les deus Clers*, vv. 152-157 ; voir également le *Roman de Renart*, br. VII, vv. 707-709 : « J'ai fotu la fille et la mere/ E toz les enfanz et le pere/ Et aprés tote la mesnie... »

Quant à Gautier le Leu, avec sa transposition ironique du lexique de la *schola* médiévale (Leupin 1981, 98), il ajoute de nouvelles figures au corpus constitué de la littérature vernaculaire. Tout en affichant la misogynie la plus traditionnelle, il ne fait qu'exalter « partout et toujours, l'absolue suprématie du sexe féminin », auquel il élève un panégyrique fondé dans les arts militaires et libéraux (*idem*, 103).

Pour en venir enfin à Douin de Lavesne, on relève dans son procédé stylistique un nombre impressionnant de traits parodiques et satiriques, soit au niveau macroscopique de la superposition de contextes, soit au niveau microscopique des jeux antiphrastiques. Mais dans quel but ? S'agit-il seulement de « déformation ludique » ? Au fond, le renversement des modèles, le sarcasme, le recours à l'obscénité ne sont qu'un moyen de préserver le texte de la « tyrannie » des symboles et des mythes.

On assiste à la naissance d'un nouveau type de récit qui, tout en puisant sa substance dans le quotidien, exploite cependant les ressources d'un art très raffiné. Encore que les auteurs cherchent constamment à effacer les frontières entre le dit et l'écrit, la mise en forme des fabliaux n'est jamais due au hasard, car nos jongleurs savent très bien utiliser les occasions qui servent à mettre en branle leur inspiration. En mélangeant des modèles différents (exemples moraux, vies de saints, *comoediae elegiacae*, romans, pastourelles) les jongleurs anticipent dans leurs « récits courts » cette « contamination » des sources et des registres stylistiques qui sera l'une des caractéristiques les plus importantes de la nouvelle. Par ailleurs, l'ambition littéraire n'est jamais disjointe, chez nos ménestrels, d'une conscience dramaturgique qui les oblige toujours à mettre en évidence le rôle que leurs pièces ont à jouer sur la scène.

Si la dilatation des noyaux narratifs constituant les fabliaux peut aboutir à la nouvelle, l'amplification des parties dialoguées, déjà existantes dans ces textes peut donner naissance à la farce : telles sont les deux potentialités des récits brefs, substantiellement divergentes mais non pas antithétiques. Cependant la grande nouveauté de l'art de ces jongleurs consiste justement dans la langue, qui est celle de tous les jours, celle des tavernes et des places d'Arras, d'Amiens, de Douai : en grande partie inconnue dans la tradition poétique d'oïl, elle acquiert dans les textes un caractère incisif et une dignité formelle à laisser souvent déconcertés les interprètes. En fait nos ménestrels sont d'excellents poètes, encore qu'ils n'aient pas bénéficié jusqu'à aujourd'hui de l'unanime reconnaissance qu'ils mériteraient : le présent volume est l'hommage à un art exquis dont les nuances continueront d'échapper aux interprètes aussi longtemps qu'ils s'obstineront à considérer les fabliaux comme historiettes sans façon, «humbles contes à rire du moyen âge», «joyeusetés», «voire grivoiseries». Ces formules introduites par Joseph Bédier dans sa thèse de 1893 n'ont pas manqué d'influencer durablement la critique. Et pourtant la définition proposée trois siècles avant Bédier par le Président Fauchet (*cf.* Rossi 1983a, 61) «conte de plaisir et nouvelles mis en rymes» était à mon avis beaucoup plus pertinente, dans la mesure où elle insistait sur l'aspect le plus marquant des fabliaux :

> *Flablel sont or mout encorsé :*
> *maint denier en ont enborsé*
> *cil qui les content et les portent,*
> *quar grant confortement raportent*
> *as enovrez et as oiseus,*
> *quant il n'i a genz trop noiseus ;*
> *et nes a ceus qui sont plain d'ire,*
> *se il ooent bon flabeau dire,*
> *si lor fait il grant alegance,*
> *et oublier duel et pesance*
> *et mauvaitié et pensement.*
>
> *Ce dist Garin qui pas ne ment,*
> *qui d'un chevalier nos raconte*
> *une aventure en icest conte,*
> *qui avoit merveilleus eür.*
> *Et ge vos di tot asseür*
> *que il faisoit les cons paller*
> *quant il les voloit apeler,*
> *et li cus qui ert en l'escharpel*
> *respondist bien a son apel[5].*

5. *Cf.* ci-dessous *Li Chevalier qui fist parler les Cons*, vv. 1-20.

La fonction des jongleurs, comme le souligne Garin dans *Le Chevalier qui fist parler les Cons*, consiste justement à dispenser la joie, à faire « oublier duel et pesance » au public le plus large (« as enovrez et as oiseus »).

Cette véritable théorie de « l'évasion littéraire » n'est cependant pas sans rappeler d'illustres « anti-modèles », notamment (même si le rapprochement peut sembler irrévérencieux) la fin du *Tristan* de Thomas :

> *Tumas fine ci sun escrit ;*
> *a tuz amanz saluz i dit,*
> *as pensis e as amerus,*
> *as emvius, as desirus,*
> *as enveisiez, e as purvers,*
> *(a tuz cels) ki orunt ces vers.*
> *(S)i dit n'ai tuz lor voleir,*
> *le milz ai dit a mun poeir,*
> *(e dit ai) tute la verur*
> *(si cum) jo pramis al primur.*
> *E diz e vers i ai retrait :*
> *pur essample issi ai fait*
> *pur l'estorie embelir,*
> *que as amanz deive plaisir*
> *e que par lieus poissent troveir*
> *choses u se puissent recorder :*
> *aveir em poissent grant confort*
> *encuntre change, encuntre tort,*
> *encuntre paine, encuntre dolur,*
> *encuntre tuiz engins d'amur*[6] *!*

6. *Cf.* Thomas, *Le Roman de Tristan*, ms. Sneyd 2, vv. 38-57, in *Tristan et Iseut*, 482 : « Thomas achève ici son histoire. Il adresse son salut à tous les amants, aux pensifs et aux amoureux, à ceux qui ressentent l'envie et le désir d'aimer, aux voluptueux et même aux pervers, à tous ceux qui entendront ces vers. Tout le monde n'a pas eu son compte mais j'ai fait du mieux que j'ai pu et j'ai dit toute la vérité comme je l'avais promis au début. J'ai rassemblé des contes et des vers. J'ai agi ainsi pour offrir un modèle et pour embellir l'histoire afin qu'elle puisse plaire aux amants et afin qu'ils puissent, en certains endroits, se souvenir d'eux-mêmes. Puissent-ils y trouver une consolation envers l'inconstance, envers le tort, envers la peine, envers la douleur, envers tous les pièges de l'amour ! »

Les occurrences les plus significatives portent moins sur le vocabulaire *(duel et pesance/ paine... dolur; grant confort/ grant confortement; histoire/ estorie)* que sur le contenu. Les deux poètes se proposent de « donner du plaisir » aux auditeurs, en réconfortant les malheureux ; ainsi se nomment-ils *(Tumas/ Guerins)*, en insistant sur l'authenticité de leur récit *(e dit ai tute la verur/ Ce dist Guerins qui pas ne ment; Et ge vos di tot asseür; Si com lisant truis en l'histoire)*. Mais la relation entre le locuteur et son récit met également en évidence le renversement parodique des modèles courtois opéré par Garin. Thomas s'adresse, dans l'épilogue, une dernière fois à son public pour prendre congé sur un ton assez sentimental. L'énumération de tous les amoureux auxquels il accorde son salut sert à mieux comprendre le « sens » du récit qu'on vient d'entendre. Les tout derniers mots répètent le souhait exprimé au début, mais en le nuançant par un subjonctif : l'auteur s'en remet alors aux lecteurs quant à l'accomplissement de son désir. Dans le prologue du fabliau, par contre, le ton n'est qu'apparemment neutre, car en soulignant le succès dont jouissent les fabliaux, le jongleur paraît se moquer du jugement de ses auditeurs, qui en fait sont invités à payer. Mais cette « surprise » dans laquelle réside le divertissement du texte – la parole donnée au sexe féminin – ne fait que prendre le contrepied de l'un des « principes » les mieux ancrés dans l'esprit courtois, celui du silence qui doit entourer toute entreprise amoureuse.

Ce même renversement de ton par rapport à la littérature courtoise est repérable à l'intérieur du fabliau, où, comme nous le verrons plus loin, un rapport analogique s'établit entre le jongleur qui est censé faire rire son public, et le chevalier, protagoniste de l'histoire, qui va réaliser cette intention dans le conte.

Derrière l'apparente facilité avec laquelle se déroulent les récits, derrière l'apparente fragilité de leur charpente, on découvre dans les fabliaux de Jean Bodel, de Garin, de Gautier le Leu, de Douin de Lavesne des programmes complexes et une technique poétique qui mériteraient de soigneuses analyses. Il faudra provisoirement délaisser l'étude des structures narratives, des rapports avec le folklore et des problèmes de « genre » pour en revenir aux auteurs, car aussi longtemps que l'on mélangera des compositions de la fin du XIIᵉ siècle avec d'autres du XIVᵉ siècle on continuera d'imposer des schémas uniformes à des univers poétiques qui restent, au contraire, univoques et nettement distincts (*cf.* Rossi 1983, 45 *sq.*).

L'exceptionnelle personnalité poétique de Jean Bodel – très probablement le plus grand écrivain d'oïl actif entre Chrétien de Troyes et Jean de Meung – n'a été reconnue que dans ces dernières années. Et pourtant nous devons au poète picard le plus ancien « miracle » profane qui nous soit parvenu ; ses pastourelles sont parmi les plus anciennes conservées ; il a créé le modèle de ce qui serait devenu le « genre » des *Congés d'Arras* ; ses *Saisnes* ont profondément renouvelé la tradition épique ; ses fabliaux sont parmi les premiers qui aient été mis par écrit. L'entière production de Bodel est conçue comme une grande représentation de jongleurs : elle s'ouvre sur le boniment au public utilisant le ton captivant et familier des fabliaux ; elle s'élève peu à peu en impliquant le chant, l'épopée, le théâtre ; elle s'achève enfin sur la dramatique sortie de scène du ménestrel, dans un « congé » qui coïncide avec l'effectif abandon du monde de la part de l'homme Bodel, devenu lépreux, « moitié sain et moitié porri » (*Congés*, v. 60).

Bodel naît en Picardie, probablement dans l'Amiénois, vers 1165 et meurt à Beaurains, à la léproserie des *bouregeois* d'Arras en 1209. Il est possible que, pendant sa jeunesse, il ait parcouru les villages de l'Artois comme jongleur *forain* (ambulant). D'après Charles Foulon (1958), il devint plus tard héraut de la Confrérie dite « des Ardents » (réunissant les bourgeois et les jongleurs d'Arras) et peut-être employé de l'échevinage de la ville picarde. Son nom est connu par l'inscription dans le *Nécrologe* de la Confrérie (*cf.* Berger 1963, 95).

Pour ce qui est des récits brefs, il composa une « fable ésopique », *Le Loup et l'Oie,* qui s'avère être surtout une défense

ironique des intérêts des jongleurs, et huit fabliaux dont le poète
lui-même nous fournit la liste dans *Les deus Chevaus : Le Vilain de Farbu* (ou *Le Morteruel*), *Le Vilain de Bailluel*, *Gombert
et les deus Clers*, *Brunain, la Vache au Prestre*, *Le Sohait des
Vez* (ou *Le Songe des Vits*), *Le Covoiteus et l'Envieus* (ou *Les
deus Envieus*), *Barat et Haimet*, *Les deus Chevaus*. Poète et
musicien, Bodel connaît certainement le latin et la culture cléricale contemporaine.

Pour une étude d'ensemble je me permets de renvoyer à mon
article sur *L'Œuvre de Jean Bodel* (Rossi 1991), mais la thèse
de Charles Foulon (1958) reste encore l'ouvrage le plus important qui ait été consacré au jongleur picard.

On a toujours répété que les fabliaux se situeraient tout
au début de l'activité poétique de Bodel, mais rien ne
prouve que ce soit la vérité. En fait nous retrouvons dans
ces «récits brefs» toutes les caractéristiques de la production
dite «majeure» du jongleur, notamment une remarquable
subjectivité linguistique, visant la récitation en prise directe
sur le public, ainsi que l'art de l'ironie et de la parodie
s'exerçant le plus souvent sur des modèles latins du
XIIe siècle, ou, encore, sur les textes très aimés de Chrétien de
Troyes.

Dans l'épilogue du *Sohait des Vez* le poète se définit
«uns rimoieres de flabliaus», ce qui convient très bien à
la rime avec son propre nom, «Johans Bodiaus» (tout comme
le cas régime *fablel* rime parfaitement avec *Bodel*). Dans
cette appellation il n'y a pas de contradiction avec le «mépris»
pour ce genre de récits qu'on a cru lire dans le prologue
de la *Chanson des Saisnes*, mais seulement un brin d'auto-iro-
nie s'inscrivant (mais pour en prendre le contre-pied) dans le
topos de l'humilité. Il suffit de relire le célèbre début du poème
épique pour comprendre que ce n'est pas par hasard si, encore
une fois, le nom de l'auteur apparaît à la rime avec le mot
flabiaus :

> *Seignor, ceste chanson ne muet pas de flabiaus*
> *mais de chevaleries, d'amours et de cembiaus.*
> *Cil bastart jougleour, qui vont par ces viliaus,*
> *a ces longues vïeles a depeciés forriaus,*

> *chantent de Guitechin si com par asseniaus;*
> *mais cil qui plus en set, en est tous fins muiaus,*
> *car il ne sevent mie les riches vers nouviaus*
> *ne la chanson rimee que fist* Jehans Bodiaus[7].

Ici, non sans affectation, le poète insiste sur la « nouveauté de son style » : tout comme les poèmes des troubadours (il suffit de penser à Bernart de Ventadour), sa chanson *muet... d'amours*. Il ne faudra plus s'attendre aux anciennes « jongleries » de l'auteur, comme c'était le cas dans ses premiers fabliaux, car Bodel a renouvelé son répertoire. L'ironie contre les confrères (« celui qui en sait le plus est complètement muet ») vise surtout à en critiquer l'incapacité. Avec leurs vielles archaïques, d'allure massive, « protégées par des fourreaux dépenaillés » (*idem*, 713), ils ne peuvent qu'apparaître maladroits à l'élégant Bodel. C'est dans ce sens qu'il faut interpréter l'emploi péjoratif de l'adjectif *bastard*, qui signifie ici surtout « incompétents ». Jean n'attaque pas les ménestrels en tant que tels, mais parce que leur technique est dépassée et qu'ils sont incapables, avec leurs vieux instruments, d'exécuter convenablement la *Chanson*. Ce n'est pas le public qui a changé, mais plutôt le domaine spécifique de la narration, qui ne concerne plus la chronique ordinaire, comme dans les fabliaux, mais la « vérité historique ».

Au contraire, le fabliau, pour Bodel, est consacré au récit des événements minimes : une simple anecdote constitue le centre de la narration. L'intrigue est par conséquent délibérément élémentaire : la sottise du paysan qui crache dans la soupe pour en éprouver la chaleur puisque son fils a fait de même sur le fer rouge (*Vilain de Farbu*) ; la mésaventure d'un autre paysan qui, trompé par sa femme, finit par se croire mort (*Vilain de Bailluel*) ; le mauvais tour joué par deux clercs rusés à un honnête homme (*Gombert et les deus Clers*) ; l'historiette de la vache Blerain qui, donnée par son maître au prêtre de la paroisse, revient à son étable avec la vache du prêtre (*Brunain*) ; le songe

---

7. *La Chanson des Saisnes*, vv. 25-32 : « Seigneurs, cette chanson ne procède pas de fabliaux, mais d'exploits guerriers, d'amour et de combats. Ces jongleurs méprisables qui traversent les villages avec leurs vielles archaïques, aux fourreaux dépenaillés, chantent de Guiteclin à l'aveuglette, car celui qui en sait le plus est complètement muet, puisqu'ils ignorent les riches vers nouveaux tout comme la chanson rimée faite par Jean Bodel. »

érotique d'une femme qui revoit son mari après une
longue absence *(Le Sohait des Vez)* ; l'exemple « moral » du
convoiteux et de l'envieux *(Le Covoiteus)* ; la « geste »
de trois larrons qui voudraient voler un jambon *(Barat et Haimet)* ; le « combat épique » de deux rosses *(Les deus Chevaus)*.
L'inventaire plaisant de ces brefs récits, dans le prologue du
dernier de ces textes, constitue un document précieux pour attribuer à Jean Bodel tous ces fabliaux, qu'il cite en parodiant le
célèbre exorde de *Cligès* et que, il y a à peine quelques années,
on attribuait à Jean de Boves, rien de plus qu'une *auctoritas*
fictive à laquelle a recours l'Arrageois lui-même dans
Les deus Chevaus.

S'il faut se fier à l'ordre d'après lequel les fabliaux de Jean
Bodel sont mentionnés dans *Les deus Chevaus*, *le Vilain de
Bailluel* est une œuvre de jeunesse de Bodel : à cette époque
il devait être encore un « serjant », donc l'adjuvant d'un jongleur plus âgé et plus expert que lui (Van den Boogaard 1985,
59-70). La formule « ce dist mon mestre » signifierait alors
que Bodel n'a fait que remanier, en bon apprenti, l'œuvre de
son « maître ». Cela ne veut pas dire, cependant, que tout
en se référant à une habitude jongleresque, le discours de
notre poète ne soit pas ironique. Car c'est l'auteur lui-même
qui nous apprend que les fabliaux sont par définition men-
songers :

> *Se flabliaus puet veritez estre,*
> *dont avint il, ce dist mon mestre,*
> *c'uns vilains a Bailluel manoit* (vv. 1-3).

Bien évidemment, il n'y a rien d'étonnant qu'un vilain habite
Bailleul-Sir-Berthoult et, pour l'affirmer, il ne faut certainement
pas avoir recours à l'autorité d'un mestre. Si Bodel souligne
avec emphase une banalité pareille, c'est parce qu'il prend le
contre-pied de son modèle le plus probable (comme l'indiquent
les mots à la rime), c'est-à-dire des *Fables* de Marie de France.
Non seulement la poétesse s'était préoccupée de défendre la
validité de ces récits brefs :

> *Mes n'i ad fable de folie*
> *U il n'en ait philosophie*[8],

mais elle avait également insisté sur l'autorité du *mestre* :

> *Esop escrist a sun mestre,*
> *Que bien conust lui e sun estre,*
> *Unes fables ke ot trovees*[9].

Enfin, qui plus est, Marie n'oubliait pas d'afficher la « réalité » de ces récits :

> *Issi avient* e bien pot estre
> *Que par devant une fenestre*
> *Que en une despense fu*[10],

Quant à Jean Bodel, le procédé qu'il préfère consiste, comme l'écrit Nykrog (1973, 165), à faire contraster « une énormité invraisemblable avec le réalisme le plus méticuleux dans l'exécution des détails ». Bailleul-Sir-Berthoult, « au carrefour des routes Gavrelle-Vimy et Arras-Hénin, est le type même de ces bourgs restés ruraux malgré la proximité des villes. Ce qui est vrai aujourd'hui l'était encore plus autrefois où la campagne commençait aussitôt après les fossés arrageois » (Foulon 1958, 121). Le vilain habite tout près de ces plaines, où il laboure des champs de blé et des terres destinées à d'autres cultures (l'allusion aux pratiques d'assolement triennal est précise). Il mange des *matons*, à savoir du lait caillé en grumeaux amené à fermentation. Il entend mugir sa vache. Cependant il suffit qu'il dise qu'il meurt de faim pour que sa femme réussisse à le convaincre qu'il doit se coucher, car il est moribond : sa mauvaise mine en serait la preuve incontestable, encore que cette disgrâce l'accompagne depuis sa naissance... Ensuite dame Erme se hâte d'aller chercher son amant, le chapelain. Celui-ci, au courant de la situation, commence à réciter le rituel de la pénitence, mais n'arrive même pas à recommander à Dieu l'âme du « défunt », tandis que la femme continue ses plaintes sans cependant verser la moindre larme. En fait les deux brûlent de se livrer à leurs ébats. Le vilain assiste à la scène et voit très

---

8. Marie de France, *Fables,* « Prologue », v. 23 *sq.*
9. *Ibidem.*
10. *Idem,* « D'un corf et d'un gupil », vv. 1 *sqq.*

bien la paille remuer et le noir chaperon s'agiter... Il aimerait intervenir, et le prêtre de lui enjoindre de se tenir coi, puisqu'il est mort : du vivant de son mari le chapelain se serait bien gardé de « visiter » sa femme ! Le vilain clôt alors ses paupières et prend le parti de se taire. Quant au prêtre, il a son plaisir sans inquiétude ni souci. « Mais je ne puis vous affirmer », continue Jean Bodel, « si le lendemain au matin ils enterrèrent le vilain ». En donnant à son histoire une fin hypothétique, après avoir souligné au premier vers que l'association des mots *fabliau et vérité* « est presque un *adunaton* » (Zink 1983, 38), l'écrivain nous montre qu'un auteur de fabliaux est censé surtout savoir mentir, s'il est un narrateur digne de ce nom. Voilà pourquoi les *veritez* de Bodel se révèlent, elles aussi, des vérités poétiques, prêtes à se transformer en agréables plaisanteries.

Boccace reprend l'histoire du vilain de Bailluel au moment où le fabliau s'achevait. Après ingestion de certaine poudre, Ferondo, « un vilain toscan » tenu pour mort, est enterré. Un abbé qui est l'amant de sa femme le déterre. Ensuite, on met le pauvre vilain en prison en lui faisant croire qu'il est au purgatoire. Enfin il « ressuscite » et nourrit comme sien un enfant que l'abbé a fait à sa femme. En introduisant son récit, Laurette, reine de la troisième journée paraît gloser le début du fabliau de Bodel :

> *Carissime donne, a me si para davanti a doversi far rac-
> contare una verità che ha troppo più che di quello che ella
> fu, di menzogna sembianza*[11].

Cette définition : « une histoire vraie, mais qui donne l'impression de la fable plus que de la vérité » montre que Boccace connaît bien non seulement le premier vers (« Se fabliaus puet veritez estre ») mais aussi l'intrigue du fabliau, qu'on peut reconnaître derrière l'organisation de la « beffa » contre le vilain. Cependant le texte français reste surtout une potentialité narrative, une sorte de magique « machine à conter », que l'écrivain toscan utilise à son gré, tout en la laissant entrevoir dans l'arriere-plan de sa nouvelle. Il est d'ailleurs très intéressant que les autres conteurs, à la fin de la nouvelle de Laurette, en sou-

---

11. *Décaméron*, III, 8, 3.

lignent la grande qualité littéraire ; ce qui s'avère être une sorte d'hommage tacite à Bodel :

> *Chi dirà omai novella che bella paia, avendo quella di Lauretta udita*[12] *?*

Si les rencontres textuelles entre le *Vilain de Bailluel* et la huitième nouvelle de la troisième journée du *Décaméron* sont limitées, celles qui unissent la sixième nouvelle de la neuvième journée au fabliau de *Gombert et les deus Clers* sont sans doute plus consistantes (Rossi 1983, 58-60).

Gombert, pauvre mais honnête paysan, donne l'hospitalité à deux clercs. Pour la nuit, il les fera coucher dans sa chambre, où dorment également sa femme, sa fille et, dans un berceau, un bébé. L'un des clercs séduit la jeune fille à l'aide d'un anneau qui n'est autre que celui de la poêle à frire. L'autre voyageur, jaloux de son compagnon, tire profit du fait que Gombert s'est levé pour faire ses besoins et, par un déplacement du berceau, induit en erreur son hôte qui va se coucher dans le lit des clercs. Lui, en revanche, se glisse dans le lit conjugal en obtenant les faveurs de l'épouse qui le prend pour son mari. Une fois revenu à son lit, le deuxième clerc, croyant parler à son ami, fait à Gombert ses confidences grivoises et finit par provoquer sa colère. Enfin, Gombert est accablé par la jeunesse et la force des deux malandrins qui s'acharnent contre lui.

Dans les autres rédactions du récit (*Le Meunier et les deus Clers*[13], le *Décaméron*) c'est la femme qui se trompe de lit, alors qu'ici c'est Gombert lui-même qui fait erreur, à cause du déplacement du berceau. Pour Rychner (1960, I, 108), il s'agirait ici d'une véritable erreur mémorielle d'affabulation, mais à mon avis ce detail est la preuve que l'Arrageois insiste sur la bonne foi de l'hôte, pour mettre en évidence, par contraste, la trahison et la duperie des clercs. Bodel a volontairement et non sans ironie mis l'accent sur la bonhomie de Gombert et sur son at-

---

12. *Idem,* III, 9, 3. « Après avoir entendu l'histoire de Laurette, qui osera en conter une autre pour qu'elle parût aussi belle ? »

13. *Cf. Fabliaux français du Moyen Age,* éd. Ph. Ménard, Genève 1979, 73-82 ; voir Rossi 1983, 56-58.

tachement à sa famille, en le montrant, comme l'écrit Foulon (1958, 51), quasi maternel avec ses hôtes :

> *Li vilains qui bien quida fere*
> *et n'i entendoit el que bien,*
> *fist lor lit fere prés del sien,*
> *ses cocha et ses a covers* (vv. 38-41).

Le détail de la séduction à l'aide de l'anneau de la poêle se charge donc d'une signification particulière. Dans les récits jongleresques l'*anel* est un symbole sexuel[14]; ici, par contre, il s'agit d'un objet domestique, ce qui renforce le contraste avec le viol opéré par le clerc. Le langage de ce dernier, en outre, est vraiment brutal dans son réalisme (Rossi 1990), qui s'oppose au ton lyrique de l'exorde. Mais c'est justement sur cette « objectivité » que se fonde l'art du « rimoieres de flabliaus ». La narration procède de façon linéaire, selon un schéma préétabli que le public peut deviner dès les premières reparties : il s'agit visiblement d'une *trufe*, d'une double tromperie dans laquelle le vilain dès le début est destiné à être cocufié deux fois. Bien qu'ingénieux, le truc du *berçueil* est pourtant prévisible, du moment que le public s'attend à l'exploit du second clerc. Pour une fois, chez Bodel, le personnage de la femme est secondaire dans la mesure où elle subit passivement la duperie.

Dans le *Décaméron*, au contraire, la grande nouveauté est représentée par le fait que la « rencontre » entre le second voyageur et la femme de l'hôte est laissée au hasard : c'est une chatte qui provoque le réveil de la femme et celui d'Adriano, et ce dernier déplace sans s'en rendre compte (non pas exprès) le berceau. La femme se retrouve alors dans le lit du jeune homme sans s'en apercevoir et sans que ce dernier ait rien fait pour la tromper. A ce point, cependant, la science combinatoire de Boccace se révèle dans toute sa splendeur, car, avec un dernier échange de lit, la femme rejoint sa fille et fait semblant d'avoir passé toute la nuit avec elle. De la sorte, elle arrive à éviter le scandale en rétablissant l'équilibre menacé par l'aveu de Pinuccio. La nouvelle se résout donc dans l'exaltation du bon sens

---

14. *Cf.* J. R. Scheidegger, *Le Roman de Renart ou le texte de la dérision*, Genève 1989, 315.

de la femme : la seule qui puisse apprécier à leur juste mesure les événements de cette étrange nuit.

Il ne faut cependant pas sous-estimer l'habileté de Bodel qui, dans *Le Sohait des Vez*, nous offre un vrai chef-d'œuvre. Derrière l'aisance stylistique de l'auteur, derrière le réalisme des détails dans la description du marché, encore une fois on découvre la pluralité d'un récit à clef. La femme, qui avait d'abord été la seule protagoniste de son rêve érotique, raconte son songe au marchand, afin qu'il le réalise ; celui-ci le narre à son tour à la taverne, afin que le scripteur, déguisé en observateur-interprète puisse, ensuite, le « mettre en rime » et le gloser. Le ton élevé de l'exorde, évoquant l'inspiration d'un *plazer*, marque dès le début une différence considérable par rapport aux autres fabliaux bodeliens :

> *Mout i ot clarté et lumiere.*
> *Deus mes orent, char et poissons*
> *et vin d'Aucerre et de Soissons,*
> *blanche nape, saine viande* (vv. 28-31).

Mais voilà que, au v. 54, les attentes du spectateur-lecteur sont brusquement déçues par un changement de registre inattendu :

> *Ha, fait ele, com or se prove*
> *au fuer de vilain puant ort :*
> *qu'il deüst veillier, et il dort !*

L'histoire qui va suivre, comme nous l'avons déjà vu, n'est que la réécriture d'un passage de l'*Alda*, la « fable plaisante » *(ludicra fictaque)* racontée par Pyrrus, déguisé en jeune fille, pour expliquer la provenance de sa « cauda » :

> *Accipe, fida comes, quid cauda sit ista uel unde,*
> *Quid sit et unde tumor inguinis iste mei.*
> *Cum tales multas uenales exposuisset*
> *Caudas nuper in hac institor urbe nouus,*
> *In fora colligitur urbs tota, locumque puelle*
> *Stipant, prima noue mercis amore trahor.*
> *Impar erat precium pro ponderis imparitate ;*
> *Magni magna, minor cauda minoris erat.*
> *Est minor empta mihi, quoniam minus eris habebam,*
> *Sedula seruiciis institit illa tuis.*

Fecit quod potuit, sed si dimensio maior
Esset ei, poterat plus placuisse tibi[15].

Dans son remaniement (vv. 71-96), Bodel réussit à dépasser en habileté rhétorique son modèle. A un certain moment, il arrive à se payer le luxe d'une allusion plus ou moins directe au texte latin, lorsque, à propos de la couille de son affaire, il affirme qu'elle «bien fait a uan d'aumaje»[16]. Puisque, en dépit des réserves de quelques critiques[17], l'*aumaje* était un tribut sur les vins que l'on payait à Orléans, ce passage évoque à la fois le modèle latin («victrici soluit digna tributa sue», v. 508) et son auteur, Guillaume de Blois, illustre représentant de l'école littéraire fleurissant à Orléans (Rossi 1991 ; Bisanti 1990).

Mais dans la parodie du négoce et de la foire c'est surtout la sacralité de l'échange, fondamentale dans la nouvelle idéologie bourgeoise, qui est visée par le poète, et le marchand sera «battu» dans son propre domaine, lorsqu'il cherchera à valoriser son «affaire» (vv. 188-201).

Encore une fois la parole acquiert chez Bodel un pouvoir presque magique tant au niveau de la mise en scène qu'au niveau idéologique proprement dit, dans ce sens qu'elle offre à la femme l'occasion de reconnaître ses exigences sexuelles et de les assumer dans le récit. Notre jongleur n'est pas aussi naïf que ses critiques l'ont longtemps prétendu : ces historiettes de prêtres gourmands et adultères, de vilains stupides, bouleversés par le mauvais sort, de marchands grisés par le vin ; ces chroniques d'événements quotidiens situés à Bailleul ou à Farbu, à Amiens

---

15. *Alda*, vv. 489-500, in *La « Comédie » latine en France*, I, 148 : «Apprends, fidèle compagne, ce que c'est et d'où me vient... cette affaire. Un marchand nouveau venu dans cette ville venait de faire un grand étalage d'affaires de ce genre ; toute la ville était rassemblée sur la place ; il y avait là une foule de jeunes filles. J'ai été la première attirée par le désir de cette nouveauté. Les prix variaient suivant le poids : les grandes coûtaient cher, les petites moins. J'en ai acheté une petite parce que je n'avais pas beaucoup d'argent. C'est elle qui s'est empressée à t'être agréable. Elle a fait ce qu'elle a pu, mais si elle avait été de plus grandes dimensions, elle aurait pu te faire plus de plaisir.»

16. «Cette année, elle a bien payé son tribut sur le vin», «elle a donné beaucoup de jus » ; voir ci-dessous *Le Sohait des Vez*, v. 121 et note.

17. *Cf. NRCF*, VI, 355 *sq.*

ou à Douai constituent, elles aussi, la « matière de France » dont la vérité est « chascun jour aparant »[18].

Il n'y a pas si longtemps on refusait de reconnaître à Jean Bodel, à Gautier le Leu et à Garin la paternité de plusieurs de leurs compositions. Quant à Jean, on avait inventé un double : Bedel (rien d'autre qu'une faute de lecture du nom *Bodiaus*), auteur des fabliaux, différent du poète des *Saisnes* et du *Jeu de Saint Nicolas*. Il a fallu attendre Foulon (1950) pour savoir que ce prétendu *Bedel* n'avait jamais existé[19].

Avant que Livingston (1951) eût démontré irréfutablement l'existence d'un seul Gautier, le Leu, on répartissait la production du jongleur entre un inexistant Gautier le Lon (banale erreur de lecture pour Lou), un simple Gautier et Gautier le Leu lui-même.

Pour en venir enfin à Garin, on croyait à l'homonymie de plusieurs auteurs, puisque les manuscrits mentionnent Garin/ Guerin/ Gwarin (mais on trouve ces alternances encore au XVe siècle quant au nom de François Guarin/ Guérin[20]). Plus récemment, un savant par ailleurs prudent et avisé, contre toute vraisemblance et en dépit des habitudes littéraires médiévales, est allé jusqu'à nier l'existence historique de ce poète, dont le nom ne serait qu'une sorte de *senhal* évoquant le genre « Fabliau » (*cf.* Busby 1986, 71).

Si on examine la tradition manuscrite, neuf parmi les plus importants recueils de fabliaux attribuent à Garin[21] six textes : *Les Treces* (ou *La Dame qui fist entendant son mari qu'il sonjoit*), *Le Prestre qui abevete*, *Le Prestre qui manja Mores*, *Cele qui fu foutue et desfoutue por une Grue*, *Le Chevalier qui fist parler les Cons*, *Berangier au lonc Cul*. Dans plusieurs de ces

---

18. *Cf. La Chanson des Saisnes*, v. 11.

19. *Cf.* Rossi 1983a, 58 *sq.*

20. *Cf. La Complainte de François Garin, marchand de Lyon* (1460), éd. par le Centre d'études et de recherches médiévales de l'Université de Lyon II, Lyon 1978, 13 *sq.*

21. Les quatre formes du nom : Garins, Garinz, Guerins, Gwaryn reviennent toutes dans les cinq manuscrits (A, B, C, D, M) qui attribuent à notre jongleur le *Chevaliers qui fist parler les Cons*.

manuscrits les fabliaux de Garin figurent à côté des récits attribués à Jean Bodel. Les rares savants qui ont cherché à localiser quelques-uns de ces fabliaux ont fini par attribuer à l'auteur des traits linguistiques qui revenaient aux scribes. Si on se borne à analyser les mots à la rime, on ne peut enregistrer que quelques picardismes assurés (qui se multiplient dans le *Prestre qui abevete*). Quant à la déclinaison bicasuelle, elle est en général bien respectée, ce qui permet de conclure que ces textes sont datables de la première moitié du XIIIᵉ siècle. Pour ce qui est du style, la comparaison des différents fabliaux montre que nous avons affaire à un seul écrivain qui met toujours une note personnelle dans ses prologues, qui répète les mêmes tics de langage, qui connaît très bien, comme nous le verrons, les romans de Chrétien de Troyes et la littérature courtoise en général : un jongleur très habile qui sait capturer l'attention de son public. Les épilogues aussi font preuve d'une cohérence frappante : que ce soient des « moralités » ou des proverbes qui mettent le point final aux récits, on y trouve même des couplets tout à fait identiques. On ne dispose malheureusement d'aucune preuve inébranlable quant à l'identité historique de notre auteur. Il faut cependant signaler quelques indices qui ont été jusqu'à présent négligés par les spécialistes des fabliaux.

Dans la strophe XXI de ses *Congés*, Jean Bodel s'adresse à un certain Garin :

> *Garin, puis k'ainsi m'est jugié,*
> *n'en doi aler sans vo congié*
> *ne je pas faire ne le vueil :*
> *a Dieu, amis, vous coumant gié*[22]...

Les expressions *amis, a Dieu vous coumant* ne sont pas sans rappeler les formules avec lesquelles le poète s'adresse, à la fin de son poème, à ses confrères ménestrels :

> *... He ! menestrel, douch compaignon,*
> *ami m'avez esté et bon...*
> *A Dieu vous vueil tous coumander*
> *ensamble, sans chascuns nommer*[23]...

22. *Cf.* Ruelle 1965, 94.
23. *Idem*, strophe XLIV, 104.

Il est fort probable que Garin lui-même ait été un jongleur. Or, dans le *Nécrologe de la Confrérie des Jongleurs et des Bourgeois d'Arras* (*cf.* Berger 1963, 107), en 1203 est inscrit *Warins li Joglere* : le seul Garin parmi d'autres qui ait été défini « le Jongleur », pour ainsi dire par antonomase, dans tout le *Nécrologe*. L'éventualité que Bodel, dans son poème, ait visé ce personnage ne me paraît pas tout à fait irréelle[24].

Bien évidemment rien ne prouve que le jongleur Garin (ou Warin), actif dans la ville d'Arras jusqu'en 1203, ait été en même temps l'auteur de nos fabliaux ; d'autant plus que, dans ce cas, il s'agirait de l'un des ménestrels les plus anciens qui se soient confrontés avec ce type de narration. On ne peut cependant pas rejeter *a priori* cette hypothèse, avant de l'avoir soumise à une vérification d'ordre stylistique et historico-littéraire.

Il est fort intéressant, par exemple, que la *Jangle* et la *Réponse* des *Deus Bordeors Ribauz*, très utile répertoire de productions de jongleurs d'origine arrageoise[25], fassent une mention spéciale des œuvres de Jean Bodel, de Garin et de Gautier le Leu, ce qui montre que ces trois poètes étaient particulièrement estimés des autres confrères. Dans la *Réponse*, le deuxième « ribaud », qui se vante de posséder une très vaste culture, affirme :

> ... *Que ge sai plus de tois assez,*
> *et si fu mieldres menestrez*
> ... *de tex menestrex bordons*
> *a qui en done moult beaux dons*
> *a haute cort menuement :*
> *qui bien sordit et qui bien ment,*
> *cil est sires des chevaliers*[26]...

---

24. Cette hypothèse a été formulée pour la première fois par Raynaud 1880, 221, suivi par Guesnon 1902, 139. Par contre, Pierre Ruelle (*Les Congés d'Arras,* 198) se montre très sceptique à ce sujet.

25. Sur la base d'une analyse très superficielle de la langue des manuscrits, Faral 1910, 88, le croit « francien » ou « champenois ». Mon élève Claudia Antognini prépare une nouvelle édition des trois textes.

26. *Cf.* Faral 1910, 100, vv. 1-13 : «... que j'en sais beaucoup plus que toi/ et je suis meilleur ménestrel.../ que toi. Je suis très étonné au sujet de certains menestrels fanfarons/ à qui souvent on donne de très beaux cadeaux à la haute cour :/ celui qui bien médit et qui bien ment/ est le seigneur des chevaliers ».

Il s'agit d'une paraphrase du prologue du *Covoiteus et l'Envieus*, de Jean Bodel :

> *Seignor, aprés le fabloier,*
> *me vueil a voir dire apoier,*
> *quar qui ne set dire que fables*
> *n'est mie conterres regnables*
> *por a haute cort servir,*
> *s'il ne set voir dire o mentir*[27]...

Pour l'Arrageois, un narrateur digne de ce nom doit être en mesure de dire la vérité, mais aussi de *mentir* ; pour le « ribaud », celui qui sait *bien mentir* est *sires des chevaliers* ; pour les deux poètes, cet habile menteur sera bien récompensé *a haute cort*, expression qui, d'après moi, ne désigne pas l'échevinage[28] mais plus vraisemblablement, non sans ironie, la confrérie des jongleurs arrageois[29].

Quelques vers plus loin, le « ribaud » continue :

> *Ge connois monseignor Hunaut*
> *et monseignor Rogier Ertaut,*
> *qui porte un escu a quartiers,*
> *toz jors est il sains et entiers,*
> *quar onques n'i ot cop feru* (vv. 47-51)[30].

Cette burlesque revue de maladroits « chevaliers tournoyeurs », qui se révéleront bientôt être des jongleurs, n'est pas sans rappeler les vv. 112-114 de *Berangier au lonc Cul* :

> *De sa lance prant un tronçon,*
> *et de l'escu n'ot c'un quartier,*
> *qu'il avoit porté tot entier...*

---

27. *Cf. NRCF*, VI, 285 : « Seigneurs, après ces plaisants récits, / je veux m'appliquer à raconter la vérité,/ car celui qui ne sait autre chose que relater des bourdes/ n'est pas un conteur acceptable,/ digne de servir une noble cour,/ s'il est incapable de dire la vérité ou de mentir. »

28. *Cf.* Legros 1983, 102-113.

29. *Cf.* Berger 1983, 114.

30. *Cf.* Faral 1910, 101, vv. 47-51 : « Je connais monseigneur Hunaut/ et monseigneur Roger Ertaut,/ qui porte un écu écartelé :/ cet écu est toujours en bon état voire intact,/ car on n'y a jamais frappé de coup. »

Nous avons la confirmation du fait que le « ribaud » connaît les fabliaux de Garin tout de suite après :

> *Ge connois monseigneur Begu,*
> *qui porte un escu a breteles*
> *et sa lance de deus ateles*
> *au tornoiement a La Haie :*
> *c'est li hons du mont qui mielz paie*
> *menestrex a haute feste*[31].

Faral (1910, 101) s'est trompé en imprimant Haie avec un h minuscule et en glosant le terme « clôture, enceinte »[32], car il s'agit là d'un tournoi, à La Haie en Touraine, mentionné aussi par Garin, au v. 56 du *Chevalier qui fist parler les Cons*.

Mais c'est le « ribaud » lui-même qui fait allusion explicitement aux fabliaux de Jean Bodel, de Garin et de Gautier :

> *Ge sai le flabel du Denier,*
> *et du Fouteor a loier,*
> *et de Gobert et de dame Erme,*
> *qui ainz des els ne plora lerme,*
> *et si sai de la Coille noire ;*
> *si sai de Parceval l'estoire,*
> *et si sai du Provoire taint,*
> *qui o les crucefix fu painz ;*
> *du Prestre qui manja le Meures*
> *quant il devoit dire ses heures* (vv. 113-122).

Comme on peut le voir, l'auteur se borne à mentionner les titres du *Dit du Denier* et des fabliaux anonymes de la *Coille noire* et du *Foteor*, tandis que pour les textes de nos ménestrels, il cite non seulement le nom de *Gombert*, mais aussi un vers entier du *Vilain de Bailluel*, ainsi que le nom de son héroïne,

---

31. *Ibidem*, vv. 52-57 : « Je connais monseigneur Bégu,/ qui porte une courroie pour soutenir son écu/ et une lance formée de deux morceaux de bois,/ au tournoi à La Haye en Touraine./ C'est l'homme qui paie le mieux/ les ménestrels à une haute fête. »

32. Cependant dans le *Recueil Général*, VI, 271, Montaiglon et Raynaud avaient corrigé la faute ; l'erreur n'a pas été remarquée par Chênerie 1976, 364, qui observe à propos du v. 55 : « Sa lance de *II. ateles*, faite de deux morceaux, il la tient *à la haie,* c'est-à-dire loin de la mêlée. »

dame Erme. Il réserve d'ailleurs le même privilège de la paraphrase ou de la citation d'un vers au *Prestre taint* de Gautier et au *Prestre qui manja Mores* de Garin.

Pour en venir finalement aux textes, dans ses fabliaux Garin préfère prendre le contre-pied de la littérature courtoise, en joignant à ses *contrafacta* une subtile satire des mœurs, où le contraste entre la « noblesse », qu'incarnent le plus souvent les personnages féminins, et la « vilanie » des nouveaux riches est au centre de la vision de l'auteur.

Le Prestre qui abevete est le plus « bodelien » des fabliaux de Garin. Un thème cher à la culture cléricale[33] est remanié avec une évidente intention burlesque qui apparaît déjà dans le bref prologue, où le fabliau est ironiquement défini *cort-ois*, en jouant sur le double sens de « mignon » et de « court », « bref ». Comme dans *Berangier*, nous avons affaire à un « vilain » ayant épousé une noble dame, qu'il chérit jusqu'à l'économiser. Si l'on néglige le jeu de mots sur *cherté*, qui signifiait « affection », mais aussi « disette », on risque de ne pas comprendre le sens du fabliau. En fait l'ambiguïté des vv. 8 *sq.*

> *mout le tenoit en grant certé*
> *li vilains et bien le servoit,*

s'éclaircit à la lumière des vv. 28 *sqq.*

> *au prestre volentiers desist*
> *quel vie ses mari li mainne,*
> *que nul deduit de femme n'aimme.*

Le v. 10 « Et cele le prestre amoit » n'est pas sans rappeler le v. 12 du *Vilain de Bailluel* « Et cele amoit le chapelain ».

La suite de l'intrigue se fonde sur l'opposition « dedans » – « dehors », tout comme sur le caractère fallacieux des prétendus « prodiges ». Coulant un regard par la fente de la porte, le prêtre aperçoit à table le vilain et sa femme, mais il prétend les voir « occupés de tout autre jeu » (Faral 1924, 361). La réponse du vilain apparaît prémonitoire : « Venez dedans et nous vous en donnerons »... Une fois changés les rôles, le vilain, dans la

---

33. Dans la mesure où il connaît son apogée dans la *Comoedia Lydiae* (voir ci-dessous la note au fabliau) ; *cf.* Pastré 1983, 81-92.

rue, regarde à son tour par le *pertruis*, la porte étant bien close et verrouillée. Ce qu'il voit cependant, cette fois-ci, n'est pas fallacieux du tout, car prêtre et femme se hâtent de prendre du bon temps.

« Est-ce une blague ? » s'écrie-t-il.

Et le prêtre de répliquer : « Ne voyez-vous pas que nous sommes à table ?

– Par le cœur de Dieu, ça semble une fable : si je ne venais pas de vous l'entendre dire, j'aurais dit que vous baisiez ma femme !

– Certainement pas, taisez-vous : j'avais la même illusion tout à l'heure ! »

Comme son confrère arrageois, Garin préfère conclure son récit en ayant recours à un proverbe : « Dieu maintient en vie nombre de sots. »

La démonstration de la profonde unité stylistique des fabliaux attribués à Garin nous est fournie par *Celle qui fu foutue et desfoutue por une Grue*. Encore une fois, Garin encadre un sujet traditionnel dans un décor littéraire savamment composé[34], et c'est dans les trouvailles linguistiques que réside le charme du récit. Les protagonistes n'ont pas de caractères distinctifs, ce ne sont que des types. L'action est décrite dans un style très concis qui servira de modèle aux auteurs de nouvelles des siècles suivants. Le spectateur n'apprend que les faits qui sont indispensables à la compréhension de l'action. Par contre dialogues et monologues sont nombreux, si bien qu'ils occupent presque la moitié du texte : le poème leur doit en grande partie sa vivacité.

Dans le prologue, Garin, tout comme Jean Bodel, se prétend le simple intermédiaire entre une source orale et son public. Il dit avoir entendu son histoire à Vézelay, devant les comptoirs de change, en évoquant de la sorte l'origine « bourgeoise » du récit[35]. Il insiste enfin sur la brièveté de sa « matière » ainsi que sur sa propre habileté de beau diseur.

Mais il suffit que le poète mentionne la jalousie du père ainsi

---

34. *Cf.* Busby 1986, 60 *sq.*
35. Voir ci-dessous *Celle qui fu foutue*, la note au v. 5.

que son amour exagéré pour sa fille, l'extrême beauté de celle-ci,
le fait que la demoiselle vit séquestrée dans une tour pour que
les lecteurs entrevoient dans l'arrière-plan les modèles courtois
de Garin : *Yonec*, les *Deus Amanz* de Marie de France, dont
d'un ton désabusé notre auteur prend le contre-pied. Alors que
Marie écrivait :

> *Pur sa beauté l'ad mut amee.*
> *De ceo ke ele iert bele e gente,*
> *En li garder mist mut s'entente;*
> *Dedenz sa tur l'ad enserreie*[36]...,

Garin abrège ironiquement :

> *Tant l'avoit chiere et tant l'amoit*
> *que en une tor l'enfermoit* (v. 19 sq.).

A la *dure destinee* de la dame de Yonec (v. 68) s'oppose la
bone destinee (v. 26) du fabliau, qui oblige la nourrice à s'ab-
senter : une heureuse inspiration qui sert à mettre en branle le
récit. Tout comme dans le lai, mais sans aucun élan symbolique,
ce sera un oiseau (la *grue*, opposée à l'*ostur*) qui réifiera les
pulsions sexuelles de la jeune fille.

Les deux oiseaux frappent d'abord par leurs dimensions :

> *L'umbre d'un grant oisel choisi*
> *parmi une estreite fenestre* (v. 106 sq.);

> *La pucele ert a la fenestre...*
> *— En non Dieu, fet la damoisele,*
> *ele est mout granz et parcreüe* (v. 38-47).

Quant aux personnages masculins, si Marie avait insisté sur
la courtoisie de son chevalier, Garin n'oublie pas de faire de
même à propos de son *vaslez* :

> *Mut fu curteis li chevaliers* (v. 118);

> *Li vaslez fu preus et cortois* (v. 69).

Cependant, alors que dans le lai c'est la dame qui prend
l'initiative, tandis que le chevalier garde jusqu'au bout son

---

36. *Cf. Yonec*, vv. 24-27 (*Les Lais de Marie de France*, éd. J. Rychner, Paris 1966,
103).

caractère « courtois », dans le fabliau la séduction est opérée grâce à un mécanisme d'achat et de vente dont le seul charme réside dans l'habileté linguistique de l'auteur. Après avoir acheté la grue pour un *foutre*, terme dont elle ne comprend pas le sens, la demoiselle, face aux remontrances de sa nourrice, propose au jeune homme d'annuler l'échange : c'est pourquoi, après avoir été foutue, la demoiselle sera « défoutue » à cause de la grue...

Tout comme dans le *Prestre*, le dernier vers du fabliau sera emprunté à un proverbe : « La male garde pest lo leu » ; « Maint fol paist Diu ».

Le style de Garin est fort bien reconnaissable dans le fabliau de la *Grue*. Il suffit d'ailleurs de comparer les mots à la rime de notre texte avec d'autres fabliaux du même auteur pour comprendre que nous avons affaire à un seul et même écrivain.

Si, dans *Celle qui fu foutue*, Garin avait montré qu'il connaissait bien le lai de *Yonec*, il paraît s'en souvenir également dans le prologue des *Treces* :

> *Puisque des lais ai comencié,*
> *ja n'iert pur mun travail laissié ;*
> *les aventures que j'en sai,*
> *tut par rime les cunterai*[37]...,

disait Marie, et Garin de répliquer :

> *Puisque je l'ai si entrepris,*
> *n'est droiz que je soie repris*
> *por angoisse ne por destreces :*
> *a rimer le fablel des Treces* (v. 1-4).

D'ailleurs est-ce par un pur hasard que Jean Bodel utilise la même formule pour s'adresser à son confrère Garin :

> *Garin, puis k'ainsi m'est jugié...* ?

Quoi qu'il en soit, les constantes stylistiques que nous avons déjà soulignées à propos des autres textes attribuables à Garin sont présentes dans ce fabliau qui exploite un sujet traditionnel[38] avec une extraordinaire maîtrise. Qui plus est, grâce au ms. X,

---

37. *Yonec*, vv. 1-4.
38. *Cf.* ci-dessous la note au fabliau.

nous disposons d'une version qui paraît remonter à un ensemble plus vaste d'œuvres de notre jongleur[39].

Avec sa référence malicieuse à l'*angoisse* et aux *destreces* qu'il sera obligé d'évoquer et qui pourraient choquer son public, Garin éclaircit dès le prologue les ambitions littéraires de son *fablel*, où l'identité même des personnages est mise en doute grâce à un formidable jeu d'illusions qui atteint son apogée dans l'aveu des vv. 263 *sq.* :

> *Mais je voi bien que c'est mançonge :*
> *ainz ne sonjai mais si mal songe !*

Il ne s'agit pas d'une simple formule chère aux jongleurs, car Garin se rattache plutôt à la tradition romanesque[40]. En évoquant, au début du récit, l'état de grande félicité du bourgeois, couché avec sa très belle femme « a grant joie, a grant delit », l'auteur ne manque pas de mettre le public sur ses gardes. En fait il recourt à la paraphrase d'un vers célèbre d'*Erec et Enide* :

> *Cil s'andormi et cele voille*[41]

auquel, non sans un brin de sarcasme, il ajoute :

> *qui atendoit autre aventure*[42].

C'est le premier de trois sommeils du bourgeois servant à marquer des transformations presque diaboliques de la réalité, dans un monde nocturne subverti par un démon de femme. Un amant de la jeune bourgeoise, entré clandestinement par la fenêtre, se glisse dans le lit conjugal. Le ton de l'auteur n'est pas sans rappeler malicieusement les textes épiques :

> *Ez vos atant grant aleüre...*

Quant à la femme, l'auteur nous dit qu'elle fait *la bestorné* à son mari, ce qui à la lettre signifie qu'elle lui tourne le dos

---

39. *Cf. NRCF*, VI, 345.

40. *Cf.* R. Blumenfeld, « Remarques sur *songe/ mensonge* », *Romania*, 101, 1980, 385-390 ; A. Fassò, « Come in uno specchio. *Songe e mensonge* da Chrétien de Troyes a Jean de Meun », in *La Menzogna*, a cura di F. Cardini, Firenze 1989, (« Laboratorio di Storia », 1), 58-98.

41. *Cf. Erec et Enide*, v. 3093 ; Gier 1986, 88-93.

42. *Les Treces*, v. 15.

pour faire l'amour avec son amant, mais sur le plan métaphorique *bestorner* vaut « corrompre », « altérer »[43].

En fait, à son réveil en pleine nuit, le mari s'aperçoit de la
présence d'un intrus, qu'il bascule dans une grande cuve. Puis,
il est obligé d'aller chercher une chandelle pour faire de la lumière, non sans avoir ordonné à sa femme de monter la garde
pendant son absence. Voilà alors que la dame laisse échapper
son amant en mettant une génisse à sa place. A son retour, le
mari ne peut que constater la substitution. Ses reproches ne
servent à rien, car la dame, visiblement fâchée, claque la porte
et s'en va chez son amant. Quant au bourgeois, il ne lui reste
qu'à se rendormir. C'est à ce moment que la dame s'avise d'une
ruse qui non seulement servira à lever les soupçons de son
époux, mais qui soulignera la supériorité féminine dans le récit.
Elle trouve une amie, voire un véritable sosie, qui accepte d'aller
prendre sa place, à côté du bourgeois. L'ayant aperçue se glissant dans le lit, celui-ci se réveille, la saisit par les cheveux et,
après l'avoir battue comme plâtre, lui coupe ses merveilleuses
tresses. Pleurant comme une Madeleine, la malheureuse ne peut
que rejoindre la bourgeoise, qui la console de son mieux. Entre-
temps, après avoir caché les tresses sous un coussin, le mari se
rendort de nouveau. La bourgeoise peut alors rentrer sans être
vue. Après avoir amputé la queue du cheval chéri de son époux,
la femme la met à la place des tresses ; puis, elle arrange tout.
Enfin, elle se déshabille pour rejoindre son mari dans le lit. Le
lendemain matin, celui-ci est très surpris de la revoir, mais il
sera pétrifié à la vue des tresses qu'il pensait lui avoir coupées.
Et la femme de jurer que rien ne s'est passé et qu'il a dû rêver.
En fait, quand le pauvre bourgeois regarde sous l'oreiller, c'est
bien la queue de son cheval qu'il trouve. Il ne lui reste donc
qu'à admettre qu'il a été victime d'une hallucination et à demander pardon à sa femme.

Tout comme dans le *Prestre qui abevete*, le jeu des illusions
que les personnages masculins, battus par la ruse de leurs anta-

---

43. On se souvient de Lancelot se plaignant de son mauvais sort (*Le Chevalier de
la Charrette,* vv. 6468-6471 : « Haï, Fortune ! Con ta roe/ M'est ore leidement tornee !/
Malement la m'as bestornee,/ Car g'iere el mont, or sui el val... »).

gonistes, prennent pour des réalités tangibles, atteint ici ses limites[44].

Les tentatives d'interprétation qui ont été consacrées au *Chevalier qui fist parler les Cons*, véritable chef-d'œuvre de Garin,
ont cherché à définir surtout le « genre » dans lequel le texte
pourrait s'inscrire[45], ou l'habileté parodique de son auteur[46]. Le
moment me paraît venu d'essayer une lecture plurielle du fabliau, qui s'efforce de ne pas négliger sa structure complexe.

Si le prologue, comme nous l'avons déjà vu, s'ouvrait sur
l'éloge des fabliaux et des jongleurs qui les racontent et les
colportent, avec une symétrie qui n'est pas l'effet du hasard,
l'épilogue s'achève avec l'éloge du « chevalier », qui a su donner
une joie parfaite à ses nobles hôtes, grâce aux « riches » dons
des fées. A une première lecture, le cadre du récit apparaît typiquement « arthurien » : l'état piteux du « chevalier tour-
noyeur » ayant mis en gage son équipement (Chênerie 1976,
336) ; son départ pour le tournoi (*idem*, 334) ; sa rencontre avec
les fées dans le *locus amoenus* (Chênerie 1981, 601) ; son « œuvre de miséricorde » à l'égard des pucelles tout comme le don
magique qu'il en reçoit. Dans ce contexte, semblent parfaitement
cohérentes la joie suscitée par l'arrivée au château du chevalier
errant (*idem*, 548) et les réactions de la comtesse et de sa suivante, la demoiselle chargée de remplacer sa maîtresse dans le
lit de l'hôte et de le masser (*idem*, 565). Au fond, même les
traits comiques, dans le cadre du châtiment de la dame déloyale,
ne sont pas tout à fait inconnus aux récits arthuriens. Considérer tout simplement comme « non pertinents » les éléments qui
rapprochent notre texte de la littérature courtoise (Noomen 1980,
110-123) me paraît hasardeux, dans la mesure où on risque de
négliger une composante fondamentale du jeu de symétries sur
lequel se fonde la structure complexe du fabliau. Car il s'agit
bien d'un fabliau, puisque c'est l'auteur lui-même qui, comme
nous l'avons déjà vu, consacre quinze vers de son prologue à
la définition du « genre » dans lequel s'inscrit le récit. Ce qui
reste à exploiter c'est donc l'espace verbal, comme Nico Van

---

44. *Cf.* Boutet 1985, 108 *sq.*
45. *Cf.* Van den Boogaard 1979, 97-106 ; Noomen 1980, 110-123.
46. *Cf.* Lee 1976, 3-41.

den Boogaard l'avait bien compris, (et je n'entends pas par là[47] l'analyse du « vocabulaire » du texte, en comparaison avec d'autres textes typiques, mais les jeux de mots, les allusions ironiques, les paraphrases parodiques qui contribuent à créer la particularité de notre fabliau).

A une lecture plus attentive, le lecteur est pris dans un réseau d'allusions ambiguës qui mettent en correspondance plusieurs niveaux intérieurs et extérieurs au texte. L'observation que le chevalier aurait obtenu le « don magique » l'année même de son adoubement (v. 22) a été considérée comme illogique déjà par les premiers remanieurs[48], puisqu'on apprend quelque vers plus loin que la rencontre avec les fées se passe quand le héros, déjà adulte, est devenu pauvre ayant mis en gage son équipement. En réalité, nous avons à faire avec une ruse de l'auteur qui utilise l'adjectif *adoubez* dans l'acception de « remis en état », « habillé » (puisque le chevalier vient de récupérer son équipage).

Afin de mieux souligner la carence du palefroi, tout à fait emblématique pour quelqu'un qui prétend participer à un tournoi[49], Garin se permet une allusion ironique au départ d'Erec et aux adieux du héros au roi Lac :

> *Sire, fet il, ne puet autre estre ;*
> *ja n'an manrai cheval an destre ;*
> *n'ai que faire d'or ne d'argent,*
> *ne d'escuier, ne de sergent,*
> *ne compaignie ne demant,*
> *fors de ma fame seulemant* (vv. 2715-2720).

Bien évidemment, les raisons qui poussaient Erec à se débarasser de son palefroi étaient autrement nobles : il n'avait pas besoin d'emporter un équipage ou de l'argent, puisqu'il envisageait de gagner tout cela en se battant vaillamment. Le cheva-

---

47. *Cf.* Van den Boogaard 1979, 97-106.

48. Qui ne s'accordent pas sur l'âge auquel le chevalier reçut les dons magiques. Sans doute la leçon primitive est celle de D, C, E (l'année de son *adoubement*). B choisit l'âge de dix-neuf ans ; A la date de sa naissance.

49. N'oublions pas que les jongleurs les plus habiles recevaient en récompense de leurs mérites « un palefroi », *cf.* E. Faral, *Les Jongleurs en France au Moyen Age,* Paris 1910, 121. En fait le cheval de parade revêtait une importance capitale pour les ménestrels aussi bien que pour les chevaliers tournoyers.

lier, lui, en étant sans un sou, est obligé (et il n'a pas le choix) de se défaire de son cheval de parade, et c'est de surcroît l'écuyer qui en décide :

> *Ge vendi vostre palefroi,*
> *quar autrement ne pooit estre ;*
> *n'en merroiz or cheval en destre,*
> *que que vos faciez avant* (vv. 89-93).

La dernière remarque de Huet («quoi que vous fassiez auparavant ») n'est pas sans ambiguïté et l'on se souvient que le fameux tournoi à la Haye, «imposant et redoutable », vers lequel le soi-disant chevalier est en train de se diriger, d'après le témoignage des *Deux Bordeors Ribauz* (*cf.* ci-dessus, 27-28), n'était qu'une joute ridicule de jongleurs, où celui qui «mentait le mieux » était proclamé «sire des chevaliers ». A ce propos, il faut ajouter que le séjour du protagoniste dans une ville qui pourrait être Provins, célèbre pour ses foires, où il est censé passer son temps à la taverne[50] rapproche encore une fois la condition de notre brave de celle des jongleurs[51] ; d'autant plus que l'adjectif *despendanz* (v. 48) n'est pas sans rappeler les dépenses des ménestrels[52].

L'*errance* du chevalier, lors de la description du *locus amoenus*, marque une nouvelle déception dans l'horizon d'attente du public :

> *Li chevalier ala pensant*
> *et Huez chevalcha devant*
> *sor son roncin grant aleure* (vv. 103-105).

Le chevalier n'arrive pas le premier à la fontaine où les fées se baignent. C'est Huet, beaucoup plus malin et attentif que lui, qui les aperçoit. Celui-ci donne d'abord l'impression d'être réel-

---

50. *Le Chevalier qui fist*, vv. 47-50 : «A un castel ert sejornans,/ qui mout ert bel et despendanz,/ ausin comme seroit Provins ;/ si bevoit souvent de bons vins ».

51. C'est à la taverne que *clerici vagantes* et ménestrels étaient censés dépenser tout leur argent : *cf. Li Prestre taint*, vv. 11-13 : «Tant i sejornai et tant fui/ que mon mantel menjai et hui/ et une cote et un sercot ».

52. On enregistre beaucoup d'argent «pour les despens des menesteriex dou guet de la foire de mai » dans le *Cartulaire de Provins* (*cf.* Bourquelot 1865, I, 94 note 4).

lement attiré par la beauté du spectacle qui se présente à ses yeux :

> *Quant Huez vit les femes nues,*
> *qui tant avoient les chars blanches,*
> *les cors bien faiz, les braz, les hanches,*
> *cele part vint a esperon* (vv. 122-125).

Cependant l'écuyer ne paraît s'intéresser qu'à l'argent :

> *mais ne lor dist ne o ne non,*
> *ençois a lor robes saisies,*
> *ses laissa totes esbahies* (vv. 125-128).

Mais ceux qui restent tout à fait ébahis, encore plus que les pucelles, sont les lecteurs-spectateurs de Garin, qui vont apprendre que les fées elle-mêmes ne sont pas moins attachées aux valeurs terrestres. Encore une fois, le *Leitmotiv* du fabliau est constitué par la « conquête des vêtements » qui jouent dans le récit un rôle tout à fait emblématique. Le seul effort héroïque du protagoniste consiste à rendre aux demoiselles les habits volés par l'écuyer. Cependant les fées vont récompenser le jeune homme comme s'il avait accompli une entreprise hasardeuse...

Il a bien su résister à la séduction de l'argent, mais jamais il n'a été question de la tentation que la beauté affriolante des pucelles devrait exercer sur un véritable chevalier : la distanciation vis-à-vis des *lais* (il suffit de penser à *Graelent* ou à *Guingamor*) est délibérément soulignée par l'auteur. C'est à ce moment que le niveau « arthurien » de l'histoire s'imbrique incontestablement avec le ton « jongleresque » du récit, si bien que les allusions plus ou moins ambiguës de l'auteur commencent à s'éclaircir aux yeux de ses lecteurs.

Les trois dons constituent le noyau du fabliau, vu que le chevalier n'existe que grâce à eux. Il n'est pas étonnant que le protagoniste, tout comme le fabliau, en tirent leurs « noms ». Pour attirer la curiosité de son public et pour marquer le caractère « scandaleux » du récit, l'auteur, dans le prologue, met au premier plan le deuxième don, le plus « scabreux », encore que les deux autres revêtent autant d'importance, surtout pour la manière dont ils sont liés. Le premier don, le « bon accueil », n'a rien d'indécent, car ce traitement était bien réservé aux héros

arthuriens dont les gestes étaient irréprochables (il ne faut pas
oublier cependant que les jongleurs étaient eux aussi accueillis
par les applaudissements les plus joyeux). Le deuxième don est
introduit par l'évocation du visage de la femme (ou de la femelle) destinée à être l'objet des attentions du chevalier : « et
qu'el ait deus elz en la teste » (v. 220). Mais au lieu de la bouche,
qui compléterait logiquement la description, est mentionné le
con, qui parlera à sa place. Une telle substitution n'est pas sans
faire rougir le chevalier :

> *Adonc ot li chevaliers honte* (v. 226),

mais le mot à la rime, *honte*, sert en réalité à reprendre l'allité-
ration *conte-con*, qui avait été introduite dans le prologue
(vv. 13-17) et qui constituera le thème central du défi avec la
con-tesse. Le dernier don est subtilement introduit sous forme
de question par la troisième pucelle :

> *... Beaus sire,*
> *savez vos que ge vos vieng dire ?* (v. 229 sq.)

Que doit-on imaginer ? L'auteur ne s'amusera-t-il pas encore
une fois à décevoir les attentes de son public ?

En fait le troisième don accentue, si possible, le scandale du
deuxième. Dès lors, le chevalier, tout comme le public de Garin,
ne peut plus prendre au sérieux la « récompense » des fées. Il
croit en effet que celles-ci se sont moquées de lui :

> *Donc ot li chevaliers vergoigne,*
> *qui ben cuide que gabé l'aient*
> *et que por noient le delaient* (vv. 238-240).

Mais quand le prêtre s'enfuira, horrifié par le fait que les
parties intimes de sa jument l'ont démasqué, le chevalier et son
écuyer ne manqueront pas de rire de bon cœur :

> *Mout rient de cele aventure* (v. 309).

Ce sera le premier d'une série de *rires* servant à établir une
relation étroite entre le public qui écoute le fabliau et les personnages à l'intérieur de l'histoire qui se montrent, eux aussi,
fort sensibles à l'ironie de leur situation :

Li quens s'en rist et la gent tote (v. 496);

Quant le quens l'ot, forment s'en rist,
e tuit li chevalier s'en ristrent (v. 604 *sq.*).

L'entreprise « héroïque » du chevalier a lieu dans un cadre ouvertement « ludique », car les gens qui l'accueillent sont en train de jouer :

De maintenant el chastel entre
cil qui faisoit les cons paller.
Tuit le corurent saluer
que mout le vuelent conjoïr
dont il se puet mout esjoïr.
Enmi la vile uns gieus avoit
ou li pueples trestot estoit (vv. 342-348).

C'est donc dans une ambiance qui rappelle les spectacles des jongleurs que le chevalier va s'exhiber. Le don dont il a été muni par les fées – donner la parole aux « muets » – renvoie d'autre part à la prérogative du ménestrel le plus habile et le plus admiré, le ventriloque[53].

Le dessein de l'auteur se fait de plus en plus explicite dans la scène du « combat verbal » avec la *con-tesse*. Tout en observant qu'elle « n'ert fole ne jangleresse », Garin n'est pas sans souligner le caractère le plus évident de ce personnage, le bavardage, qui la rapproche des jongleresses. D'ailleurs son nom n'est-il pas allusif ? « Celle qui cherche à faire *taire* les *cons* » ?

Comment ne pas remarquer, alors, que *Contesse, Huet, Chevalier* étaient tous des noms de jongleurs arrageois régulièrement inscrits à la Confrérie et figurant dans son *Nécrologe*[54] ?

Quoi qu'il en soit, à la fois timide « chevalier arthurien » et rusé ventriloque, le héros inventé par Garin et ses curieuses prérogatives étaient destinés à se graver durablement dans la mémoire littéraire du public européen[55].

---

53. *Cf.* A. Cervellati, *Storia de Circo*, Bologna 1956 ; A. Prince, *The Whole Art of Ventriloquism*, London 1907 ; L'Abbé de la Chapelle, *Le Ventriloque ou l'engastrimythe*, Londres 1772.

54. *Cf.* Berger 1963, s.v. *Chevalier, Contesse, Huet.*

55. Il suffit de songer à la réception du motif chez Sercambi, Forteguerri, etc., jusqu'à Diderot (*cf.* la Notice du fabliau), et, pour terminer, à Crébillon fils.

Dans le prologue de *Berangier au lonc Cul*, l'auteur souligne les difficultés intrinsèques de l'activité narrative. Depuis deux ans – dit-il – je n'arrête pas de divulguer les histoires les plus amusantes qu'il m'arrive de trouver, mais voilà que j'ai épuisé mon répertoire : l'histoire de Berangier sera bien mon chant du cygne.

En fait *Berangier au lonc Cul* est l'exemple le plus éloquent de la polymorphie du fabliau. Bien avant la nouvelle, ce type de récit se situe au carrefour des « genres narratifs » médiévaux, car, si d'un côté il plonge ses racines dans la tradition orale, d'autre part il n'est pas sans puiser dans la fable, dans la chanson de geste et dans le roman. Le simple titre de notre fabliau renvoie, par exemple, soit au surnom de Guillaume : *au cort nez* vs. *au lonc cul* (Pearcy 1977), soit au nom d'*Audigier* (et à ce texte le fabliau emprunte le motif du « baiser honteux »). Par ailleurs, plusieurs détails pour ainsi dire « arthuriens » (scènes dans la forêt, « orations héroïques », etc.) renvoient délibérément aux romans de Chrétien de Troyes[56].

Après quatorze vers servant à introduire le motif de la « mésalliance » de la dame noble avec le vilain, l'auteur s'adonne à une longue réflexion morale sur la dégénérescence de l'aristocratie, obligée à se vendre aux nouveaux riches pour payer ses dettes :

> *Ainsi bons lignaiges aville*
> *et li chastelain et li conte*
> *declinent tuit et vont a honte :*
> *se marient bas por avoir,*
> *si en doivent grant honte avoir*
> *et grant domaige, si ont il.*
> *Li chevalier mauvais et vill*
> *et coart issent de tel gent,*
> *qui covoitent or et argent*
> *plus qu'il ne font chevalerie :*
> *ainsi est largesce perie,*
> *einsi dechiet enor et pris* (vv. 24-35)*!*

---

56. *Cf.* Busby 1981, 121-132. Voir également, ci-dessous, les notes aux vv. 83 et 257.

Le ton est ouvertement épique, si bien qu'il n'est pas sans rappeler des passages semblables de la *Chanson des Saisnes*[57]. Cependant les vers suivants, qui décrivent la déception de la dame ayant constaté que son mari n'a aucune envie de manier les armes, introduisent un nouveau changement de registre, dans la mesure où ils se révèlent une parodie d'un roman que Garin paraît privilégier :

> *Li chevaliers amoit repos,*
> *il ne prisoit ne pris ne los*
> *ne chevalerie deus auz* (vv. 43-45)...

Il suffit de lire les vers consacrés à la fainéantise du vilain pour entrevoir, dans l'arrière-plan, la scène célèbre du « chagrin d'Enide » vis-à-vis de la « recréantise » d'Erec :

> *... que d'armes mes ne li chaloit,*
> *ne a tornoiemant n'aloit...*
> *Sovant estoit midis passez,*
> *einz que de lez lui se levast ;*
> *lui estoit bel, cui qu'il pesast*[58].

Le *contrafactum* de Garin est poussé, il est vrai, jusqu'aux dernières limites, mais, comme nous l'avons déjà constaté, il s'agit d'un procédé stylistique fréquent chez notre auteur, qui s'en sert pour atteindre la pointe du récit, après avoir lentement préparé son lecteur. C'est pourquoi le double « déguisement en chevalier », du vilain lâche et de sa noble épouse, est formé sur la base de modèles littéraires fort bien connus : Lancelot, Gauvain, Audigier[59]. Pour nous borner à quelques exemples parmi d'autres, la scène de l'adoubement du faux guerrier n'est pas sans évoquer une ambiance « arthurienne » :

> *Et l'endemain, a l'enjornant,*
> *li chevaliers leva avant,*
> *si fist ses armes aporter*
> *et son cors richement armer,*
> *quar armes avoit il mout beles,*
> *trestotes fresches et noveles* (vv. 79-84).

---

57. *Cf.* ci-dessous la note au v. 30.
58. *Cf. Erec et Enide*, vv. 2431 *sq.* ; 2442-44.
59. *Cf.* ci-dessous les notes au titre et au v. 227 de *Berangier*.

Cependant l'admiration de l'auteur pour l'équipement du chevalier n'est pas sans ironie, puisque ces armes reluisantes signifient tout simplement que celui-ci n'a jamais combattu. Si nous lisons les vers consacrés au départ de Lancelot pour le « tournoi de Noauz », nous nous apercevons que l'intention de Garin est, encore une fois, parodique :

> *Et la dame tantost li baille*
> *les armes son seignor vermoilles*
> *et le cheval qui a mervoilles*
> *estoit biax et forz et hardiz.*
> *Cil monte, si s'an est partiz*
> *armez d'unes armes molt beles,*
> *trestotes fresches et noveles*[60].

Puisqu'à Noauz c'est « de son pis » que Lancelot devra jouter, il ne faudra pas s'étonner de la lâcheté de notre pauvre faux chevalier. On pourrait multiplier les exemples, mais j'aimerais m'arrêter brièvement sur les vv. 244-251, qui décrivent le moment de la crise, lorsque la dame, assumant le rôle actif, arrive à effacer toute distinction sexuelle :

> *Et cil regarde la crevace*
> *du cul et du con : ce li sanble*
> *que trestot li tenist ensanble.*
> *A lui meïsme pense et dit*
> *que onques si lonc cul ne vit.*
> *Dont l'a baisé de l'orde pais,*
> *a loi de coart hom mauvais,*
> *mout pres du trou iluec endroit*[61].

Audigier, prisonnier de Grinberge, est soumis à la même torture du « baiser honteux » :

> *Grinberge a descouvert et cul et con*
> *et sor le vis li ert a estupon ;*
> *du cul li chiet la merde a grant foison*
> *... Il foiz li fist baiser son cul ainz qu'il fust ters*
> *et Audigier i ert par ses levres aers*[62].

---

60. *Cf. Le Chevalier de la Charrette*, vv. 5498-5504.
61. *Cf. Berangier au lonc Cul*, vv. 244-251.
62. *Cf. Audigier*, vv. 410-412 et 415 *sq.*

Encore qu'il soit étouffé par la vieille et par le cauchemar (aussi d'ordre sexuel) qu'elle représente, Audigier n'a cependant aucun doute quant à son identité. Dans *Berangier*, par contre, tout en ayant le nez sur le sexe de sa propre femme, l'imbécile n'est pas sûr de ses propres perceptions, si bien qu'il finit par voir autre chose. La confusion qui aveugle le vilain stupide – que nous avons déjà rencontrée dans les *Treces* – après avoir déterminé la crise, servira à la dame pour établir un nouvel ordre, inspiré par les lois de la courtoisie, d'où la jalousie est interdite. Voilà alors que le mari est censé être battu, cocu et content. Quant à l'élément « scatologique » qui était dominant dans le poème d'*Audigier*, il sera récupéré dans le proverbe qui clot l'histoire :

A mol pastor chie lous laine (v. 300).

« Quand le berger est mou, le loup chie de la laine ».

On peut attribuer au jongleur nommé Gautier le Leu six fabliaux « certifiés » : le *Sot Chevalier* (ou, mieux, L'*Aventure d'Ardennes*), les *Deus Vilains*, le *Fol Vilain*, *Les Sohais*, *Connebert*, le *Prestre taint* ; deux dits : du *Con* et des *Cons* ; un « proverbe » : *Dieu et lou Pescour*, et un poème plus long et complexe, la *Veuve*, que le poète définit *romans* (v. 616), mais que Bédier et Nykrog ont inclus dans leurs inventaires des fabliaux[63]. Comme il arrive souvent pour les écrivains médiévaux, l'œuvre de Gautier est l'unique source de renseignements sur son auteur. Utilisant les nombreuses données géographiques contenues dans les textes que nous venons de mentionner, Livingston 1951 (31-82) a établi que Gautier était originaire de l'ancien comté de Hainaut. Cette hypothèse est confirmée par une analyse détaillée de la langue de l'auteur. Dans la *Veuve*, le poète cite *Caucie, Anzaing, Neufborc* (la Chaussée, Anzin, Neufbourg), anciens quartiers ou bourgades de Valenciennes, capitale du comté et foyer littéraire de la région. Dans ce même texte cependant, notre jongleur, pour désigner les maris soumis à leurs femmes, utilise le mot *auduins* : un terme typiquement arrageois qui n'apparaît que dans un dit artésien composé avant

---

63. Cet avis n'est pas partagé par les rédacteurs du *NRCF*, V, 316.

1254[64]. Dans le *Prestre taint* Gautier prétend avoir séjourné longtemps à Orléans, et dans le dit du Con il semble bien informé sur l'école épiscopale de Cologne dont il se moque non sans un grand étalage d'érudition cléricale. Il est par conséquent fort probable que, avant de devenir ménestrel, Gautier ait été un clerc en rupture de ban (Livingston 1951, 125 et 127), voire un Goliard.

Quant à la datation des poèmes, on ne possède que quelques éléments historiques dont l'interprétation demeure problématique. L'allusion, dans la *Veuve*, v. 449, à « çaus del Mont Wimer » paraît se référer à une localité (aujourd'hui Mont-Aimé, commune de Bergère-les-Vertus, arr. de Châlons-sur-Marne) où, en 1239, frère Robert, dit le Bougre, fit brûler des Cathares en présence du roi Thibaut de Navarre. Puisque la consécration de l'église de saint Cunibert de Cologne eut lieu en 1247, si le modèle de *Connebert*, personnage parodique qui revient dans plusieurs textes de Gautier, est bien ce saint, comme le propose Lejeune (1958), une autre date peut s'ajouter à notre mince répertoire. Pour ce qui est de la composition du *Sot Chevalier*, Livingston pense qu'il faut la placer en 1267, mais les rédacteurs du *NRCF* refusent cette hypothèse[65]. Quoi qu'il en soit, il est très difficile de dater l'activité poétique de Gautier le Leu autrement que de façon approximative : tout ce qu'on peut dire c'est qu'elle se situe vers la moitié du XIIIe siècle, et rien ne permet d'affirmer que la carrière du jongleur s'est prolongée « bien après 1250 », comme l'affirme Livingston (1951, 100).

Pour en venir aux textes, il nous apparaissent riches, variés et caractérisés par une profonde unité stylistique. Le fait que Bédier, Nykrog et bien d'autres aient classé la *Veuve* dans le genre Fabliau, se comprend aisément : procédant à coup sûr d'une intention réaliste, l'auteur nous décrit, non sans ironie et un brin d'âpreté, des scènes-type qui font partie du répertoire permanent de la vie matrimoniale. Les verbes sont au présent historique, ce qui donne beaucoup de vivacité au récit. Le vocabulaire est bien celui de la langue parlée et il a parfois une allure décidément provinciale. L'agencement du récit est bien

---

64. *Signor, noveles sont venues* (*cf.* Berger 1981, 198-203).
65. *Cf.* Livingston 1951, 42 ; *NRCF*, V, 436 *sq.*

structuré, car, comme l'écrit Nykrog (1973, 172), le conte « suit la transformation graduelle d'une veuve éplorée en coquette insatiable et nous la montre glissant irrésistiblement sur la pente qui mène d'une position hautement morale et toute pleine de vertu, vers une amoralité toujours plus profonde ». Mais en dépit du nombre d'indications géographiques, que nous avons déjà mentionnées, en dépit des noms propres cités par la veuve, le texte prétend assumer une valeur universelle hors du temps et de l'espace, car il vise l'éternel féminin. C'est pourquoi, tout en rappelant les fabliaux, la *Veuve* n'en est pas un : on pourrait rapprocher ce texte des *Lamentations de Matheolus* ou du *Miroir de Mariage*, ou, encore, des *Quinze joies de Mariage*, dont il représente l'ancêtre le plus direct[66]. L'analyse psychologique très fine, répandue dans une série de monologues intérieurs, n'est pas sans rappeler la tradition romanesque (et c'est bien le terme *romans* que l'auteur choisit, au v. 616, pour définir son poème[67]). Mais l'allure générale de l'argumentation contribue à encadrer notre texte dans le genre satirique et didactique, duquel l'auteur prétend d'ailleurs s'inspirer dès le premier vers :

> *Seignor, je vos vueil castoier...*

En conclusion, on pourrait s'accorder à reconnaître dans la *Veuve* un « sermon joyeux » s'achevant par l'éloge des femmes, à l'instar de plusieurs dits artésiens contemporains[68].

Quoique l'attribution du *Prestre taint* à Gautier le Leu soit confirmée par l'incipit de *Connebert*[69], il est fort probable que le ms. C, le seul qui l'ait conservé, nous ait transmis une version dégradée du fabliau. C'est l'hypothèse formulée par Maurice Delbouille dans une remarquable étude de 1954, qui garde encore tout son intérêt[70]. Par rapport au style de notre poète, tou-

---

66. *Cf.* P. Nykrog, « Entre le fabliau et *la nouvelle*. Réflexions sur une longue absence », in La Nouvelle, Montréal 1983, 199-207.

67. Voir cependant, ci-dessous, la note à ce vers.

68. *Cf.* Berger 1981, 198-203.

69. « Gautiers qui fist del *Prestre taint,*/ A tant caciet qu'il a ataint/ D'un autre prestre le matire... » (*cf.* Livingston 1951, 220).

70. *Cf.* M. Delbouille, « Le fabliau du *Prestre teint* conservé dans le manuscrit Hamilton 257 de Berlin n'est pas de la main de Gautier le Leu », *Revue Belge de Philologie et d'Histoire*, 32, 1954, 373-394.

jours châtié, par rapport à la technique du vers qui lui est propre, le ton du remaniement apparaît trop simple et débraillé. En
dépit de cette détérioration évidente, on reconnaît cependant la
main de Gautier dans l'architecture du récit. De la sorte, la
lecture du *Prestre taint* peut nous donner, bien plus que toute
définition abstraite, l'idée de ce qu'était un fabliau : un divertissement léger, dont la fonction était d'amuser un public d'auditeurs passionnés. Le jongleur vagant rapporte à son assistance
une matière apprise toujours « ailleurs » (en Normandie, en
Bourgogne, ici à Orléans) se présentant comme simple intermédiaire entre la source « légendaire » et les personnes réelles qui,
groupées autour de lui, veulent écouter et se distraire agréable-
ment. La matière est connue, car il s'agit d'une histoire de prêtres
avides de plaisir. On a enregistré plus de trente variantes de ce
conte : aucune de ces rédactions ne peut en tout cas se rapprocher de notre texte quant au plaisir quasiment blasphématoire
avec lequel l'auteur décrit la « crucifixion » du pauvre curé.

Le début du fabliau nous apprend que son auteur est la proie
d'un aubergiste impitoyable, qui « après lui avoir extorqué tout
son argent, lui réclame son *mantel*, sa *cote* et son *surcot* pour
payer son écot » (Livingston 1951, 123). De même, on retrou-
vera à la fin du fabliau le prêtre complètement nu, « sans chemise ne braie » (v. 415), et ce sera la vengeance de l'auteur
contre son personnage malchanceux. Cette aventure – dit le
jongleur – lui est arrivée à Orléans (et, pour mettre en évidence
le nom de cette ville, il le répète trois fois). De surcroît, le nom
de l'entremetteuse de la ville, *Hersent*, n'est pas sans rappeler
« Hersant al ventre grant », « une pautoniere molt mesdisant,
Feme a un macheclier d'Orlien », qui joue un rôle tout à fait
analogue dans *Aiol*, vv. 2656-58, une chanson de geste très bien
connue par les auteurs de fabliaux. Puisqu'au XIIIe siècle Orléans
fourmillait de clercs et d'écoliers, on s'attendrait à une histoire
de cocuage, d'autant plus que les « bourgeoises d'Orléans » ne
jouissent pas, dans les fabliaux, d'une réputation sans tache. Au
contraire, Gautier nous présente une dame tout à fait fidèle à
son époux qui brûle de se venger des avances grossières du curé.
Toutefois, quand le feu fera « drecier le baudoin » du prêtre,
déguisé en crucifix, la dame ne pourra pas s'empêcher d'y jet-
ter un coup d'œil, en répliquant aux plaisanteries de son mari :

> *cil n'ot mie trop grant savoir,*
> *qui le tailla en tel maniere.*
> *Je cuit qu'il est crevez derriere,*
> *il l'a plus granz que vos n'avez*
> *et plus gros, que bien le savez !* (vv. 428-432).

Que cela serve d'avertissement aux maris trop sûrs d'eux...

Schelmenroman (comparé aux aventures de Fouke Fitz Warin, de Robin Hood ou d'Eustache le Moine) ; fabliau résultant de la dégradation du mythe du « Fripon Divin » ; récit polytypique mettant en scène plusieurs rôles sérialisés ; panégyrique du Double : voilà quelques-unes des définitions qu'on a proposées pour *Trubert*, texte très complexe qui se prétend un fabliau, mais qui, dans la mesure où il se compose de plusieurs épisodes successifs faisant appel au même protagoniste, « peut être lu comme une fuite en avant du genre "fabliau" » (Billote 1988, 23). Son auteur, Douin de Lavesne, y relate « le triomphe d'un vilain qui, à travers une série d'aventures délirantes, subvertit au sens propre le monde du pouvoir, par la façon dont il ridiculise ses victimes, les rabaisse à son niveau, en même temps qu'il tourne en dérision tout ce qu'il y a de plus sacré » (Payen 1979, 121).

Afin de chercher à comprendre les énigmes qui se cachent derrière l'apparente souplesse de cet ouvrage fascinant, on a insisté sur ses rapports avec la tradition orale (Badel 1979), sur les modalités de la représentation de l'exclusion (Payen 1979), sur la pertinence des modèles anthropologiques (Bonafin 1990), sur les fonctions du « déguisement » (Batany 1988), sur l'évolution du principe de sérialité (Billotte 1988). Je crois que toutes ces tentatives sont légitimes et intéressantes, mais elles ont le tort d'imposer des schémas préétablis à un texte dont la particularité la plus importante reste son complexe aspect littéraire (Rossi 1979).

Douin de Lavesne est un véritable écrivain dont l'inspiration ne peut se mettre en branle que sous l'effet d'un ou de plusieurs modèles écrits. Cependant les romans de Chrétien de Troyes et de Robert de Blois, le *Renart*, l'*Alda* de Guillaume de Blois,

Wistace le Moine, de même que quelques-uns des fabliaux les plus connus, ne constituent pas, pour notre poète, une réserve d'histoires dans laquelle puiser, mais surtout des modèles, pour ainsi dire, « antagoniques » avec lesquels se confronter. Au fond, ce qui compte dans l'économie du texte, beaucoup plus que les déguisements de Trubert, ce sont les « travestissements » auxquels l'auteur soumet les différents modèles qu'il a choisis, grâce au jeu de la parodie et de la stylisation burlesques. Mais avant de chercher à analyser le récit, il faut essayer de le dater et de localiser le milieu où il a été composé, car la réécriture (tout comme la Poésie) n'est pas sans se ressentir du contexte historique et culturel dans lequel elle s'effectue.

Par suite d'une vieille faute de ponctuation (de Méon 1823, I, 254), qui n'a été corrigée ni par Ulrich ni par Raynaud de Lage, le sens des vers 2001-2003 n'a pas été compris par les interprètes :

> *Sire, dit il, biaus est li dons.*
> *Mes peres est des Brebençons*
> *sires, s'en voil a lui parler*[71].

Trubert-Hautdecuer, après avoir promis qu'il reviendra épouser la fille du duc de Bourgogne, prétend que son père est le seigneur des Brabançons. Encore qu'ironique (Raynaud de Lage 1974, 67), ce passage rappelle un événement historique précis : le mariage, vers 1253, d'Henri III de Brabant (le prince-trouvère récemment fait chevalier) avec Aléide ou Alix, fille de Hugues IV, duc de Bourgogne[72]. Derrière le courtois et presque imbécile duc Garnier c'est Hugues IV qui se cache[73], et notre auteur paraît

---

71. En mettant un point-virgule après Brebançons, les éditeurs ont compris : « Sire, le don est beau fait-il. Mon père est brabançon et je veux lui en parler, sire » (*cf.* Bonvin, *La Chevalerie des sots,* 219). Cependant la différence morphologique entre sire (v. 2001) et *sires* (v. 2003) est évidente, d'autant plus que la répétition serait illogique.

72. *Cf.* Petit 1891, IV, 140 *sq.* ; Henry 1948, 14 *sq.* L'événement est enregistré dans les chroniques contemporaines, comme celle dite de Baudoin d'Avesnes (*cf. Mon. Germ. Hist., Scriptores,* XXV, 1880 : « La fille le duc de Bourgogne Hugon ot nom Aelis. Cele fu donnee en mariage au duc Henri de Brabant »).

73. Pour Raynaud de Lage (1974, X) : « Il n'y a jamais eu de duc de Bourgogne du nom de Garnier ; c'est Hugues IV qui règne pendant la plus grande partie du XIIIᵉ siècle, de 1219 à 1272... Le duc Garnier n'a donc pas plus de réalité historique que le roi Golias ».

bien connaître les vicissitudes historiques de ce seigneur. Tout d'abord la régence longtemps exercée par la mère du futur duc, Alix de Vergy, une véritable *vueve dame* qui n'a rien à envier aux héroïnes romanesques[74] ; ensuite les guerres privées de Hugues contre Thibaut de Champagne et surtout contre le roi Louis IX lui-même ; sa politique inconstante, surtout quant aux projets de mariage concernant ses filles ; enfin l'influence exercée sur lui par sa deuxième femme, Béatrice de Navarre, fille de son ancien ennemi Thibaut[75]. On pourrait ajouter que l'intérêt du duc Garnier et de sa femme pour la multicolore chèvre laitière amenée par Trubert, plutôt que les mythes indiens, n'est pas sans rappeler l'importance qui, dans les actes de pariage de cette époque, est accordée aux produits en lait et en fromage et, par conséquent, aux brebis et aux chèvres (Petit 1891, IV, 61).

Mais il y a plus. On ne peut considérer Douin de Lavesne (ou l'auteur qui se cache derrière ce pseudonyme) comme un simple jongleur vagant, humble dépositaire des traditions orales. Le seul manuscrit qui nous ait transmis *Trubert* n'a, en effet, rien à voir avec les pauvres livres des poètes itinérants. Il s'agit d'un petit codex richement historié qui ne contient que notre fabliau. Grâce à ses miniatures et à d'autres éléments codicologiques que nous indiquons plus loin[76], on peut le rapprocher du ms. 395 de la Faculté de Médecine de Montpellier contenant les *Etablissements de saint Louis*, daté de 1273[77]. Les deux livres ont été vraisemblablement composés pour le même commanditaire et plus ou moins à la même époque.

Nous sommes donc en mesure de supposer que *Trubert* a été

---

74. « Les historiens bourguignons... nous disent qu'à la majorité de son fils, la duchesse Alix de Vergy se retira à Prenois, qui lui avait été assigné en douaire, et qu'elle y faisait valoir, par ses mains, deux charrues à bœufs et un troupeau de cinq cents moutons » (Petit 1891, IV, 60). Encore que ces faits ne soient pas exacts, le personnage historique de la duchesse est à la base de plusieurs légendes.

75. *Cf.* Petit 1891 et 1894 ; J. Richard, *Les Ducs de Bourgogne et la formation du duché du XIe au XIVe siècle*, Paris 1954.

76. *Cf.* ci-dessous la Notice au texte de *Trubert*.

77. *Cf. La France de saint Louis*. Catalogue de l'exposition nationale, Paris octobre 1970-janvier 1971, cat. 132. E. J. Beer, « Das Skriptorium des Johannes Philomena und seine Illuminatoren. Zur Buchmalerei in der Region Arras-Cambrai, 1250 bis 1274 », *Scriptorium*, 23, 1969, 24-38.

rédigé entre 1253 (date du mariage d'Henri et d'Aléide) et 1273 (date de la rédaction du ms.), par un auteur cultivé travaillant pour une cour seigneuriale et ayant adopté la langue littéraire de son temps. Cet idiome se caractérise par un nombre important de dialectismes picards[78].

Notre poète se nomme à deux reprises *Douins*, un diminutif de Hardouin, ou, plus probablement, de Baudoin. Il prétend être originaire de Lavesne, et un village de ce nom se trouve sur la rive droite de la Somme. Puisque le héros du récit habite la forêt de *Pontarlie*, à savoir l'actuel Harly, et que l'histoire est située dans le duché de Bourgogne, Raynaud de Lage (p. IX) a reconnu dans ces indications des localités du Vermandois, tout près de Saint-Quentin et de l'abbaye d'Homblières.

Mais Douin paraît connaître également Douai, Loos, le Brabant, ce qui n'est pas sans nous intriguer. On se demande si, dans un contexte foncièrement ironique, le nom de l'auteur lui-même ne serait pas présenté sous une forme burlesque. Tout en cachant la vraie identité de l'écrivain, ce pseudonyme pourrait faire allusion au commanditaire de l'ouvrage, c'est-à-dire (mais ce n'est qu'une hypothèse) à Baudoin d'Avesnes, sire de Beaumont. On possède nombre de renseignements sur ce seigneur, fils illégitime de Bouchard d'Avesnes, légitimé seulement à l'âge adulte, mort en 1295 : un personnage « à double face », débauché pendant sa jeunesse, politicien habile et rusé pendant sa maturité et surtout mécène très célèbre d'historiens et d'écrivains[79]. L'identification de Douin avec Baudoin d'Avesnes a été hasardée en 1934 par Mainone (p. 284). Mais, même si l'hypothèse est fascinante, nous n'avons aucun argument pour l'ap-

78. Dans une étude linguistique très détaillée, mon élève Marco Mattei a constaté que nombre des assonances ou des prétendues rimes insuffisantes peuvent se justifier par rapport aux exigences du picard du XIIIe siècle (*cf. Pour une lecture de Trubert*, mémoire de licence présenté à l'Université de Zurich en novembre 1990).

79. *Cf.* J. Heller, « Über die Herrn Balduin von Avesnes zugeschriebene Hennegauer Chronik und verwandte Quellen », NA, 6, 1881, 129-151 ; S.C. Duvivier, *Les Influences française et germanique en Belgique au XIIIe siècle. La querelle des Avesnes et des Dampierre jusqu'à la mort de Jean d'Avesnes (1257)*, 2 vol., Bruxelles-Paris 1894 ; E. Ruhe, *Les Proverbes Seneke le philosophe. Zur Wirkungsgeschichte des Speculum Historiale von Vinzenz von Beauvais und der Chronique dite de Baudoin d'Avesnes*, München 1969.

puyer[80]. Il n'est pas impossible, par conséquent, que le fabliau ait été écrit « pour une petite cour seigneuriale du Vermandois ou de Champagne » (Raynaud de Lage 1974, XXVI).

Quoi qu'il en soit, la seule intervention à la première personne de notre auteur (v. 550 *sq.*) sert apparemment à illustrer la sagesse d'un proverbe bien connu contre les vilains[81] :

> *Je meïsme tesmoin et di :*
> *qui a vilain fet bien se pert.*

Ne serait-ce pas que l'auteur cherche à « assurer bonne conscience aux seigneurs en les persuadant que leur dureté envers leurs paysans n'est rien à côté du mal dont les vilains seraient capables à leur égard, s'ils les laissaient faire comme cet imbécile de duc » (Batany 1988, 26) ?

Il ne faut cependant pas oublier que ces déclarations de Douin se référant à la sagesse populaire ne manquent pas d'être antiphrastiques. Par exemple, quand le pauvre chapelain, épouvanté à la vue du vrai sexe de la « jeune mariée », après avoir vainement cherché à alerter le roi Golias, périt sous les coups de bâton de celui-ci, l'écrivain ne se prive pas d'observer :

> *Douins de Lavesne tesmoigne*
> *qu'il est mout fous qui de tout soingne ;*
> *se li prestres se fut teüz,*
> *il n'eüst mie esté batuz.*
> *Bon taisir vaut, trop parler nuit*[82] *!*

Avant d'examiner l'agencement du récit et quelques-uns des modèles littéraires utilisés par Douin, il faut brièvement considérer le système onomastique du fabliau.

A l'instar de Perceval, pendant le premier épisode notre héros n'a pas de nom, car l'auteur l'appelle simplement *vallet*. Trubert réussira à prononcer son nom seulement après son exploit avec la duchesse (v. 250). Mais ce sera dans le prologue

---

80. Surtout à cause des notables différences linguistiques qui séparent les textes rédigés sous le mécénat de Baudoin de *Trubert*.

81. *Cf.* Morawski 1925, n° 725 : *Faites bien le vilain et il vous fera mal.*

82. *Cf. Trubert*, vv. 2725-2729 (et voir la note au v. 2729).

au deuxième épisode que Douin nous fournira une première *interpretatio nominis* :

> *ainz vos conterai de Trubert*
> *qui plus gaaigne qu'il ne pert* (v. 399 *sq.*).

Comme l'a bien souligné Pierre-Yves Badel, qui a consacré au nom de Trubert l'analyse la plus complète (p. 33 *sq.*), le mot commun, champenois ou picard, *trubert*, par les associations que son signifiant suggérait, notait aux XIIIe et XIVe siècles l'ambivalence du sot médiéval : « niais, ridicule, mais dangereux à cause de sa conduite imprévisible » (Badel 1979, 24). Quant au nom propre *Trubert*, il revient dans la *Farce de Maistre Trubert et d'Antognard* d'Eustache Deschamps[83], mais il se peut bien que Douin et Eustache aient fait d'un nom commun un nom propre indépendamment l'un de l'autre. J'ajoute que dans la version du ms. T du *Vilain au Buffet* (*NRCF*, V, 291), c'est l'auteur du texte qui prétend s'appeler *Trubers*. Puisqu'il s'agit d'un récit datable de la fin du XIIIe siècle, qui fait allusion aux *Deus Bordeors Ribauz* et au dit de l'*Erberie*, il n'est pas impossible que le jongleur ait connu notre *Trubert*, d'autant plus que le fabliau raconte la vengeance d'un vilain contre un méchant sénéchal.

Pour ce qui est des autres noms, *Aude* n'est pas sans rappeler l'*Alda* de Guillaume de Blois (Bonafin 1990, 107) ; *Florie*, le nom donné à Trubert déguisé en fille et revêtant les habits de sa propre sœur, évoque le personnage de la sœur dans *Floris et Lyriopé* de Robert de Blois (Faral 1924, 347), comme nous le verrons plus loin. Par contre, *Coillebaude*, pseudonyme féminin de Trubert, et *Hautdecuer*, pseudonyme de notre héros déguisé en chevalier, sont de véritables « noms parlants » : il faut cependant observer qu'on trouve un *Haus de cuer li Gentils* inscrit en 1245 dans le *Nécrologe* d'Arras (*cf.* Berger 1963, 218).

Quant au roi *Golïas*, son nom exprime avec efficacité la « connerie » du personnage, tout à fait incapable de reconnaître

---

83. *Cf.* Eustache Deschamps, *Œuvres Complètes*, éd. par Queux de Saint-Hilaire et Raynaud, VII, 155-174.

l'identité sexuelle de sa femme[84]. Qui plus est, derrière ce Roi-Con, n'est pas sans transparaître une caricature discrète de saint Louis lui-même, un souverain que les jongleurs n'aimaient décidément pas[85].

Le texte est structuré en cinq séries successives dont la première, consacrée au motif du « Sot au marché » (vv. 1-396), sert d'introduction nous montrant le héros sans aucun déguisement, alors que les autres exaltent les « masques » de Trubert : le Charpentier (vv. 397-1059), le Médecin (vv. 1060-1448), le Chevalier (vv. 1449-2226), la Femme (vv. 2227-2984). Le caractère foncièrement « parodique[86] » de *Trubert* apparaît dès le premier vers, où l'acception la plus « ordinaire » du mot fabliau est complètement renversée, dans la mesure où ce terme acquiert une valeur de « collectif » : un fabliau est « un ensemble de fables ». On rapproche habituellement cette définition de celle figurant au début de la *Vieille Truande*[87], mais ce texte, d'une façon beaucoup plus traditionnelle, se prétend un *fabelet* tiré d'une *fable*. Il est clair, par contre, que *Trubert* tire son nom de « fabliau » du fait qu'il se compose d'une série de « mensonges », de « fictions ».

Cette simple constatation suffit pour que le lecteur soit mis sur ses gardes quant à l'ambiguïté du poème avec lequel il est en train de se confronter. La « duplicité » du texte (très bien soulignée par Billotte 1985) est déjà « canonisée » au v. 11 (« une fille et un fil avoit »), où on fait allusion au protagoniste en même temps qu'à son pendant féminin, sa sœur, rien d'autre qu'une fonction narrative permettant à Trubert d'élargir la gamme de ses déguisements. Dès le début le texte paraît s'ins-

---

84. Que l'on se souvienne du trophée livré au duc comme la bouche et les narines de Golias (« Trubert a tret de s'aloiere/ le cul et le con qui i iere ;/ au duc en a fet un present », vv. 1963-1965). A propos de *Golïas,* voir la note aux v. 456 *sq.* de la *Veuve,* et *cf.* Migliorini 1968, 108 et 288.

85. Que l'on songe à l'attitude de Rutebeuf vis-à-vis du roi (*cf.* A. Serper, *Rutebeuf poète satirique,* Paris 1969, 86-91).

86. *Cf.* Rossi 1979, Bonafin 1990.

87. *Cf. NRCF*, IV, 339 : « Des fables fait on les fabliaus,/ Et des notes les sons noviaus,/ Et des materes les canchons,/ Et des dras cauces et cauchons./ Por çou vos voel dire et conter/ Un fabelet por deliter,/ D'une fable que jou oï... ».

pirer de *Perceval*[88], mais les modèles de Douin s'avèrent être
« doubles », car, avec le *Conte du Graal*, l'auteur vise en même
temps son épigone, *Floris et Lyriopé*, un roman où le protagoniste est doué d'une sœur faite à son image, *Florie*[89].

On a beaucoup insisté sur le fait qu'à la fin du premier épisode, relatant les aventures de l'imbécile au marché et ses exploits avec le duc et la duchesse, le poème pourrait se conclure.
En fait en ayant recours encore une fois à ses modèles préférés,
l'auteur lui-même n'est pas sans suggérer cette possibilité, car
juste à la fin de cette première « aventure », il cite la formule
utilisée par Chrétien de Troyes pour terminer le conte du *Chevalier au Lion* :

>   *Ore a mes sires Yvains sa pes* (v. 6789) ;

>   *Or a la duchesse sa pes* (v. 397)...

Cependant, puisque son fabliau doit être *aünez de fables*,
Douin se sert de cet expédient pour passer à l'« aventure » suivante :

>   *de li ne conterai or mes,*
>   *ainz vos conterai de Trubert,*
>   *qui plus gaaigne qu'il ne pert* (vv. 398-400).

D'après Badel (1979, 69), *Trubert* (tout comme le conte-type
Aarne-Thompson 1538) doit remonter à une tradition orale dans
laquelle « un garçon, fils d'une veuve, démontre sa sottise lors
de l'achat d'un animal doté de quelque trait distinctif aberrant ;
l'animal change de mains ; à la surprise de sa mère, le garçon
roule le nouveau propriétaire grâce aux tours qui sont "la substitution de personne" (?), le "charpentier" et le "médecin" ; il
détourne sur un tiers la vengeance de celui qu'il a battu ». Badel lui-même n'est pas sans reconnaître, cependant, que, par
rapport au schéma que nous venons de mentionner, *Trubert*
présente d'importantes « anomalies ». Au marché, par exemple,

---

88. Pour un répertoire exhaustif des emprunts à Chrétien, je me permets de renvoyer
à mon étude de 1979.

89. *Cf. Floris et Lyriopé*, vv. 334-39 : « Et por itant qu'il furent né/ En mai a
l'antree d'esté/ Quant li douz tans se renovale/ Et quant renast la flors novale./ Furent
nommé per droit avis/ Cele Florie et cil Floris », et *Trubert*, v. 2419 *sq.* : « Entre vos
ainsi l'apelez ;/ quant i avra autre mesnie,/ si ait a non dame Florie ».

personne ne cherche à duper le jeune homme (comme c'est le cas dans les contes populaires), car il paraît se tromper grâce à une « heureuse inspiration » qui lui permettra de gagner beaucoup plus qu'il ne perdit ; par ailleurs, la « vengeance » de Trubert à l'égard du duc n'est justifiée que par l'ingratitude proverbiale des vilains. Ce principe de « renversement parodique » qui caractérise l'attitude de l'auteur vis-à-vis de ses modèles garde donc aussi toute sa valeur pour ce qui est des « sources » folkloriques. En fait, la chèvre bariolée, à la fois productrice de *lait* et de *honte* (grâce au calembour du v. 2131), se révèle double elle aussi, dans la mesure où sa plus-value marchande est obtenue grâce au travail effectué par le peintre, mais ses couleurs voyantes en font un animal « merveilleux », comparable aux bêtes multicolores des romans de Chrétien (Rossi 1979, 34 *sq.*).

Mais il y a plus. L'antécédent littéraire le plus proche des « masques » de *Trubert* est la vingtaine de déguisements (en paysan, pèlerin, marchand, femme, etc.) utilisés par Eustache le Moine afin de jouer de mauvais tours au comte de Boulogne. Comme Trubert, Eustache est un marginal et son domaine de prédilection est la forêt ; cependant, à la différence de notre brave, Eustache a bien raison de se venger, car le comte de Boulogne l'a déchu de ses fonctions et n'a pas puni les assassins de son père. D'ailleurs, si les vv. 299-1880 du poème présentent une série d'aventures à mi-chemin entre la succession de fabliaux et la parodie de roman et d'épopée (Berger-Petit 1987, 11), à la fin (vv. 1881-2305) le texte devient « réaliste », car Eustache y apparaît dans son rôle « historique » du corsaire trouvant la mort dans un combat naval au service du roi d'Angleterre.

Si les attitudes ou procédés carnavalesques les plus importants, comme l'a très bien souligné Pierre-André Beauchamp[90], sont « le déguisement et le travestissement, l'obscénité, les mésalliances ou unions des contraires, le détrônement ou le renversement de l'ordre hiérarchique et l'énumération », il faut re-

90. P.-A. Beauchamp, « Procédés et thèmes carnavalesques dans les *Cent Nouvelles nouvelles* », *Le Moyen Français*, 1, 1977, 90-118. Pour une discussion de la pertinence du concept de « carnavalesque » dans *Trubert, cf.* Bonafin 1990.

connaître que *Trubert* remplit ces conditions d'un bout à l'autre du poème (*cf.* Bonafin 1990). C'est le charme d'un texte qui se révèle être beaucoup plus cohérent que ses interprètes ne l'avaient compris. Un texte superbement achevé avec la parodie du motif de la « fiancée substituée », car, après avoir parsemé de bâtards la cour de Bourgogne, Trubert réalise son destin de Maître Perturbateur en glissant la serve dans le lit du Roi[91].

Luciano ROSSI,
(Université de Zurich).

---

91. Sur ce motif dans la littérature d'oïl, *cf.* A. Henry, *Les Œuvres d'Adenet le Roi*, IV, *Berte aus grans piés*, Bruxelles 1963, 24-31.

Remarques sur la présente édition

Je me suis chargé de l'édition de *Trubert* aussi bien que des fabliaux de Jean Bodel et de Garin. Richard Straub a préparé l'édition des textes anonymes et des fabliaux de Gautier le Leu. Il s'est enfin occupé de toute la partie technique en la menant à bien grâce à sa compétence informatique, mais bien évidemment j'assume toutes les fautes.

Même si parfois notre interprétation diffère de celle proposée par les rédacteurs du *NRCF*, leur travail, à la fois précis et stimulant, s'est toujours révélé précieux.

La traduction mise en regard correspond ligne à ligne au texte en ancien français : nous nous sommes efforcés de respecter l'esprit des récits originaux sans reculer devant les passages les plus scabreux. Parmi les traductions précédentes, sont remarquables celles des fabliaux d'auteur publiées par Aimé Petit et Roger Berger, et surtout celle de *Trubert* de Romaine Wolf-Bonvin : nous devons à la seconde nombre d'heureuses suggestions.

Ce livre n'aurait jamais vu le jour sans le soutien à la fois chaleureux et éclairant de Michel Zink.

La dédicace à la duchesse de Bourgogne tient à souligner nos dettes à l'égard des héroïnes médiévales et modernes.

L. R.

SIGLES DES MANUSCRITS

A – Paris, Bibliothèque Nationale, fr. 837.
B – Berne, Burgerbibliothek, 354.
C – Berlin, Deutsche Staatsbibliothek, Hamilton 257.
D – Paris, Bibliothèque Nationale, fr. 19152.

E – Paris, Bibliothèque Nationale, fr. 1593.

F – Paris, Bibliothèque Nationale, fr. 12603.

G – Nottingham, University Library, Middleton L.M. 6.

H – Paris, Bibliothèque Nationale, fr. 2168.

I – Paris, Bibliothèque Nationale, fr. 25545.

M – Londres, British Library, Harley 2253.

T – Chantilly, Condé 475 (1578).

U – Turin, Biblioteca Nazionale, L.V.32 (A. Scheler 1876).

X – Paris, Bibliothèque Nationale, fr. 12581.

i – Clermont-Ferrand, Archives du Puy-de-Dôme, F2.

j – Paris, Bibliothèque Nationale, fr. 2188 (ancien 7996).

OUVRAGES CITES

Les textes anonymes ont été classés d'après leurs titres courants. On trouvera donc *Le Roman de Flamenca* sous *Flamenca* et non pas sous *Roman*.

AARNE S.-THOMPSON St., *The Types of the Folktale. A Classification and Bibliography,* Helsinki 1928 (révision Helsinki 1961).

ADAM DE LA HALLE, *Le Jeu de la Feuillée,* éd. J. DUFOURNET, Paris 1989.

ADAM DE LA HALLE, *Le Jeu de Robin et Marion,* éd. J. DUFOURNET, Paris 1989.

Aiol, éd. J. NORMAND et G. RAYNAUD, SATF, Paris 1877.

Alda cf. GUILLAUME DE BLOIS

Audigier, éd. L. LAZZERINI, Florence 1985.

BADEL P.-Y., *Le Sauvage et le Sot. Le fabliau de* Trubert *et la tradition orale,* Paris 1979.

BARTH B., *Liebe und Ehe im altfranzösischen Fablel und in der mittelhochdeutschen Novelle,* Berlin 1910.

La Bataille de Caresme et de Charnage, éd. G. LOZINSKI, Paris 1933.

BATANY J., « *Trubert* : progrès et bousculade des masques », in *Masques et déguisements dans la littérature médiévale.* Etudes recueillies par M.-L. OLLIER, Montréal 1988, 25-34.

BAUDE FASTOUL, *Congés* cf. RUELLE P.

Beaudous cf. ROBERT VON BLOIS

BÉDIER J., *Les Fabliaux. Études de littérature et d'histoire littéraire du Moyen Age,* Paris 1895 (deuxième édition).

BERGER R. et PETIT A., *Contes à rire du Nord de la France. Fabliaux abbévillois, amiénois, artésiens, douaisiens, flamands, hennuyers,* « Corps 9 » [s. l.], 1987.

BERGER R., *Le Nécrologe de la Confrérie des Jongleurs et des Bourgeois d'Arras (1194-1361),* Arras 1963.

BERGER R., *Le Nécrologe de la Confrérie des Jongleurs et des Bourgeois d'Arras (1194-1361)* : *Introduction,* Arras 1970.

BERGER R., *Littérature et Société arrageoises au XIIIe siècle. Les Chansons et Dits artésiens,* Arras 1981.

BÉROUL, *Tristan et Iseut,* éd. D. LACROIX et Ph. WALTER, Lettres gothiques, Paris 1989.

BEUTIN W., *Sexualität und Obszönität. Eine literaturpsychologische Studie über epische Dichtung des Mittelalters und der Renaissance,* Würzburg 1990.

BILLOTTE D., « L'Unité de *Trubert* : le sens d'une série », *Reinardus,* 1, 1988, 22-29.

BISANTI A., *L'« Alda » di Guglielmo di Blois. Storia degli studi e proposte interpretative,* Palermo 1990.

Blancandin et l'Orgueilleuse d'amour, éd. F. SWEETSER, TLF 112, Genève 1964.

BONAFIN M., *Parodia e modelli di cultura. Studi di teoria letteraria e critica antropologica,* Milano 1990.

Deus Bordeors Ribauz, éd. E. FARAL, 1910, 93-111.

La Bourgoise d'Orliens, éd. *NRCF,* III, 339-374, 459-465.

BOURQUELOT E., *Etude sur les foires de Champagne,* Paris 1865-1866.

BOUTET D., *Les Fabliaux,* Paris 1985.

BREUER H., « Zum altfranzösischen Schelmenroman *Trubert* » *Zeitschrift für romanische Philologie,* 60, 1940, 81 *sq.*

BRUSEGAN R., *Fabliaux – Racconti francesi medievali,* I millenni, Torino 1980.

BUSBY K., « Fabliau et Roman breton : le cas de *Berengier au long cul* », dans *Epopée animale, Fable, Fabliau,* Actes du IVe colloque de la Sociéte Internationale Renardienne, Evreux, 7-11 septembre 1981, éd. G. BIANCIOTTO et M. SALVAT, Paris 1984, 121-132.

BUSBY K., « Courtly Literature and the Fabliaux : Some Instances of Parody », *Zeitschrift für romanische Philologie,* 102, 1986, 67-87.

Cele qui se fist foutre sur la Fosse de son Mari, éd. *NRCF,* III, 377-403, 466-471.

CHÊNERIE M.-L., « *Ces curieux chevaliers tournoyeurs...* des fabliaux aux romans », *Romania,* 97, 1976, 327-368.

CHÊNERIE M.-L., *Le Chevalier errant dans les romans arthuriens en vers des XIIe et XIIIe siècles,* Genève 1986.

Les deus Changeors, éd. *NRCF,* V, 269-282, 426 *sq.*

Del sot Chevalier, éd. Ch. H. LIVINGSTON 1951, 185-197, 311-313.

Le Chevalier qui fist sa Fame confesse, éd. *NRCF,* IV, 229-243, 414-415.

Les deus Chevaus, éd. *NRCF,* V, 253-265, 425.

CHRÉTIEN DE TROYES, *Le Chevalier de la Charrette ou Le Roman de Lancelot,* éd. Ch. MÉLA, Paris 1992.

CHRÉTIEN DE TROYES, *Erec et Enide,* éd. M. ROQUES, Paris 1952.

CHRÉTIEN DE TROYES, *Le Conte du Graal ou Le Roman de Perceval,* éd. Ch. MÉLA, Paris 1990.

CHRÉTIEN DE TROYES, *Yvain,* éd. M. ROQUES, Paris 1960.

Le Roman de Claris et Laris, éd. J. ALTON, Tübingen 1884.

Connebert, éd. Ch. H. LIVINGSTON 1951, 219-232, 322-326.

Du Con, éd. Ch. H. LIVINGSTON 1951, 233-249, 326-333.

Des Cons, ms. A, f. 241r-241v.

Le Couronnement de Louis, éd. E. LANGLOIS, CFMA, réimpression Paris 1984.

Le Covoiteus et l'Envieus, éd. *NRCF,* VI, 275-299 ; 357-359.

La Crote, éd. *NRCF,* VI, 27-32, 318.

Cuckolds, Clerics, & Countrymen : Medieval French Fabliaux, translated by J. DU VAL, ed. by R. EICHMANN, The University of Arkansas Press, Fayetteville 1982.

De Lombardo et Lumaca, éd. M. BONACINA, in *Commedie Latine del XII e XIII secolo,* Genova 1983, 97-122.

Décaméron cf. GIOVANNI BOCCACCIO

DELBOUILLE M., « Le fabliau du *Prestre teint* conservé dans le ms. Hamilton 257 de Berlin n'est pas de la main de Gautier le Leu », *Revue belge de Philologie et d'Histoire,* 32, 1954, 373-394.

De Dieu et Dou Pescour, éd. Ch. H. LIVINGSTON 1951, 207-217, 318-322.

DI GIROLAMO C.-LEE Ch., « Writers and Reworkers : Forms of Intertextuality in Medieval Narrative », dans *La Nouvelle. Formation, codification et rayonnement d'un genre médiéval,* Actes du Colloque International de Montréal (McGill University, 14-16 octobre 1982), p. p. M. PICONE, G. DI STEFANO et P. STEWART, Montréal 1983, 16-24.

DI STEFANO G., *Dictionnaire des locutions en moyen français,* Montréal 1991.

Die altfranzösische Liederhandschrift Nr. 389 der Stadtbiblio-

thek zu Bern, éd. J. BRAKELMANN dans *Archiv für das Studium der neueren Sprachen und Literaturen* (herausgegeben von L. HERRIG), XXIII. Jahrgang 42. Band, 1868.

DOUIN DE LAVESNE, *Trubert, altfranzösischer Schelmenroman,* hg. von J. ULRICH, Dresden 1904.

DUFOURNET J., *Le Garçon et l'Aveugle. Jeu du XIIIᵉ siècle,* Paris 1989.

DU VAL J., « *Les Treces* : Semi-Tragical Fabliau. Critique and Translation » in Publications of *the Missouri Philological Association,* 3, 1979, 7-16.

EICHMANN 1982 *cf. Cuckolds, Clerics...*

ELIADE M., *Le Sacré et le Profane,* Paris 1965.

Enzyklopädie des Märchens. Handwörterbuch zur historischen und vergleichenden Erzählforschung, Berlin-New York 1978.

L'Esquiriel, éd. *NRCF,* VI, 35-49, 319-322.

L'Estoire de Merlin cf. *The Vulgate Version of the Arthurian Romances...*

The Exempla or Illustrative Stories from the Sermones Vulgares of Jacques de Vitry, éd. Th. F. CRANE, London 1890.

FARAL E., *Mimes français du XIIIᵉ siècle. Contribution à l'histoire du théâtre comique au Moyen Age,* Paris 1910 (= Faral 1910).

FARAL E., *Les Jongleurs en France au Moyen Age,* Paris 1910 (réimpression Paris 1987) (= Faral 1910a).

FARAL E., « Le Fabliau latin », *Romania,* 50, 1924, 321-385.

FEW = W. VON WARTBURG, *Französisches etymologisches Wörterbuch,* Bonn, etc. 1922.

Fierabras, éd. A. KROEBER et G. SERVOIS, Paris 1860.

Le Conte de Floire et Blancheflor, éd. J.-L. LECLANCHE, CFMA, Paris 1983.

Le Roman de Flamenca. Nouvelle occitane du XIIIᵉ siècle, éd. U. GSCHWIND, 2 vol., Berne 1976.

Florence de Rome. Chanson d'aventure du premier quart du XIIIᵉ siècle, éd. A. WALLENSKÖLD, SATF, Paris 1909.

Floris et Lyriopé cf. ROBERT DE BLOIS

FOULON Ch., *L'Œuvre de Jean Bodel,* Paris 1958.

FOULON Ch., « Mélanges », *Romania,* 71, 1950, 396-398.

FOX J. H., *Robert de Blois. Son œuvre didactique et narrative,* Paris 1950.

FROSCH-FREIBURG F., *Schwankmären und Fabliaux. Ein Stoff- und Motivvergleich,* Göppingen 1971.

GACE DE LA BUIGNE, *Le Roman des Deduis,* éd. A. BLOMQVIST, Studia Romanica Holmiensia III, Karlshamn 1951.

GIER A., *Fabliaux. Altfranzösisch/Deutsch,* Stuttgart 1985.

GIER A., « *Cil dormi et cele veilla :* ein Reflex des literarischen Gesprächs in den Fabliaux », *Zeitschrift für romanische Philologie,* 102, 1986, 88-93.

Poésies de Gilles Li Muisis, éd. KERVYN DE LETTENHOVE, Paris 1882.

GIOVANNI BOCCACCIO, *Decameron,* éd. V. BRANCA, Torino 1987.

GIOVANNI SERCAMBI, *Il Novelliere,* éd. L. ROSSI, 3 vol., Roma 1974.

GODEFROY F., *Dictionnaire de l'ancienne langue française et de tous ses dialectes du IXe au XVe siècle,* Paris 1881-1902.

GOSSEN Th., *Grammaire de l'ancien picard,* Paris 1970.

GUESNON A., « Nouvelles recherches biographiques sur les trouvères artésiens », *Le Moyen Age,* XV, 1902, 137-173.

GUILLAUME DE BLOIS, *Alda,* éd M. WINTZWEILER, dans : *La « Comédie » Latine en France au XIIe siècle,* éd. G. COHEN, t. I, Paris 1931, 109-151.

HENRY A., *L'Œuvre lyrique d'Henri III de Brabant,* Bruges 1948.

HENRY A., « Afr. *Burelure, churelure, turelure* », *Romania,* 109, 1988, 116-118.

HICKS E., « Fabliau et sous-littérature. Regards sur le *Prestre teint* », dans *Reinardus,* 1, 1988, 79-85.

Histoire de la Picardie, publiée sous la direction de R. FOSSIER, Toulouse 1974.

Q. HORATI FLACCI, *Opera,* éd. S. BORZSAK, Leipzig 1984.

Il falcone desiderato. Poemetti erotici antico-francesi, éd. Ch. LEE, Milano 1980.

JACQUES DE VITRY *cf. The Exempla...*

JEAN BODEL, *Fabliaux,* éd. P. NARDIN, Paris 1965.

JEAN BODEL, *La Chanson des Saisnes,* éd. A. BRASSEUR, 2 vol., Genève 1989.

JEAN BODEL, *Le Jeu de saint Nicolas,* éd. A. HENRY, Genève 1981.

I « fabliaux » de Jean de Condé, éd. A. LANDOLFI MANFELLOTTO, L'Aquila 1979.

JEAN DE CONDÉ, *Opera,* éd. S. MAZZONI PERUZZI, t. I, Firenze 1990.

JORDAN L., « Quellen und Komposition von Eustache le Moine »,

Archiv für das Studium der neueren Sprachen und Literaturen, CXIII, 1904, 66-100 ; CXIV, 1906, 375-381.

KAPFERER A.-D., « Banditisme, roman, féodalité : le Boulonnais d'Eustache le Moine », in *Economies et Société au Moyen Age. Mélanges E. Perroy,* Paris 1973, 220-240.

KAPFERER A.-D., « Mépris, savoirs et tromperies dans le roman boulonnais d'Eustache le Moine », in *Littérature et Société au Moyen Age.* Actes du Colloque p. p. D. BUSCHINGER, Paris 1978, 333-51.

KRAUSS H., « Ritter und Bürger. Feudalheer und Volksheer : zum Problem der feigen Lombarden in der altfranzösischen und franko-italienischen Epik », *Zeitschrift für romanische Philologie,* 87, 1971, 209-222.

LA FONTAINE, *Fables,* éd. A. ADAM, Paris 1966.

LAMBEL H., *Erzählungen und Schwänke,* Leipzig 1872.

LECOY F., Compte rendu de l'édition Raynaud de Lage 1974, *Romania,* 96, 1975, 278-81.

LEE C., RICCADONNA A., LIMENTANI A., MIOTTO A., *Prospettive sui Fabliaux,* Padova 1978.

LEGROS H., « Un auteur en quête de son public : les fabliaux de Jean Bodel », *Romania,* 104, 1983, 102-113.

LEJEUNE R., « Hagiographie et grivoiserie. A propos d'un *Dit* de Gautier le Leu », dans Romance Philology, 12, 1958-1959, 355-369.

LEUPIN A., « Le Sexe dans la langue : la dévoration. Sur *Du Con,* fabliau du XIIIᵉ siècle de Gautier le Leu », *Poétique,* 45, février 1981, 91-110.

LIVINGSTON Ch. H., *Le Jongleur Gautier le Leu. Etude sur les fabliaux,* Cambridge (Massachusetts) 1951.

LUCHAIRE A., *La Société française au temps de Philippe-Auguste,* Paris 1909.

MAINONE F., « Ist der Trubertroman ein Fragment ? », *Zeitschrift für romanische Philologie,* 50, 1930, 740-744.

MAINONE F., « Zur Erklärung und Textkritik des altfranzösischen Trubertromans », Zeitschrift für romanische Philologie, 54, 1934, 284-93.

MARIE DE FRANCE, *Die Fabeln,* hg. von K. WARNKE, Halle 1898.

MARIE DE FRANCE, *Fables,* éd . Ch . BRUCKER, Louvain 1991.

Les Lamentations de Matheolus et le Livre de Leesce de Jean Le

Fèvre, de Ressons, éd. A.-G. van Hamel, 2 vol., Paris 1892-1905.

Méla C., « Un paradoxe littéraire : le lai du *Lecheor* », *Colloquium helveticum,* V, 1987, 59-71.

Ménard Ph., *Fabliaux français du Moyen Age,* I, Genève 1979.

Ménard Ph., *Les Fabliaux, contes à rire du Moyen Age,* Paris 1983.

Méon M., *Nouveau recueil de fabliaux et contes inédits,* 2 vol., Paris 1823.

Du Meunier et des deus Clers, éd. Ph. Ménard 1979.

Meyer P., « Le fabliau du *Héron* ou la *Fille mal gardée* », *Romania,* 26, 1897, 85-91.

Migliorini B., *Dal nome proprio al nome comune,* Firenze 1968 (2e éd.)

Moisan A., *Répertoire des noms propres de personnes et de lieux cités dans les chansons de gestes françaises et les œuvres étrangères dérivées,* Genève 1986.

Mongolische Märchen, hg. von B. Julg, Innsbruck 1868.

Le Moniage Rainouart, éd. G. Bertin, 2 vol., Paris 1973-1988.

Morawski J., *Proverbes français antérieurs au XVe siècle, Paris 1925.*

Nardin 1965 *cf.* Jean bodel, *Fabliaux*

Noomen W., « *Le Chevalier qui fist parler les cons et les culs :* à propos du classement des genres narratifs brefs médiévaux », *Rapports,* 50, 1980, 110-123.

Les Cent Nouvelles nouvelles, éd. F. Sweetser, Genève 1966.

NRCF = Nouveau Recueil Complet des Fabliaux, p. p. W. Noomen & N. van den Boogaard, Assen t. I, 1983 ; t. II, 1984 ; t. III, 1986 ; t. IV, 1988 ; t. V, 1990 ; t. VI, 1991.

Nykrog P., *Les Fabliaux,* Genève 1973.

P. Ovidi Nasonis, *Ars amatoria,* éd. E. J. Kenney, Oxford 1961.

Painter S., *French Chivalry,* Baltimore 1940.

Pastre J. M., « Humour et Parodie ou le jeu de l'innocence dans *Des wirtes maere* (XIVe siècle) », dans *Comique, satire et parodie dans la tradition renardienne et les fabliaux.* Actes du Colloque p.p. D. Buschinger et A. Crepin, Göppingen 1983, 81-92.

Payen J.-Ch., « *Trubert* ou le triomphe de la marginalité », dans *Exclus et Systèmes d'exclusions dans la littérature et la civili-*

sation médiévale, Senefiance, 5, Aix-en-Provence 1978, 121-133.

PEARCY R. J., « An instance of heroic parody in the fabliaux », *Romania,* 98, 1977, 105-108.

PEARCY R. J., « Relations between the D and A versions of *Berengier au long cul* », *Romance Notes,* 14, 1972, 173-178.

Perceval cf. CHRÉTIEN DE TROYES

PERRET M., « Travesties et transsexuelles : Yde, Silence, Grisandole, Blanchandine », *Romance Notes,* 25, 1985, 328-340.

PETIT E., *Histoire des ducs de Bourgogne de la race capétienne,* t. IV, Dijon 1891 ; t. V, ibidem 1894.

PETRONI ARBITRI, *Satyricon,* éd. G.A. CESAREO – N. TERZAGHI, Firenze 1950 (réimpr. 1983).

Le Prestre crucefié, éd. *NRCF,* IV, 93-106, 380-382.

Du Prevost d'Aquilée, éd. M. MÉON, II, 187-201.

La Prise d'Orange. Chanson de geste de la fin du XIIᵉ siècle, éd. C. RÉGNIER, Paris 1983.

RAIMON VIDAL, *Castiagilos,* dans *Les Troubadours,* éd. R. NELLI et R. LAVAUD, t. II, Paris 1966, 186-210.

RAYNAUD DE LAGE G., « Trubert est-il un personnage de fabliau ? », in *Mélanges Charles Rostaing,* Liège 1974, 845-853.

RAYNAUD DE LAGE G., *Choix de fabliaux,* CFMA, Paris 1986.

RAYNAUD G., « Les Congés de Jean Bodel », *Romania,* IX, 1880, 217-247.

Recueil général et complet des fabliaux des XIIIᵉ et XIVᵉ siècles, éd. A. de MONTAIGLON et G. RAYNAUD, 6 vol., Paris 1872-1890.

Richeut, éd. Ph. VERNAY, Berne 1988.

Le Roman de Renart, éd. E. MARTIN, 2 vol., Strasbourg 1882-1885.

ROBERT DE BLOIS, *Floris et Lyriopé,* éd. P. BARRETTE, University of California Press, Berkeley and Los Angeles 1968.

ROBERT LE CLERC, *Vers de la Mort,* éd. C. A. WINDAHL, Lund 1887.

ROBERT VON BLOIS, *Beaudous. Ein altfranzösischer Abenteuerroman,* hg. VON J. ULRICH, Berlin 1889.

La Chanson de Roland, éd. I. SHORT, Paris 1990.

ROQUES G., Compte rendu de l'édition Raynaud de Lage 1974, *Zeitschrift für romanische Philologie,* 92, 1976, 433-435.

ROSSI L., « *Trubert* : il trionfo della scortesia e dell'ignoranza. Considerazioni sui fabliaux e sulla parodia medievale », in

Studi Francesi e Portoghesi (« Romanica Vulgaria », Quaderni, 1), L'Aquila 1979, 5-49.

Rossi L., « Jean Bodel et l'origine du fabliau », dans *La Nouvelle. Formation, codification et rayonnement d'un genre médiéval,* Actes du Colloque International de Montréal (McGill University, 14-16 octobre 1982), p. p. M. Picone, G. Di Stefano et P. Stewart, Montréal 1983, 45-63.

Rossi L., « A propos de l'histoire de quelques recueils de fabliaux. I. Le Codex de Berne », *Le Moyen Français,* 13, 1983, 58-94. (= Rossi 1983a)

Rossi L., « Jean Bodel et le renouveau des littératures romanes » dans *Du récit à la scène : XIIe-XVe siècle.* Séminaire du troisième cycle romand (Chèbres, 14-16 juin 1990), sous presse pour Droz, Genève (= Rossi 1990).

Rossi L., « Pour une édition des *Cent Nouvelles nouvelles* : de la copie de Philippe le Bon à l'édition d'Antoine Vérard », *Le Moyen Français,* 22, 1988, 69-78.

Ruelle P., *Les Congés d'Arras (Jean Bodel, Baude Fastoul, Adam de la Halle),* Liège-Paris 1965.

Rutebeuf, *Œuvres complètes,* éd. M. Zink, 2 vol., Paris 1989-90.

Œuvres complètes de Rutebeuf, éd. E. Faral et J. Bastin, 2 vol., Paris 1959-1960.

Rychner J., « Deux copistes au travail », *Medieval french textual studies in memory of T.B.W. Reid,* London 1984, 187-218.

Rychner J., *Contribution à l'étude des fabliaux. Variantes, remaniements, dégradations, 2 vol. : I. Observations, II. Textes,* Genève 1960.

Scheler A., « La Veuve » in Annales de l'Académie d'Archéologie de Belgique, XXII, t. II (nouv. série), 1866.

Scheler A., *Trouvères belges du XIIe au XIVe siècle,* Bruxelles 1876 (réimpression Genève 1977).

Schulze-Busacker E., *Proverbes et expressions proverbiales dans la littérature narrative du Moyen Age français. Recueil et analyse,* Paris 1985.

Singer S., *Sprichwörter des Mittelalters,* 3 vol., Berne 1944, 1946 et 1947.

Les Sohaiz, éd. Ch. H. Livingston 1951, 139-146, 289-292.

Le Testament de l'Asne, éd. A. Gier 1985, 222-227, 291-292.

Thompson S., *Motif-Index of Folk-literature,* Helsinki 1932 (nouv. éd. Copenhague 1955-58).

TOBLER A., *Li proverbe au vilain. Die Sprichwörter des gemeinen Mannes,* Leipzig 1895.

Trubert. Fabliau du XIIIe siècle, éd. G. RAYNAUD DE LAGE, Genève 1974 (TLF).

T-L = A. TOBLER-E. LOMMATZSCH, *Altfranzösisches Wörterbuch,* Berlin-Wiesbaden 1925.

ULRICH 1904 *cf.* DOUIN DE LAVESNE

VAN DEN BOOGAARD N.H.J., *Autour de 1300. Etudes de philologie et de littérature médiévales,* recueillies par S. ALEXANDRESCU, F. DRIJKONINGEN, W. NOOMEN, Amsterdam 1985.

The Vulgate Version of the Arthurian romances, edited from manuscripts in the British Museum, by H. O. SOMMER, 8 vol. Washington 1910, t. II, « L'estoire de Merlin », (réimpression New York 1979).

La Vieille truande, éd. *NRCF,* IV, 315-344, 433-438.

Del fol Vilain, éd. Ch. H. LIVINGSTON 1951, 147-158, 292-297.

De deus Vilains, éd. Ch. H. LIVINGSTON 1951, 199-206, 313-318.

VIOLLET-LE-DUC M., *Dictionnaire raisonné du Mobilier Français de l'époque carolingienne à la Renaissance,* Paris 1871.

VON DER HAGEN F. H., *Gesamtabenteuer. Hundert altdeutsche Erzählungen,* Bd. II, Stuttgart-Tübingen 1850.

Le Voyage de Charlemagne à Jerusalem et à Constantinople, éd. P. AEBISCHER, Genève-Paris 1965.

Wistasse le Moine, hg. von W. FOERSTER – J. TROST, Halle 1891.

Le Romans de Wistasse le Moine, éd. by D. J. CONLON, Chapel Hill 1972.

WOLF-BONVIN R., *La Chevalerie des Sots. Le «Roman de Fergus», suivi de «Trubert», fabliau du XIIIe siècle,* Paris 1990.

ZINK M., « Le Temps du récit et la mise en scène du narrateur dans le fabliau et dans l'exemplum » dans *La Nouvelle. Formation, codification et rayonnement d'un genre médiéval,* Actes du Colloque International de Montréal (McGill University, 14-16 octobre 1982), p. p. M. PICONE, G. DI STEFANO et P. STEWART, Montréal 1983, 2744.

ZINK M., *La Subjectivité littéraire. Autour du siècle de saint Louis,* Paris 1985.

I. ANONYMES

1. La Saineresse

Manuscrit : A, f. 211v-212r.

Titre : *De la sainnerresse* (main postérieure), *Explicit de la saineresse.*

Edition : *NRCF*, IV, 305-312, 431-432.

Le motif du « travesti », admis à fréquenter les femmes, est très répandu dans les littératures populaires (Thompson 1932, K. 1321.1) ; *cf.* Bédier 1895, 470 *sq.* Le titre du fabliau est fondé sur le calembour entre *sainier* « saigner » et *saner/sener* « faire du bien », « être bon ».

La Saineresse

D'un borgois vous acont la vie
qui se vanta de grant folie :
que fame nel porroit bouler.
4 Sa fame en a oï parler,
si en parla priveement,
et en jura un serement
qu'ele le fera mençongier,
8 ja tant ne s'i savra guetier.
Un jor erent en lor meson
la gentil dame et le preudom,
en un banc sistrent lez a lez.
12 N'i furent gueres demorez,
ez vous un pautonier a l'uis,
mout cointe et noble, et sambloit plus
fame que homme la moitié :
16 vestu d'un chainsse deliié,
d'une guimple bien safrenee ;
et vint menant mout grant posnee :
ventouses porte a ventouser !
20 Et vait le borgois saluer
en mi l'aire de sa meson :
« Dieus soit o vous, sire preudom,
et vous et vostre compaignie !

---

17. *Guimple safrenee :* Les prédicateurs de l'époque conseillaient aux femmes d'éviter les guimpes jaunes et de les laisser aux juives et aux femmes
publiques. Le mari aurait donc dû être sur ses gardes (*cf. NRCF*, IV, 431).

La Saigneuse

Je vous raconte la vie d'un bourgeois
qui se vanta d'une chose très folle :
qu'une femme ne pourrait le tromper.
4 Sa femme en entendit parler.
Elle en délibéra en elle-même
et prêta un serment :
elle fera de lui un menteur
8 quelques précautions qu'il prenne !
Un jour,
la noble dame et le prud'homme étaient dans leur maison.
Ils étaient assis sur un banc, l'un à côté de l'autre.
12 Ils n'y étaient pas restés longtemps
que voici un bon à rien à la porte.
Il était très élégant et courtois, et il ressemblait
deux fois plus à une femme qu'à un homme :
16 vêtu d'une chemise fine,
d'une guimpe bien teinte au safran,
il arriva en faisant un grand tumulte :
il porte des ventouses pour tirer le sang !
20 Il salue le bourgeois
assis au milieu de l'aire de sa maison :
« Dieu soit avec vous, sire prud'homme,
avec vous et votre suite !

24 – Dieus vous gart, dist cil, bele amie,
venez seoir lez moi ici !
– Sire, dist il, vostre merci,
je ne sui mie trop lassee.
28 Dame, vous m'avez ci mandee
et m'avez ci fete venir :
or me dites vostre plesir ! »
Cele ne fu pas esbahie :
32 « Vous dites voir, ma douce amie.
Montez lasus en cel solier :
il m'estuet de vostre mestier.
Ne vous poist, dist ele au borgois,
36 quar nous revendrons demanois.
J'ai goute es rains mout merveillouse,
et por ce que sui si goutouse,
M'estuet il fere un poi sainier. »
40 Lors monte aprés le pautonier,
les huis clostrent demaintenant.
Le pautonier le prent esrant :
en un lit l'avoit estendue
44 tant que il l'a trois foiz foutue.
Quant il orent assez joué,
foutu, besié et acolé,
si se descendent del perrin
48 contre val les degrez ; en fin
vindrent esrant en la meson.
Cil ne fu pas fol ne bricon,
ainz le salua demanois.
52 « Sire, a Dieu ! » dist il au borgois.

---

37. *Goute es rains, Mal es rains (v. 115)* : Double sens, car les *rains* étaient
la partie du corps où résidait l'appétit sexuel. *Cf. Die altfranzösische Liederhandschrift*, 142, 283 : « Vous saveis bien ke li maus tient en rains. dont
li vielars an sont ovriers dou moins [...] Li amors nait dou cuers cest ces
drois leus. elle ne vient pas des rains tannequant », Gace de la Buigne,
vv. 5049-5053 : « Vees ci Delit, vees ci Luxure,/ Vees ci Beauté, vees ci
Nature,/ Fol Amour et Desir Ardant/ Et Venus qui va tout ardant,/ Qui vous
eschauffera les rains. », le *Prevost d'Aquilée*, vv. 292-294 (la femme baigne

24 – Que Dieu vous protège, belle amie, dit celui-ci,
venez vous asseoir ici, à côté de moi !
– Sire, dit-il, merci bien,
mais je ne suis pas très fatiguée.
28 Dame, vous m'avez mandée
et vous m'avez fait venir ici :
dites-moi à présent ce que vous désirez ! »
Celle-ci ne s'étonna pas :
32 « Vous dites la vérité, ma douce amie,
montez là-haut, au grenier :
j'ai besoin de vos connaissances professionnelles.
Que cela ne vous ennuie pas, dit-elle au bourgeois,
36 car nous reviendrons bientôt.
J'ai une maladie épouvantable aux reins.
Je suis si malade
qu'il faut que je me fasse saigner un peu. »
40 Alors elle monte après le bon à rien.
Ils fermèrent tout de suite les portes.
Le bon à rien la prend immédiatement :
il l'étend sur un lit
44 et la baise trois fois.
Après avoir assez joué,
foutu, baisé et embrassé,
ils descendirent l'escalier
48 jusqu'au bas des marches et, enfin,
entrèrent vite dans la maison.
L'homme n'était ni fou ni bête,
c'est pourquoi il salua le bourgeois sur-le-champ.
52 « Sire, adieu ! lui dit-il.

---

un ermite dans de l'eau froide pour refroidir ses désirs sexuels) : « A la
cuve le fist tantost/ Ou il voulsist ou non entrer,/ Pour le mal des rains
oublier. » et ci-dessous *La Veuve*, v. 220 et la note au v. 506.

« Dieus vous saut, dist il, bele amie !
Dame, se Dieus vous beneïe,
paiez cele fame mout bien :
56 ne retenez de son droit rien
de ce que vos sert en manaie.
– Sire, que vous chaut de ma paie ?
dist la borgoise a son seignor,
60 je vous oi parler de folor,
quar nous deus bien en couvendra ! »
Cil s'en va, plus n'i demora,
la poche aus ventouses a prise ;
64 la borgoise se rest assise
lez son seignor bien aboufee.
« Dame, mout estes afouee,
et si avez trop demoré.
68 – Sire, merci por amor Dé,
ja ai je esté trop traveillïe
si ne pooie estre sainïe !
Et m'a plus de cent cops ferue,
72 tant que je sui toute molue !
N'onques tant cop n'i sot ferir
c'onques sans en peüst issir !
Par trois rebinees me prist,
76 et a chascune foiz m'assist
sor mes rains deus de ses peçons ;
et me feroit uns cops si lons,
toute me sui fet martirier,
80 et si ne poi onques sainier !
Granz cops me feroit et sovent,
morte fusse mon escïent,
s'un trop bon oingnement ne fust :

_____

77. Pecous.

_____

56. *Ne... rien :* à la lettre « de ce à quoi elle a droit ». **71-87.** *Et m'a... plaies :* dans son récit la dame se passe des pronoms sujet qui pourraient dévoiler le vrai sexe de la *saineresse*. **77.** *Peçons :* « lancettes d'un médecin ». Allusion au sexe masculin.

– Que Dieu vous protège, belle amie ! dit celui-ci,
Dame, que Dieu vous bénisse,
payez bien cette femme :
56 ne retenez rien de son salaire
car elle vous a servie à discrétion.
– Sire, que vous importe le règlement de ma dette ?
dit la bourgeoise à son mari,
60 je vous entends parler de manière folle
car la chose nous fera du bien à tous les deux ! »
L'autre s'en va sans s'attarder davantage,
et il a pris le sac aux ventouses.
64 La bourgeoise reste assise
à côté de son mari, à bout de souffle.
« Dame, vous êtes bien échauffée,
vous avez trop tardé.
68 – Sire, de grâce pour l'amour de Dieu,
j'ai été secouée en tous sens :
on n'arrivait pas à me saigner.
On m'a donné plus de cent coups –
72 j'en suis toute moulue !
On n'arrivait jamais à me donner assez de coups
pour que le sang vienne à sortir !
On m'a prise trois fois
76 en plaçant à chaque reprise
sur mes reins deux de ces lancettes
et en me donnant de si grands coups
que j'en ai été toute martyrisée,
80 et malgré cela je n'arrivais pas à saigner !
On me donna de si grands coups et si répétés
qu'à mon avis je serais morte
sans un excellent onguent :

84 qui de tel oingnement eüst
   ja ne fust mes de mal grevee.
   Et quant m'ot tant demartelee,
   si m'a aprés ointes mes plaies,
88 qui mout par erent granz et laies,
   tant que je fui toute guerie.
   Tel oingnement ne haz je mie
   et il ne fet pas a haïr !
92 Et si ne vous en quier mentir :
   l'oingnement issoit d'un tuiel,
   et si descendoit d'un forel
   d'une pel mout noire et hideuse,
96 mes mout par estoit savoreuse. »
   Dist li borgois : « Ma bele amie,
   a poi ne fustes mal baillie –
   bon oingnement avez eü ! »
100 Cil ne s'est pas aperceü
   de la borde qu'ele conta ;
   et cele nule honte n'a
   de la lecherie essaucier,
104 portant le vout bien essaier :
   ja n'en fust païe a garant,
   se ne li contast maintenant...
   Por ce tieng je celui a fol
108 qui jure son chief et son col
   que fame nel porroit bouler,
   et que bien s'en savroit garder.
   Mes il n'est pas en cest païs
112 cil qui tant soit de sens espris
   qui mie se peüst guetier
   que fame nel puist engingnier,
   quant cele qui ot mal es rains
116 boula son seignor premerains !

---

104. Veut.

---

104. *Le* pour *la* se trouve déjà aux vv. 42 et 51. **113-114.** *Qui mie...*

84 qui peut se faire appliquer un tel onguent
ne saurait souffrir d'aucun mal.
Et après m'avoir tellement martelée,
on a oint mes plaies
88 qui étaient très grandes et laides
jusqu'à ce que je sois tout à fait guérie.
Je ne déteste pas cet onguent,
il n'est pas détestable du tout !
92 Je ne vous mens pas :
l'onguent sortait d'un tuyau,
et descendait d'un fourreau
fait d'une peau très noire et hideuse,
96 mais qui était très savoureuse.
– Ma belle amie, dit le bourgeois,
peu s'en faut qu'on ne vous ait mise en piteux état –
mais vous avez eu un bon onguent ! »
100 Il ne s'aperçut pas
de l'énormité qu'elle racontait ;
et celle-ci n'a aucune honte
de glorifier ainsi son bon tour,
104 parce qu'elle veut le goûter jusqu'au bout :
elle n'en aurait pas eu pour son argent
si elle ne le lui avait pas raconté tout de suite après...
C'est pourquoi je tiens pour fou
108 celui qui jure sur sa tête et son cou
qu'aucune femme ne pourrait le tromper
et qu'il saurait bien s'en garder.
Mais dans ce pays il n'y a pas
112 d'homme assez intelligent
pour pouvoir empêcher
une femme de le tromper,
puisque celle qui avait mal aux reins
116 trompa son mari tout le premier !

---

engingnier : cf. ci-dessous *Les Treces*, vv. 267-269. **115.** *Mal es rains* : cf.
ci-dessus note au v. 37.

2. De la Damoisele qui sonjoit

Manuscrits : A, f. 178r-178v ; B, f. 112r-112v. Les deux versions sont proches, celle de B est préférable parce qu'elle offre un texte logiquement plus cohérent.

Titre : *De la damoiselle qui songoit* (main postérieure), *Explicit de la damoisele qui sonjoit* (A). *Ci commance de la damoisele qui sonjoit qu'en la fotoit* (B).

Edition : *NRCF*, IV, 47-55, 370-373.

Le combat érotique qui constitue le motif central du fabliau parodie le tournoi aristocratique (*cf.* P. Nykrog 1973, 89 sq. Pour la liste des expressions typiques du vocabulaire de la lice, *cf. NRCF*, IV, 49).

De la Damoisele qui sonjoit

Une damoisele sonjoit
que uns biaus bacheliers l'amoit :
vestuz d'une cote de pers,
4 venoit de tort et de travers
et avoque li se couchoit.
Ensin com ele ce sonjoit,
entra icil en la maison
8 si c'onques ne l'oï nus hom ;
tant quist que il trova lo lit.
Gros avoit et carré lo vit,
et mout ert cointes lo ribaut.
12 Il joint les piez, si fist un saut
el lit o cele se dormoit.
Li pautoniers estoit aroit,
si la prant et corbe et enbronche,
16 et cele dort tot jorz et ronche.
Trois foiz l'a foutue en dormant,
ainz ne se mut ne tant ne qant ;
mais aprés la carte s'esvoille.
20 Or oroiz ja une mervoille :
les iauz ovre, si l'a choisi,
giete les poinz, si l'a saisi.

---

12. *Cf.* Béroul, *Tristan et Iseut*, vv. 729-730 : « Les piez a joinz, esme, si saut,/ el lit le roi chaï de haut » et *Renart*, br. Ib, vv. 2254-2256 : « Parmi la fenestre se muce./ Renart n'i voit ame dedenz,/ il joint les piez, si sailli enz. »

Le Rêve de la Demoiselle

Une demoiselle songeait
qu'un bel écuyer l'aimait :
vêtu d'une cotte de drap bleu
4 il était venu on ne sait d'où,
et couchait avec elle.
Pendant qu'elle rêvait cela
le voilà qui entra dans la maison
8 sans être entendu de personne.
Il chercha jusqu'à ce qu'il trouve le lit.
Son vit était gros et fort
et le ribaud était très fougueux.
12 Il joint les pieds, puis saute d'un bond
dans le lit où celle-là dort.
Le vagabond bandait –
il la prend donc, la courbe et la renverse,
16 tandis qu'elle dort toujours et ronfle.
Trois fois il la baisa pendant qu'elle dormait,
sans qu'elle bouge peu ou prou ;
mais après la quatrième fois elle se réveille.
20 Or écoutez une chose merveilleuse :
elle ouvre les yeux, elle l'aperçoit,
poings en avant, elle le saisit.

« Estez, fait el, vous estes pris :
24 devant l'evesque de Paris
vos covanra a droitoier !
Qui vos fist lo parc peçoier
sanz congié, qant je me dormoie ?
28 Si Deus me doint mes que je voie
pere ne mere que je aie !
Trop estes de male menaie
qui si m'avez despucelee :
32 jamais ne serai mariee.
Mais or me faites autretant
par acorde com en dormant,
car je ne sai, en moie foi,
36 com vos gitez lo cos lo roi
la o lo mal as dames tient :
je dormoie, il ne m'en sovient.
Esploitiez tost : je vos donrai
40 d'une blanche toile que j'ai
chemise et braië orandroit.
Deus male honte li envoit
qui ne gaaigne qant il puet !
44 Esploitiez, que faire l'estuet ! »
Lors l'avoit prise a la torcoise,
si l'anbrunche bien et entoise,
car n'i vialt pas qu'i li eschape ;
48 et cil lait core, si la frape.
Mais la meschine bien se tient :

------

23. Vous estes pris (A) ; Tu ies pris (B). **27.** Quant je me dormoie (A) ;
Qant me dormoie (B).

24-25. *Devant... droitoier :* le mariage et tout ce qui s'y rattache appartenait à la compétence des cours d'Eglise (*cf. NRCF*, IV, 370). **35.** *Lo cos
lo roi :* « coup pendant le coït ». **36.** *Lo mal as dames :* allusion au sexe
féminin. **44-47.** *Lors... eschape :* la demoiselle est sans doute le sujet de
la phrase : les vv. 48 (description explicite de la réaction de l'homme : *et
cil lait corre, si la frape*) et 66 (discours de la demoiselle : *je REvoil aler
desus*) le mettent en évidence. Le *NRCF* corrige par conséquent *l'avoit
prise* en *l'avoit pris*, car la femme ne peut être sujet et objet à la fois. Le
sens du passage serait donc « alors elle le tenait fortement serré » (*NRCF*,

« Arrêtez-vous, fait-elle, vous êtes pris :
24 Devant l'évêque de Paris
il vous faudra rendre justice !
Qui est-ce qui vous a fait ruiner l'enclos
sans permission, pendant que je dormais ?
28 Que Dieu ne me permette plus de voir
ni mon père ni ma mère !
Vous êtes un homme de mauvaises mœurs,
car vous m'avez dépucelée :
32 jamais je ne serai mariée !
Mais pour en venir à un accommodement : recommencez
à présent ce que vous me faisiez pendant que je dormais,
car je ne sais pas, par ma foi,
36 comment vous appliquez les coups royaux
là où le mal tient les dames :
j'ai dormi, je ne m'en souviens pas.
Agissez vite : je vous donnerai,
40 — faites de toile blanche —
chemise et culotte, sans tarder.
Que Dieu déshonore celui
qui ne prend pas son profit quand il peut !
44 Au travail, il le faut ! »
Après avoir commencé l'affaire à la turque,
elle l'attire bien en avant et le guide,
car elle ne veut pas qu'il lui échappe ;
48 et lui, il fonce et lui donne des coups.
Mais la jeune fille se tient bien :

IV, 372). Cependant *prendre a* « commencer » est attesté dans plusieurs autres fabliaux (*cf. NRCF*, IV, 469). En admettant une construction elliptique telle que *lors l'avoit prise* (= *la besongne*) *a la torcoise*, la leçon transmise par les deux manuscrits peut être maintenue. *A la torcoise* a été traduit par « manière de saisir et d'immobiliser l'adversaire (?) » (*NRCF*, IV, 49) en rapprochant l'expression de *turcoise* « tenailles », « tricoises ». On pourrait aussi penser à un calque sur *soi turquier* « se convertir », « se (re)tourner », verbe attesté dans plusieurs textes arrageois de la même époque (*cf.* Berger 1981, 211). Nous proposons de comprendre *a la torcoise* dans le sens de « (chevaucher) à la turque » ce qui nous semble suggéré par le contexte, où c'est la demoiselle qui chevauche sa monture (*cf.* les vv. 66-68). **49.** *Il :* sexe féminin.

« C'est por noiant ! Il ne vos crient !
    Il n'avra garde a ceste pointe,
52 se vos estoiez or plus cointes
    que vous n'iestes de la moitié :
    por ce que estes bien paignié
    et je sui encontre assez blonde !
56 Par cui passastes vos l'esponde,
    qant je me dormoie en mon lit ?
    Cuidiez vos por vostre grant vit
    avoir moi si estoutoiee ?
60 Je sui encore saine et haitiee
    plus que vos, au mien esciënt !
    Se je de vos ne me deffant,
    don sui je pire que ribaude :
64 vos en avroiz ja une chaude !
    Or faites tost, si alez jus,
    car je revoil aler desus :
    ce n'est pas, ce m'est avis, honte,
68 qant home faut, se fame monte ! »
    Ensi torna son sonje a bien.
    Autresi face a moi lo mien !
    Et a cez dames qui ci sont,
72 lo premier que il songeront
    soit autresi comme cil fu :
    mout lor seroit bien avenu !

---

50. Crient (A) ; Criet (B). **54.** Por ce que (A) ; Por ce ce (B). **68.** Se fame monte (A) ; Ce fame monte (B). **73.** Comme cil fu (A) ; Comme ce fu (B).

---

54. *Paignié* : participe passé de *pignier* « peigner » et « écheveler ». La deuxième signification semble plus ou moins adéquate. **55.** *Blonde* : probablement dans le sens de « fraîche », « reposée » ou bien « difficile à satisfaire », non attesté ailleurs avec cette signification. Peut-être une référence à Yseut. **72.** *Lo premier* : se réfère aussi au *pautonier*.

« Ce n'est rien du tout ! Il ne vous craint pas !
Il n'aura pas peur de cette piqûre,
52 même si vous étiez moitié
plus fougueux que vous ne l'êtes :
car vous êtes bien échevelé
et moi, par contre, je suis assez blonde !
56 Qui est-ce qui vous a fait passer le bord du lit
quand je dormais dans mon lit ?
Croyiez-vous à l'aide de votre grand vit
m'avoir si malmenée ?
60 Je suis encore saine et bien portante –
plus que vous, à mon avis.
Si je ne me défends pas de vous
c'est parce que je suis pire qu'une ribaude :
64 voilà pourquoi vous aurez bientôt une attaque chaude !
Or, faites vite, allez en dessous,
car je voudrais aller encore une fois dessus :
à mon avis ce n'est pas une honte
68 que la femme monte quand l'homme déçoit. »
Ainsi son songe tourna bien.
Que le mien me fasse la même chose !
Et je souhaite aux dames ici présentes
72 que le premier qu'elles feront
soit tout à fait pareil :
il leur conviendrait parfaitement !

3. La Damoisele qui ne pooit oïr parler de foutre

Manuscrits : A, f. 182v-183r ; B, f. 58r-59v ; C, f. 45r-45v ; D, f. 55r-56r ; E, f. 182r-182v (=185r-185v).

Titre : *De la damoiselle qui ne pooit oïr paller de foutre* (main postérieure, grattée et presque illisible), *Explicit de la damoisele qui ne pooit oïr parler* (suite grattée) (A). *Ci commance de la damoisele qui n'oït parler de fotre qu'i n'aüst mal au cuer* (B). C : sans titre. *De la pucele qui abevra le polain, De la pucele qui abevra le polein* (D). *D'une pucelle qui ne pooit oïr parler de foutre qu'elle ne se pasmast* (E).

Edition : *NRCF*, IV, p. 59-89, 374-379.

Quant au contenu essentiel, les manuscrits sont très proches : une jeune fille, qui ne supporte pas la mention du mot « foutre », est dupée par un jeune homme, qui feint avoir les mêmes susceptibilités face aux « mots immoraux ». Après une preuve ostensible de cette attitude, les deux jeunes gens finissent dans le lit, où ils connaissent les parties sexuelles de l'autre en les tâtonnant. Les métaphores utilisées à cette occasion (poulain, fontaine) permettent d'éviter toute dénomination courante des choses indicibles. De cette façon les problèmes purement linguistiques sont résolus, et, par consentement mutuel, le jeune homme peut enfin passer à l'action innocente en abreuvant son poulain assoiffé à la fontaine. Cependant la tradition manuscrite est loin d'être uniforme. Pour les manuscrits A, C et E, par exemple, la jeune fille est noble, tandis que selon B et D, elle est la fille d'un vilain aisé. Les différences dans l'agencement du récit et dans la narration permettent de distinguer trois versions (A-C-E ; B ; D). Nous donnons le texte de B.

Le fabliau *L'Esquiriel* présente plus ou moins la même intrigue centrale : en utilisant une métaphore animale pour ses parties sexuelles, un jeune homme réussit à coucher avec une jeune fille sans que celle-ci comprenne ce qui se passe (*cf.* Bédier 1895, 459). Néanmoins il y a des différences très nettes entre les deux récits : dans *L'Esquiriel* c'est la mère qui défend (en vain) à sa fille de *nomer cele rien que cil homme portent pendant* (v. 26 *sq.*), tandis que dans le fabliau présent il s'agit d'une décision que la jeune fille a prise de son propre chef (au grand regret de son père). A part l'exploration à tâtons du corps féminin, qui ne se trouve pas dans *L'Esquiriel*, la scène de la séduction se déroule de façon parallèle : « l'animal » affamé appartenant à l'homme cherche de la nourriture dans le sexe féminin. Trubert, déguisé en femme, utilise la même ruse linguistique pour coucher avec Roseite (*cf.* ci-dessous, v. 2485 *sqq.*).

La Damoisele qui ne pooit oïr parler de foutre

En iceste fable novele
nos conte d'une damoisele,
qui mout par estoit orgoilleuse
4 et felonesse et desdaigneuse :
que – par foi, je dirai tout outre –
ele n'oïst parler de foutre
ne de lecherie a nul fuer,
8 que ele n'aüst mal au cuer
et trop en faisoit male chiere.
Et ses peres l'avoit tant chiere,
– por ce que plus enfanz n'avoit –
12 q'a son voloir trestot faisoit :
plus ert a li que ele a lui.
Tuit sol estoient enbedui,
n'orent beasse ne sergent,
16 et si estoient riche gent.
Et savez por quoi li prodom
n'avoit sergent en sa maison ?
La damoisele n'avoit cure,
20 por ce qu'ele ert de tel nature
que en nul sen ne sofrist mie
sergent qui nomast lecherie,
vit ne coille ne autre chose.
24 Et por ce ses peres ne ose
avoir sergent un mois entier –
s'an aüst il mout grant mestier :

---

12. So voloir.

---

7. *Lecherie :* en outre « luxure », « sensualité ».

La Demoiselle qui ne pouvait entendre parler de foutre

Dans cette fable nouvelle
on nous parle d'une demoiselle
qui était extrêmement orgueilleuse
4 et perverse et dédaigneuse :
de sorte que – ma foi, j'irai jusqu'au bout –
elle ne pouvait entendre parler de foutre
ou de coucherie – à aucun prix –
8 sans en avoir mal au cœur
et avoir l'air très mécontent.
Et son père l'aimait tant
– parce qu'il n'avait pas d'autres enfants –
12 qu'il faisait toutes ses volontés :
il était plus à elle qu'elle à lui.
Ils vivaient seuls tous les deux,
ils n'avaient ni servante ni serviteur,
16 et pourtant ils étaient riches.
Et savez-vous pourquoi ce prud'homme
n'avait pas de serviteur dans sa maison ?
La demoiselle n'en désirait pas,
20 parce qu'elle était de telle nature
qu'elle n'aurait pas supporté
un serviteur qui parlât de coucherie,
de vit, de couille ou d'autre chose.
24 Et pour cette raison son père n'osait pas
avoir de serviteur pendant un mois entier –
quoiqu'il en ait eu grand besoin :

a ses blez batre et a vener,
28 et a sa charrue mener,
et a faire s'autre besoigne.
Mais sergent a prendre resoigne
por sa fille que trop endure.
32 Tant c'uns vallez, par avanture,
– qui mout savoit barat et guile –
herbergiez fu en cele vile,
qui aloit gueaignier son pain,
36 oï parler de ce vilain
et de sa fille, qui aoit
les homes et cure n'avoit
ne de lor faiz ne de lor diz.
40 Icil vallez ot non Daviz,
si aloit toz seus par la terre,
comme preuz, avanture querre !
Qant il sot veraie novele
44 de l'orgoilleuse damoisele
qui estoit de si mal endroit,
a la maison en vint tot droit
o ele estoit avoc son pere :
48 o li n'avoit seror ne frere
ne clo ne droit ne mu ne sort.
Li vilains estoit en la cort :
ses bestes atire et atorne
52 et sa busche au soloil retorne –
de sa besoigne s'antremet.
A tant estes vos Davïet,
qui lo vilain a salué,
56 si li a l'ostel demandé
por Deu et por saint Nicolas.
Li vilains ne l'escondist pas,
ne otroier ne li parose,
60 ainz li demande, au chief de pose,
qeus hom il est et de coi sert.
Davïez li dist en apert
que mout volantiers serviroit

---

33. *Barat et guile* : cf. Renart, br. IX, vv. 1902s. : « Trop set de barat et de guile/ Que mort se fait et il est vis ». **57.** *Saint Nicolas :* entre autres le patron des voleurs.

pour battre son blé et pour vanner,
28 pour mener sa charrue,
et pour faire les autres travaux nécessaires.
Mais il redoute de prendre un serviteur
à cause de sa fille envers laquelle il est trop complaisant,
32 jusqu'à ce que, par hasard, un jeune homme
– qui connaissait bien la ruse et la tromperie –
ait logé dans cette ville.
Il voulait gagner son pain ;
36 il entendit parler de ce vilain
et de sa fille, qui haïssait
les hommes et ne se souciait
ni de leurs faits ni de leurs propos.
40 Ce jeune homme s'appelait David,
il allait tout seul par le pays,
pour chercher l'aventure, comme un preux !
Quand il fut bien informé
44 sur la demoiselle orgueilleuse
qui était de si mauvais caractère,
il alla tout droit à la maison
où elle vivait avec son père :
48 elle n'avait ni sœur ni frère
ni boiteux, ni bien fait, ni muet, ni sourd.
Le vilain était dans la cour :
il étrille et prépare ses bêtes
52 et retourne son bois de chauffage au soleil –
bref, il s'occupe de ses affaires.
Et voici David
qui salue le vilain
56 en le priant de le loger
pour l'amour de Dieu et de saint Nicolas.
Le vilain ne refuse pas,
mais il n'ose pas non plus le lui accorder.
60 Ainsi il lui demande, après un moment,
qui il est et ce qu'il sait faire.
David lui dit franchement
qu'il servirait très volontiers

64 un prodome, s'il lo trovoit,
    que bien set arer et semer,
    et bien batrë et bien vaner,
    et tot ce que vallez doit faire.
68 « J'aüsse bien de toi afaire,
    fait li vilains, par saint Alose,
    ne fust sanz plus por une chose :
    j'ai une fille donjereuse,
72 qui vers homes est trop honteuse
    qant parolent de lecherie.
    Onques n'oi sergent en ma vie
    qui longue me poïst durer,
76 que des que ma fille ot nomer
    foutre, si li prant une gote
    qui encontre lo cuer la bote,
    que de morir fait grant sanblant.
80 Et por ce n'os avoir sergent,
    biau frere, qu'i sont lecheor
    et trop sont vilain parleor,
    que ma fille craimbroie perdre ! »
84 Davïez prist sa boche a terdre,
    et puis crache autresi et moche
    com s'il aüst mangiee moche.
    Au vilain dist : « Ostez, biaus sire !
88 Si vilain mot ne devez dire !
    Taisiez, por Deu l'esperitable,
    que ce est li moz au deiable :
    n'en parlez mais la o je soie !
92 Por cent livres je ne voldroie
    veoir home qui en parlast
    ne qui lecherie nomast,
    que grant dolor au cuer me prant ! »

---

72. Home.

---

69. *Saint Alose :* Selon Brusegan (1980, 436) « si tratta di un santo imma-
ginario, trattandosi di una varietà di pesce (*T-L*, I, 314) ; cfr i vari saint
Raisin, saint Hareng, saincte Andouille, ecc. protagonisti dei *sermons
joyeux* ». *NRCF*, IV, 376 : « Nous préférons y voir une altération de *Alosius*
(var. *Alogius*), évêque d'Auxerre de 451 à 482 (rappelons à ce propos
l'origine bourguignonne du manuscrit de Berne, seul témoin de cette ver-

64 un prud'homme, s'il en trouvait un,
qu'il sait bien labourer et semer,
bien battre le blé et bien vanner
et tout ce qu'un valet de ferme doit faire.

68 « J'aurais grand besoin de toi,
fait le vilain, par saint Alose,
mais il y a un seul obstacle :
j'ai une fille difficile

72 qui a beaucoup de honte à l'égard des hommes
quand ils parlent de coucherie.
Jamais de ma vie je n'ai eu de serviteur
que j'aie pu garder longtemps,

76 car dès que ma fille entend dire
« foutre », un malaise la prend
qui lui saisit le cœur,
si bien qu'elle semble devoir en mourir

80 Et pour cette raison je n'ose pas avoir de serviteur,
cher ami, parce qu'ils sont débauchés
et parlent de façon trop vulgaire :
je craindrais de perdre ma fille ! »

84 David commence à essuyer sa bouche,
et puis il crache de même et se mouche
comme s'il avait avalé une mouche.
« Arrêtez, cher sire ! dit-il au vilain,

88 vous ne devez pas dire un mot aussi vulgaire !
Taisez-vous, pour l'amour du Dieu céleste,
car c'est un mot diabolique :
n'en parlez plus jamais là où je suis !

92 Pour cent livres je ne voudrais pas
voir quelqu'un qui en parle
ni qui nomme la coucherie,
sans qu'un malaise me prenne au cœur ! »

---

sion) ». Peut-être qu'on pourrait penser à un calque sur le verbe *aloser*
« louer », puisque le nom du « saint » est cité juste après l'énumération peu
modeste des capacités de David (prononcée par lui-même...).

96 Qant la fille au vilain l'antant
   – lo vassal qui dist tel raison –
   si issi fors de la maison.
   A son pere maintenant dit :
100 « Sire, fait ele, se Deus m'aït,
   cestui vallet retandroiz vos,
   que il sera boens avoc nos.
   Cist a trestote ma meniere :
104 se vos m'amez ne tenez chiere,
   retenez lo, gel vos commant !
   – Doce fille, a vostre talant ! »
   fait li vilains, qui mout ert beste.
108 Et retindrent a grant feste
   Davïet et mout l'orent chier.
   Qant il fu ore de couchier,
   li vilains sa fille en apele :
112 « Or me dites, ma damoisele,
   o porra Davïez gesir ?
   – Sire, s'il vos vient a plaisir,
   il puet bien gesir avoc moi :
116 mout me sanble de boene foi
   et que en boen lou ait esté.
   – Ma fille, a vostre volanté
   faites do tot ! » fait li prodom.
120 Pres do feu en mi la maison
   se cocha li vilains dormir,
   et Davïez s'ala gesir
   en la chanbre o la damoisele,
124 qui mout ert avenanz et bele :
   blanche ot la char com flor d'espine :
   s'ele fust fille de raïne,
   si fust ele bele a devise.
128 Davïez li a sa main mise
   sor les memeletes tot droit,
   et demanda ce que estoit.
   Cele dit : « Ce sont mes memeles,
132 qui mout par sont blanches et beles :
   n'en i a nule orde ne sale. »

---

100. Vers trop long d'une syllabe. Lire *fait el'*. **131.** Se sont.

96 Quand la fille du vilain entend
le jeune homme qui prononce un tel discours,
elle sort de la maison.
Aussitôt elle dit à son pere :
100 « Sire, fait-elle, que Dieu m'aide,
vous engagerez ce jeune homme,
car il se trouvera bien avec nous.
Celui-ci est tout à fait à ma manière :
104 si vous m'aimez et me chérissez
retenez-le, je vous le demande !
– Douce fille, comme vous voulez ! »
fait le vilain qui était très bête.
108 Ainsi ils engagèrent avec grande joie
David et le chérirent beaucoup.
Quand il fut temps d'aller se coucher
le vilain appella sa fille :
112 « Or, dites-moi, demoiselle,
où est-ce que David pourra coucher ?
– Sire, si cela vous plaît,
il peut bien coucher avec moi :
116 il me semble qu'il est très honnête
et qu'il a fréquenté de bons endroits.
– Ma fille, faites tout
selon votre volonté ! » fait le prud'homme.
120 Près du feu au milieu de la maison
se coucha le vilain pour dormir
et David alla coucher
dans la chambre avec la demoiselle,
124 qui était très jolie et belle :
sa chair était blanche comme une fleur d'aubépine –
si elle avait été la fille d'une reine,
elle aurait été belle à souhait.
128 David lui met la main
tout droit sur les mamellettes
et demande ce que c'est.
Elle dit : « Ce sont mes mamelles,
132 qui sont très blanches et belles :
rien en elles n'est ni laid ni sale. »

Et Davïez sa main avale
droit au pertuis desoz lo vantre,
135 par o li viz el cors li entre,
si santi les paus qui cressoient :
soués et coiz encor estoient.
Bien taste tot o la main destre,
140 puis demande que ce puet estre.
« Par foi, fait ele, c'est mes prez,
Davïet, la ou vos tastez,
mais il n'est pas encor floriz.
144 — Par foi, dame, ce dit Daviz,
n'i a pas d'erbe encor planté.
Et que est ce en mi cest pré,
ceste fosse soeve et plaine ?
148 — Ce est, fait ele, ma fontaine,
qui ne sort mie tot adés.
— Et que est ce, ici aprés,
fait Davïez, en ceste engarde ?
152 — C'est li cornerres qui la garde,
fait la pucele, por verté :
se beste entroit dedanz mon pré
por boivre en la fontaine clere,
156 tantost cornerroit li cornere
por faire li honte et peor.
— Ci a deiable corneor,
fait Davïez, et de put ordre,
160 qui ensi vialt les bestes mordre
por l'erbe qui ne soit gastee !
— Tu m'as ore bien portatee,
fait la pucele, Davïet ! »
164 Tantost sor lui sa main remet,

---

138. Sones.

141-149. *Par foi... adés* : cf. *Du Con*, vv. 232-247 : « De pres du vergier
est li prez/ desus les premerains fossez./ L'erbe qui en ist el pre naist./
Beste n'en menjue ne paist,/ quar tant est bone et tant est chere./ Qui la
maintient, il est lecherre,/ et cil a molt el cors la rage/ qui par lecherie
l'arrage./ Enmi cel pre a un vivier/ qu'il i fait molt riche peschier,/ mais
tant par est enmi parfons/ que nus hom n'i puet prenre fonz,/ ne nus n'i
puet entrer sanz roi ». **144-145.** *Par foi... planté* : cf. Jean de Condé, *Le
sentier batu*, vv. 71 *sqq.* : « Dame, respondez mois sans guille :/ A point

Et David fait descendre sa main
tout droit au trou, sous le ventre,
136 par lequel le vit pénètre dans le corps,
puis il sent les poils qui avaient déjà commencé à croître :
ils étaient encore doux et tendres.
Il tâte tout de sa main droite,
140 puis il demande ce que cela peut être.
« Ma foi, fait-elle, c'est mon pré,
David, là où vous touchez,
mais il n'est pas encore en fleurs.
144 — Ma foi, dame, dit David,
on n'y a pas encore planté d'herbe.
Et qu'est-ce que c'est, au milieu de ce pré,
ce fossé agréable à toucher et ouvert ?
148 — C'est, fait-elle, ma fontaine,
qui n'a pas encore jailli jusqu'à maintenant.
— Et qu'est-ce que c'est, juste après,
fait David, dans ce lieu élevé ?
152 — C'est le sonneur de cor qui la garde,
fait la pucele, c'est la vérité :
si une bête entrait dans mon pré
pour boire à la fontaine claire,
156 aussitôt le sonneur sonnerait du cor
pour lui faire honte et peur.
— Voici un sonneur de cor diabolique,
fait David, et de mauvais caractère,
160 qui veut ainsi mordre les bêtes
pour que l'herbe ne soit pas gâtée !
— Maintenant, fait la pucele,
tu m'as bien tâtée partout, David ! »
164 Aussitôt elle met sur lui sa main,

---

de poil en vo poinelle ?/.../ — Sachiez que il n'en y a point/.../ — Bien vous
en croy quar en sentier,/ qui est batus ne croist point d'erbe ». **150-152.** *Et
que... garde : cf. Rodoains li praiers dans Du Con, v. 383 sq.*

    qui n'estoit mal faite ne corte,
    et dit qu'ele savra qu'il porte.
    Lors li reprist a demander
168 et ses choses a detaster,
    tant qu'el l'a par lo vit saisi
    et demande : « Que est ici,
    Davïet, si roide et si dur
172 que bien devroit percier un mur ?
    – Dame, fet cil, c'est mes polains,
    qui mout est et roides et sains,
    mais il ne manja des ier main. »
176 Cele remest aval sa main
    si trove la coille velue :
    les deus coillons taste et remue,
    si redemande : « Davïet,
180 que est or ce, en ce sachet,
    fait ele, sont ce deus luisiaus ? »
    Daviz fu de respondre isniaus :
    « Dame, ce sont dui mareschal,
184 qui ont a garder mon cheval,
    qant pest en autrui compagnie.
    Tot jorz sont en sa compeignie :
    de mon polain garder sont mestre.
188 – Davi, met lou en mon pré pestre,
    ton biau polain, se Deus te gart. »
    Et cil s'an torne d'autre part :
    sor lo paignil li met lo vit.
192 Puis a a la pucele dit,
    qu'il ot tornee desoz soi :
    « Dame, mes polains muert de soi :
    mout en a aüe grant poine !
196 – Va, si l'aboivre a ma fontaine,
    fait cele, mar avras peor !

---

172. Mur : *cf. assié*, ci-dessous, *La Veuve*, vv. 95 et 104. **173.** *Polains* : *cf. Bauçant*, ci-dessous, *La Veuve*, note au v. 484. **181.** *Luisiaux* : Brusegan 1980, 436 traduit par *tombe* « tombeaux » en se référant à *luisel* (latin LOCELLUM). La solution *luissel* « pelote », « écheveau » semble plus adéquate (*cf. NRCF*, IV, p. 463).

qui n'était ni mal faite ni courte,
et dit qu'elle saura ce qu'il porte.
Alors elle commença à lui poser des questions
168 et à tâter ses choses,
jusqu'à ce qu'elle l'ait saisi par le vit :
« Qu'est-ce que c'est, ici, David, demande-t-elle,
si raide et si dur
172 qu'il pourrait bien percer un mur ?
– Dame, fait-il, c'est mon poulain,
qui est très fort et sain,
mais il n'a plus mangé depuis hier matin. »
176 Elle fait descendre sa main de nouveau,
et elle trouve la couille velue :
elle tâte les deux couillons et les remue,
puis demande de nouveau : « David,
180 qu'est-ce que c'est donc, dans ce sachet,
est-ce que ce sont deux pelotes ? »
David répliqua vite :
« Dame, ce sont deux palefreniers
184 qui doivent garder mon cheval,
quand il paît dans d'autres pâtures.
Ils l'accompagnent toujours :
ils sont là pour garder mon poulain.
188 – David, fais-le paître dans mon pré,
ton beau poulain, que Dieu te protège ! »
Et celui-ci se tourne de l'autre côté
et lui met le vit sur le pénil.
192 Puis il a dit à la pucelle
qu'il avait tournée sous lui :
« Dame, mon poulain meurt de soif :
il en a eu grande souffrance !
196 – Vas-y, va l'abreuver à ma fontaine,
fait elle, n'aie pas peur !

    – Dame, je dot lo corneor,
    fait Daviz, que il n'en groçast,
200 se li polains dedanz entrast. »
    Cele respont : « S'il en dit mal,
    bien lo batent li mereschal ! »
    Daviz respont : « Ce est bien dit ! »
204 A tant li met el con lo vit,
    si fait son boen et son talant,
    si qu'ele nel tient pas a lant,
    que qatre foiz la retorna !
208 Et se li cornierres groça,
    si fu batuz de deus jumaus !
    A icest mot faut li flabliaus.

---

209. Uimaus.

198-202. *Dame... mereschal* : cf. *Du Con*, vv. 383-386 : « Et se Rodoains li praiers,/ qui tant est orgueilleus et fiers,/ viel contredire le cheval,/ si le batent li mareschal ». **205.** *Faire son talant* : « faire ce qu'on veut », « jouir d'une femme ».

    – Dame, je redoute le sonneur de cor
    fait David, je crains qu'il grogne
200 si le poulain entre dedans. »
    Elle répond : « S'il en dit du mal
    les palefreniers le battront bien ! »
    David répond : « C'est bien dit ! »
204 Aussitôt il lui met le vit dans le con,
    et fait tout ce qu'il a envie de faire,
    si bien qu'elle ne le tient pas pour mou,
    car il la retourne quatre fois !
208 Et chaque fois que le sonneur grondait,
    il fut battu par deux jumeaux.
    Sur ce mot prend fin le fabliau.

II. JEAN BODEL

1. Le Vilain de Bailluel

Manuscrits : A, f. 242v-243r ; B, f. 102v-103v ; C, f. 28r-28v ;
F¹, f. 239v-240r ; F², 255r-255v ; T, f. 207r-208r. Les rédactions
offertes par les six témoins du fabliau sont très proches et ho-
mogènes, même si elles présentent des traces de réfection. A
l'instar de nos prédécesseurs, nous avons donné la préférence
au ms. A, qui, comme d'habitude, pourrait être reproduit tel
quel n'ayant pas besoin de corrections, alors que les autres
manuscrits demanderaient à être rectifiés sur beaucoup de
points. Encore que ce choix risque aujourd'hui d'être considéré
trop « prudent », il faut observer que, dans le cas du *Vilain*, A
offre également le plus grand nombre de leçons qui donnent
l'impression de remonter à la première mise par écrit du texte.
Aux vv. 22 *sq.*, nous considérons la répétition *cort/ corant* non
pas comme une « innovation » mal venue (*cf. NRCF*, V, 419)
mais comme une insistance ayant une valeur stylistique non
dépourvue d'ironie.

Titre : Au v. 2 des *Deus Chevaus*, « Et del mort Vilain de
Bailluel », Jean Bodel lui-même fait allusion à ce fabliau. Il est
compréhensible que, dans la *varia lectio*, les mots-clé soient à
la fois « Mort » et « Vilain » : *Du Vilain de Bailluel* (A) ; *De la
dame qui fist son mari mort* (B) ; *Du vilain qui quida estre mors*

(F1) ; *Ch'est du Vilain ki quida estre mors* (F2) ; *D'une Femme qui fist entandant a son Baron qu'il est mors* (T).

Editions : Nardin 1965, 77-84 ; *NRCF*, V, 223-249, 418-424.

Le thème du Sot se laissant persuader par sa femme qu'il est mort est très répandu dans les contes populaires (*cf.* Aarne-Thompson 1961, type 1406) ; pour les rapports avec le *Décaméron*, III, 8, *cf*, ci-dessus, l'Introduction, 20 sq.

Le Vilain de Bailluel

Se fabliaus puet veritez estre,
dont avint il, ce dist mes mestre,
c'uns vilains a Bailluel manoit ;
4 formenz et terres ahanoit,
n'estoit useriers ne changiere.
Un jor, a eure de prangiere,
vint en meson mout fameilleus.
8 Il estoit granz et merveilleus,
et maufez et de laide hure.
Sa fame n'avoit de lui cure,
quar fols ert et de lait pelain.
12 Et cele amoit le chapelain,
s'avoit mis jor d'ensamble a estre
le jor entre li et le prestre.
Bien avoit fet son appareil :
16 ja ert li vins enz ou bareil
et si avoit le chapon cuit,
et li gastiaus, si com je cuit,
estoit couvers d'une touaille.
20 Ez vous le vilain, qui baaille

---

2. Mes mestre (B, F¹, F², T) ; Mon mestre (A).

---

1. Formule célèbre qui a fait couler beaucoup d'encre (*cf.* Rossi 1990).
Avant de conter une autre histoire fort peu vraisemblable, Bodel lui-même
ironise sur la véridicité du Fabliau (*cf. Le Covoiteus et l'Envieus*, vv. 1
sq. : « Seignor, aprés lo fabloier,/ me voil a voir dire apoier »). 3. *Bailluel* :
Bailleul-Sir-Berthoult, petit village à dix kilomètres au Nord d'Arras

Le Vilain de Bailleul

Si un fabliau peut être vrai,
alors il est arrivé, à ce que dit mon maître,
qu'un vilain habitait Bailleul;
4 il labourait des champs de blé et des terres,
et n'était ni usurier ni changeur.
Un jour, à l'heure du déjeuner,
il rentra chez lui fort affamé.
8 Il était grand, effrayant,
désagréable, laid de figure.
Sa femme n'avait cure de lui,
car il était bête et de laide grimace.
12 Et elle, elle aimait le chapelain;
ainsi avait-elle fixé un rendez-vous pour être ensemble,
ce jour-là, elle et le prêtre.
Elle avait fait soigneusement ses préparatifs :
16 le vin était déjà dans le baril;
en plus, elle avait déjà fait cuire le chapon.
Quant au gâteau, je crois bien,
il était couvert d'un napperon.
20 Et voilà le vilain, qui bâille

(Pas-de-Calais, arr. d'Arras, canton de Vimy). Il faut cependant souligner
le jeu de mots sur bâiller (cf. le v. 20 : « Ez vous li vilain qui baaille »).
4. *Terres* : le vilain trimait sur des terres « destinées à d'autres cultures »
(allusion à la pratique de l'assolement triennal : cf. *Histoire de la Picardie*,
120 ; *NRCF*, V, 418). **13.** *Mis jor* : « fixé une date, un rendez-vous » (cf.
NRCF, V, 419).

et de famine et de mesaise.
Cele li cort ouvrir la haise :
contre lui est corant venue,
24 mes n'eüst soing de sa venue,
mieus amast autrui recevoir !
Puis li dist por lui decevoir,
si com cele qui sanz ressort
28 l'amast mieus enfoui que mort :
« Sire, fet ele, Dieus me saint !
Com vous voi or desfet et taint :
n'avez que les os et le cuir !
32 – Erme, j'ai tel fain que je muir,
fet il, sont boilli li maton ?
– Morez, certes, ce fetes mon !
Jamés plus voir dire n'orrez :
36 couchiez vous tost, quar vous morez !
Or m'est il mal, lasse, chetive !
Aprés vous n'ai soing que je vive,
puis que de moi vous dessamblez.
40 Sire, com vous m'estes amblez :
vous devierez a cort terme !
– Gabez me vous, fet il, dame Erme ?
Je oi si bien no vache muire :
44 je ne cuit mie que je muire,
ainz porroie encore bien vivre.
– Sire, la mort qui vous enyvre
vous taint si le cuer et encombre
48 qu'il n'a mes en vous fors que l'ombre :
par tens vous tornera au cuer !
– Couchiez me donques, bele suer,
fet il, quant je sui si atains. »
52 Cele se haste, ne puet ains,
de lui deçoivre par sa jangle.

---

28. A la lettre : « comme quelqu'un qui aurait voulu le voir enterré plutôt que mort ». **33.** *Matons* : « grumeaux de lait caillé », « bouillie ».

de faim comme de fatigue.
Elle se précipite pour lui ouvrir l'enclos :
elle court à sa rencontre,
24 mais elle n'avait cure de sa venue,
car elle aurait mieux aimé recevoir un autre !
Puis elle lui dit pour le duper,
en femme qui, sans conteste,
28 aurait aimé le voir mort et, encore plus, enterré :
« Sire, que Dieu me bénisse ! fait-elle,
comme je vous vois exténué et pâle.
Vous n'avez que les os et la peau !
32 — Erme, j'ai une telle faim que je meurs,
fait-il. A-t-on fait bouillir les matons ?
— Mais vous êtes mourant, c'est sûr ;
jamais vous n'entendrez rien de plus vrai :
36 couchez-vous vite, car vous êtes mourant !
Quelle infortune pour moi, pauvre misérable !
Après vous, peu me chaut de vivre,
puisque vous allez me quitter.
40 Sire, voilà que je vous perds :
vous allez mourir sous peu !
— Vous moquez-vous de moi, dame Erme ? fait-il.
J'entends pourtant bien notre vache mugir :
44 je ne crois pas que je vais mourir
et pourrais certes vivre encore.
— Sire, la mort qui vous enivre
atteint et oppresse votre cœur de telle façon
48 que vous n'êtes plus que l'ombre de vous-même :
bientôt elle gagnera votre cœur !
— Couchez-moi donc, belle sœur,
puisque je suis si atteint », fait-il.
52 Elle s'évertue, aussi vite qu'elle peut,
à le duper par son bagout.

D'une part li fist en un angle
un lit de fuerre et de pesas
56 et de linceus de chanevas ;
puis le despoille, si le couche ;
les ieus li a clos et la bouche.
Puis se lest cheoir sor le cors :
60 « Frere, dist ele, tu es mors :
Dieus ait merci de la teue ame !
Que fera ta lasse de fame,
qui por toi s'ocirra de duel ? »
64 Li vilains gist souz le linçuel,
qui entresait cuide mors estre.
Et cele s'en va por le prestre,
qui mout fu viseuse et repointe ;
68 de son vilain tout li acointe
et entendre fet la folie.
Cil en fu liez et cele lie
de ce qu'ainsi est avenu.
72 Ensemble s'en sont revenu,
tout conseillant de lor deduis.
Lués que li prestres entre en l'uis,
commença a lire ses saumes,
76 et la dame a batre ses paumes.
Mes si se set faindre dame Erme
qu'ainz de ses ieus ne cheï lerme :
envis le fet et tost le lesse.
80 Et li prestres fist corte lesse :
n'avoit soing de commander l'ame !
Par le poing a prise la dame,
d'une part vont en une açainte ;
84 desloïe l'a et desçainte :
sor le fuerre noviau batu

77-78. Sur la citation de ces vers dans les *Deus Bordeors Ribaus*, vv. 115
sq., *cf.* Rossi 1983, 47.

Dans un coin elle lui prépare
un lit de paille hachée et de chaume de pois,
56 et de draps en toile de chanvre ;
puis elle le déshabille, le couche,
lui ferme les yeux et la bouche.
Enfin elle se laisse choir sur son corps :
60 « Frère, tu es mort, dit-elle.
Que Dieu ait pitié de ton âme !
Que fera ta malheureuse femme,
qui pour toi se tuera de chagrin ? »
64 Le vilain gît sous le linceul,
se croyant mort pour de bon.
La femme, rouée et finaude,
s'en va trouver le prêtre
68 pour lui parler de son vilain,
et lui explique toute la comédie.
L'un et l'autre sont très heureux
de ce qui est ainsi advenu.
72 Voici qu'ils reviennent ensemble,
s'entretenant de leur plaisir.
Dès que le prêtre franchit la porte,
il se mit à lire ses psaumes,
76 et la femme à se frapper les paumes.
Mais dame Erme a beau savoir feindre,
pas une larme ne lui tombe de l'œil :
elle le fait à contrecœur et bientôt elle se hâte de terminer.
80 Et le prêtre, lui, écourta l'office :
il n'avait cure de recommander l'âme à Dieu !
Il prit la dame par le poing,
tous deux allèrent à part dans un recoin ;
84 il la délaça, la déshabilla :
sur un lit de paille fraîche

se sont andui entrabatu,
cil a denz et cele souvine.
88 Li vilains vit tout le couvine,
qui du linçuel ert acouvers,
quar il tenoit ses ieus ouvers.
Si veoit bien l'estrain hocier
92 et lo noir chaperon locier :
bien sot ce fu li chapelains !
« Ahi, ahi, dist li vilains
au prestre, filz a putain ors !
96 Certes, se je ne fusse mors,
mar vous i fussiez embatuz !
Ainz hom ne fu si bien batuz
com vous seriez ja, sire prestre !
100 – Amis, fet il, ce puet bien estre !
Et sachiez, se vous fussiez vis,
g'i venisse mout a envis,
tant que l'ame vous fust ou cors ;
104 mes de ce que vous estes mors
me doit il bien estre de mieus.
Gisiez vous cois, cloez voz ieus,
nes devez mes tenir ouvers ! »
108 Dont a cil ses ieus recouvers,
si se recommence a tesir.
Et li prestres fist son plesir
sanz paor et sanz resoingnier.
112 Ce ne vous sai je tesmoingnier
s'il l'enfouirent au matin,
mes li fabliaus dist en la fin
c'on doit por fol tenir celui
116 qui mieus croit sa fame que lui !

---

92. Et lo noir chaperon (B) ; Et vit lo chapelain (A).

---

115. *Cf.* Morawski 1928, n° 1877 : « Qui croit et aimme fole famme/ Il gaste avoir et cors et ame » ; Singer 1944, 16 *sq.*

l'un et l'autre prirent leurs ébats,
lui dessus, elle dessous.
88 Le vilain, couvert du linceul,
voit bien tout le manège,
car il avait gardé les yeux ouverts.
Il voit bien la paille remuer
92 et le capuchon noir se mouvoir :
il le reconnaît, c'est le chapelain !
« Aïe ! Aïe ! dit le vilain
au prêtre, affreux fils de putain !
96 Certes, si je n'étais pas mort,
vous regretteriez de vous y être mis !
Jamais homme n'eût été mieux rossé
que vous le seriez en ce moment même, sire prêtre !
100 — Ami, fait l'autre, il se peut bien.
Et sachez que, de votre vivant,
il aurait été très difficile pour moi de venir ici,
aussi longtemps que vous auriez été en vie ;
104 mais, puisque vous êtes mort,
je dois bien en tirer profit.
Tenez-vous coi, fermez les yeux,
vous ne devez plus les ouvrir ! »
108 Le vilain referme donc ses yeux
et se tait de nouveau.
Quant au prêtre, il prit son plaisir,
sans avoir ni souci ni inquiétude.
112 Je ne saurais vous certifier
qu'ils l'ont enterré le lendemain matin,
mais le fabliau dit pour finir
qu'on doit tenir pour fou celui
116 qui croit sa femme plus que lui-même.

2. Gombert et les deus Clers

Manuscrits : A, f. 210v-211r ; B, f. 44r-45v ; C, f. 10v-11v ; H, f. 240v-241v. Tout en étant, comme d'habitude, correcte, la version de A a été fort probablement remaniée : au v. 4, par exemple, *en folie plus qu'en savoir* s'avère être une banalisation ; au v. 55 *n'ai talent* est une véritable faute, etc. La rédaction de H s'arrête au v. 175 : le texte devient ensuite illisible, car le verso du f. 241 est complètement delavé et le ms. mutilé. Le manuscrit C présente plusieurs *lectiones faciliores* qui ne peuvent sembler correctes qu'à une analyse superficielle. Quant à B, en dépit de ses négligences et de ses lapsus (qui se laissent d'ailleurs corriger sans trop de difficultés), il s'agit d'un témoin important dans la tradition des récits brefs attribuables à Jean Bodel (*cf.* Rossi 1983, 54). Nous nous arrêtons sur ce dernier manuscrit, encore que nous soyons obligés de signaler que, en l'absence de fautes communes indiscutables, la tradition reste ouverte et la combinaison des témoignages s'impose en plusieurs cas, dont le lecteur trouvera ci-dessous la liste.

Titre : *De Gombert et des deus clers* (A) ; *Cist d'Estula et de l'anel de la paelle* (B) ; *Li fabliaus de Dagombert* (H). Le rubricateur de B a dû lire *d'escole*, au v. 2, comme *d'Estula* ; ensuite, s'étant aperçu de sa faute, il a ajouté le titre « mnémo-

technique » *De l'anel de la paelle*. Au v. 4 des *Deus Chevaus*
(« Et de Gombert et des deus clers »), Bodel lui-même nous
indique le vrai titre du fabliau.

Editions : Nardin 1965, 85-94 ; Rossi 1983, 60-63 ; Raynaud de
Lage 1986, 47-53 ; *NRCF*, IV, 281-301, 424-430.

Le motif du « Berceau » est fort répandu dans la littérature
narrative traditionnelle (*cf.* Aarne-Thompson 1961, type 1363 ;
Enzyklopädie des Märchens, s.v. *Wiege*). Quant aux rapports
avec le fabliau du *Meunier et des deus Clers* et avec le *Déca-*
méron, IX, 6, *cf.* Rossi 1983, 56 *sq.* ; Di Girolamo-Lee 1983,
16-24, et, ci-dessus, l'Introduction, 21 sq.

Gombert et les deus Clers

En cest autre fablel parole
de deus clers qui vindrent d'escole ;
s'orent despendu lor avoir
4 et en folie et en savoir.
Ostel pristrent chiés un vilain :
de sa feme, dame Gilain,
fu l'uns des clers, lués que la vint,
8 si fous que amer li covint.
Mes ne set comment s'i acointe,
car la dame ert mignote et cointe,
les ieus ot vairs comme cristal.
12 Tote jor l'esgarde a estal
li clers, si qu'il onques ne cille.
Et li autres rama la fille,
si qu'adés i metoit ses ialz.

---

1. En cest autre fablel parole (A, H) ; Saignor icist fabliaus parole (B) ;
7. Lues que la vint (A) ; Lors quil i vint (B). 8. Que amer li covint (A) ;
Quamer la li covint (B). 11. Les ieus ot vairs comme cristal (A) ; Sot cler
les euz comme cristal (C) ; Sot vairs les ieus com un cristal (H) ; Si ot blanc
col comme cristal (B). 12. Tote nuit (A, B) ; Tote ior (C, H). 15-16. Qui
adés i avoit ses ieus/ Cil mist encor sentente mieus (A) ; Cil i mist sentente
encor mialz/ Tote nuit lesgardoit as ialz (B) ; Si quades i tenoit ses ieus/
Cil mist sentente encore mieus (H).

---

1. *Cf. Les deus Chevaus*, vv. 1-14 : « Cil qui trova.../ d'un autre fablel
s'entremet ». L'adjectif « autre » suggère que le texte faisait partie d'un
ensemble plus vaste. « Il y a lieu de croire qu'il a été détaché d'un recueil,

Gombert et les deux Clercs

Dans cet autre fabliau, il est question
de deux clercs qui quittèrent l'école.
Ils avaient dépensé leur avoir
4 pour s'amuser comme pour apprendre.
Ils s'installèrent chez un vilain :
l'un des clercs, dès qu'il arriva là-bas,
s'éprit violemment de sa femme, dame Gilles ;
8 il ne pouvait s'empêcher de l'aimer,
mais il ne savait comment entrer en relation avec elle,
car la dame était gentille et gracieuse
et avait les yeux brillants comme du cristal.
12 Le clerc la regarde obstinément,
jusqu'à ne pas battre des paupières.
L'autre s'amouracha de la fille,
de sorte qu'il ne la quittait pas des yeux.

---

perdu, dans sa forme primitive, et réunissant plusieurs récits d'un même auteur ou récitant » (*NRCF*, IV, 424). **4.** *Et... et en savoir* : cf. *Le Voyage de Charlemagne*, v. 656 : « Et si dient ambure et saver et folage ». **7.** *Lués que* : « aussitôt que » (il paraît que cette conjonction archaïque n'ait pas survécu au XIIIe siècle, cf. *NRCF*, IV, 425). **12.** *A estal* : « fixement », « avec persévérance ».

16 Cil mist encor s'entente mialz,
   car la fille ert et joene et bele :
   et je di qu'amors de pucele,
   quant fins cuers i est ententis,
20 est sor totes amors gentis,
   com est li ostors au terçuel.
   Un petit enfant en berçuel
   paissoit la prodefame en l'aistre :
24 que qu'ele l'entendoit a paistre,
   l'uns des clers lés li s'acosta.
   Fors de la paëlete osta
   l'anelet dont ele pendoit,
28 si lo bota enz en son doit,
   si coïement que nus nel sot.
   Tel bien com sire Gombers ot
   orent assez la nuit si oste :
32 lait boli et pain et composte ;
   ce fu assez, si com a ville.
   Mout fu tote nuit dame Gile
   regardee de l'un des clers :
36 les iauz i avoit si aers
   que il nes en pooit retrere.
   Li vilains qui bien quida fere
   et n'i entendoit el que bien,
40 fist lor lit fere prés del sien,
   ses cocha et ses a covers.
   Donc s'est cochiez sire Gombers,
   quant fu chaufez au feu d'esteule,

---

17. Car la fille ert et ioene et belle (H) ; Car ele estoit et ioene et bele (B).
20. Est sor totes amors gentis (C) ; Est de sor autres si iantis (B). 23. Paissoit
la bone fame en laistre (A) ; Tenoit la damoisele en lestre (B). 24. Quequele
lentendoit a pestre (C) ; Que quele lo tenoit por pestre (B). 25. Luns des
clers les li sacosta (H) ; .i. des clers lez li sacosta (B). 26. Fors (A, C, H) ;
Hors (B). 27. Dont (A) ; don (B). 29. Si coiement (A, H) ; Si belement (B).
36. Si aers (A, C, H) ; Ouers (B). 37. Que il (A, C, H) ; Quil (B). 39. Et
ni... que (ke) bien (A, C, H) ; Et qui ni entent rien que bien (B).

16 Celui-ci plaça encore mieux ses aspirations,
   car la fille était jeune et belle,
   et je vous dis qu'amour de pucelle,
   quand un cœur parfait s'y est adonné,
20 est noble par-dessus tout autre amour,
   tout comme l'autour à côté d'un tiercelet !
   Dans l'âtre la bonne femme nourrissait
   un petit enfant au berceau.
24 Pendant qu'elle était occupée à allaiter,
   l'un des clercs s'avança auprès d'elle,
   enleva de la petite poêle
   l'anneau auquel elle pendait,
28 pour le passer à son doigt
   si doucement que nul ne le sut.
   Cette nuit les invités
   eurent tout ce que pouvait avoir sire Gombert :
32 lait bouilli, fromage et compote.
   Ce fut abondant, à la manière rustique.
   Toute la soirée dame Gilles
   fut regardée avec insistance par l'un des clercs.
36 Il fixait tant les yeux sur elle
   qu'il ne pouvait les détourner.
   Le vilain, qui croyait bien faire
   et qui n'y voyait que du bien,
40 fit faire leur lit près du sien,
   les assistant pour leur coucher.
   Puis, une fois chauffé au feu de paille,
   sire Gombert se coucha,

---

21. *Terçuel :* à la lettre le terme désigne le mâle du faucon, beaucoup plus petit que la femelle. **33.** *Ville :* petit village.

44 et sa fille jut tote seule.
   Quant la gent se fu endormie,
   li clers ne s'entroblia mie :
   mout li bat li cuers et flaelle,
48 atot l'anel de la paelle
   au lit la pucele s'en vint.
   Oez comment il l'en avint :
   lez li se couche, les dras oevre.
52 « Qui est ce, Dieus, qui me descuevre ? »
   fet ele, quant ele lou sent,
   « Sire, por Dieu omnipotent,
   qu'avez vos quis ci a tele eure ?
56 – Bele, se Jesus me sequeure,
   n'ai pooir qu'ensus de vos voise !
   Mes tesiez vos, ne fetes noise,
   que vostre pere ne s'esveille !
60 Car il quideroit ja merveille,
   s'il savoit qu'avec vos jeüsse :
   il quideroit que je eüsse
   de vos fetes mes volentez.
64 Mes tot mon bon me consentez,
   grant bien vos en vendra encor,
   et s'avrés ja mon anel d'or,
   qui plus vaut de quatre besanz.
68 Sentez mon, con il est pesanz :
   il m'est trop grant au doi manel ! »
   Atant li a boté l'anel
   el doi, si a passé la jointe.
72 Et cele s'est envers li jointe
   et jure que ja nel prenderoit.

---

47. Flaelle (C, H); Faele (B). **51.** Se couche (A, C, H); Se cocha (B). **54.** Sire... sequeure (C); manque dans B. **57.** Esveille (A, C, H); Esvoille (B). **63.** Fetes (A, H); Fete (B, C). **66.** Avres (A, C, H); Avroiz (B). **67.** Quatre (A, C, H); Quinze (B). **69.** Il... manel (C); Il me passe la doi manel (B).

44 et sa fille s'allongea toute seule.
Dès que la famille fut endormie,
le clerc ne perdit pas de temps.
Son cœur lui bat fort et palpite :
48 avec l'anneau de la poêle,
il vint au lit de la jeune fille.
Ecoutez donc ce qui lui arriva.
Il se couche à côté d'elle et soulève les draps.
52 « Mon Dieu, qui est-ce qui me découvre ? »
fait-elle, quand elle le sent.
« Sire, par Dieu le Tout-Puissant,
que cherchez-vous ici à une heure pareille ?
56 — Belle, que Jésus m'aide,
il m'est impossible de m'éloigner de vous !
Mais taisez-vous, ne faites pas de bruit,
que votre père ne se réveille pas,
60 car il serait très étonné,
s'il savait que je couchais avec vous.
Il penserait que j'aurais fait
mes quatre volontés de vous !
64 Mais si vous consentez à satisfaire mon désir,
vous en tirerez un grand avantage,
car vous aurez mon anneau d'or,
qui vaut plus de quatre besants.
68 Sentez-le, comme il est lourd.
Il est trop grand pour mon petit doigt. »
Et il lui glissa au doigt l'anneau,
qui était trop grand pour sa jointure,
72 et elle, elle s'est jointe à lui,
tout en jurant qu'elle ne le prendra jamais :

---

67. *Besanz :* « Monnaie byzantine d'or ou d'argent, qui se répandit en Europe au temps des croisades » (*Contes à rire*, 189). **69.** *Doit manel :* « petit doigt » *cf.* Berger 1981, 252, v. 21.

Totes voies, qu'a tort qu'a droit,
l'uns vers l'autre tant s'umelie,
76 que li clers li fist la folie.
Mais com il plus acole et baise,
plus est ses compainz en malaise,
qu'a la dame ne puet venir.
80 Et cil li fet resovenir
que il ot fere ses delis :
ce qu'a l'un estoit paradis
estoit a l'autre droiz enfers !
84 Lors s'est levez sire Gombers,
si s'en ala pissier toz nuz ;
et li clers est au lit venuz,
a l'esponde par dedevant :
88 si prent, atot lo biers, l'enfant,
au lit lo met ou ot geü,
ez vos dan Gombert deceü :
car tot a costume tenoit,
92 la nuit, quant de pissier venoit,
qu'il sentoit au berçuel premiers.
Si com il en iert costumiers,
vint atastant sire Gomberz
96 au lit, mes n'i fu pas li berz.
Quant il n'a lo berçuel trové,
si se tient a musart prové
et quide avoir voie changie :
100 « Li maufez, fet il, me charrie,
car en cest lit gisent mi oste ! »
Puis vint a l'autre lit encoste,
si sent le berz o le mailluel.

---

74. Qua tort qua droit (C) ; Que tort que droit (B). **81.** Que il ot fere (C) ; Car il ot fet (B). **98.** Tient (A) ; Tint (B, C). **103.** Si sent le berz o le mailluel (C) ; Si sent lo lit et lo bercuel (B).

cependant, à tort ou à raison,
ils se font l'un à l'autre tant de bonnes manières
76 que le clerc finit par lui faire la folie.
Mais plus il l'étreint, plus il l'embrasse,
plus son compagnon est malheureux,
de ce qu'il ne peut rejoindre la dame.
80 Et l'autre, qu'il entend
prendre son plaisir, le lui rappelle :
ce qui pour l'un est le paradis
est pour l'autre un véritable enfer !
84 A ce moment sire Gombert se leva
tout nu pour aller pisser ;
et l'autre clerc vint
par-devant, au bord du lit.
88 Il prend le berceau avec l'enfant,
le met à côté du lit où il était couché,
et voilà dom Gombert trompé,
car il avait l'habitude,
92 la nuit, en revenant de pisser,
de tâter d'abord le berceau.
Et selon son habitude,
sire Gombert vint à tâtons
96 au lit, mais le berceau n'y était pas.
Ne l'ayant pas trouvé,
il se tint pour un parfait étourdi
et pensa s'être trompé de chemin.
100 « Le diable m'emporte ! fait-il,
car dans ce lit couchent mes hôtes ! »
Il vient alors à côté de l'autre lit
et sent le berceau avec l'enfant enmaillotté.

---

75. *S'umelie :* « se plie à la volonté de l'autre », « file doux ». **78.** *Cf.* Morawski 1925, n° 331 : « Ce que n'est bon a l'un est bon a l'autre. » **84-85.** A la fin du poème satirique *Des Clers* (éd. Wright, *Anecdota Literaria*, 66 sq.), se trouve une allusion à ce passage de notre fabliau : « Tex herbergast clerc, par ma teste,/ Qui n'en ose nul herbergier,/ Que par nuit ne s'alast couchier,/ Quant a pissier levez seroit,/ En tel leu o il ne devroit ».

104 Et li clers joste lo pailluel
    se tret, que li vilains nel sente.
    Monsaignor Gombert n'atalente,
    quant il n'a sa feme trovee :
108 quide qu'ele soit relevee
    pissier et fere ses degras.
    Li vilains sozhauça les dras,
    muça soi entre les linciaus ;
112 li soumes li fu prés des iaus,
    si s'endormi eneslopas.
    Et li clers ne s'oblia pas :
    avec la dame ala cochier ;
116 ainz ne li lut son nes mochier
    s'ot esté trois foiz essaie.
    Or a Gomberz bone mesnie :
    mout lou mainent de male pile !
120 « Sire Gombert, fet dame Gile,
    si viauz om con iestes et frailles
    mout avez anuit esté chailles :
    ne sai de quoi il vos souvint :
124 grant piece a mes ne vos avint.
    Quidiez vos que il ne m'anuit ?
    Vos avez fet ausi anuit
    com s'il n'en fust nus recovriers :
128 mout iestes ore bons ovriers,
    n'avez mie esté oiseus ! »
    Cil ne fu mie trop noiseus,
    ainz fist totes voies son boen

---

105. Se tret (A, C); Se tint (B, H). **109.** Et fere (A, C); O fere (B).
119. Mainent (A); Tienent (B). **123-124.** (A, H); manquent dans B.

---

118. Vers 1270, Robert le Clerc d'Arras écrit dans ses *Vers de la mort* (éd.
Windahl, Lund 1887) : « Or a Gombert orde maisnie ». D'après le *NRCF*,
IV, 428, il s'agirait d'une locution proverbiale ; il faut cependant souligner
le fait que Robert, inscrit au *Nécrologe* entre le 1er octobre 1272 et le 2
février 1273 (*cf.* Berger 1963, 199) paraît bien connaître les œuvres de son
concitoyen Jean Bodel (*cf.* Rossi 1990, 33). **119.** *Mout... pile :* « il lui en

104 Et le clerc de se reculer contre le mur
pour que le vilain ne le sente pas.
Monseigneur Gombert n'a pas été content
quand il n'a pas trouvé sa femme :
108 il pense qu'elle aussi s'est levée,
pour aller pisser et faire ses besoins.
Le vilain soulève alors
les draps et s'y glisse ;
112 le sommeil le prend aux yeux
et il s'endort aussitôt.
L'autre clerc ne perdit pas de temps :
il alla coucher avec la dame et,
116 avant qu'elle eut le loisir de se moucher le nez,
elle avait été essayée trois fois.
Voilà Gombert à la tête d'une bonne maisonnée :
les deux lui font un grand tort !
120 « Sire Gombert, fait dame Gilles,
pour quelqu'un de si vieux et faible,
vous avez eu bien du tempérament cette nuit !
Je ne sais pas ce qui vous revint à l'esprit.
124 Il y a longtemps que cela ne vous est plus arrivé.
Pensez-vous que cela ne m'inquiète pas ?
Cette nuit vous avez agi
comme si c'était votre dernière chance :
128 vous êtes devenu un très bon ouvrier.
Vous n'êtes pas resté oisif ! »
L'autre se garda de répliquer,
mais sur-le-champ prit son plaisir,

---

font voir de dures », « ils le malmènent » (l'expression, qui paraît un *hapax*,
est utilisée ici métaphoriquement). **127.** *Recovriers :* « possibilité de récupérer » (*NRCF*, IV, 471). **128.** *Cf.* ci-dessous, *Trubert*, v. 652.

132 et li lassa dire lou soen;
     ne l'en est pas a une bille !
     Li clers qui jut avec la fille,
     quant il ot fet tot son delit,
136 pensa qu'il iroit a son lit
     ainz que li jorz soit esclariez.
     A son lit s'en est reperiez,
     ou Gomberz se gisoit, ses ostes.
140 Et cil lo fiert delez les costes
     grant cop do poing, o tot lo coute.
     «Chaitiz, tu gardes bien la coute,
     fet cil, tu ne vaus une tarte :
144 mes ançois que de ci me parte,
     te diré ge fiere merveille !»
     Atant sire Gomberz s'esveille
     et si s'est bien aperceüz
148 qu'il est gabez et deceüz
     par les clers et par lor engiens.
     «Di moi, donc, fet il, dont tu viens !
     – Dont ?» fet il, si noma tot otre :
152 «Par lou cuer Dieu, je vien de fotre,
     mes que ce fu la fille a l'oste :
     s'en ai pris devant et encoste,
     aforé li ai son tonel,
156 et si li ai doné l'anel
     de la paëlete de fer !
     – Ce soit par trestouz çaus d'enfer,
     fet il, les cens et les milliers !»
160 Atant l'aert par les illiers,
     si lo fiert do poing lez l'oïe.

---

137. Esclariez (A, C) ; Esclarciz (B). **138.** A son lit sen est reperiez (C) ;
A son lit se rest ademiz (B). **140.** Fiert delez les costes (A, C, H) ; Feri sor
la coste (B). **149.** Engiens (A, C, H) ; Engin (B). **150.** Dont tu viens (A,
C, H) ; Don ce te vint (B). **152.** Cuer Dieu (C) ; cuer be (B) ; Cul Dieu (A).
155. Afore li ai son tonel (A, C) ; A force li ai fet conel (B). **158.** Par
trestouz (C) ; Par toz (B).

132 tout en la laissant donner son avis ;
il ne resta point bredouille !
Quant au clerc qui était avec la fille,
après avoir satisfait avec elle tout son désir,

136 il pensa aller à son lit,
avant que le jour ne fût éclairci.
Il regagna le lit
où couchait Gombert, son hôte.

140 Aussitôt il lui flanqua dans les côtes
un grand coup avec le poing et le coude en même temps.
« Mon pauvre, tu as bien gardé le lit !
Tu ne vaux pas un clou, fait-il.

144 Mais avant que je ne parte de céans,
je te dirai une chose bien étonnante ! »
Là-dessus, sire Gombert se réveille
et s'aperçoit aussitôt

148 qu'il est trahi et dupé
par les clercs et par leur ruse.
« Dis-moi donc d'où tu viens, dit-il.
– D'où ? » fait l'autre, en révélant tout :

152 « par le cœur de Dieu, je viens de foutre,
et tu sais qui ? La fille de l'hôte.
J'en ai joui de tous les côtés,
je lui ai bien percé son tonneau

156 et puis je lui ai donné l'anneau
de la poêle en fer !
– Que ce soit de par tous ceux de l'enfer,
centaines et milliers ! » fait l'autre.

160 Alors il saisit le clerc par les flancs
et puis l'assomme du poing sur l'oreille.

---

133. *A une bille :* « à peu de chose » (*bille* « accompagne la négation pour indiquer une valeur minime », *NRCF*, IV, 449). **154.** « Je l'ai prise de toutes les façons ».

Et cil li rent tele joïe,
qu'andui li oeil li estincelent.
164 Par les cheveus s'entreflocelent
si fort, qu'en diroie je el :
c'en les poïst en un tinel
porter tot contreval la ville.
168 « Sire Gombert, fet dame Gile,
levez tost sus, car il me sanble
que li clers combatent ensanble !
Je ne sai qu'il ont a partir.
172 – Dame, jes iré departir »,
fet cil. Lors s'en vint cele part,
mes venuz dut estre trop tart,
car ses compainz ert abatuz.
176 Quant cil s'est sor aus enbatuz,
lors en ot grant peor Gomberz,
car il l'ont amedui aers.
Lors lou fiert cil et cist lo fautre :
180 tant lou bota li uns sor l'autre,
que il ot, par lo mien escientre,
ausi mol lo dos con lo ventre.
Quant issi l'orent atorné,
184 andui sont en fuie torné
par l'uis, si le lessent tot anple.
Ceste fable dit par essanple
que nus hom qui bele feme ait
188 por nule proiere n'i lait
gesir clerc dedenz son ostel,
car il li feroit tot autel :
qui bien lor fet sovent lou pert,
192 ce dit la fable de Gombert.

---

162. Tele joie (C, H) ; Tel envaie (B). **163.** Estincelent (A, H) ; Estancelent (B). **185.** Si le lessent tot ample (C) ; Que il virent tot anple (B).

191. *Cf* Morawski 1925, n° 331 : « Qui plus a mis plus perde. »

Et l'autre lui rend une telle gifle
qu'il en voit trente-six chandelles.

164 Tous deux s'empoignent par les cheveux
si fort – qu'en dirais-je de plus –,
qu'on aurait pu les porter sur un bâton
d'un bout à l'autre du village.

168 « Sire Gombert, levez-vous vite,
car il me semble que les clercs
se battent ! fait dame Gilles.
Je ne sais quel compte ils ont à régler.

172 – Dame, j'irai les séparer »,
fait l'autre se dirigeant vers eux.
Mais il dut arriver trop tard,
car son compagnon était déjà par terre.

176 Quand il leur est tombé dessus,
Gombert eut très peur,
car les deux l'ont attrapé.
L'un le bat, l'autre le foule.

180 Il le frappèrent si bien, l'un après l'autre,
qu'il en eut – autant que je sache –
le dos aussi mou que le ventre.
Quand ils l'eurent ainsi arrangé,

184 tous deux prirent la fuite,
laissant la porte grande ouverte.
Cette fable dit à titre d'exemple
que tout homme qui a une belle femme

188 ne doit pour nulle prière
laisser coucher de clerc dans sa maison,
car il lui ferait de même !
Si on leur fait du bien, c'est en pure perte,

192 comme la fable de Gombert le prouve.

3. Le Sohait des Vez

Manuscrit : B, f. 100v-102v.

Titre : *Li Sohaiz des Vez*. Dans *Les deux Chevaus*, au v. 8, Bodel désigne ce fabliau par le titre *Le Songe des vis*. La forme *vet* pour *vit* («membre viril») est fréquente dans le manuscrit de Berne (*cf.* Rossi 1983, 51, n. 24).

Editions : Nardin 1965, 99-107; *NRCF*, VI, 261-272, 354-356.

Le motif de la «foire aux couilles» est directement dérivé de l'*Alda* (*cf.* ci-dessus l'Introduction, 23-24). Plus tard, quand un remanieur anonyme aura la présomption de l'élaborer à nouveau (en racontant le rêve morbide d'un moine au marché aux cons), il en résultera un récit négligé et maladroit (*cf.* «Le fabliau du Moine et le Dit de la Tramontaine», éd. A. Långfors, *Romania*, 44, 1915-1917, 559-574; G. C. Belletti, dans *L'Immagine riflessa*, 9, 1986, 253-294).
Sohait équivaut ici à «désir obsédant»; quant à la forme *vet* pour *vit* («membre viril», du lat. *vectis*, «barre»), fréquente dans le ms. B, *cf. Do con et do vet et de la soriz*, f. 64r.

Le Sohait des Vez

D'une avanture que je sai,
que j'oï conter a Douai,
vos conterai briement la some,
4 q'avint d'une fame et d'un home,
ne sai pas de chascun lo non.
Preudefame ert, et il prodom,
mais tant vos os bien afichier
8 que li uns ot l'autre mout chier.
Un jor ot li prodom a faire
fors do païs : en son afaire
fu bien trois mois fors de la terre
12 por sa marcheandise querre.
Sa besoigne si bien li vint
que liez et joianz s'an revint
a Douai, un joudi a nuit.
16 Ne cuidiez pas que il anuit
sa fame, qant ele lo voit ;
tel joie con ele devoit

---

2. Douai, comme Arras et Saint-Omer, au Moyen Age était par excellence la ville des drapiers et des marchands. **3.** La progression *j'oï conter... vos conterai* indique la nature du fabliau : le jongleur rapporte à son auditoire une « matière » apprise ailleurs, se présentant comme un simple intermédiaire entre sa « source » orale et les personnes réelles qui, groupées autour de lui, veulent écouter et s'amuser. Cet exorde est, d'ailleurs, topique. Un troubadour comme Raimon Vidal l'adopte, par exemple, dans son *Castiagilos* : « Unas novas vuelh contar/ Que auzi dir a un ioglar » (« Je désire

Le Songe des Vits

D'une aventure que je sais,
que j'ai entendu raconter à Douai,
je vais vous relater brièvement l'essentiel :
4 ce qui arriva à une femme et à un homme
dont je ne connais pas les noms.
Elle était une femme honnête et lui un brave homme,
et je peux même vous affirmer
8 qu'ils s'aimaient beaucoup, l'un et l'autre.
Un jour, le prud'homme eut à faire
hors du pays ; à cause de son commerce
il fut trois mois au loin
12 pour acheter des marchandises.
Ses affaires lui réussirent si bien
qu'il s'en revint heureux et gai
à Douai, un jeudi soir.
16 Ne supposez pas que sa femme
fut chagrinée : lorsqu'elle le vit,
elle lui fit fête

en a fait, com de son seignor :
20 ainz mais n'en ot joie graignor.
    Qant l'ot acolé et baisié,
    un siege bas et aaisié
    por lui aaisier li apreste ;
24 et la viande refu preste,
    si mangierent qant bon lor fu,
    sor un coisin, delez lo fu
    qi ardoit cler et sans fumiere.
28 Mout i ot clarté et lumiere ;
    deus mes orent, char et poissons,
    et vin d'Aucerre et de Soissons,
    blanche nape, saine vïande.
32 De servir fu la dame engrande :
    son seignor donoit dou plus bel,
    et lo vin a chascun morsel
    por ce que plus li atalant.
36 Mout ot la dame bon talant
    de lui faire auques de ses buens,
    car ele i ratandoit les suens
    et sa bienvenue a avoir.
40 Mais de ce ne fist pas savoir
    que del vin l'a si enpressé
    que li vins l'i a confessé,
    et, qant vint au cochier el lit,
44 qu'il oblia l'autre delit.
    Mais sa fame bien en sovint,
    qui delez lui cochier se vint :
    n'atandi pas qu'i la semoigne,
48 tote iert preste de la besoigne.

---

33. Son seignor donoit dou / Plus bel bel bel. **37.** De ses bens. **44.** Nous gardons la leçon du ms. (que li vins... et qu'il) en considérant que la correction *cil oblia* (*cf. NRCF*, VI, 354) est inutile.

comme l'on doit faire à son mari :
20 elle n'eut jamais de joie plus grande.
    L'ayant étreint et embrassé,
    elle lui prépare un siège bas et confortable
    pour qu'il soit bien à l'aise.
24 Un repas était déjà prêt
    et ils mangèrent, quand bon leur sembla,
    sur un coussin, à côté du feu
    qui brûlait clair et sans fumée.
28 Il y avait beaucoup de clarté et de lumière.
    Ils eurent deux plats : viande et poissons,
    et des vins d'Auxerre et de Soissons,
    bonne chère sur nappe blanche.
32 La dame s'empressa de servir
    son seigneur, lui donnant le meilleur,
    et du vin à chaque bouchée,
    pour qu'il en eût plus de plaisir.
36 Elle avait un très grand désir
    de le faire jouir autant que possible,
    car elle attendait la pareille,
    en comptant d'être satisfaite à son tour.
40 Mais elle fut mal avisée
    en ce qu'elle le poussa à boire
    tant que le vin l'assomma
    et, quand il en vint à se mettre au lit,
44 il oublia l'autre plaisir.
    Mais sa femme s'en souvint bien,
    en allant se coucher près de lui.
    Elle n'attendit pas qu'il l'invite,
48 car elle était prête à la besogne.

---

19. «Elle lui manifesta la joie qu'elle lui devait, car il s'agissait de son époux». **42.** *L'a confessé :* au sens figuré, «avoir raison de quelqu'un» (*NRCF*, VI, 374).

Cil n'ot cure de sa moiller,
qui lo joer et lo veillier
soufrist bien encor une piece.
52 Ne cuidiez pas la dame siece,
qant son seignor endormi trove :
« Ha ! fait ele, com or se prove
au fuer de vilain puant ort,
56 qu'il deüst veillier, et il dort !
Mout me torne or a grant anui :
deus mois a que je avoc lui
ne jui, ne il avoques mi :
60 or l'ont deiable endormi,
a cui je l'otroi sanz desfance ! »
Ne dit ne mie qanqu'ele panse
la dame, ains se quoise et repont,
64 car sa pansee la semont.
Mais ne l'esvoille ne ne bote,
qu'i la tenist sanpres a glote.
Par cele raison s'est ostee
68 del voloir et de la pensee
que la dame avoit envers lui :
s'andort par ire et par anui.
El dormir, vos di sanz mençonge
72 que la dame sonja un songe,
q'ele ert a un marchié annel.
Ainz n'oïstes parler de tel !
Ainz n'i ot estal ne bojon,

---

63. La dame ains se re / Que voise et repont. 71. El dormi.

---

58. *Deus mois* : quoique cette indication temporelle semble incompatible
avec celle du v. 11 (« trois mois »), ce n'est pas ce type de vraisemblance
qui intéresse les auteurs de fabliaux. 63. *Se quoise* : « se tait », « reste
tranquille » (de *coi*, « calme »). Cf. *NRCF*, VI, 354. 66. *Glote :* une femme
dévergondée. 71. *Sans meçonge* : en général, les formules de ce type
introduisent les récits les plus fantaisistes (*cf.* le v. 107). 75. *Bojon* : « Ac-
couplé avec *estal* « étal » le mot doit désigner une forme de support d'éventaire ou même, par métonymie, un éventaire mobile » (*NRCF*, VI, 355).

Et lui n'eut cure de sa femme,
qui eût bien aimé encore un peu
veiller et jouer.
52 Ne croyez pas la dame contente
de voir son mari endormi :
« Ha ! fait-elle, voilà qu'il se montre
un ignoble vilain puant.
56 Il aurait dû veiller et il dort !
J'en ai vraiment beaucoup de chagrin :
il y a deux mois déjà que je ne couche pas
avec lui, ni lui avec moi ;
60 maintenant les diables l'ont endormi :
je le leur laisse sans résister. »
La dame ne dit pas tout ce qu'elle pense,
mais elle se tait et se contient,
64 car cette pensée l'excite.
Cependant, elle ne le réveille ni ne le secoue,
car il la croirait à l'avenir une gloutonne.
Pour cette raison la dame a écarté
68 cette pensée et ce désir
qu'elle avait de lui.
Elle s'endort, par dépit et ennui.
Dans son sommeil, je vous dis sans mensonge,
72 que la dame songea un songe :
elle était à un marché annuel.
Jamais vous n'entendîtes parler d'un pareil !
Il n'y avait comptoir ni aune,

76 ne n'i ot loge ne maison,
changes, ne table, ne repair,
o l'an vandist ne gris ne vair,
toile de lin, ne draus de laine,
80 ne alun, ne bresil, ne graine,
ne autre avoir, ce li ert vis,
fors solemant coilles et viz.
Mais de cez i ot sanz raisons :
84 plaines estoient les maisons
et les chambres et li solier,
et tot jorz venoient colier
chargiez de viz de totes parz,
88 et a charretes et a charz.
Ja soit ce c'assez en i vient,
n'estoient mie por noiant,
ainz vandoit bien chascuns lo suen.
92 Por trente saus l'avoit en buen,
et por vint saus et bel et gent.
Et si ot viz a povre gent :
un petit avoit en deduit
96 de dis saus, et de neuf et d'uit.
A detail vandent et en gros :
li meillor erent li plus gros,
li plus chier et li miauz gardé.
100 La dame a par tot resgardé,
tant s'est traveilliee et penee
c'a un estal est asenee
qu'ele en vit un gros, un lonc,
104 si s'est apoiee selonc.
Gros fu darriere et gros par tot,
lo musel ot gros et estot ;
se lo voir dire vos en voil,

---

95. En dededuit.

---

77. *Repair :* sorte de point de vente de fortune. **95.** *En deduit :* « à emporter »
(avec référence à l'objet dont on est acquéreur).

76 ni baraque, ni magasin,
ni banc de changeur, ni table, ni éventaire
où l'on vendît fourrures grises ou bigarrées,
toile de lin, tissus de laine,
80 ni mordant, ni bois de brésil, ni cochenille,
ni d'autre denrée (ainsi se l'imaginait-elle).
On ne vendait que couilles et vits.
Mais de ceux-ci il y avait à foison :
84 les magasins en étaient pleins
et les chambres et les greniers :
et tous les jours, de tous les côtés,
venaient des porteurs chargés de vits,
88 et il en arrivait par charrettes et par charrois.
Bien qu'on en apportât beaucoup,
ils n'étaient pas pour rien,
car chacun vendait cher le sien.
92 Pour trente sous on en avait un bon,
et pour vingt sous un beau, bien tourné.
Et il y avait même des vits pour pauvres gens :
il y en avait un, chétif en plaisir amoureux,
96 pour dix sous, et pour neuf, et pour huit.
On vendait au détail ou en gros ;
les meilleurs étaient les plus gros,
les plus chers et les mieux gardés.
100 La dame regardait partout ;
elle s'est donné tant de mal et de peine
qu'elle est venue à un étal
où elle en vit un gros, un long.
104 Alors elle s'en approcha.
Il était gros par-derrière et gros partout.
Il avait le museau énorme et démesuré.
Si je veux vous en dire la vérité,

108 l'an li poïst giter en l'oil
une cerise de plain vol
n'arestast, si venist au fol
de la coille, que il ot tele
112 com lo paleron d'une pele,
c'onques nus hom tele ne vit.
La dame bargigna lo vit,
a celui demanda lo fuer :
116 « Se vos estiiez or ma suer,
n'i donriiez mains de deus mars.
Li viz n'est povres ne eschars,
ainz est li miaudres de Laranie,
120 et si a coille loreanie
qui bien fait a uan d'aumaje :
prenez lou, si feroiz que saje,
fait cil, demantres qu'an vos proie.
124 – Amis, que vaudroit longue broie ?
Se vos i cuidiez estre saus,
vos en avroiz cinquante saus ;
jamais n'en avroiz tant nuleu,
128 et si donrai lo denier Deu,
que Deus m'an doint joie certaine !
– Vos l'avroiz, fait il, por l'estraine,
que ver vos ne me voil tenir.
132 Et tot ce m'an puist avenir
qu'a l'essaier m'an orerez :
je cuit qu'ancor por moi direz
mainte oreison et mainte salme ! »
136 Et la dame hauce la paume,
si l'a si duremant esmee.
Qant cuide ferir la paumee,

---

117. Mains de. **121.** Uan d*re* aumaie. **123.** Demantres quan vos proie /
demantres quen vos proie.

---

120. Il paraîtrait que les couilles lorraines aient éte particulièrement renom-
mées au Moyen Age (*cf. NRCF*, VI, 355). Mais *cf.* la note suivante.
121. *Qui... aumaje :* d'après Godefroy, I 498b, l'*aumaje* était une « sorte

108 on aurait pu lui jeter dans l'œil
une cerise de plein vol
sans qu'elle s'arrête, avant d'arriver au sac
de la couille, qu'il avait aussi large
112 que la palette d'une pelle :
nul n'en vit jamais de pareil.
La dame marchanda le vit
et en demanda le prix au vendeur.
116 « Même si vous étiez ma sœur,
vous n'en donneriez pas moins de deux marcs.
Le vit n'est ni pauvre ni faible ;
c'est plutôt le meilleur de Lorraine
120 et il a une couille lorraine
qui, cette année, a bien payé son tribut :
prenez-le, pendant qu'on vous le propose,
et vous agirez sagement ! fait celui-ci.
124 — Ami, à quoi bon de longs marchandages ?
Si vous estimez ne pas trop y perdre,
vous en aurez cinquante sous.
Jamais, nulle part, vous n'en obtiendrez autant.
128 En plus, je vous donnerai le denier de Dieu,
car Dieu veuille que je puisse en jouir sans réserve !
— Soit, vous l'aurez, dit-il, c'est ma première vente
je ne veux me montrer intraitable à votre égard. [aujourd'hui,
132 Puisse-t-il m'arriver tout ce que vous me souhaiterez
quand vous en ferez l'essai :
je crois que vous direz à mon intention
beaucoup d'oraisons et bien des psaumes ! »
136 La dame alors lève la main
et l'abat de toute sa force.
Mais lorsqu'elle pense lui frapper dans la main,

---

de droit sur les vins » qu'on payait à Orléans ; la couille aurait donc bien payé son tribut (ce qui correspondrait au passage analogue de l'*Alda*, voir à ce propos ci-dessus l'Introduction, 23-24). Le *NRCF*, VI, 270, lit par contre « Qui bien fait a vandre au maje » et interprète : « Qui est certainement digne d'être vendue au maire » (il faut cependant préciser que cette lecture revient à Méon 1823, I, 297).

son seignor fiert, mout bien l'asene
140 de la paume delez la caine
que li cinq doiz i sont escrit.
La paume li fremie et frit
del manton deci q'an l'oroille,
144 et cil s'esbaïst, si s'esvoille
et en son esveillier tressaut.
Et la dame s'esvoille et saut,
qui encor se dormist, son vuel,
148 car sa joie li torne a duel.
La joie en veillant li eslonge
don ele estoit dame par çonge :
por ce dormist, son voil, encor !
152 « Suer, fait il, car me dites or :
que vos songïez a cel cop
que vos me donastes tel cop :
Dormiez o veilliez doncques ?
156 — Sire, je ne vos feri onques,
fait cele, nel dites jamais !
— Tot par amor et tot en pais,
par la foi que devez mon cors,
160 me dites que vos sambla lors :
ne lo laissiez por nule rien ! »
Tot maintenant, ce sachiez bien,
comança la dame son conte,
164 et mout volantiers li reconte
o volantiers o a enviz
conmant ele sonja les viz ;
conmant erent mauvais et buen ;
168 conmant ele acheta lo suen,
lo plus grous et lo plus plenier
cinquante saus et un denier.

---

147. Son voil. **152.** Fait car. **167.** Et bon. **169.** Lo plus grox.

elle cingle son mari et lui assène
140 un tel coup de cette main sur la joue
que les cinq doigts y restent inscrits.
La gifle le secoue et le cuit
du menton jusqu'à l'oreille,
144 et lui s'étonne et s'éveille,
non sans avoir sursauté :
Et la dame s'éveille et saute à son tour,
elle qui dormirait volontiers davantage,
148 car sa joie lui tourne en peine.
Le réveil fait fuir la joie
dont elle était maîtresse en rêve :
voilà pourquoi elle voudrait dormir encore.
152 « Ma chère sœur, fait-il, dites-moi donc
ce que vous songiez, au moment même
où vous m'avez donné un tel coup :
dormiez-vous ou étiez-vous éveillée ?
156 — Sire, je ne vous ai pas frappé,
fait-elle, ne prétendez pas cela !
— Bien gentiment et sans querelle,
par la foi que vous me devez,
160 dites-moi ce que vous vous figuriez,
et ne me dissimulez rien ! »
Aussitôt, sachez-le bien,
la dame commença son conte
164 et très volontiers raconta
comment elle rêvait aux vits
ou volontiers ou malgré elle ;
comment ils étaient mauvais et bons ;
168 comment elle acheta le sien,
le plus gros, le plus vigoureux,
cinquante sous et un denier.

« Sire, faite ele, einsin avint :
172 lo marchié palmoier covint ;
qant cuidai ferir en la main,
vostre joe feri de plain ;
si fis comme fame endormie :
176 por Deu ne vos coreciez mie,
que se je ai folie faite,
et je m'an rant vers vos mesfaite,
si vos en pri merci de cuer !
180 – Par ma foi, fait il, bele suer,
je vos pardoin, et Deus si face ! »
Puis l'acole estroit et enbrace,
et li baise la boche tandre ;
184 et li viz li conmance a tandre,
que cele l'eschaufe et enchante.
Et cil en la paume li plante
lo vit, qant un po fu finez.
188 « Suer, fait il, foi que me devez
ne se Deus d'anor vos reveste,
que vausist cestui a la feste,
que vos tenez en vostre main
192 – Sire, se je voie demain,
qui de teus en aüst plain cofre,
n'i trovast qui i meïst ofre,
ne qui donast gote d'argent :
196 nes li vit a la povre gent
estoient tel que uns toz seus
en vaudroit largement ces deus :
teus com il est, or eswardez
200 que la ne fust ja regardez

---

178. Et je men rant vers vos / mesfaite mesfaite.

---

187. *Quant... finez :* « quand il commença à atteindre sa complète érection ».
D'avis contraire le *NRCF*, VI, 382, qui explique : « quand il cessa d'être
en érection » (ce qui, cependant, contraste avec le verbe planter).

« Sire, fait-elle, voilà ce qui est arrivé :
172 il fallait toper pour conclure le marché ;
en croyant frapper dans la main,
c'est votre joue que j'ai frappée en plein.
Je l'ai fait en femme endormie ;
176 pour l'amour de Dieu, ne vous fâchez pas,
car, si j'ai commis une folie,
je m'en avoue coupable
et je vous prie de tout cœur de me pardonner.
180 — Par ma foi, fait-il, je vous pardonne,
très chère sœur, et que Dieu le fasse aussi ! »
Puis il l'embrasse en la serrant contre soi
et lui baise sa bouche tendre ;
184 et son vit commence à se tendre,
car elle l'échauffe et l'enchante.
Il le lui planta dans la main,
le vit, quand il fut à peu près à point.
188 « Sœur, fait-il, par la foi que vous me devez,
et que Dieu vous comble d'honneur,
qu'aurait valu au marché
celui que vous tenez dans votre main ?
192 — Sire, que je ne vive pas jusqu'à demain si je mens !
Qui en aurait eu un plein coffre de pareils
n'aurait trouvé personne pour lui faire une offre,
ni lui donner un peu d'argent.
196 Même les vits des pauvres gens
étaient tels qu'un seul
en vaudrait largement deux comme celui-ci :
tel qu'il est, vous pouvez considérer
200 que là-bas personne ne l'eût jamais regardé

de demande prés ne de loin.
– Suer, fait il, de ce n'ai je soin,
mais pran cestui et lai toz çaus
204 tant que tu puisses faire miaus ! »
Et ele si fist, ce me sanble.

La nuit furent mout bien ensanble,
mais de ce lo tieng a estot
208 que l'andemain lo dist par tot,
tant que lo sot Johanz Bodiaus,
uns rimoieres de flabliaus,
et por ce qu'il li sanbla boens,
212 si l'asenbla avoc les suens :
por ce que plus n'i fist alonge,
fenist la dame ci son çonge.

---

213. Son conte.

213-214. *Cf.* Raoul de Houdenc, *Le Songe d'Enfer* (éd. M. Mihm, Tübingen 1984), vv. 676-78 : « Devant que de songier reviegne/ Raouls de Houdaing, sanz menconge / Qui cest fablel fist de son conge »

ni demandé, loin de là !
— Sœur, fait-il, je n'ai cure de cela ;
mais prends plutôt celui-ci et laisse les autres,
204 jusqu'à ce que tu puisses faire mieux ! »
Et elle le fit, me semble-t-il.

La nuit ils furent très bien ensemble,
mais sur un point je trouve cet homme sot :
208 c'est que le lendemain il l'a raconté partout,
tant et si bien que Jean Bodel l'a appris,
un rimeur de fabliaux.
Et puisqu'il lui sembla bon,
212 il l'assembla aux siens :
comme il n'y ajouta aucun développement,
c'est ici que le rêve de la dame prend fin.

III. GARIN

1. Le Prestre ki abevete

Manuscrits : E, f. 171r (presque complètement effacé)-171v ;
F, f. 240r-240v. Tout en étant obligés de suivre la version de
F, nous avons cherché à utiliser la rédaction de E, surtout aux
vv. 59-61 et 83 *sq.*

Titre : *Du prestre qui fouti la dame au vilain* (explicit de E) ;
Du prestre ki a bevete (F).

Editions : *Recueil Général*, III, 54-57 et 335 *sq.* ; VI, 274 ;
Eichmann 1982, 43-46.

Le motif du « mirage érotique » inventé par le dupeur est
présent dans la tradition orale (*cf.* Aarne-Thompson 1961, type
1423 ; *Enzyklopädie des Märchens*, s.v. *Birnbaum*). Les antécé-
dents littéraires les plus proches de notre textes sont les fables
44 et 45 *(De Muliere et Proco eius)* de Marie de France. Dans
la tradition « cléricale » médiévale, l'exemplum 251 de Jacques
de Vitry (éd. Crane 1890, 106) et un passage célèbre de la
Comoedia Lydiae (dont l'idée centrale est reprise dans le *Décaméron*, VII, 9) représentent les témoins les plus importants. La
traduction littérale du titre de notre fabliau est « Le prêtre qui
épie par le trou de la serrure », « par un pertuis » ; mais *aboeter*
signifie également « épier pour surprendre, pour donner le
change ».

Le Prestre ki abevete

Ichi aprés vous voel conter,
se vous me volés escouter,
un flablel courtois et petit,
4 si com Garis le conte et dit,
d'un vilain qui ot femme prise
sage, courtoise et bien aprise.
Biele ert et de grant parenté ;
8 mout le tenoit en grant certé
li vilains et bien le servoit.
Et cele le prestrë amoit,
vers lui avoit tout son cuer mis.
12 Li prestres ert de li souspris
tant que un jour se pourpensa
que a li parler en ira.
Vers le maison s'est esmeüs,
16 mais ains qu'il i fust parvenus,
fu li vilains, ce m'est avis,
au digner o sa femme asis.
Andoi furent tant seulement,

---

10. Et cele prestre (F).

---

3. *Courtois :* « mignon », « joli », mais aussi « bref », « court » (d'après le
jeu de mots sur *court-ois*). 4. Il y a lieu de croire que nous avons à faire
à un remaniement « d'après un récit originaire » de Garin. *Cf.* à ce propos
nos observations sur les *Treces*. 7. Pour le topos du « vilain » qui prétend
s'anoblir en se mariant avec une femme noble, voir aussi ci-dessous *Berangier au lonc Cul*, vv. 13-17. 8. L'auteur exploite ici la double acception

Le Prêtre voyeur

Je veux vous raconter ci-après,
si vous voulez m'écouter,
un petit fabliau courtois
4 exactement comme Garin le raconte,
au sujet d'un vilain qui avait pris femme
intelligente, courtoise et bien élevée.
Elle était belle et de bonne famille ;
8 Le vilain l'aimait tant qu'il l'économisait
et la servait fort bien,
mais elle, elle aimait le prêtre de la paroisse :
elle lui avait donné tout son cœur.
12 Le prêtre était si épris d'elle
qu'un jour il se décida
à aller lui parler.
Il se dirigea vers la maison,
16 mais avant son arrivée,
le vilain, me semble-t-il,
s'était mis à table avec sa femme.
Ils étaient seuls tous les deux.

---

de *certé* : « affection », mais aussi « disette ». A la lettre on peut traduire
« Le vilain la chérissait beaucoup », mais la signification ironique suggérée
par le contexte c'est qu'il « la tenait en grande disette sexuelle » (*cf.* les
vv. 28-30).

20 et li prestres plus n'i atent,
  ains vint a l'uis tous abrievés,
  mais il estoit clos et fremés.
  Quant il i vint, si s'aresta
24 prés de l'uis et si esgarda.
  Par un pertruis garde et si voit
  que li vilains mengue et boit
  et sa femme delés lui sist :
28 au prestre volentiers desist
  quel vie ses maris li mainne,
  que nul deduit de femme n'aimme.
  Et quant il ot tout esgardé,
32 esraument un mot a sonné :
  « Que faites vous la, boine gent ? »
  Li vilains respondi briefment :
  « Par ma foi, sire, nous mengons ;
36 venés ens, si vous en dourons.
  – Mengiés ? faites ? Vous i mentés :
  il m'est avis que vous foutés !
  – Taisiés, sire, non faisons voir :
40 Nous mengons, ce pöes veoir. »
  Dist li prestres : « Je n'en dout rien,
  vous foutés, car je le voi bien.
  Bien me volés ore avuler.
44 O moi venés cha fors ester,
  et je m'en irai la seoir ;
  lors porrés bien appercevoir
  se j'ai voir dit u j'ai menti. »
48 Li vilains tantost sus sali,
  a l'uis vint si le desfrema,
  et li prestres dedens entra,

---

23. Quant il vint (F). **46.** Porres appercevoir (F).

3Le contexte éclaire l'ironie de cette situation, fondée sur l'opposition
« dedans »-« dehors » (*cf.* ci-dessus l'Introduction, 30).

20 Donc, le prêtre, sans plus attendre,
vient en toute hâte à la porte.
Celle-ci cependant était fermée et verrouillée.
Quand il arriva, il s'arrêta
24 juste devant la porte et regarda bien.
Il épie par un petit trou et voit
que le vilain mange et boit,
sa femme assise à côté de lui.
28 Elle dirait volontiers au prêtre
la vie que son mari lui fait mener,
lui qui ne prend pas plaisir aux femmes.
Dès qu'il eut tout regardé,
32 le prêtre s'écria :
« Que faites-vous là, bonnes gens ? »
Le vilain répliqua brièvement :
« Par ma foi, sire, nous mangeons.
36 Entrez, et nous vous en donnerons.
– Vous mangez ? Vraiment ? Vous mentez :
il m'est avis que vous baisez !
– Taisez-vous, sire, nous ne le faisons point :
40 nous mangeons, vous pouvez bien voir ! »
Le prêtre dit : « J'en suis sûr :
vous baisez, car je le vois bien !
Vous voulez me faire passer pour aveugle.
44 Venez ici, dehors, avec moi,
et j'irai m'asseoir à l'intérieur :
alors, vous pourrez bien voir
si j'ai dit la vérité ou si j'ai menti. »
48 Le vilain se leva donc,
vint à la porte et tira le verrou.
Là-dessus, le prêtre entra,

si frema l'uis a le keville.
52 Adont ne le prise une bille :
jusqu'à la dame ne s'areste,
maintenant le prent par le teste,
si l'a desous lui enversee,
56 la roube li a souslevee,
si li a fait icele cose
que femme aimme sor toute cose :
le vit li a el con bouté,
60 puis a tant feru et hurté
que il fist che que il queroit.
Et li vilains abeuwetoit
a l'huis et vit tout en apert :
64 le cul sa femme descouvert
et le prestre si par desseure.
« Et quist chou, se Dius vous sequeure »,
fait li vilains, « est che a gas ? »
68 Et li prestres en eslepas
respont : « Que vous en est avis ?
Ne veés vous ? Je sui assis
pour mengier chi a ceste table.
72 — Par le cuer Dieu, ce samble fable,
dist li vilains, ja nel creïsse,
s'anchois dire nel vous oïsce,
que vous ne foutissiés ma femme !
76 — Non fach, sire, taisiés, par m'ame,
autrestel sambloit ore a moi ! »
Dist li vilains : « Bien vous en croi. »
Ensi fu li vilains gabés
80 et decheüs et encantés

59-61. Le vit... queroit (E) ; Puis a tant feru et hurte/ Que cele ne pot
contreste/ Que il fist che que il queroit (F). **65.** Prestre par (F).

---

52. *Une bille* : Cf. ci-dessus *Gombert et les deus Clers*, v. 133.

ferma la porte et la verrouilla.

52 Ainsi, il se soucie du vilain comme d'une guigne.
Il va tout droit à la dame sans hésiter.
Aussitôt il la prend par la tête
en la renversant sous lui.

56 Il a soulevé sa robe
et lui a fait cette chose
que la femme aime par-dessus tout :
il a poussé son membre dans le con,

60 puis a tant cogné et heurté
qu'il fit ce qu'il cherchait à faire.
Et le vilain guettait
à la porte et vit tout clairement :

64 le cul de sa femme découvert
et le prêtre dessus.
« Qu'est-ce que cela veut dire, pardieu ! »,
fait le vilain, « est-ce une blague ? »

68 Et le prêtre, tout de suite,
répond : « Que vous semble-t-il ?
Vous ne voyez pas ? Je suis assis
pour manger, ici à cette table.

72 — Par le cœur de Dieu, cela semble une fable,
dit le vilain, je ne l'aurais jamais cru,
si je ne venais de vous l'entendre dire,
que vous ne baisiez pas ma femme !

76 — Certainement pas, sire, taisez-vous, par mon âme !
J'avais la même illusion tout à l'heure. »
Et le vilain de conclure : « Je vous crois bien. »
Ainsi le vilain fut trompé

80 par le prêtre et par sa ruse

et par le prestre et par son sans
qu'il n'i ot paine ne ahans.
Et pour ce que li vis fu tius,
84 dist on encore : « Maint fol paist Dius ! »

---

81. Par le prestre (F). **82.** a (surchargé) hans (F).

---

81. *Son sans* : l'expression désigne l'intelligence et la ruse du prêtre, mais le passage est volontairement ambigu, car le vilain fut trompé aussi par ses propres « sens ». **83-84.** Pour ces rimes, caractéristiques du dialecte picard médiéval, *cf.* Gossen 1970, 56. Dans le ms. E, on a les rimes *teus* (de talis) : *Deus*. A la lettre, on pourrait traduire ce passage (qui n'a pas été compris par les autres éditeurs) : « Et puisque la porte était pareille, dit-on encore... » **84.** *Cf.* Morawski 1925, n° 1153 : « Maint fol pest Deus, mainte fole a bele cote. »

sans mal et sans peine,
comme s'il avait été ensorcelé.

Ensorcelée, la porte l'était aussi ! Et c'est pourquoi
84 on répète : « Dieu maintient en vie nombre de sots ».

2. Les Treces

Manuscrits : La version de ce fabliau attribuable (grâce à B) à Garin nous a été transmise par les mss. B, f. 90v-93r et X, f. 373v-375r. Il existe en outre un remaniement décidément plus récent, transmis par D, f. 122r-123v (*cf.* Rychner 1960, I, 92-98), dont nous ne nous occuperons pas ici. La rédaction de B semble souvent dériver d'un modèle qui paraît mieux représenté par X ; dans quelques endroits toutefois, ce dernier manuscrit n'est pas indemne de lapsus, petites lacunes, etc. qu'il faut corriger en ayant recours à B. A l'instar des éditeurs du *NRCF*, nous avons choisi X comme base, sans cependant le suivre aveuglément (comme par exemple aux vv. 181 sq).

Titre : *De la dame qui fist entandant son mari qu'il sonjoit* (B) ; *Li fabliaus des treces* (X) ; *Des treces* (D).
Le titre de B est, comme d'habitude, mnémotechnique (*cf.* Rossi 1983, 63) ; l'accord de X et de D prouve que le titre originaire devait être *Les Treces*.

Editions : Rychner 1960, II, 136-148 ; *NRCF*, VI, 209-258, 345-356.

Les deux motifs narratifs constituant le fabliau, celui du veau substitué à l'amant et l'autre de « la lieutenante mutilée », sont très bien connus dans les traditions orales (*cf.* Aarne-Thompson 1961, types 1405-1429, surtout 1419B. *Enzyklopädie des Märchens*, s. v. *Bock im Schrank*). Ils ont été l'objet des analyses très détaillées offertes par Bédier 1895, 164-199 ; et plus récemment par Frosch-Freiburg 1971, 145-160 et Du Val 1979, 7-16. Le premier motif est également repérable dans les *Lamentations de Matheolus* (éd. van Hamel 1892, 30 *sq.*) et dans les *Cent Nouvelles nouvelles*, nouv. 61 (éd. Sweetser 1966, 261-267 ; *cf.* Rossi 1988, 69), le deuxième dans le *Décaméron*, VII, 8.

Les Treces

Puis que je l'ai si entrepris,
n'est droiz que je soie repris
por angoisse ne por destreces.
4 A rimer le fablel des Treces
ai mis de mon tens un petit :
or oiez que li fabliaus dit !

Que uns borjois preuz et hardiz,
8 sages et en faiz et en diz,
de bones taches entechiez
lez sa fame se fu couchiez
un mardi a soir en son lit,
12 a grant joie, a grant delit,
que belle estoit a grant mervoille.
Cil s'andormi et cele voille,
qui atendoit autre aventure.
16 Ez vos atant grant aleüre,
ou fust a tort ou a raison,
son ami anmi la maison
qui entroit par une fenestre !
20 Comme cil qui bien savoit l'estre,
il vait au lit, si se deschauce,

_____

12. A grant... delit (B) ; Que mout estoit a grant delit (X).

Les Tresses

Du moment que je l'ai mis sur pied de cette façon,
il n'est pas juste que je sois blâmé
pour la situation pénible et les violences que je vais vous
4 J'ai sacrifié un peu de mon temps   [raconter.
pour composer le fabliau des Tresses :
écoutez donc ce que dit le fabliau !

Certain bourgeois preux et hardi,
8 sage tant en faits qu'en paroles
et doué de mille qualités,
était couché à côté de sa femme
un mardi soir, dans son lit,
12 à grande joie et à grand plaisir,
car elle était merveilleusement belle.
Il s'endormit, mais elle veille
attendant une autre aventure.
16 Voici alors qu'à grande allure
(fût-ce à tort ou bien à raison)
son bel ami entre par une fenêtre
juste au milieu de la maison.
20 Comme quelqu'un qui connaît bien les lieux,
il s'approche du lit et se déchausse,

---

1. L'attribution à Garin est garantie par le ms. B, f. 90v : « Puis que Garins l'a entrepris ». **13.** A propos de la reprise ironique du v. 3093 d'*Erec et Enide* : « Cil dormi et cele veilla », *cf.* ci-dessus l'Introduction, 35.

qu'il n'i laissa soller ne chauce,
braies ne cote ne chemise.
24 Et la dame fu ademise :
quant le sent, vers li s'est tornee,
son mari fist la bestornee,
qui delez son costel gisoit ;
28 et cil de li fist son esploit,
qu'estoit venuz novelemant.
Aprés, se li fabliaus n'an mant,
fu tant la dame o son ami,
32 qu'andui ou lit sont endormi.
Tuit troi dorment en une tire,
que nus nes sache ne detire.
Li borjois s'esveilla premiers,
36 com cil qu'an iere costumiers ;
devers sa fame se torna,
son braz par desor li gita,
si sent la teste d'autre part
40 de celui qui ot el lit part.
Bien sot que ce fu une ou uns,
qu'ainsis li fust li liz communs.
Lors sailli sus par son esfors ;
44 com cil qui fu et granz et forz :
celui qui lez sa fame jut
print, que eschaper ne li lut ;
cil se sent pris, forment li grieve !
48 Li borjois a son col le lieve,
qu'il n'iere de rien ses amis ;
en une grant cuve l'a mis,

---

23. Braies... chemise (B) ; Cote ne braies ne chemise (X). **29.** Novelemant (B) ; Novelement (X). **34.** Ne detire (B) ; Ne ne tire (X). **38.** Soon (X). **43.** Esfors (B) ; Effort (X). **44.** Et granz et forz (B) ; En grant effort (X). **46.** Ne li nut (B) ; Ne li plut (X). C'est un cas de « diffraction » qui prouve que les deux versions dérivent d'un antécédent mal compris. *Cf. NRCF*, VI, 220.

---

24. *Fu ademise :* « fut prompte ». **33.** *En une tire :* « d'un trait », « sans interruption ». **34.** *Detire :* « tire violemment ».

ne gardant soulier ni chausse,
ni braies, ni manteau, ni chemise.
24 Et la dame de s'apprêter,
quand elle le sent, en se tournant vers lui.
Quant à son mari, couché à ses côtés,
elle lui tourne le dos.
28 Et l'autre, qui venait d'arriver,
se conduit vaillamment avec elle.
Ensuite – si le fabliau ne ment pas –,
la dame demeura tant avec son ami
32 qu'en son lit ils s'endormirent tous les deux.
Tous les trois dormirent d'un trait,
car personne ne les tira ni ne les secoua.
Le bourgeois s'éveilla le premier,
36 ainsi qu'il en avait l'habitude.
Il se retourna vers sa femme
et étendit son bras vers elle :
c'est alors qu'il sentit de l'autre côté
40 la tête de celui qui partageait le lit.
Il comprit tout de suite que c'était quelqu'une ou quelqu'un
qui était couché avec eux dans leur lit.
Il se leva alors dans un état de grande agitation
44 – lui qui était grand et fort –
et il saisit celui qui était étendu à côté de sa femme,
de manière à ne pas le laisser échapper.
L'autre se sent pris et en est accablé.
48 Et le bourgeois de le soulever sur son dos
– car il n'était pas du tout son ami –
et de le mettre en une grande cuve

qui estoit as piez de son lit :
52 enqui n'avra point de deduit,
se l'an set por coi il i vint.
Li borjois a son lit revint,
sa fame apele, si li dist :
56 « Or tost, fait il, sanz contredit,
prenez le, si le saisissiez
par les chevos, si nou laissiez,
por riens qui vos doie grever !
60 G'irai la chandoile alumer,
si quenoistrai ce menigaut ! »
A ice mot la dame saut,
son ami par les chevos prist,
64 ce pesa li c'on tant mesprist,
mais el le fist contre son cuer.
Et li borjois dit : « Bele suer,
gardez que il ne vos eschap :
68 Vos n'i porriez avoir rachap
que vos n'i morissiez a honte ! »
A ice mot n'i fist lonc conte,
lors va alumer la chandoile.
72 La dame son ami apele :
« Or tost, fait ele, vestez vos,
ne soiez lans ne pereçous,
recreüz ne de cuer failliz ! »
76 Cil est de la cuve saylliz
tantost se vest et aparoille.
Or orrez ja fiere mervoille,
comant fame set decevoir
80 et mançonge dire por voir !
Un veel ot en la maison
qui fu liez a un baston

---

51. Qui... son lit (B) ; manque dans X. **53.** Se lan set por coi il avint (B) ;
Sil ne set por quoi il i vint (X). **76.** Sailliz (B) ; Saliz (X).

68. *Rachap* : « possibilité de se dérober à une sanction ».

qui se trouvait au pied de son lit :
52 là-dedans il n'aura point de plaisir,
si l'on sait pourquoi il est venu.
Le bourgeois retourne alors à son lit,
appelle sa femme et lui dit :
56 « Or çà, sans rechigner, dit-il,
prenez-le, saisissez-le
par les cheveux, ne le lâchez pas,
quoique cela puisse vous déplaire !
60 Moi, j'irai allumer la chandelle :
ainsi, je connaîtrai ce vaurien ! »
A ce mot, la dame sursaute
et prend son ami par les cheveux.
64 Cela lui fait beaucoup de peine de le malmener à tel point,
et elle ne le fait qu'à contrecœur.
« Ma chère, lui dit le bourgeois,
prenez garde qu'il ne s'échappe,
68 car vous n'auriez aucune possibilité d'éviter
une mort honteuse ! »
Là-dessus, sans ajouter un mot,
il va allumer la chandelle.
72 La dame appelle son ami :
« Vite, habillez-vous, dit-elle,
ne soyez ni lent ni indolent
ni peureux, ni timoré ! »
76 Et l'autre de sauter aussitôt de la cuve,
de s'habiller et de s'apprêter.
Vous allez maintenant entendre merveille :
comme une femme sait mystifier
80 et faire passer des mensonges pour la vérité !
Il y avait dans la maison un veau
lié à un piquet

et atachiez d'une cordele,
84 une genice estoit mout bele.
La dame s'an ala la voie ;
la genice tantost desloie
si la print par devers la teste,
88 en la cuve a mise la beste.
Ses amis vint a garison,
tout sanz ennui, sanz mesprison.
C'oncques la nuit il ne revint !
92 Et la dame le veel tint
a la coe par le mileu.
Li borjois soffla bien le feu :
tant le soffla qu'a cuer, qu'a painne
96 qu'a po que ne li faut l'alainne !
Quant la chandoille fu alumee
plore des ieus por la fumee.
Lors s'est tant hastez car il vient
100 a la cuve, ou la dame tient
le veel, se li print a dire :
« Tien le tu bien ? – Oïl voir, sire !
– Et je aport, dit il, m'espee,
104 si avra la teste copee. »
Quant vient a la cuve, si esgarde
le veel que la dame garde.
Quant il lo vit tost s'esbaï :
108 « Ahi, dit li borjois, ahi !
Fame, tant sez male aventure,
souz ciel n'a nule creature
ne deceüsses par verté !
112 Mout avez or tost tresgité
vostre lecheor, par ma teste ;
je ne mis pas ci ceste beste ! »

92-93. Et la dame... mileu (B) ; manquent dans X. **94.** le feu bien (X).
107. Quant... esbai (B) ; manque dans X.

---

95. A *cueur* : « fougueusement ».

et attaché par une corde ;
84 c'était une génisse très belle.
La dame va là où elle est,
détache vite la génisse,
la saisit par la tête
88 et la bascule dans la cuve.
Son ami se sauve alors
sans ennui et sans faute,
et il n'est pas revenu de la nuit !
92 Quant à la dame, elle tient le veau
par la queue, fermement
Le bourgeois, lui, souffle le feu,
il souffle avec zèle, avec peine,
96 car peu s'en faut qu'il soit hors d'haleine.
La chandelle enfin allumée,
il pleure à cause de la fumée.
Alors il se hâte de venir
100 à la cuve où la dame tient
le veau, en disant :
« Le tiens-tu bien ? – Oui, bien sûr, sire !
– Et moi, j'apporte mon épée, dit-il,
104 ainsi, il aura la tête coupée ! »
Mais une fois arrivé auprès de la cuve, il aperçoit
le veau que la dame maintient.
Quand il le voit, il s'ébahit :
108 « Hélas ! hélas ! dit-il,
femme, tu connais de si mauvais tours,
qu'il n'y a créature sous le ciel
que tu ne tromperais, ma foi !
112 Tu l'as très rapidement jeté dehors,
par ma tête, ton amant ;
je n'ai point mis cette bête ici !

    – Sire, fait ele, si feïstes,
116 ainz autre chose n'i meïstes :
    Nel dites pas, ce seroit faus !
    – Vos mentez com delloiaus,
    fait il, mout maus jorz vos ajorne ! »
120 A ce mot la dame s'an torne,
    si va o son ami gesir
    tout belemant et par loisir,
    qu'ele amoit mout et tenoit chier.
124 Et li borjois s'ala couchier,
    s'est tant iriez, ne set que face.
    Et la dame bel se porchace
    commant le puisse decevoir
128 et la grace de lui avoir.
    Lors apele une soe ammie :
    « Ma douce suer, ne vos poist mie,
    ainz en alez de ci au jor
132 dormir avecque mon seignor
    et je vos paierai demain
    cinc sous toz saus en vostre main ;
    car se delez lui vos sentoit,
136 ja de moi ne li sovanroit,
    ainz cuideroit que je ce fusse
    qui delez son costé geüsse.
    Mout dout le blasme de la gent. »
140 Cele, qui covoita l'argent
    li dist tantost qu'ele iroit,
    mais ne vorroit por nul androit
    qu'il la ferist ne feïst honte.
144 « Or tenez d'autre chose conte,
    dit la borjoise, ce ne puet estre ! »
    Atant cele qui bien sot l'estre

---

119. Fait il... ajorne (B) ; manque dans X. 125. S'est... face (B) ; dans X
un vers orphelin : « Qui iere las et traveilliez » puis « Si sandormi ne set
que face ». 134. Toz saus (B) ; Touz ses (X). 137. Ce fusse (B) ; Se fusse
(X).

    – Au contraire, sire, vous l'avez fait, dit-elle,
116 et certes vous n'y avez pas mis autre chose :
    ne le niez pas, ce serait faux !
    – Vous mentez, traîtresse ;
    que le jour qui vient soit mauvais pour vous ! » dit-il.
120 A ces mots la dame fait demi-tour
    et va coucher avec son amant
    tout bellement et à loisir,
    car elle l'aimait tendrement.
124 Et le bourgeois va se coucher :
    il est si furieux qu'il ne sait que faire.
    La dame alors se demande
    comment elle va pouvoir le tromper
128 et se réconcilier avec lui.
    Elle va chercher une de ses amies :
    « Sœur, si cela ne vous ennuie pas,
    allez donc avant le jour
132 vous coucher avec mon mari ;
    je vous paierai dès demain
    cinq sous comptant dans votre main ;
    car, s'il vous sentait à côté de lui,
136 il ignorerait mon absence,
    penserait que c'est moi,
    qui suis couchée auprès de lui.
    Je crains beaucoup le blâme du monde. »
140 L'autre qui convoitait l'argent
    lui dit aussitôt qu'elle irait,
    mais qu'elle ne voulait à aucun prix,
    qu'il la frappe ni lui fasse un affront.
144 « Ne vous souciez pas de cela,
    dit la bourgeoise, cela ne peut arriver ! »
    Aussitôt, connaissant bien les lieux,

s'an est en l'ostel ambatue,
148 si se despoille tote nue,
si s'est lez le borjois couchiee.
Mais je dout qu'il ne l'an meschiee.
Car li borjois fu esveilliez,
152 qui n'iere las ne traveilliez
fors que de corrouz et d'anui.
Et quant il sent celi lez lui,
sa fame cuide avoir trovee.
156 « Qu'est ce, fait il, pute provee,
estes vos revenue ci ?
Se ja mais ai de vos merci,
dont soie je honiz en terre ! »
160 N'ala pas loig un baston querre,
qu'a son chevet en avoit deus.
Lors le saisi par les cheveus
que ele avoit luisanz et sors
164 tout autresi comme fins ors :
le chief sa fame resambloit.
Cele qui de paor trambloit
n'ose crier, mais mout s'esmaie,
168 et li borjois tel cop li paie
d'une part et d'autre, por voir,
tant que morte la cuide avoir.
Et quant dou batre fu lassez,
172 ne li fu mie ancor asez ;
son cotel prist isnelemant,
puis a juré son sairemant
que il la honniroit dou cors.
176 Lors li tranche les treces fors,
au plus prés qu'il pot de la teste.
Cele s'an fuit, plus n'i areste,

---

148. Si se despoille (B) ; Si sest despoilliee (X). **156.** Quest... provee (B) ;
Ahi dit il fole provee (X). **173.** Son cotel... isnelemant (B) ; manque dans
X.

l'autre entre dans la maison,
148 se déshabille,
et se couche toute nue à côté du bourgeois.
Mais je crains qu'il ne lui fasse du mal,
car le bourgeois s'est éveillé,
152 n'étant ni fatigué ni las,
sauf de courroux et de rancœur.
Quand il la sent près de lui,
il pense avoir retrouvé sa femme :
156 « Qu'est-ce ? fait-il, putain prouvée,
êtes-vous revenue ici ?
Que je sois bafoué en tout lieu,
si jamais j'ai pitié de vous ! »
160 Il n'eut pas à aller loin pour chercher un bâton,
car il en avait deux à son chevet.
Alors il la saisit par les cheveux,
qu'elle avait lustrés et blonds,
164 aussi luisants que de l'or fin :
on dirait la tête de sa femme !
L'autre, qui tremble de terreur,
n'ose crier mais elle est affolée,
168 et le bourgeois la régale de coups
d'un côté et de l'autre, sans faire semblant,
au point qu'il pense l'avoir tuée.
Quand il n'en peut plus de la battre,
172 il n'en a pas encore assez ;
il prend vite son couteau,
et jure son grand serment
de lui faire porter les marques de sa honte.
176 Alors il lui coupe les tresses,
aussi près qu'il peut de la tête.
Elle ne reste pas davantage, mais s'enfuit

fuiant s'an va comme chaitive.
180 A la borjoise mout estrive,
    quant en la maison fu venue,
    si conte la descovenue
    que li borjois li avoit faite :
184 toute l'eschine li a fraite,
    ne gagnera ja mais son pain,
    car sor li n'a ne pié ne main
    ne soit brisiez, ce li est vis.
188 Les larmes li chieent dou vis !
    Et de ses treces ot tel duel
    morte vossist estre a son vueil.
    Quant la borjoise ot escouté
192 ce que cele li ot conté,
    si la conforte a son pooir
    et dit que ele ira por voir
    querre la cote et la chemise.
196 Tantost s'est a la voie mise,
    si s'est en l'ostel ambatue.
    Cil qui la cuide avoir batue
    s'est recouchiez et puis s'andort.
200 La dame quiert et serche fort
    tant qu'ele a les treces trovees,
    qu'il ot souz le cossin boutees.
    Puis quiert la cote et la chemise,
204 que cil ne s'an est garde prinse ;
    tout prent et estuie mout bien.
    Puis se porpense d'une rien,
    d'un barat mout bel en requoi !
208 Laianz avoit un palefroi.
    La dame s'an va cele part,
    qui mout savoit d'engin et d'art :
    au cheval a la coe cospee
212 et desouz le chevet boutee.

---

182. Si... descovenue (B) ; Lors li conte la covenue (X).

précipitamment comme une misérable.
180 Une fois rentrée à la maison,
elle s'en prend à la bourgeoise,
en lui relatant la déconvenue
que le bourgeois lui a fait subir :
184 il lui a cassé toute l'échine ;
jamais elle ne gagnera son pain,
car elle n'a pied ni main
qui ne soit brisé, lui semble-t-il.
188 Les larmes lui coulent sur le visage
et de ses tresses elle a une telle douleur
qu'elle aimerait mieux être morte.
Quand la bourgeoise eut entendu
192 ce que l'autre lui racontait,
elle la consola de son mieux
et lui promit d'aller sans faute
chercher sa cotte et sa chemise.
196 Bientôt elle se met en route
et se précipite au logis.
Celui qui croit l'avoir battue
s'est recouché. Voici qu'il dort.
200 Elle va furetant partout
jusqu'à ce qu'elle trouve les tresses
qu'il a jetées sous l'oreiller.
Puis elle cherche la cotte et la chemise :
204 le mari n'y avait point pris garde.
Elle prend le tout et le range bien.
Puis elle imagine une ruse
superbe en cachette.
208 Il y avait dans la maison un palefroi ;
la dame se précipite par là,
elle qui connaît très bien l'art de tromper.
Elle coupe la queue du cheval
212 et la jette sous l'oreiller.

Puis s'i despoille sa chemise,
tout belement et par devise.
Lez son mari se trait et couche,
216 qui se gisoit anmi la couche.
Et quant li jors fu esclairiez,
que li borjois fu esveilliez,
sa fame sent, si la regarde :
220 « Par foi, dit il, tu iés musarde,
quant iés a l'ostel revenue !
Car tu fus arsoir si batue
que je cuidai, se Dieus me voie,
224 que ja mais n'allasses par voie !
Or me gehissiez neporquant,
quant je vos bati arsoir tant,
commant avez nul recovrier ;
228 certes, mout me puis mervillier.
Se trop ne vos doulez des rains
et se vos avez les os sains :
verité savoir an vorroie.
232 — Sire, por quoi me desdiroie,
dit la dame, quel mal ai je ?
Vos avez anuit mout songié
que vos me cuidastes ce faire. »
236 Li borjois ot honte et contraire ;
A la teste li va tastant,
les treces li trueve tenant
et des chevos a grant planté.
240 Lors cuide bien estre anchantez,
et angigniez et entrepris.
Par le chief a le cossin pris,
si le soulieve isnelement ;
244 la coe dou palefroi sent !
Com la coe dou palefroi ot,
por cent livres ne deïst mot.

---

215. Se traite (X). **233.** Quel mal (B) ; Que mal (X).

Ensuite elle enlève sa chemise,
tout doucement, comme d'habitude,
et se glisse à côté de son mari,
216 qui était étendu au milieu du lit.
Quand il fit grand jour
et que le bourgeois fut bien éveillé,
il sentit sa femme, il la regarda :
220 « Ma foi, dit-il, tu es bien sotte
d'être revenue à la maison !
Hier soir tu as été si bien battue
que je croyais – Dieu me soit témoin –
224 que tu n'aurais plus jamais pu faire un seul pas.
Avoue-moi néanmoins,
puisque je t'ai tellement battue hier soir,
comment tu as réussi à te rétablir ;
228 certes je m'en étonne beaucoup.
J'aimerais savoir en vérité
si tes reins ne te font pas trop mal
et si tu as les os intacts.
232 – Sire, pourquoi m'y opposerais-je,
dit la bourgeoise, et quel mal ai-je donc ?
Vous avez bien rêvé la nuit,
en croyant me faire cela. »
236 Le bourgeois est honteux et contrarié ;
il lui tâte toute la tête
et trouve qu'elle a bien ses tresses
et des cheveux en abondance.
240 Alors il se croit ensorcelé
et dupé, et il est en grand embarras.
Il prend l'oreiller par un coin,
le soulève rapidement,
244 et sent la queue du palefroi.
A la vue de la queue,
il ne dirait plus rien, lui donnât-on cent livres.

Une grant piece an fu touz muz.
248 Si durement fu esperduz
qu'il cuida par anchantement
– je le vos di apertament –
li fust avenu ceste chose !
252 La dame si le blasme et chose
et dit, se ja Deus la sequeure,
que grant honte li a mis seure,
et s'il li dit mais tel outrage,
256 tost i avra honte et domage !
Cil li prie qu'el li pardoint,
merci li crie et ses mains joint :
« Dame, fait il, se Deus me voie,
260 je vos cuidai bien, toute voie,
avoir honie a touz jors mais
et les tresces cospees prés,
mais je voi bien que c'est mançonge :
264 ainz ne sonjai mais si mal songe !
Com j'ai mon cheval escoé,
don j'ai forment le cuer iré ! »

Par cest fabliau poez savoir
268 que cil ne fait mie savoir
qui croit fame de riens qu'avaigne.
Mais de ce a vos touz sovaigne,
de celi qui en tel maniere
272 torna tout ce davant darriere !

---

256. Tost... domage (B) ; Tost i porra avoir domage (X). **257.** Cil li prie quel (B) ; Li boriois li prie que (X).

---

269. *Cf.* Singer 1944, I, 16 : « Fou est qui femme croit » ; Renart, br. VI, vv. 1280 *sq.* : « ... Fox est qui met s'entante en famme pour riens qu'ele die ».

Longtemps il en reste muet ;
248 il en est si durement troublé
qu'il croit que la chose
lui est arrivée par sorcellerie
– je vous le dis ouvertement.
252 Et la dame de le blâmer et de l'injurier.
Elle dit que – Dieu la secoure ! –
il l'a accusée d'une chose honteuse.
S'il persiste dans ses injures,
256 il en subira bientôt honte et dommage !
Et lui d'implorer son pardon
et de crier merci à mains jointes :
« Dame, dit-il – Dieu soit mon témoin –,
260 je croyais sans aucun doute
vous avoir honnie à tout jamais,
et avoir coupé ras vos tresses ;
mais je vois bien que c'est mensonge :
264 jamais auparavant je n'eus un si mauvais songe,
car j'ai coupé la queue à mon cheval
et c'est pourquoi j'ai le cœur chagrin ! »

Par ce fabliau vous pouvez savoir
268 qu'il n'agit pas sagement,
celui qui croit une femme en une chose quelconque.
Mais souvenez-vous tous
de celle qui de cette façon
272 mit toute l'affaire sens dessus dessous !

3. Celle qui fu foutue et desfoutue por une Grue

Manuscrits : A, f. 188r-189r ; B, f. 41r-42r ; D, f. 56v-57r ;
E, f. 155r-156r ; F, f. 277v-278r. Un remaniement offrant un
texte complètement différent est contenu dans i, f. 2r-2v (*Cf.*
Meyer 1897, 85-91 ; Rychner 1960, I, 17 *sq.*).
Tous les témoins sont loins d'être impeccables ; F a été l'objet
d'un grattage systématique, pour tenter d'effacer le texte. L'attribution à Garin est assurée par B, f. 41r, par conséquent nous
nous arrêtons sur ce codex, sans cependant renoncer à exploiter
la *varia lectio*.

Titre : *Le fablel de la grue* (explicit de A) ; *De la grue* (B) ; *De
la demoisele a la grue* (D) ; *De celle qui fu foutue et desfoutue
por une grue* (E) ; manque dans F et dans i.

Editions : Rychner 1960, II, 9-14 ; *NRCF*, IV, 153-187 ;
395-402.

Le motif de la séduction grâce à un animal « prodigieux »
revient dans *Trubert*, dans l'épisode de la « chèvre »
(vv. 122-222). Ici, cependant, il est question d'une jeune fille
tout à fait « innocente » qui ignore la valeur du mot « foutre ».
Dans la littérature en moyen haut allemand on trouve trois contes
qui présentent une structure analogue à celle de notre fabliau.
Ce sont *Der Sperber* (« L'épervier ») et *Das Häselein* (« Le le-
vraut »), contes anonymes publiés par von der Hagen (1850,
n. 20 et 21), et *Dulceflorie*, un autre conte anonyme dont on ne
possède que des fragments (*cf.* Lambel 1872, 291-306 ; Barth
1910, 190-194 ; Frosch-Freiburg 1971, 27 *sq.*).

Celle qui fu foutue et desfoutue por une Grue

Des or, que que j'aie targié,
puisqu'il m'a esté enchargié,
voudré je un fabliau ja fere,
4 dom la matiere oï retrere
a Vercelai, devant les changes.
Cil ne sert mie de losenges
qui la m'a racontee et dite.
8 Ele est et brieve et petite.
Mais or oie qui oïr vialt !

Ce dit Garins, qui dire sialt,
que jadis fu uns chastelains,
12 qui ne fu ne fous ne vilains,
ainz ert cortois et bien apris.
Une fille avoit de haut pris,
qui bele estoit a desmesure.
16 Mes li chastelains n'avoit cure
qu'en la veïst se petit non
ne que a li parlast nus hom.
Tant l'avoit chiere et tant l'amoit

---

15. Bele estoit (D) ; Estoit bele (B).

---

4. *A Vercelai* : on a tendance à identifier cette localité avec la célèbre Vézelay (dép. de l'Yonne, arr. d'Avallon), important centre de pèlerinage mentionné dans plusieurs chansons de geste (*cf. NRCF*, IV, 156). Dans le *Nécrologe* d'Arras (*cf.* Berger 1963, 258 *sq.*) sont inscrits « Engherrans de Vergelai », « Grart Dant de Vregelay », et nous savons que Jean de Vergelai.

Celle qui fut foutue et défoutue pour une Grue

A présent, quoique j'aie tardé,
puisqu'on m'en a chargé,
je voudrais composer un fabliau :
4 c'est une histoire que j'ai entendue
à Vézelay, devant les tables des changeurs.
Celui qui me l'a racontée
ne dit pas de mensonges.
8 Elle est brève et courte.
M'écoute qui veut !

Garin, qui a un talent de diseur, dit ceci :
il y avait jadis un châtelain
12 qui n'était ni fou ni vilain,
mais au contraire courtois et bien élevé.
Il avait une fille de grande valeur
qui était belle à l'excès !
16 Mais le châtelain prenait soin
qu'on ne la vît que le moins possible
et qu'aucun homme ne lui parlât.
Il la chérissait et l'aimait tant

---

salué par Baude Fastoul dans ses *Congés*, v. 265 était un trouvère arrageois partenaire de Jean Bretel (*cf.* Berger 1981, 439). Sur la base de ces constatations, Bédier (1895, 438 et 480), pensait que le fabliau proviendrait de l'Artois. **10.** *Garins : cf. Le Chevalier qui fist*, v. 12 ; *Le Prestre qui abevete*, v. 4 ; *Berangier au lonc Cul*, v. 10.

20 que en une tor l'enfermoit.
N'avoit o li que sa norrice,
qui n'estoit ne fole ne nice,
ainz ert mout sage et mout savoit.
24 La pucele gardee avoit ;
mout l'avoit bien endotrinee.
Un jor, par bone destinee,
vost la norrice aparellier
28 a la damoisele a mengier ;
si li failli une escuele.
Tot maintenant s'en corut cele
a lor ostel qui n'ert pas loing
32 querre ce dont avoit besoing.
L'uis de la tor ouvert laissa.
Atant uns vaslez trespassa
par devant la tor, qui portoit
36 une grue que prise avoit ;
si la tenoit en sa main destre.
La pucele ert a la fenestre,
a l'esgarder hors se deporte.
40 Le vaslet qui la grue porte
apela, si li dist : « Biaus frere,
or me di, par l'arme ton pere,
quel oisel est ce que tu tiens ?
44 — Dame, par toz les sains d'Orliens,
c'est une grue gente et bele.
— En non Dieu, fet la damoisele,
ele est moult granz et parcreüe !

---

24. Sages (B). 26. Bone destinee (E) ; Une matinee (B). 31. Ert (D) ; Est (B). 34. Uns vaslez (A, F) ; .i. vaslet (B). 38. La pucele (D) ; Pucele (B). 45. Gente (A, E) ; Grant (B).

---

26. *Par bone destinee* : « l'heureuse inspiration » de la nourrice n'est pas sans rappeler les modèles « courtois » de Garin (*cf.* ci-dessus l'Introduction, 32 *sq.*). 42. *Par... pere* : Cf. *Berangier au lonc Cul*, v. 289. 44. L'évocation des *sains d'Orliens* n'a rien à faire avec la localisation du fabliau ; elle ne fait que suggérer que le jeune homme rusé a bien appris ses tours à une excellente école. *Cf. Le Prestre taint*, v. 5.

20 qu'il la tenait enfermée dans une tour.
Elle n'avait avec elle que sa nourrice,
qui n'était ni folle ni niaise :
au contraire elle était très sage et savait beaucoup de choses.
24 Elle avait la garde de la jeune fille
et l'avait très bien élevée.
Un jour, par un heureux hasard,
la nourrice voulut préparer
28 à manger à la demoiselle.
Mais il lui fallait une assiette.
Aussitôt elle courut
à leur maison qui n'était pas loin
32 pour chercher ce dont elle avait besoin.
Elle laissa ouverte la porte de la tour.
A ce moment un jeune homme passa
devant la tour. Il portait
36 une grue qu'il avait attrapée
et il la tenait dans sa main droite.
La demoiselle était à la fenêtre,
s'amusant à regarder dehors.
40 Elle appela le jeune homme qui portait la grue
et lui dit : « Cher ami,
dis-moi vite, par l'âme de ton père,
quel oiseau est-ce que tu tiens ?
44 — Dame, par tous les saints d'Orléans,
c'est une grue gracieuse et belle.
— Au nom de Dieu, dit la demoiselle,
elle est bien arrivée au terme de sa croissance.

48 Se je ne fusse mescreüe,
   je l'achetasse ja de toi !
   – Dame, fet li vaslez, par foi,
   se volez, je la vos vendré.
52 – Or di donc que je t'en donré ?
   – Dame, por un foutre soit vostre !
   – Foi que doi saint Pere l'apostre,
   je n'ai nul foutre por changier.
56 Ja ne t'en feïsse dangier,
   se l'eüsse, se Dieus me voie,
   tantost fust ja la grue moie ! »
   Li vaslez respont : « Ce est gas !
60 Ice ne querroie je pas,
   que de foutre a plenté n'aiez ;
   mais fetes tost, si me paiez ! »
   El jure, se Dieus li aït,
64 c'onques encor foutre ne vit.
   « Vaslez, fet ele, vien a mont ;
   si quier et aval et amont,
   soz bans, soz lit, partot querras.
68 Se foutre i a, tu le verras. »
   Li vaslez fu preus et cortois :
   en la tor monta demenois ;
   sanblant fet de querre partot,
72 « Dame, fet il, je me redot,
   qu'il ne soit soz vostre pelice. »
   Cele qui fu et sote et nice
   li dist : « Vaslez, vien, si i garde ! »
76 Et li vaslez plus ne s'i tarde,

---

48. Se je ne fusse mescreue (A, D, E, F) ; Ainz tele mes ne fu veue (B).
51. Se volez (E) ; Sil vos plest (B). **57.** Leusses (B). **59.** Li... gas (D, E) ;
Dame fet il ice est gas (B). **68.** Se... verras (D, E) ; Savoir se foutre i tro-
veras (B). **69.** Preus et (D) ; assez (B).

48 Si je ne me méfiais pas,
   je te l'achèterais tout de suite.
   – Dame, dit le jeune homme, par ma foi,
   si vous la voulez, je vous la vendrai.
52 – Et dis-moi, qu'est-ce que je t'en donnerai ?
   – Dame, qu'elle soit à vous pour un foutre !
   – Par la foi que je dois à saint Pierre l'apôtre,
   je n'ai pas de foutre à te donner en échange.
56 Je ne te le refuserais pas,
   si je l'avais, – que Dieu m'en soit témoin ! –
   et la grue serait à moi tout de suite. »
   Et le jouvenceau de répondre : « C'est une plaisanterie !
60 Je ne saurais croire
   que vous n'ayez pas de foutre en abondance.
   Faites vite, payez-moi ! »
   Et l'autre de répliquer que, si Dieu l'aide,
64 elle n'a encore jamais vu de foutre.
   « Jeune homme, dit-elle, monte ici
   et cherche partout, en bas et en haut,
   sous les bancs, sous les lits – tu chercheras dans toutes les
68 s'il y a un foutre, tu le verras ! »   [directions :
   Le jeune homme, qui était preux et courtois,
   monte dans la tour sur-le-champ.
   Il fait semblant de chercher partout.
72 « Dame, dit-il, je crains
   qu'il ne soit sous votre pelisse ! »
   Elle, qui était sotte et niaise,
   lui dit : « Jeune homme, viens, et regarde ! »
76 Le jeune homme ne tarde pas davantage,

---

48. *Se... mescreue :* A la lettre : « Si je ne craignais d'éveiller des soupçons ».
54. *Foi... apostre :* les invocations hypocrites du jeune homme (*cf.* v. 44)
suggèrent qu'il s'agit d'un étudiant.

ainz enbrace la damoisele,
qui ne sanbloit mie mesele !
Sor lou lit l'a cochiee et mise,
80 puis li solieve la chemise ;
les james li leva en haut,
au con trover mie ne faut,
lo vit i bote roidement.
84 « Vaslez, tu quiers trop durement ! »
Fet la pucele, qui sospire.
Li vaslez commença a rire,
qui est espris de la besoingne.
88 « Drois est, fet il, que je vous doingne
ma grue : soit vostre tot quite !
– Tu as bone parrole dite,
fet la meschine, or t'en torne. »
92 Cil la lessa pensive et morne,
si s'en issi de la tor fors.
Et la norrice i entra lors,
si a aperceü la grue.
96 Toz li sans li fremist et mue.
Lors l'aparla tost et isnel :
« Qui aporta ci cest oisel ?
Damoisele, dites lou moi !
100 – Dame, fist ele, par ma foi,
je l'ai d'un vaslet achetee
qui çaienz la m'a aportee.
– Q'i donastes ? – Un foutre, dame,
104 il n'en ot plus de moi, par m'ame !
– Un foutre ? Lasse, dolerouse,
or sui je trop maleürouse,

77-78. Ainz... mesele (E) ; La damoisele a enbraciee/ qui de la grue estoit
mout liee (B). **86.** Arrire (B). **97.** A parle (*cf. NRCF*, IV, 398). **100-102.**
Dame... aportee (D) ; Je lachetai or par ma foi/ je lai dun vaslet achetee
(B).

---

77. *Mesele :* A la lettre : « lépreuse » ; ici dans l'acception ironique de
« malheureuse », « insatisfaite ».

il embrasse la demoiselle,
qui n'avait pas l'air d'être malheureuse.
Il la couche sur le lit
80 et lui soulève la chemise;
Il lui leve les jambes,
ne manque pas de trouver le con,
et y pousse rudement son vit.
84 « Jeune homme, tu cherches trop violemment »,
dit la demoiselle, qui soupire.
Le jeune homme commença à rire,
lui, qui s'était enflammé de la besogne.
88 « Il est juste, dit-il, que je vous donne
ma grue : qu'elle soit vôtre sans conteste !
– Tu as parlé sagement,
dit la demoiselle, maintenant va-t'en ! »
92 Il la laissa pensive et morne
et il sortit de la tour.
A ce moment la nourrice y entra
et aperçut la grue.
96 Tout son sang s'agite et s'altère.
Elle l'interpelle alors promptement :
« Qui a apporté ici cet oiseau ?
Demoiselle, dites-le-moi !
100 – Dame, dit-elle, par ma foi,
je l'ai acheté à un jeune homme
qui me l'a apporté céans.
– Que lui as-tu donné ? – Un foutre, dame,
104 il n'en a pas eu davantage de ma part, par mon âme !
– Un foutre ! Misérable,
accablée de douleur que je suis,

quant je vos ai leissiee sole !
108 Ba ! Cent dahaiz ait hui ma gole
quant onques menjé en ma vie !
Or ai ge bien mort desservie,
et je l'avré, ge cuit, par tens. »
112 Par pou n'est issue do sens,
la norrice, et chiet jus pasmee.
Quant se relieve s'a plumee
la grue et bien apareilie.
116 Ja n'i fera, ce dit, aillie
ainz en voudra mengier au poivre :
« Sovent ai oï amentoivre
et dire et conter en main leu :
120 li domages qui bout au feu
vaut miaus que cil qui ne fet aise ! »
Qui que soit bel ne qui desplaise,
la grue atorne bien et bel,
124 puis si reva querre un cotel
dom ele vialt ovrir la grue.
Et la meschine est revenue
a la fenestre regarder,
128 Si vit lou vaslet trespasser,
qui mout est liez de s'aventure.
Et la damoisele a droiture
li dist : « Vaslez, venez tost ça !
132 Ma norrice se correça
de ce que mon foutre enportastes
et vostre grue me laissastes.

---

108. Ba !... gole (D) ; C. dahaiz ait mauuaise gole (B). **115-116.** apareilie/
aillie (D) ; apareilliee/ ailliee (B).

---

117. Les textes littéraires attestent la grande vogue de grues et hérons,
preparés au poivre. *Cf. Le Voyage de Charlemagne*, v. 411 : « E unt grues
et gauntes et poüns enpevrez » ; voir *Trubert*, vv. 501 et 1800. Pour d'autres exemples, *cf. La Bataille de Caresme*, 148 *sq.* **120-121.** *Li domages...*
aise : cf. Morawski 1925, nº 282 : « Bons est li damages qui au feu bout. »

pour vous avoir laissée seule !
108 Ah ! Que maudite soit ma gourmandise,
si jamais j'ai mangé dans ma vie.
Maintenant j'ai bien mérité la mort
et je l'aurai, je pense, bientôt ! »
112 Il s'en est fallu de peu que la nourrice ne devienne folle,
et elle est tombée par terre sans connaissance.
Quand elle s'est relevée, elle a plumé
la grue et l'a bien préparée.
116 Elle ne fera pas, dit-elle, de sauce à l'ail,
au contraire, elle voudra la manger au poivre.
« J'ai souvent entendu
cet avis en plusieurs lieux :
120 le dommage qui bout sur le feu
vaut mieux que celui qui ne procure aucun plaisir ! »
Que cela plaise ou déplaise,
elle prépare bel et bien la grue.
124 Puis elle retourne chercher un couteau
avec lequel elle veut la découper.
Et la demoiselle est revenue
regarder par la fenêtre :
128 elle vit passer le jouvenceau
qui était très content de son aventure.
Et la demoiselle tout de suite
lui dit : « Jeune homme, venez vite ici ;
132 ma nourrice s'est courroucée
parce que vous avez emporté mon foutre
et m'avez laissé votre grue.

Par amor, venez lou moi rendre ;
136 Ne devez pas vers moi mesprendre !
Venez, si faites pes a moi !
– Ma damoisele, je l'otroi ! »
fet li vaslés. Lors monte sus ;
140 La demoisele giete jus
et entre les janbes li entre,
si li enbat lou foutre el ventre.
Quant ot fet, tantost s'en ala,
144 mes la grue pas n'i laissa,
ainz l'en a avec soi portee.
Et la norrice est retornee,
qui la grue vialt enhaster.
148 « Dame, ne vos estuet haster,
fet la meschine, cil l'en porte
qui s'en est issuz par la porte.
Desfoutue m'a, jel vos di ! »
152 Quant la norrice l'entendi,
lors se debat, lors se devore,
et dit que maudite soit l'ore
qu'ele est hui de la tor issue,
156 quant sa fille li est foutue.
« Trop en ai fet mauvaise garde !
Lasse, por quoi l'ai ge en garde ?
Je meïsmes li ai fet leu :
160 La male garde pest lo leu ! »

---

149. Cil (A, D, E) ; Quil (B). **154-156.** Et dit... foutue (A, D, E) ; Et dit que maudite soit lore/ que ie onques de vos fui garde/ trop en ai fet mauuese garde (B). **157-158.** Trop... garde (D) ; Lasse por qoi loi ie en garde/ Cor en ai fet mauuese garde (A) ; Que ie onques de vos fui garde/ trop en ai fet mauvese garde (B) ; Lesse ie an fai... male garde/ Dius por quoi loi ie en garde (E). *Cf.* ci-dessus le commentaire à ce passage. **160.** *Cf.* Morawski 1925, nº 1207 : « Mauvese garde pest le lou » ; voir également *Renart*, br. XX, v. 18.

S'il vous plaît, venez me le rendre.
136 Vous ne devez pas agir incorrectement envers moi :
venez et donnez-moi satisfaction !
– Demoiselle, je le veux bien ! »
dit le jeune homme. Alors il monte,
140 jette la demoiselle par terre,
lui entre entre les jambes,
et lui met son foutre dans le ventre.
Quand il eut terminé, il s'en alla aussitôt,
144 mais il ne laissa pas la grue :
il l'emporta avec lui.
Et la nourrice est revenue,
elle, qui voulait embrocher la grue.
148 « Dame, il n'est pas nécessaire de vous hâter,
dit la jeune fille, il l'emporte,
celui qui est sorti par la porte.
Il m'a défoutue, je vous l'assure ! »
152 Quand la nourrice l'entend,
elle se frappe, elle se maltraite
en disant que soit maudite l'heure
où elle est sortie de la tour ce jour-là,
156 puisque sa pupille s'est fait foutre.
« Je l'ai bien mal surveillée !
Hélas, pourquoi l'ai-je en garde ?
Moi-même je lui ai donné l'occasion :
160 la mauvaise surveillance nourrit le loup ! »

---

158. *Lasse... garde :* La *varia lectio* (*cf.* ci-contre) montre une banalisation
généralisée (témoignée par la rime repétée). Il est possible que le modèle
difficilior mécompris par les scribes ait été le suivant : *Lasse por quoi lo-
gné l'engarde ?* « *Hélas, pourquoi me suis-je éloignée de mon poste d'observation, de ma guérite ? ».* Cf. le remaniement de i, vv. 171 *sq.* : « Car
nul ne puet guarder le con/ s'il ne feit au cul sa meison ! »

4. Le Chevalier qui fist parler les Cons

Manuscrits : La « vulgate » de ce fabliau a été transmise par cinq manuscrits. A, f. 184v-149v (le texte s'arrête au v. 260 : « Ci faut le remanant du chevalier qui fist les ... paller ») ; B, f. 169r-174r ; C, f. 7v-10v ; D, f. 58r-60v ; E, f. 211r-215r. Un remaniement qui offre un texte beaucoup plus long est contenu dans I, f. 77v-82v ; une sorte d'abrégé en dialecte anglo-normand a été transmis par M, f. 122v-124v. Nous nous sommes arrêtés sur le ms. D (un codex très important pour les textes de Garin, *cf.* Rossi 1983, 54), aussi bien que sur A, B, C et E, en négligeant les remaniements de I et de M.

Titre : *Du chevalier qui fist les ... paller* (dans l'explicit, tout comme en tête du fabliau, par une main du XIVe) ; manque dans B ; *Du chevalier qui fesoit parller les cons et les coilles* (main du XIVe) ; *Du chevalier qui fist les cons parler* (D) ; *Du chevalier qui faisoit les cons parler et les cus* (E) ; *Dou chevalier qui faisoit les cons parler* (I) ; manque dans M.

Editions : Rychner 1960, II, 38-79 ; *NRCF*, III, 47-173, 412-429.

Sur le motif des « Bijoux indiscrets », *cf.* Aarne-Thompson 1961, type 1391 ; *Enzyklopädie des Märchens*, s.v.). Le thème du fabliau sera repris au XIVe siècle par l'écrivain lucquois Giovanni Sercambi (*cf. Il Novelliere*, t. III, nouv. 141, 125-137).

Le Chevalier qui fist parler les Cons

Flablel sont or mout encorsé :
maint denier en ont enborsé
cil qui les content et les portent,
4 quar grant confortement raportent
as enovrez et as oiseus,
quant il n'i a genz trop noiseus ;
et nes a ceus qui sont plain d'ire,
8 se il ooent bon flabeau dire,
si lor fait il grant alegance,
et oublier duel et pesance
et mauvaitié et pensement.

12 Ce dist Garin qui pas ne ment,
qui d'un chevalier nos raconte
une aventure en icest conte,
qui avoit merveilleus eür.
16 Et ge vos di tot asseür
que il faisoit les cons paller
quant il les voloit apeler,
et li cus qu'iert en l'escharpel
20 respondist bien a son apel.

---

5. Oiseuus (D). **12.** Garin (B) ; Guerins (D).

---

1. L'auteur semble surtout souligner la « nouveauté » d'un genre qui vient de s'affirmer. **12.** *Guerins :* variante du nom de Garin : cf. *Le Prestre qui abevcte*, v. 4 ; *Celle qui fu foutue*, v. 10 ; *Berangier au lonc Cul*, v. 10. **19.** *En l'escharpel :* cette locution n'apparaît qu'ici. Le *NRCF*, III, 413,

Le Chevalier qui faisait parler les Cons

Les fabliaux, aujourd'hui, sont très en vogue :
ceux qui les racontent et les colportent
encaissent grâce à eux maints deniers,
4 car ils apportent un grand réconfort
à ceux qui travaillent et aux oisifs,
pourvu qu'il n'y ait des gens trop bruyants.
Même ceux qui sont pleins d'angoisse,
8 s'ils entendent raconter un bon fabliau,
en reçoivent un grand soulagement,
jusqu'à oublier le deuil et le chagrin,
l'apathie et les idées noires.

12 Garin nous le dit, qui ne ment pas
et qui nous rapporte, dans ce conte,
l'aventure d'un chevalier
qui eut une destinée prodigieuse.
16 En effet je vous dis en toute certitude
qu'il faisait parler les cons,
quand il voulait les appeler,
et le cul, qui était dans la sacoche,
20 répondait également à son appel.

---

l'explique comme provenant d'*escharpe*, « poche », « sacoche de pèlerin ».
Il se peut cependant que l'expression soit utilisée métaphoriquement : « Et
le cul qui était bien adroit », « qui avait bien vu dans le jeu » ; *cf.* l'ancien
occitan *escarp* « geschickt », « adroit » (E. Levy, *Provenzalisches Supplement-Wörterbuch*, t. III, Leipzig 1902, 157). L'ancien français *escharpelerie*
indiquait le « brigandage sur les grands chemins ».

Icist eürs li fu donez
en cel an qu'il fu adoubez :
si vos dirai com il avint.

24 Li chevaliers povres devint
ainz que il fust de grant aage ;
por quant sel tenoit on a saige,
mais n'avoit ne vigne ne terre :
28 en tornoiement et en gerre
estoit trestote s'atendance,
quar bien savoit ferir de lance,
hardiz estoit et conbatanz,
32 et es granz besoinz enbatanz.
Adonc avint en cel tempoire,
si com lisant truis en l'estoire,
que les gerres par tot failloient ;
36 nule gent ne s'entrassailloient
et li tornoi sont deffendu.
Si ot tot le sien despendu
li chevaliers en cel termine ;
40 ne li remest mantel hermine,
ne surcot ne chape forree,
ne d'autre avoir une denree
que trestot n'eüst mis en gaige.
44 De ce nel tieg ge mie a saige
que son hernois a engagié,
si a tot beü et mengié.
A un chastel ert sejornans,
48 qui mout ert bel et despendanz,

---

32. Et... enbatanz (B) ; Et au besoig bien secouranz (D). **47.** Ert (A, C, E) ;
Est (D).

---

22. *En... adoubez :* en fait le héros avait été « armé chevalier » bien avant
la rencontre avec les fées ; l'auteur joue sur le mot *adoubez*, qui ici vaut
tout simplement « revêtu » (après avoir récupéré ses habits mis en gage).
31-37. Ces défenses commencent avec le Concile de Latran de 1179 et
continuent, sans succès, tout au long du XIIIe siècle (*Cf.* Viollet-le-Duc 1871,
II, 334). Voir par exemple *Blancandin et l'Orgueilleuse d'amour,*

Ce pouvoir magique lui fut donné
l'année où il fut armé chevalier :
je vais vous raconter comment cela advint.

24 Le chevalier devint pauvre
avant d'atteindre un âge avancé ;
même si on le tenait pour très sage,
il ne possédait néanmoins ni vignes ni terres :
28 dans les tournois, dans les guerres,
était toute son aspiration,
car, hardi et combatif, prêt à se lancer
dans les situations les plus difficiles,
32 il savait bien frapper avec la lance.
Il advint à cette époque
– comme je le trouve en lisant dans l'histoire –
que les guerres prirent fin partout ;
36 plus personne pour s'attaquer réciproquement,
même les tournois étaient défendus.
Le chevalier, à cette époque,
avait déjà dépensé toute sa fortune,
40 il ne lui restait ni manteau d'hermine,
ni tunique, ni cape fourrée,
ni rien d'autre de la valeur d'un denier
qu'il n'eût vendu ou mis en gage.
44 Sur un point je ne le tiens pas pour sage :
il mit son armure en gage,
ainsi il but et mangea son équipement.
Il séjournait dans une ville fortifiée,
48 très belle, mais aux usages très dispendieux,

---

vv. 2580-2587. Quant à la diminution des guerres privées, *cf.* Painter 1940, 15-21. **48.** *Despendanz :* « où l'on dépense beaucoup », mais aussi « prodigue », surtout avec les jongleurs (*cf.* Bourquelot 1865-66, 95, note 4, et voir ci-dessus l'Introduction, 38).

ausin comme seroit Provins ;
si bevoit souvent de bons vins.
Iluec fu lonc tens a sejor,
52 tant que il avint a un jor
c'on cria un tornoiement
par le païs communalment,
que tuit i fussent sanz essoine
56 tot droit a La Haie en Toraine :
la devoit estre, granz et fiers.
Mout en fu liez li chevaliers.
Huet, son escuier, apele,
60 si li a dite la novele
du tornoiement qui la ert.
« Et, dit Huet, a vos qu'afiert
a parler de tornoiement ?
64 Quar trestuit vostre guarnement
sont en gaiges por la despense !
– Ha, Huez, por Dieu, quar en pense,
fait li chevaliers, se tu velz !
68 Toz tens bien conseillier me seus :
mielz m'en fust se creü t'eüsse !
Or pensse comment ge reüsse
mes garnemenz sanz demorance,
72 et si fai aucunne chevance,
la meillor que tu porras faire :
sor toi n'en savroie a chief traire ! »
Huez voit qu'a faire l'estuet,
76 si se chevist au mielz qu'il puet.
Le palefroi son seignor vent,
onques n'i fist autre covent,

---

49. *Provins :* dans le département de Seine-et-Marne ; célèbre au Moyen Age à cause des « foires de Champagne ». **56.** *La Haie en Toraine :* La Haye-Descartes, département d'Indre-et-Loire, arr. Loches. A propos des tournois tout à fait burlesques dont la ville aurait été le siège au Moyen Age, voir ci-dessus l'Introduction, 28-29. **59.** *Huet :* sur ce « nom parlant », *cf.* l'Introduction, 41. **74.** *Sor toi :* « au mépris de toi », « en l'absence de toi » (*cf. NRCF*, III, 502).

comme le serait de nos jours Provins,
et il buvait souvent de bons vins !
Il y demeura longtemps
52 jusqu'à ce qu'il advînt qu'un beau jour
on annonçât un tournoi
publiquement par tout le pays ;
tous devaient se rendre sans délai
56 tout droit à La Haie en Touraine :
le tournoi devait y avoir lieu, imposant et redoutable.
Le chevalier en fut très content.
Il appelle Huet, son écuyer,
60 pour lui annoncer la nouvelle
du tournoi qui aura lieu là-bas.
« Mais à quoi bon, dit-il,
parler de tournoi ?
64 Tout votre équipement
a été mis en gage pour la dépense !
– Ah ! Huet, pour l'amour de Dieu,
penses-y, s'il te plaît, dit le chevalier.
68 Tu sais toujours me conseiller pour le mieux :
je serais en meilleur point, si je t'avais cru !
Réfléchis maintenant comment je pourrais
récupérer mon équipement sans délai,
72 et essaie de nous procurer ce qu'il faut,
aux meilleures conditions que tu pourras :
sans toi, je n'en saurais venir à bout. »
Huet voit ce qu'il faut faire
76 et se débrouille du mieux qu'il peut.
Il vend le palefroi de son seigneur,
c'est la solution à laquelle il s'arrête,

ainz s'en est aquitez tres bien ;
80 a paier n'i falt il de rien :
toz a les gaiges en sa mein.
Et quant ce vint a l'endemain,
andui se mistrent a la voie,
84 que nus nes sieut ne ne convoie ;
et chevauchent par une lande.
Li chevaliers Huet demande
comment avoit eü ses gaiges.
88 Et Huet, qui mout estoit saiges,
li dist : « Beaus sire, par ma foi,
ge vendi vostre palefroi,
quar autrement ne pooit estre ;
92 n'en merroiz or cheval en destre,
que que vos faciez en avant.
— Combien as tu de remanant,
Huet ? ce dit li chevaliers.
96 — Par foi, sire, douze deniers
avon nos senplus a despendre.
— Dont n'avon nos mestier d'atendre,
fait li chevaliers, ce me sanble ! »
100 Atant s'en vont andui ensanble.
Et quant il ont grant voie alee,
si entrent en une valee.
Li chevaliers ala pensant,
104 et Huez chevalcha devant
sor son roncin grant aleüre.
Et tant qu'il vit par aventure
en une pree une fontaine,
108 qui bele estoit et clere et saine ;

---

83. Mistrant (D). **88-89.** Et Huet... foi (B) ; Huet li dist qui mout ert saiges/
Beaus sire fist huet par foi (D). **93.** Que que (A, B, C, E) ; Ne que (D).

---

92. *N'en... destre :* cf. *Erec et Enide*, vv. 2716 *sq.* « Sire, fet il, ne peut
autre estre ;/ je n'an manrai cheval an destre », et *cf.* l'Introduction, 37.
97. *Senplus :* « seulement », « en tout et pour tout ».

s'acquittant fort bien de sa commission ;
80 de la sorte, il ne laisse aucune dette impayée :
il a donc tous les gages entre les mains !
Quand le lendemain arriva,
tous deux se mirent en route, seuls,
84 car personne ne les suivait ni ne les accompagnait.
Ils parcourent à cheval une contrée boisée,
et le chevalier de demander à Huet
comment il avait obtenu ses gages.
88 Huet, qui était très sage,
lui répond : « Ma foi, sire,
j'ai vendu votre palefroi,
car il ne pouvait en être autrement ;
92 Vous n'emmènerez plus de cheval en dextre,
quoi que vous fassiez auparavant.
— Combien d'argent te reste-t-il,
Huet ? dit le chevalier.
96 — Ma foi, sire, nous n'avons, en tout et pour tout,
que douze deniers à dépenser.
— Alors, ce n'est pas le moment de nous attarder,
me semble-t-il », fait le chevalier.
100 Là-dessus, tous deux s'en vont ensemble.
Une fois parcouru un bon bout de chemin,
ils pénètrent dans une vallée.
Le chevalier s'en va absorbé dans ses pensées
104 et Huet chevauche devant,
à toute allure, sur sa rosse.
Le voilà qui aperçoit par hasard,
au milieu d'un pré, une fontaine,
108 qui était belle et claire et saine.

si en coroit granz li ruisseaus,
et entor avoit arbrisseaus,
vers et foilluz, de grant beauté,
112 autresi com el mois d'esté :
li arbrissel mout bel estoient.
En la fontaine se baignoient
trois puceles preuz et senees :
116 de beauté resanbloient fees.
Lor robe et totes lor chemises
orent desoz un arbre mises,
qui erent batues a or :
120 bien valoient un grant tresor,
plus riches ne furent veües.
Quant Huet vit les femes nues,
qui tant avoient les chars blanches,
124 les cors bien faiz, les braz, les hanches,
cele part vint a esperon ;
mais ne lor dist ne o ne non,
ençois a lor robes saisies,
128 ses laissa totes esbahies.
Quant voient que lor robes enporte,
la plus maistre se desconforte,
que mout s'en vait grant aleüre
132 cil qui de retorner n'a cure.
Les puceles mout se dolosent,
crient et dementent et plorent.
Que qu'eles se vont dementant,
136 ez vos le chevalier venant,
qui aprés l'escuier s'en va.
L'une des puceles parla

---

116. Resanbloient (A , C , E) ; Resanblent (D). **117.** Totes (B) ; Tote (D). **129.** Robes (A, B, C, E) ; Robe (D). **135.** Dementant (A, B, C, E) ; Dementent (D). **136.** Venant (A,C) ; Atant (D).

Un grand ruisseau en découlait
et tout autour poussaient des arbrisseaux,
verts et feuillus, d'une grande beauté,
112 tout comme en été :
les petits arbres étaient très beaux !
Dans la fontaine, se baignaient
trois pucelles, sages et avisées,
116 qui, par leur beauté, ressemblaient à des fées.
Elles avaient déposé sous un arbre
leurs riches robes et toutes leurs chemises,
qui étaient brodées de fil d'or :
120 elles valaient bien un trésor,
jamais on n'en vit de plus somptueuses.
Lorsque Huet aperçut les femmes nues,
à la chair aussi blanche,
124 aux corps, aux bras, aux hanches aussi bien faits,
il se dirigea de ce côté en toute hâte ;
il ne leur dit absolument rien,
bien au contraire : il saisit leurs robes,
128 en les laissant toutes effrayées.
En voyant qu'il emporte leurs robes,
la plus âgée se décourage,
car il s'éloigne à vive allure,
132 sans se soucier de revenir.
Les pucelles se lamentent bien fort,
crient, gémissent et pleurent.
Mais tandis qu'elles se désolent de la sorte,
136 voici qu'arrive le chevalier
qui suit l'écuyer.
Alors l'une des pucelles parla

et dit : « Ge voi la chevalchier
140 le seignor au mal escuier
qui noz robes nos a tolues
et nos laissiees totes nues ;
quar li proions sanz plus atendre
144 qu'il nos face noz robes rendre :
s'il est preudom, il le fera. »
A tant l'une d'eles parla,
si li conta la mesestance.
148 Li chevaliers en ot pesance,
des puceles ot grant pitié.
Lors a le cheval tant coitié
que Huet ataint, si li dist :
152 « Baille ça tost, se Dieu t'aïst,
cez robes, nes enporte mie !
Ce seroit trop grant vilenie
de faire a cez puceles honte !
156 — Or tenez d'autre chose conte,
fait Huez, et ne soiez yvres :
les robes valent bien cent livres,
quar onques plus riches ne vi ;
160 devant quatorze anz et demi
ne gaaigneroiz vos autant,
tant sachoiz aler tornoiant !
— Par foi, ce dit li chevaliers,
164 ge lor reporterai arriers
les robes, comment qu'il en praigne ;
ge n'ai cure de tel gaaigne :
ge n'en venrroie ja en pris !
168 — A bon droit estes vos chetis ! »
fait Huet par grant maltalent.
Li chevaliers les robes prant ;

---

149. Ot (A, C, E) ; Et (B, D). **153.** Enporte (A, B) ; Enportes (D) . **154.** Cesseroit (D).

---

156. *Or... conte :* « arrêtez de parler de cela ».

et dit : « Je vois là-bas venir à cheval
40 le seigneur du méchant écuyer
qui nous a enlevé nos robes
en nous laissant toutes nues.
Prions-le sur-le-champ
44 de nous faire rendre nos robes :
si c'est un homme respectable, il le fera ! »
C'est alors que l'une d'elles parla
en lui contant leur misère.
48 Le chevalier en fut très peiné,
et eut grand-pitié des pucelles.
Là-dessus il hâta tellement son cheval
qu'il atteignit Huet et lui dit :
52 « Donne-moi vite tout cela, et que Dieu t'aide !
N'emporte pas ces robes,
ce serait une action trop vile
que d'infliger un affront à ces pucelles !
56 — Tenez plutôt compte d'autre chose,
fait Huet, et ne soyez pas ivre !
Ces robes valent bien cent livres,
car jamais je n'en ai vu de plus riches.
60 En l'espace de quatorze ans et demi vous n'aurez pas
un gain aussi important, si nombreux
que soient les tournois que vous fréquenterez !
— Ma foi, répond le chevalier,
64 je leur rapporterai leurs robes,
quelles que soient les conséquences.
Je n'ai cure de tel gain :
certes je n'arriverais pas à la gloire de la sorte !
68 — Il est bien juste que vous soyez misérable !
fait Huet très en colère.
Le chevalier prend les robes

a l'ainz qu'il pot vint as puceles,
172 qui mout erent plaisanz et beles,
si lor a lor robes rendues.
Et eles sont tantost vestues,
quar a chascunne estoit mout tart.
176 A tant li chevaliers s'en part,
par lor congié retorne arriere.
L'une des puceles premiere
parole as autres, si lor dist :
180 « Damoiseles, se Dieus m'aïst,
cist chevaliers est mout cortois !
Mout en avez veü : ainçois
eüst noz robes chier vendues,
184 ainz qu'il les nos eüst rendues :
Il en eüst assez deniers.
Et sachiez que cist chevaliers
a vers nos fait grant cortoisie,
188 et nos avon fait vilenie
qui riens ne li avons doné
dont il nos doie savoir gré.
Rapelons le, sel paions bien,
192 qu'il est si povres qu'il n'a rien ;
nule n'en soit envers li chiche,
ainz faison le preudome riche ! »
Les autres li acreanterent.
196 Le chevalier dont rapelerent,
et il retorne maintenant.
La plus mestre parla avant,
quar des autres en ot l'ostroi :
200 « Sire chevalier, par ma foi,
ne volons pas, que il est droiz,
que vos ainsi vos en ailloiz.

---

179. Parole (B,C,E) ; Paroles (D).

---

195. *Acreanterent :* « consentirent », « promirent solennellement ».

et, le plus vite qu'il peut, vient aux pucelles,
172 qui étaient très charmantes et belles,
et il leur rend les robes.
Celles-ci s'habillent aussitôt,
ce que chacune attendait impatiemment.
176 Ayant demandé congé, le chevalier
s'en va sans plus s'attarder.
L'une des pucelles prit la parole en premier
et sermonna les autres :
180 « Demoiselles, que Dieu m'aide,
ce chevalier est très courtois !
Vous l'avez très bien vu : l'autre
aurait vendu cher nos robes,
184 plutôt que de nous les rendre :
il en aurait reçu beaucoup de deniers.
Sachez donc que le chevalier
a fait preuve envers nous d'une grande courtoisie,
188 et nous, nous avons commis une action vile,
car nous ne lui avons rien donné
dont il nous puisse savoir gré.
Rappelons-le et payons-le bien,
192 car il est si pauvre qu'il ne possède rien.
Que nulle ne soit chiche envers lui,
mais veillons à rendre riche cet homme respectable ! »
Les autres le lui promirent solennellement.
196 Elles rappellent donc le chevalier
et il revient tout de suite.
La plus âgée parla d'abord,
car elle en avait le mandat des autres.
200 « Sire chevalier, ma foi,
nous ne voulons pas – comme de juste –
que vous vous en alliez ainsi.

Richement nos avez servies,
204 rendues nos avez les vies,
si avez fait comme preudom.
Et ge vos donrai riche don,
et sachiez que ja n'i faudroiz.
208 Jamais en cel liu ne venroiz
que toz li monz ne vos enjoie,
et chascuns fera de vos joie,
et si vos abandoneront
212 la gent trestot quanqu'il aront :
ne porroiz mais avoir poverte.
— Dame, ci a riche deserte,
fait li chevaliers, grant merciz !
216 — Li miens dons ne riert pas petiz,
fait l'autre pucele en aprés.
Ja n'ira mes ne loig ne prés,
por qu'il truisse feme ne beste
220 et qu'el ait deus elz en la teste,
s'il daigne le con apeler,
qu'il ne l'escoviegne parler :
iteus sera mais ses eürs ;
224 de ce soit il tot aseürs
que tel n'en ot ne roi ne conte. »
Adonc ot li chevaliers honte,
si tint la pucele por fole.
228 Et la tierce enprés reparole
si dist au chevalier : « Beaus sire,
savez vos que ge vos vieng dire ?
Quar bien est raison et droiture
232 que, se li cons par aventure
avoit aucun enconbrement
qu'il ne respondist maintenant,
li cus si respondroit por lui,
236 qui qu'an eüst duel ne ennui,

---

210. Chascuns (A, B, E) ; Chascun (D).

Vous nous avez servies noblement,
204 vous nous avez rendu nos vies,
et vous avez ainsi agi en homme de bien.
Je vous donnerai un riche don
et sachez que jamais vous n'en serez en défaut :
208 jamais vous n'arriverez en un lieu
sans que tout le monde ne vous fasse un accueil chaleureux ;
chacun sera joyeux grâce à vous
et les gens laisseront à votre discrétion
212 tout ce qu'ils auront :
vous ne pourrez plus être pauvre.
— Dame, c'est une riche récompense,
fait le chevalier, grand merci ! »
216 — Mon don à moi ne sera pas petit non plus,
fait, tout de suite après, la deuxième pucelle :
partout où il ira
et où il rencontrera femme ou bête
220 — à condition qu'elle ait deux yeux dans la tête —,
s'il daigne appeler son con,
celui-ci sera obligé de parler :
tel sera dorénavant son pouvoir magique.
224 Qu'il soit bien sûr
que ni roi ni comte n'en eut jamais un pareil. »
Le chevalier eut honte
et tint la pucelle pour folle.
228 Et la troisième de prendre la parole
et de dire au chevalier : « Sire,
savez-vous ce que je vais vous dire maintenant ?
Il est bien juste et raisonnable
232 que, si par aventure le con
avait quelque empêchement,
et qu'il était dans l'impossibilité de répondre aussitôt,
le cul répondrait pour lui,
236 sans délai, si vous l'appelez,

si l'apelessiez, sanz aloigne. »
Donc ot li chevaliers vergoigne,
qui bien cuide que gabé l'aient
240 et que por noient le delaient.
Maintenant au chemin se met.
Quant a aconseü Huet,
trestot en riant li aconte
244 si com avez oï el conte :
« Gabé m'ont celes du prael.
– Et, dit Huet, ce m'est mout bel,
quar cil est fous, par saint Germain,
248 que ce que il tient en sa main
giete a ses piez en nonchaloir !
– Huet, ge cuit que tu dis voir,
fait li chevaliers, ce me sanble. »
252 A tant ez vos, si com moi sanble,
un provoire, sanz plus de gent,
qui chevalchoit une jument.
Li prestres fu poissanz et riches,
256 mais il estoit avers et chiches.
Le chemin voloit traverser
et a une autre vile aler,
qui assez pres d'iluec estoit.
260 Li prestres le chevalier voit,
vers lui trestorne sa jument,
si descendi isnelement
et li dist : « Sire, bien vignoiz !
264 Or vos proi que vos remeignoiz
Huimais o moi por osteler.
De vos servir et hennorer
ai grant envie et grant talent :
268 Tot en vostre commandement

---

239. Cuide (B, C, E) ; Cuident (D).

---

247. *Saint Germain :* probablement le saint originaire de Paris (496-576).
248-249. *Cf.* Morawski 1925, n° 772 : « Fols est ki ce qu'il tient gete a ses pies. »

quiconque en ait chagrin ou déplaisir ! »
De cela le chevalier eut vergogne,
persuadé qu'elles s'étaient moquées de lui
240 et qu'elles le retenaient sans raison.
Il se met donc tout de suite en route
en poursuivant Huet. Quand il le rattrapa,
il lui raconta en riant
244 l'histoire, telle que vous l'avez entendue :
« Elles se sont jouées de moi, celles du pré.
– Enfin, j'en suis ravi, dit Huet,
car il est bien fou, par saint Germain,
248 celui qui jette à ses pieds, par insouciance,
ce qu'il tient en sa main !
– Huet, je crois que tu dis vrai,
fait le chevalier, à ce qu'il me semble. »
252 Entre-temps, voici, comme il me semble,
un prêtre tout seul, sans compagnie,
qui chevauchait une jument.
Le prêtre était riche et puissant,
256 mais avare et très chiche.
Il voulait croiser le chemin
pour se rendre dans une autre ville
qui était tout près de là.
260 En apercevant le chevalier,
le prêtre dirige sa monture vers lui,
descend aussitôt de cheval
et lui dit : « Sire, soyez le bienvenu !
264 Je vous prie de bien vouloir faire halte,
pour loger aujourd'hui chez moi.
En effet j'ai grande envie et grand désir
de vous servir et de vous honorer :
268 tout ce que je possède

est quanque j'ai, n'en doutez ja ! »
Li chevaliers se merveilla
du prestre, qu'il ne connoist mie,
272 et si de demorer le prie.
Huez le saiche, si le dist :
« Sire, fait il, se Dieus m'aïst,
les fees vos distrent tot voir !
276 Or le poez apercevoir,
mais apelez delivrement
le con de cele grant jument :
vos l'orroiz ja parler, ce croi. »
280 Dist li chevaliers : « Ge l'ostroi. »
Maintenant li commence a dire :
« Sire cons, ou va vostre sire ?
Dites le moi, n'en mentez mie !
284 — Par foi, il vait veoir s'amie,
fait li cons, sire chevaliers !
Si li porte de bons deniers :
dis livres de bone monoie,
288 qu'il a ceinz en une corroie
por achater robe mardi. »
Et quant li prestres entendi
le con qui parole si bien,
292 esbahiz fu sor tote rien ;
enchantez cuide estre et traïz.
De la poor s'en est foïz,
et por corre delivrement
296 deffuble sa chape erranment,
et les deniers et la corroie
gita trestot enmi la voie ;
sa jument let, si torne en fuie.
300 Voit le Huet, forment le huie ;

---

275. Distrent (B, C) ; Distrant (D), **299.** Let (B, C) ; Lot (D).

---

300. *Huet... huie :* interprétation du nom de l'écuyer (*cf.* l'Introduction, 41).

est à votre disposition, n'ayez aucun doute à ce sujet ! »
Le chevalier s'étonna beaucoup,
car le prêtre qui ne le connaissait pas
272 le priait cependant de rester.
Et Huet de le tirer violemment et de lui dire :
« Sire, que Dieu m'aide, fait-il,
les fées vous dirent vrai !
276 Maintenant vous pouvez l'observer :
appelez donc librement
le con de cette grande jument ;
je suis sûr que vous l'entendrez parler.
280 — D'accord ! » dit le chevalier
et sur-le-champ il commence à lui dire :
« Sire con, où va votre maître ?
Dites-le-moi, ne me cachez rien !
284 — Ma foi, il va voir son amie,
sire chevalier, fait le con ;
il lui porte de bons deniers :
dix livres de bonne monnaie,
288 qu'il a serrées dans la ceinture,
pour aller acheter des vêtements mardi. »
Quand le prêtre entendit
le con qui parlait si bien,
292 il en fut terriblement effrayé ;
il croit être dupé et trahi.
De peur, il s'enfuit
et, pour courir librement,
296 il se débarrasse promptement de son manteau
en laissant tomber les deniers et la ceinture
juste au milieu de la rue ;
il laisse la jument et prend la fuite.
300 Huet le voit et l'appelle à grands cris,

et li prestres, sanz mot soner,
gaaigne le gieu par aler
et s'enfuit par une charriere :
304 por cent mars ne tornast arriere !
Li chevaliers les deniers prant,
et Huet saisi la jument,
qui mout estoit bien affeutree,
308 puis trouse la chape forree :
mout rient de cele aventure.
A tant s'en vont grant aleüre.
Or est toz liez li chevaliers :
312 a Huet bailla les deniers,
dont il avoit bien dis livres.
Dit a Huet : « Mout fusse or yvres,
se g'eüsse orainz retenues
316 les robes et laissiees nues
les franches puceles senees.
Bien sai de voir, ce furent fees :
riche gerredon m'ont rendu.
320 Ainz que nos aions despendu
cest avoir et trestot gasté,
avron nos de l'autre a plenté,
quar teus paiera nostre escot
324 qui de tot ce ne sait or mot !
Huez, cil ne gaaigne mie
qui fait conquest par vilenie,
ainz pert honor par tot le monde ;
328 ja mais ne beau dit ne beau conte

---

303. Et (B, C); Qui (D). **309.** Cele (B, C); Cel (D).

323-324. *Cf.* Morawski 1925, nº 2364 : « Tieus paie l'escot qui onques n'en but. » **325-326.** *Cf.* Morawski 1925, nº 393 : « Choses mal acquises sont mal espandues. » **328-330.** *Conte... contret :* l'auteur se livre à un jeu ironique d'allitérations sur conte, « récit », contret, « paralysé », où le topos courtois des « beaux dits » exaltant le héros romanesque est tourné en dérision, car le conte en question sera consacré aux cons.

et le prêtre, sans dire un mot,
met l'avantage de son côté
en s'enfuyant par un chemin charretier :
304 il ne reviendrait pas en arrière pour cent marc !
Le chevalier ramasse les deniers
et Huet attrape la jument,
qui était très richement harnachée,
308 puis il met en paquet le manteau fourré :
les voilà qui rient beaucoup de cette aventure.
Il s'en vont alors à toute allure.
Maintenant le chevalier est très content :
312 il remet à Huet les deniers
qui se montent bien à dix livres.
Il dit à Huet : « J'aurais bien été ivre,
si tout à l'heure j'avais gardé
316 les robes et laissé nues
les nobles pucelles avisées.
Je le sais assurément, c'étaient des fées !
Elles m'ont offert une riche récompense.
320 Avant que nous ayons dépensé
et dissipé toute cette fortune,
nous en aurons davantage encore,
car quelqu'un paiera nos dépenses
324 qui pour le moment ne s'en doute même pas !
Huet, il ne gagne rien du tout,
celui qui fait un profit grâce à une action vile,
bien au contraire : il ternit complètement sa réputation ;
328 jamais on ne racontera sur lui de beaux dits

nen ert de lui a cort retret.
Mielz vosisse estre contret
que ge t'eüsse orainz creü :
332 mon los eüsse descreü
et avillié, au mien senblant ! »
Ainsi s'en vont andui parlant,
tant qu'il vinrent en un chastel,
336 mout bien seant et fort et bel.
Ne sai que feïsse lonc conte :
en cel chastel avoit un conte,
et la contesse avuec, sa·feme,
340 qui mout ert bele et vaillant dame ;
si ot chevaliers plus de trente.
De maintenant el chastel entre
cil qui faisoit les cons paller.
344 Tuit le corurent saluer,
que mout le vuelent conjoïr,
dont il se puet mout esjoïr.
Enmi la vile uns gieus avoit
348 ou li pueples trestot estoit ;
s'i ert li quens et la contesse,
qui n'ert fole ne janglerresse,
serjanz, dames et chevaliers,
352 et puceles et escuiers.
A tant li chevaliers i vint
et Huez, qui lez lui se tint ;
desi as gieus ne s'arresterent.
356 Et quant les genz les esguarderent,
si corut chascuns cele part.
Au conte meïsme fu tart

---

342. De maintenant (D). 355. As gieus (B) ; Au gieus (D).

337-339. *Conte... contesse* : le jeu de mots continue explicitement (*cf.* le
v. 343 : « Cil... les cons parler »). 347. *Uns gieus* : « des divertissements »
évoquant l'activité du jongleur (*cf.* l'Introduction, 41). 357. Chascuns (B) ;
Chascun (D).

ou de beaux contes à la cour.
Je préférerais être paralysé,
plutôt que d'avoir suivi ton conseil tout à l'heure :
332 ma renommée aurait été compromise
et en serait avilie, me semble-t-il ! »
En discutant de la sorte, tous les deux s'en vont
jusqu'à ce qu'ils parviennent à un château,
336 très bien situé, fort et beau.
Pourquoi vous en ferai-je un conte plus long ?
Dans ce château demeurait un comte
et avec lui sa femme, la comtesse,
340 qui était une dame très belle et digne d'estime ;
en outre, il y avait plus de trente chevaliers.
Le voilà qui entre tout de suite dans le château,
celui qui faisait parler les cons.
344 Tous accoururent pour le saluer,
car ils voulaient l'accueillir avec joie,
ce dont il peut bien se réjouir.
Au centre de la ville on s'adonnait à des divertissements
348 auxquels participait le peuple tout entier.
Le comte était là ainsi que la comtesse,
qui n'était ni folle ni bavarde,
sergents, dames et chevaliers,
352 pucelles et écuyers.
Au plus beau moment, voilà le chevalier qui arrive
avec Huet, qui se tient à ses côtés :
ils ne font pas halte jusqu'aux jeux,
356 et, quand les gens les aperçoivent,
chacun court dans cette direction.
Au comte lui-même le temps parut trop long

qu'acolé l'ait et enbracié :
360 enz en la bouche l'a baisié.
    Ausi l'enbrace la contesse :
    plus volantiers que n'oïst messe
    le baisast vingt foiz prés a prés,
364 se li contes ne fust si prés !
    Et cil descent contre la gent ;
    n'i a chevalier ne serjant
    qui de cuer ne l'ait salué.
368 A grant joie l'en ont mené
    tot droit a la sale le conte.
    Puis ne firent pas lonc aconte,
    ainçois asistrent au souper
372 tuit li chevalier et li per,
    qui mout orent lor oste chier.
    Puis parlerent d'aler couchier,
    quar il fu nuiz noire et espesse.
376 Forment se paine la contesse
    de son oste mout aesier :
    certes mout en fist a proisier !
    En une chanbre a grant delit
380 li a fait faire un mout bel lit ;
    toz seus se dort et se repose.
    Et la contesse a chief de pose
    apele une seue pucele,
384 la mielz vaillant et la plus bele.
    A conseil li dist : « Bele amie,
    alez, et si ne vos poist mie,
    avuec le chevalier gesir
388 tot belement et par loisir,

---

371. Asistrent (B, C) ; Asistrant (D). **380.** Li a... lit (B) ; Li a toz seus fait faire .i. lit (D).

374. *Quar... espesse :* grâce au chevalier, on avait atteint une heure avancée de la nuit ; d'habitude on se couchait tôt au Moyen Age. **386-387.** *Alez... gesir :* Sur le topos courtois de la « demoiselle-hôtesse », *cf.* Chênerie 1986, 559-76.

jusqu'à ce qu'il se soit jeté à son cou
360 et l'ait embrassé sur la bouche.
La comtesse l'embrassa également :
elle l'aurait fait vingt fois l'une après l'autre,
plus volontiers qu'elle n'écoute la messe,
364 si le comte n'était pas si près !
Et notre héros de descendre de cheval parmi les gens :
il n'y a chevalier ni serviteur
qui ne l'ait salué de bon cœur.
368 Avec grande joie ils l'ont mené
dans la salle du seigneur.
Sans traîner,
tous les chevaliers et les vassaux,
372 qui aimaient beaucoup leur hôte,
s'assirent tout de suite au souper.
Puis il fut question d'aller se coucher,
car il faisait nuit noire et épaisse.
376 Alors la comtesse se donne beaucoup de peine
pour mettre à l'aise son hôte,
ce dont elle méritait bien d'être louée !
Dans une chambre avec tout le confort
380 elle lui fait préparer un lit somptueux ;
là, il dormira et se reposera tout seul.
Mais la comtesse au bout d'un moment
appela une de ses suivantes,
384 la plus douée et la plus belle,
lui disant à part : « Ma chère,
que cela ne vous pèse guère,
allez tout de suite vous coucher,
388 tout doucement et tranquillement,

dont nos amons mout la venue.
Lez lui vos couchiez tote nue,
si le servez s'il est mestiers.
392 G'i alasse mout volentiers,
– ja nel laissasse por la honte –
ne fust por mon seignor le conte,
qui n'est encor pas endormiz. »
396 Et cele i vait mout a enviz,
mais escondire ne l'osoit.
En la chanbre ou cil se dormoit
entra enz, tranblant comme fueille ;
400 a l'einz qu'ele pot se despueille,
lez lui se couche, si s'estent.
Et quant li chevaliers la sent,
de maintenant s'en esveilla
404 et durement se merveilla :
« Qui est ce, fait il, delez moi ?
– Sire, nel tenez a desroi »,
fait cele, qui fu simple et quoie,
408 « quar la contesse m'i envoie.
Une de ses puceles sui ;
ne vos ferai mal ne ennui,
ainz vos tastonerai le chief.
412 – Par foi, ce n'est mie grief ! »
fait li chevaliers, qui l'enbrace.
La bouche li baise et la face,
et li tastone les mameles,
416 qu'el avoit mout blanches et beles ;
et sor le con la mein li mist.
Et emprés li chevaliers dist :
« Sire cons, or parlez a moi !

---

391. Si le... mestiers (E) ; Quil est mout beus li chevaliers (B, C, D) ; *cf.* NRCF, III, 423.

---

411. *Ainz... chef :* l'une des charges des hôtesses était celle de masser le chevalier errant pour l'aider à s'endormir (*cf.* Luchaire 1909, 376 ; Chênerie 1986, 565 *sq.*).

avec celui dont nous tous aimons la venue :
vous vous coucherez à ses côtés toute nue,
lui rendant service, si c'est nécessaire.
392 J'irais très volontiers
– je ne m'en abstiendrais certainement pas par honte –,
si ce n'était que mon seigneur le comte
n'est pas encore endormi. »
396 Et celle-ci y va à contrecœur,
car elle n'osait pas refuser.
Dans la chambre où reposait le chevalier
elle entra, tremblant comme une feuille ;
400 le plus vite possible elle se déshabilla,
se coucha à ses côtés et s'étendit.
Lorsque le chevalier la sent,
aussitôt il s'éveille
404 et s'étonne fortement :
« Qui est-ce à côté de moi ? fait-il.
– Sire ne le considérez pas comme une action coupable,
car c'est la comtesse qui m'envoie ici »,
408 fait celle-ci qui était douce et tranquille.
« Je suis une de ses suivantes.
Je ne vous ferai aucun mal ni ennui ;
bien au contraire, je vais vous masser la tête.
412 – Ma foi cela ne me déplaît pas !
fait le chevalier en l'embrassant.
Puis il lui embrasse la bouche et le visage
et lui caresse les seins,
416 qu'elle avait très blancs et beaux,
puis il lui met la main sur le con.
Le chevalier dit alors :
« Sire con, maintenant parlez-moi ! »

420 Ge vos vueil demander por quoi
vostre dame est venue ci.
– Sire, ce dit li cons, merci !
Quar la contesse l'i envoie

424 por vos faire soulaz et joie,
ce ne vos quier ge ja celer. »
Quant cele oï son con paller,
estrangement fu esperdue ;

428 du lit sailli trestote nue,
arriers s'est a la voie mise,
el n'en porta que sa chemise.
Et la contesse l'en apele,

432 si li demande la nouvele :
« Por qu'as laissié le chevalier
que çaienz herbergames hier ?
– Dame, fait el, ge vos dirai,

436 que ja ne vos en mentirai :
avueques lui couchier m'alai,
tote nue me despoillai ;
il prist mon con a apeler,

440 assez l'a fait a lui paller :
trestot quanqu'il li demanda
oiant moi mes cons li conta. »
Quant la contesse oit la merveille,

444 qu'onques mais n'oï la pareille,
si dit ce ne querroit el mie ;
et cele li jure et affie
que ce est voirs qu'ele li conte.

448 A tant en laissierent le conte
jusqu'au matin qu'il ajorna,
que li chevaliers se leva.
A Huet dit, son escuier,

---

426. Quant cele (B, C, E) ; Quant cel (D). **433.** Por qu'as (B, C, E) ; Por qu a (D).

---

441. Il li demanda (B, C, E) ; Il demanda (D). **444.** Onques mai (D).

420 Je veux vous demander pourquoi
votre dame est venue ici.
– Sire, pitié ! dit le con.
C'est la comtesse qui l'envoie céans,
424 pour vous faire plaisir et joie ;
je ne veux pas vous le cacher ! »
Quand elle entend son con parler,
elle en est étrangement éperdue :
428 elle saute du lit toute nue
et rebrousse chemin
en n'emportant que sa chemise.
La comtesse l'appelle :
432 et lui demande des nouvelles :
« Pourquoi as-tu quitté le chevalier
que nous avons hébergé ici hier ?
– Dame, je vous le dirai
436 et je ne mentirai pas là-dessus, fait-elle :
je suis allée me coucher avec lui
et je me suis déshabillée toute nue ;
il commença à appeler mon con
440 et il le fit parler longtemps.
Tout ce qu'il lui demanda
mon con le lui conta, pendant que moi j'écoutais. »
Quand la comtesse entend cette histoire étonnante
444 – jamais elle n'en avait entendu de pareille –,
elle dit qu'elle ne le croyait pas.
Et l'autre de jurer et de jurer encore
que ce qu'elle raconte est vrai.
448 Puis elles cessèrent de parler de cela
jusqu'au matin qu'il fît grand jour
et que le chevalier se levât.
Il dit à Huet, son écuyer,

452 qu'il ert bien tens de chevauchier ;
   Huet ala metre la sele.
   La contesse ooï la novele
   du chevalier qu'aler s'en velt ;
456 plus matin lieve qu'el ne selt,
   au chevalier vient, si li dist :
   « Sire, fait el, se Dieus m'aïst,
   vos n'en poez encor aler
460 devant sempres aprés disner !
   — Dame, fait il, se Dieus me voie,
   le disner por riens n'atendroie,
   se trop ne vos devoit desplaire,
464 quar trop grant jornee ai a faire.
   — Tot ce, fait ele, ne valt rien :
   vostre jornee feroiz bien ! »
   Cil voit qu'il autre estre ne puet,
468 si remaint, quant faire l'estuet.
   Et quant il orent oï messe,
   li quens meismes et la contesse,
   et tuit li autre chevalier
472 sont tantost asis au mengier.
   Et quant ce vint enprés disner,
   si comencierent a parler
   li chevalier de maint affaire.
476 Mais cele, qui ne se pot taire,
   la contesse, parla en haut :
   « Seignors, fait el, se Dieus me salt,
   j'ai oï paller chevaliers,
480 serganz, borgois et escuiers,
   et aventures aconter,
   mais nus ne se porroit vanter
   d'une aventure qu'ooï hier !
484 Qu'il a çaienz un chevalier
   qui tot le mont a sormonté,

---

470. Li quens meismes (B) ; Li q. meisme (D). **473.** La sele (B, C, E, sa sele) ; Les seles (D). **483.** Dune (B, C, E) ; Dun (D).

452 qu'il est temps de monter à cheval ;
Huet s'empresse de seller les montures.
En apprenant la nouvelle
que le chevalier voulait s'en aller,
456 la comtesse se leva plus tôt que d'habitude.
Elle va vers le chevalier et lui dit :
« Sire, que Dieu m'aide, fait-elle,
vous ne pouvez pas encore vous en aller ;
460 ce serait mieux après le repas.
— Dame, que Dieu me protège, fait-il,
je n'attendrai pour rien au monde le déjeuner,
à condition que cela ne vous déplaise pas trop,
464 car j'ai à faire une étape très longue, aujourd'hui.
— Tout cela n'importe pas, fait-elle,
vous ferez bien votre étape journalière ! »
L'autre voit bien qu'il ne peut faire autrement,
468 il reste donc, puisqu'il le faut.
Après avoir entendu la messe,
le comte, la comtesse,
et tous les chevaliers
472 s'assirent au repas.
Une fois terminé le déjeuner,
les chevaliers commencent à parler
de bien des choses.
476 Et celle qui ne peut se taire,
la comtesse, parle tout haut :
« Seigneurs, que Dieu m'aide, dit-elle,
j'ai bien entendu des chevaliers parler,
480 des serviteurs, des bourgeois et des écuyers,
et j'ai entendu raconter beaucoup d'aventures,
mais nul ne pourrait se vanter
d'une aventure que j'ai apprise hier !
484 Car il y a ici un chevalier
qui a surpassé tout le monde,

quar il a si grant poesté
qu'il fait a lui le con paller,
488 teus hom si fait mout a loer !
Et sachiez bien, par saint Richier,
c'est li chevaliers qui vint hier ! »
Quant li chevalier l'entendirent,
492 de la merveille s'esbahirent ;
au chevalier ont demandé
se la contesse dit verté.
« Oïl, fait il, sanz nule doute. »
496 Li quens s'en rist et la gent tote.
Et la contesse reparole,
qui n'estoit vileine ne fole :
« Dant chevaliers, coment qu'il aille,
500 ge vueil a vos faire fermaille,
si i metrai soissante livres :
ja mes cons n'ert si fous ne yvres
que por vos parolt un seul mot. »
504 Tantost com li chevaliers l'ot :
« Dame, fait il, se Deus me voie,
soissante livres pas n'avroie :
jes i meïsse demanois !
508 Mais mon cheval et mon hernois
i metroie de maintenant :
metez encontre le vaillant !
— Ge ne demant, fait ele, plus ;
512 mais des deniers ne charra nus
que soissante livres n'aiez,
Se la fermaille gaagniez.
Se ge gaaig, vos en iroiz
516 a pié et le hernois larroiz. »
Li chevaliers li ostroia.

---

493. Ont (B, C, E) ; On (D). **507-508.** Jes i... hernois (E) ; Mais gi metrai
tot demanois/ mon cheval et tot mon hernois (B, C, D).

---

489. *Saint Riquier :* abbé de Centule (VIIᵉ siècle), il était véneré surtout
dans l'Amiénois.

puisqu'il a si grand pouvoir
qu'il oblige le con à parler avec lui.
488 Un tel homme mérite beaucoup de louange.
Et sachez donc, par saint Riquier,
c'est le chevalier qui vint ici hier ! »
Quand les chevaliers l'entendirent,
492 ils s'étonnèrent de cette chose merveilleuse.
Ils demandèrent donc au chevalier
si la comtesse disait la vérité.
« Oui, sans aucun doute », fait-il.
496 Le comte en rit et avec lui tout le monde.
Et la comtesse, qui n'est stupide ni folle,
reprend la parole :
« Sire chevalier, quoi qu'il advienne,
500 j'aimerais faire avec vous un pari
et je mettrai soixante livres en jeu :
jamais mon con ne sera si fou ni si ivre
qu'il dise à cause de vous un seul mot. »
504 Aussitôt que le chevalier l'entend :
« Dame, que Dieu soit mon témoin, fait-il,
si j'avais soixante livres,
je les mettrais sur-le-champ comme enjeu !
508 Mais mon cheval et mon équipement,
je les mettrai sur l'heure :
mettez de votre côté la contre-valeur !
– Je ne demande pas davantage, fait-elle ;
512 je ne décompterai pas un denier de ma mise :
vous aurez soixante livres,
si vous gagnez le pari.
Mais si c'est moi qui gagne, vous vous en irez
516 à pied et laisserez l'équipement. »
Le chevalier y consent.

Aprés la chose devisa :
De ce ne fist il pas que soz.
520 « Dame, fist il, jusqu'a trois moz
parlera li cons entresait.
— Ainz en i ait, fait ele, set
des moz et plus, se vos volez.
524 Mais ençois que vos l'apelez,
irai en ma chambre un petit. »
A cest mot n'ot nul contredit,
la fermaille fut affiee,
528 et la contesse s'est levee :
Droit en sa chanbre s'en entra.
Oiez de quoi se porpensa :
plain son poig a pris de coton,
532 si en enpli tres bien son con ;
bien en estoupa le pertus,
a son poig destre feri sus.
Bien en i entra une livre :
536 or n'est mie li cons delivre !
Quant l'ot enpli et entassé,
et du coton envelopé,
en la sale arriere s'en vait.
540 Au chevalier dist entresait
qu'il face au pis que il porra,
que ja ses cons ne respondra
ne li recontera nouvele.
544 Le chevaliers le con apele :
« Sire cons, fait il, or me menbre
que quist vostre dame en sa chanbre,
ou el ala si tost repondre. »
548 Mais li cons ne li pot respondre,
qui la geule avoit enconbree
et du coton bien estoupee,
qu'il ne pooit trot ne galot.
552 Et quant li chevaliers ce ot

---

547. Ou el ala (B, C) ; Qu el ala (D, E).

Ensuite il définit l'objet du pari :
en cela il n'agit pas en sot.
520 « Dame, dit-il, au plus tard au troisième appel,
votre con parlera sur-le-champ.
– Ayez-en donc sept d'essais,
dit-elle, et plus, si vous voulez.
524 Mais avant que vous ne l'appeliez,
j'irai un peu dans ma chambre. »
Cette proposition ne rencontra aucune opposition,
et le pari fut conclu.
528 Alors la comtesse se leva
et entra dans sa chambre.
Ecoutez donc ce qu'elle manigança :
elle prit une bonne poignée de coton
532 et s'en remplit bien le con ;
elle en boucha bien le trou
en tapant dessus avec sa main droite.
Il y en entra bien une livre :
536 désormais le con n'est plus libre !
Quand elle l'eut bien rempli jusqu'au bord,
et bien enveloppé de coton,
elle retourna dans la salle.
540 Sur-le-champ elle dit au chevalier
qu'il se donne toutes les peines possibles,
mais que jamais son con ne répondra
ni lui contera nouvelle.
544 Le chevalier appelle le con :
« Sire con, racontez-moi donc, dit-il,
ce que cherchait votre dame dans la chambre
où elle alla si vite se cacher ? »
548 Mais le con ne put répondre,
car il avait la gueule encombrée
et tellement tassée de coton
qu'il en était complètement immobilisé.
552 Quand le chevalier entend

qu'il n'a au premier mot pallé,
autre foiz le ra apelé ;
mais li cons ne li pot mot dire.
556 Li chevaliers n'ot soig de rire,
quant il oït que il ne palla ;
a son escuier conseilla,
et dit or a il tot perdu.
560 Et Huet li a respondu :
« Sire, fait il, n'aiez poor !
Ne savez vos que la menor
des trois puceles vos premist ?
564 Qu'ele vos ostroia et dist,
se li cons paller ne pooit,
que li cus por lui respondroit :
el ne vos volt pas decevoir !
568 — Par mon chief, Huet, tu diz voir ! »
dist li chevaliers en riant.
Le cul apele maintenant,
si le conjure et si li prie
572 que tost la verite li die
du con, qui parole ne muet.
Ce dit li cus : « Quar il ne puet,
qu'il a la gueule tote plaine
576 ne sai de queton ou de laine,
que ma dame orainz i bouta,
quant en sa chanbre s'en entra.
Mais se li cotons estoit hors,
580 sachiez que il parleroit lors. »
Quant li chevaliers ot cest conte,
demaintenant a dit au conte :
« Sire, fait il, foi que vos doi,
584 la dame a mespris envers moi,
quant el a son con enossé.
Or sachiez qu'il eüst pallé,
se ce ne fust que el i mist. »

---

582. A dit au conte (C, E) ; Au dit au conte (D).

qu'il n'a pas parlé au premier appel,
il l'interpelle une deuxième fois.
Mais le con ne peut dire un seul mot.
556 Le chevalier n'a pas envie de rire,
en entendant qu'il ne parle pas.
Il prend alors conseil de son écuyer
et lui dit qu'il a tout perdu.
560 Et Huet de lui répondre :
« Sire, n'ayez pas de crainte, dit-il.
Ne vous rappelez-vous pas
ce que vous promit la plus jeune des pucelles ?
564 Elle vous dit et promit
que si le con ne pouvait pas parler,
le cul répondrait à sa place :
elle n'a pas voulu vous tromper !
568 – Par ma tête, Huet, tu dis vrai ! »
dit le chevalier en riant.
Il appelle aussitôt le cul,
en le conjurant et en le priant
572 de lui dire toute la vérité
au sujet du con qui ne souffle mot.
« C'est parce qu'il ne peut pas, dit le cul,
car il a la gueule toute pleine,
576 je ne sais si c'est de coton ou de laine
que ma dame y a fourré tout à l'heure,
quand elle est allée dans sa chambre.
Mais si le coton était enlevé,
580 je sais bien qu'alors il parlerait ! »
En entendant cette histoire,
le chevalier dit tout de suite au comte :
« Sire, par la foi que je vous dois,
584 la comtesse a agi incorrectement à mon égard
quand elle a bouché son con.
Sachez en effet qu'il eût bien parlé,
si ce qu'elle y a mis ne faisait pas obstacle. »

588 Li quens a la contesse dist
     qu'il li covient a delivrer.
     Cele ne l'osa refuser,
     si ala delivrer son con;
592 Si en a trest tot le queton,
     a un crochet fors l'en gita.
     Mout se repent quant l'i bouta!
     Puis revient arriere sanz faille;
596 bien sait qu'a perdu la fermaille
     qu'ele gaja, si fist que fole.
     Li chevaliers au con parole,
     si li demande que devoit
600 que tost respondu ne l'avoit.
     Ce dist li cons : «Ge ne pooie,
     por ce que enconbrez estoie
     du coton que ma dame i mist.»
604 Quant li quens l'ot, forment s'en rist,
     et tuit li chevalier s'en ristrent.
     A la contesse tres bien distrent
     qu'el a perdu : ne parolt mais,
608 mais or face au chevalier pais.
     Ele s'i fist, plus n'i tarja,
     soissante livres li paia.
     Et cil les reçust a grant joie,
612 qui mestier avoit de monoie,
     et qui si bon eür avoit
     que toz li mondes l'ameroit,
     et fist puis, tant com il vesqui.
616 De bone eure teus hons nasqui
     qui si bons eürs fu donez!
     A tant est li conte finez.

605-606. Ristrent... distrent (B, C, E); Ristrant... distrant (D). 609. Et ele
(D). 616. De bone (B, E); De bon (D).

588 Le comte dit à la comtesse
   qu'elle devait le délivrer.
   Celle-ci n'osa pas refuser
   et alla délivrer son con.
592 Elle en retira tout le coton
   en le jetant dehors à l'aide d'un crochet.
   Elle se repent fort de l'y avoir fourré !
   Ensuite elle revient sur ses pas,
596 en sachant très bien qu'elle a perdu le pari
   qu'elle avait conclu ; elle a agi comme une folle.
   Le chevalier interpelle le con
   en lui demandant ce que cela signifiait,
600 qu'il n'ait pas répondu tout de suite.
   Et le con de répliquer : « Je ne pouvais pas
   parce que j'étais encombré
   par du coton que ma dame m'avait mis dedans. »
604 En l'entendant le comte éclata de rire
   et tous les chevaliers en rirent.
   Ils dirent clairement à la comtesse
   qu'elle avait perdu : qu'elle n'en parle plus,
608 mais qu'elle fasse la paix avec le chevalier.
   Elle le fit, sans plus tarder,
   et lui paya soixante livres.
   Et l'autre les reçut avec grande joie,
612 car il avait besoin d'argent
   et qu'il avait reçu un sort si favorable
   que tout le monde l'aimerait.
   Et en effet ce fut le cas, tant qu'il vécut.
616 Il était né sous d'heureux auspices,
   l'homme auquel fut donnée une si radieuse destinée.
   Et ici s'achève le conte.

5. Berangier au lonc Cul

Manuscrits : A, f. 209r-210v ; B, f. 146v-149r ; D, f. 54r-55r. B et D semblent dériver d'un modèle commun qu'ils ont cependant détérioré en plusieurs endroits ; A présente un vrai remaniement comportant une réfection globale du texte. Tout en laissant de côté cette version du fabliau, nous nous sommes arrêtés sur D, encore que le recours à la rédaction de B soit souvent nécessaire et que la combinaison des deux témoignages s'impose.

Titre : *De berangier au lonc cul* (A, D) ; *De berangier a lonc cul* (B).

Editions : Rychner 1960, II, 100-109 ; *NRCF*, IV, 247-277, 416-423.

Les éléments les plus importants du récit – déguisement de la femme en guerrier, «baiser honteux» – apparaissent dans un conte mongol du Siddhi-Kûr (*cf. Mongolische Märchen*, 23-27). Dans les textes français du Moyen Age, on trouve le thème du «baiser honteux» dans *Audigier*, vv. 156-158 ; 302-313 et 395-417 ; le motif du «long cul» apparaît dans la br. XXI du *Roman de Renart* ; quant aux faux combats dans la forêt, il s'agit d'un motif répandu (*Estoire de Merlin*, t. II, 322 ; *Trubert*, vv. 1930-1938). L'un ou l'autre des éléments que nous venons de mentionner se trouvent également ailleurs, mais c'est Garin qui les a réunis d'une façon cohérente en donnant à son fabliau une forme unique.

Berangier au lonc Cul

Tant ai dit contes et flabiaus
que j'ai trouvé, viez et noviaus :
ne finai passez sont dui an !
4 Foi que je doi a seint Johan,
ne cuit que g'en face mais nul,
fors de Berangier au lonc cul
n'avez vos mie oï encore.
8 Mais, par mon chief, g'en dirai ore
si tost que ne tarderai gaire !

Oiez que Guerins velt retraire
que il avint en Lombardie,
12 ou la gent n'est gaires hardie,
d'un chevalier qui ot pris feme,
ce m'est vis, une gentil dame,
fille d'un riche chastelain.
16 Et cil estoit filz d'un vilain,
d'un usurier riche et comblé,

1-2. Fabliaus... noviaus (B) ; Fableaus... noveaus (D). **9.** Si tost que ne tardera gaire (B) ; Ne cuit que ge targe mais gaire (D).

---

4. *Foi... Johan* : saint Jean (dont la fête concluait les réjouissances publiques à l'occasion du carnaval) est souvent nommé par les jongleurs (*cf. Le Prestre taint*, v. 32). **6.** Le nom du héros évoque ironiquement celui de Guillaume au cort Nez (*cf.* Pearcy 1977, 165) ; il n'est pas sans rappeler *Audigier* (éd. Lazzerini, Florence 1985). **10.** *Guerins* : *cf. le Prestre qui abevete*, v. 4 ; *Celle qui fu foutue*, v. 10 ; *Le Chevalier qui fist*, v. 12. **11.** En

Bérenger au long Cul

J'ai raconté autant de contes et de fabliaux
que j'en ai trouvés, vieux et nouveaux :
je ne m'arrête pas depuis deux ans !
4 Par la foi que je dois à saint Jean,
je ne crois pas que j'en ferai davantage,
sauf que vous ne connaissez pas encore
l'histoire de Bérenger au long cul,
8 mais par ma tête, je suis si prompt à la raconter
que je commencerai tout de suite !

Ecoutez donc ce que Garin veut raconter.
Il arriva en Lombardie,
12 où les gens ne sont pas très hardis,
qu'un chevalier prit pour femme,
à ce qu'il me semble, une noble dame,
fille d'un riche châtelain.
16 Et lui-même était fils d'un vilain,
d'un usurier riche et comblé de biens,

Lombardie : depuis le XIIe siècle, le cliché de la « lâcheté » des Lombards
est répandu en France, dans la prétendue « comédie latine » (*cf. De Lombardo et Lumaca*), tout comme dans les chansons de gestes (*cf.* Krauss
1971, 209-222). Chez Garin, la satire est surtout sociale et sert à stigmatiser
l'ascension de la bourgeoisie. **13.** Le thème de la mésalliance, introduit ici
par la description des circonstances fâcheuses qui l'ont provoquée, occupe
les vers 13-35. Garin interrompt son récit pour réserver à ce motif un
commentaire auctorial.

qui mout avoit et vin et blé,
brebiz et vaches ; et deniers
20 ot a mines et a setiers.
Et li chastelains li devoit
tant que paier ne le pooit,
ainz dona a son fil sa fille.
24 Ainsi bons lignaiges aville
et li chastelain et li conte
declinent tuit et vont a honte :
se marient bas por avoir,
28 si en doivent grant honte avoir
et grant domaige, si ont il.
Li chevalier mauvais et vill
et coart issent de tel gent,
32 qui covoitent or et argent
plus qu'il ne font chevalerie :
ainsi est largesce perie,
einsi dechiet enor et pris !
36 Mais, a ce que ge ai empris,
repaireré por traire a chief.
Li chevaliers a grant meschief
maria sa fille au vilain,
40 sil fist chevalier de sa mein.
Cil l'en mena, si sont ensamble
plus de dis anz si com moi samble.
Li chevaliers amoit repos,
44 il ne prisoit ne pris ne los
ne chevalerie deus auz ;

23. Fil (B) ; Filz (D). **34.** Largesce (B) ; Noblece (D). **35.** Einsi... pris (B) ; manque dans D. **36.** Empris (B) ; Apris (D). **37.** Repaireré... chief (B) ; De chief en chief com lai conquis (D). **38-39.** Li... vilain (B) ; Li chevaliers sanz demorer/ fist sa fille atorner/ Si la maria a vilain (D). **41-42.** Cil... sanble (B) ; Si len mena si com moi sanble/ Plus de .X. anz furent ensanble (D).

qui avait beaucoup de vin et de blé,
de brebis et de vaches ; et quant aux deniers,
20 il en avait en mines et en setiers.
Le châtelain lui devait
tant qu'il ne pouvait le rembourser.
Alors il donna sa fille au fils de son créditeur.
24 C'est ainsi qu'un bon lignage tombe en déchéance
et que les châtelains et les comtes
déclinent tous et perdent tout honneur :
ils se marient en dessous de leur rang pour de l'argent
28 et ils doivent en subir les conséquences fâcheuses
et le préjudice ; et c'est en effet ce qui se produit.
Les chevaliers incapables, vils
et couards sortent de telles familles :
32 ils convoitent or et argent
plus qu'ils ne se consacrent à la chevalerie.
C'est ainsi que largesse a péri ;
c'est ainsi qu'honneur et prix tombent en déchéance !
36 Mais je reviens à mon propos
pour l'achever.
Dans des conditions très défavorables
le chevalier maria sa fille au vilain ;
40 ensuite, il le fit chevalier de sa propre main.
L'autre l'emmena avec lui, et ils vécurent ensemble
plus de dix ans, me semble-t-il.
Le chevalier aimait le repos ;
44 gloire, louanges,
chevalerie ne valaient pas à ses yeux deux gousses d'ail.

30-31. *Li chevalier... gent :* cf. Jean Bodel, *La Chanson des Saisnes,* vv. 58 *sq.* : « Car li hoir qu'en issirent furent fier et felon,/ N'onques en lor joventes ne firent se mal non ». **44-45.** *Il... auz :* la « gousse d'ail » était utilisée comme terme de comparaison pour désigner une chose dont on fait peu de cas. *Cf.* Jean Bodel, *La Chanson des Saisnes,* v. 3640 : « Quanqu'il ont commencié, ne pris mie .II. aus ».

tartes amoit et flaons chauz,
et mout despisoit gent menue.
48 Quant la dame s'est parceüe
que ses sires fu si mauvais,
ainz pire de li ne fu mais
por armes pranre ne baillier
52 (mielz amast estrain enpaillier
que manoier escu ne lance),
dont set ele bien sanz doutance,
a ce qu'il estoit si parliers,
56 qu'il n'estoit mie chevaliers
atrais, ne de gentil lignaige.
Donc li ramentoit son paraige
ou tant a vaillanz chevaliers :
60 « As armes sont hardiz et fiers,
a sejorner n'amoient rien ! »
Li chevaliers entendi bien
qu'ele nel dit se por lui non :
64 « Dame, fait il, g'ai bon renon :
n'avez nul si hardi parent
que ge n'aie plus hardement
et plus valor et plus proece.
68 Ge sui chevaliers sanz perece,
le meillor trestot, par ma mein !
Dame, vos le verroiz demain,
se mes enemis puis trover !
72 Demain me voldrai esprover
qu'i m'ont desfié par envie,
ja nus n'en portera la vie !

---

58. Paraige (B) ; Lignaige (D). 71-72. Puis... esprover (B) ; Se mes ennemis trover puis/ Demain vorrai que quil enuit (D). 74. Nus (B) ; Nul (D).

---

46. « Les *flaons chaus* jouissaient d'une belle réputation... Dans le pays de Cocagne, c'est de *flaons* qu'est faite la pluie : « Trois jors i pluet en la semaine une ondee de flaons chaus » (*La Bataille de Caresme*, 145). 52. Les rédacteurs du *NRCF*, IV 417, observent que le verbe *enpailler* n'est pas

Il aimait les tartes et les flans chauds,
et méprisait beaucoup les petites gens.
48 Quand la dame s'aperçut
que son époux était si mauvais
et qu'il n'y en eut jamais de pire que lui
pour prendre les armes et les porter
52 – il aurait mieux aimé manipuler la litière,
plutôt que de manier l'écu et la lance –,
alors elle reconnut sans doute possible,
à ce qu'il était si vantard,
56 qu'il n'était pas un chevalier
de naissance, ni de bon lignage.
Elle lui rappelle alors son ascendance,
où il y a tant de vaillants chevaliers :
60 « Ils sont hardis et fiers aux armes,
en aucun cas il n'aiment rester oisifs ! »
Le chevalier entend bien
qu'elle dit cela pour lui :
64 « Dame, j'ai un bon renom, dit-il ;
vous n'avez aucun parent, si hardi soit-il,
que je ne surpasse en hardiesse,
en valeur et en prouesse.
68 Je suis un chevalier sans veulerie,
le meilleur tout à fait, par ma main !
Madame, vous le verrez demain,
si je peux trouver mes ennemis !
72 Demain je veux me mettre à l'épreuve :
puisqu'ils m'ont défié par jalousie,
certes aucun n'en sortira vivant !

---

attesté dans les dictionnaires et les témoignages du *FEW*, VII, 490-500 ne remontent pas au-delà du XVIe siècle. Ils préfèrent donc la leçon du ms. B, « Mais enmoit estrain et paillier » (mais ils sont obligés de corriger *Mais* en *Miaus*), qu'ils expliquent : « Il aimait mieux [manipuler] la litière et la meule de paille, plutôt que de manier l'écu et la lance ». *Cf.* cependant l'ancien occitan *empalhar*, attesté depuis le XIIe siècle (E. Levy, *Provenzalisches Supplement-Wörterbuch*, t. II, Leipzig 1898, 373).

Ge les metrai a tel meschief
76 qu'a chascun copperai le chief.
Tuit seront mort, que qu'il ennuit ! »
Ainsi le laissierent la nuit.
Et l'endemain, a l'enjornant,
80 li chevaliers leva avant,
si fist ses armes aporter
et son cors richement armer,
quar armes avoit il mout beles,
84 trestotes fresches et noveles.
Quant li chevaliers fut armez
et desus son cheval montez,
si se porpense qu'il fera,
88 comment sa fame engignera
qu'el le tiegne bon chevalier.
Un bois mout grant et mout plenier
avoit mout pres de sa maison :
92 li chevaliers a esperon
s'en vait, tot droit en la forest,
que oncques n'i fist nul arrest.
Quant en mi le bois fu entrez,
96 desoz un arbre est arrestez :
son cheval as resnes estache,
son escu a un arbre ataiche,
a un chaine dedenz le bos.
100 Or escoutez que fist li sos !
Adonc a l'espee sachie,
qui estoit bien clere et forbie,
Mien escient, plus de cent cous
104 s'en part en l'escu a escous

90-91. Un... maison (B) ; En .i. bos mout grant e plenier/ quavoit mout pres de sa maison (D). **92.** Chevaliers (B) ; Chevalier (D). **97.** Son... estache (B) ; Son cheval aresne et ataiche (D) **98.** Estache (B) ; Ataiche. Ataige (D). **104.** En l'escu (B) ; De lescu (D).

83-84. *Quar... noveles :* Cf. *Le Chevalier de la Charrette,* vv. 5501-5504 : « Cil monte, si s'an est partiz/ Armez d'unes armes molt beles,/ Trestotes fresches et noveles ». **104.** *A escous :* « énergiquement », « furieusement ».

Je vais les malmener, si bien
76 que je couperai la tête à chacun.
Tous seront morts, à qui que ce soit désagréable ! »
Ils en restèrent là pour la nuit,
et le lendemain, au point du jour,
80 le chevalier se leva le premier,
se fit apporter ses armes,
et se fit richement armer,
car il avait de fort belles armes,
84 tout à fait fraîches et neuves.
Quand le chevalier est armé
et monté sur son cheval,
alors il réfléchit à ce qu'il fera ;
88 et à la manière dont il trompera sa femme
pour qu'elle le prenne pour un bon chevalier.
Tout près de sa maison,
il y avait un bois très grand et très touffu :
92 le chevalier, à toute allure,
s'enfonça tout droit dans la forêt,
sans faire aucune halte.
Une fois entré au milieu du bois,
96 il s'arrête sous un arbre,
attache son cheval par les rênes
et pend son écu à un arbre,
à un chêne dans le bois.
100 Ecoutez donc ce que fit le sot !
Il dégaina son épée,
qui était très brillante et fourbie,
et frappa sur l'écu comme un fou
104 à mon avis, plus de cent coups,

que tot l'a tranchié et malmis.
Puis avoit son fort espié pris,
sel brisa en quatre tronçons.
108 Enprés est montez es arçons
de la sele de son cheval,
poignant s'en vait par mi un val
tot droitement a sa maison.
112 De sa lance prant un tronçon,
et de l'escu n'ot c'un quartier,
qu'il avoit porté tot entier.
Le cheval par la resne tint,
116 et sa feme contre lui vint,
au descendre li tint l'estrier.
Li chevaliers la boute au pié
qui ert mout fiers de grant maniere :
120 « Traiez vos tost, fait il, arriere,
quar ce sachiez : n'est mie droiz
qu'a si bon chevalier touchoiz
com ge sui, ne si alosé.
124 Il n'a si preuz ne si osé
en tot vostre lignaige : au meins
ne sui mie matez ne veins,
ainz ai los de chevalerie ! »
128 La dame fut tote esbahie
quant el vit l'escu despecié
et frait le fust de son espié.
Selonc ce qu'il li fait acroire,
132 ne set que dire ne que croire,
ne set el mont que ele face,
quar li chevaliers la menace
que vers lui n'aut ne que le touche.
136 La dame tint close sa bouche,

---

117. Fiers (B) ; Fort (D). **120.** Vos tost (B) ; Vost (D). **132-133.** Ne... face (B) ; Ne set que dire ne que faire/ Que paor a quil ne la bate (D).

---

113. *Et... quartier :* Il n'emporta que la quatrième partie de son écu. Jeu de mots sur les écus *de quartiers*, « écartelés ».

si bien qu'il a tout tranché et démoli.
Ensuite il prit sa lance forte
et la brisa en quatre tronçons.
108 Après, il monta sur les arçons
de la selle de son cheval,
en éperonnant il s'en alla par un vallon
tout droit à sa maison.
112 Il gardait un tronçon de sa lance
et il n'avait plus qu'un quart de son écu
qu'il avait emporté tout entier.
Il tenait le cheval par la bride.
116 Sa femme vint à sa rencontre,
lui tint l'étrier à la descente de cheval.
Et le chevalier de la pousser du pied,
insolent comme il l'était :
120 « Reculez tout de suite, dit-il,
car, sachez-le, il n'est pas juste
que vous touchiez un aussi bon chevalier
que moi, et aussi renommé.
124 Il n'y a homme si preux ni si hardi
dans tout votre lignage : au moins
je ne suis pas abattu ni vaincu,
au contraire, j'ai la gloire de la chevalerie ! »
128 La dame fut toute stupéfaite,
quand elle vit l'écu mis en pièces
et rompu le manche de son épieu.
Observant ce qu'il veut lui faire accroire,
132 elle ne sait que dire ni que penser,
elle ne sait pas du tout quoi faire :
en effet le chevalier lui interdit sous la menace
d'aller vers lui ou de le toucher,
136 La dame tint alors la bouche close,

oncques puis mot ne respondi.
Que vos diroie ? Ainsi servi
li chevaliers de ceste guille
140 et tenoit la dame por ville
et despisoit tot son lignaige,
dont el nel tenoit pas a saige.
Un jor refu du bois venuz
144 li chevaliers, et ses escuz
refu troez et despeciez,
mais il n'est navrez ne plaiez
ne ses heaumes n'a point de mal,
148 ainz est tot sain du chief aval,
il n'est pas las ne recreüz.
De la dame n'est pas creüz
a ceste foiz li chevaliers,
152 qui dit qu'il a morz ses gerriers
et ses enemis confonduz
et a force pris et penduz.
Bien set la dame et aperçoit
156 que par sa borde la deçoit :
et panse, s'il i va ja mais
el bois, que ele ira aprés
et si verra quanqu'il fera
160 et comment il se contendra.
Aisinc la dame est porpenssee
et quant ce vint la matinee,
li chevaliers se fist armer
164 et dit que il ira tuer
trois chevaliers qui le menacent
et qui grant ennui li porchacent :
gaitant le vont, dont il se plaint.
168 La dame li dit qu'il i maint

---

139. De ceste guille (B) ; De tel folie (D).

155-160. Bien set... se contandra (B) ; Bien est la dame aparceue/ Que coarz est et par nature/ Que par sa borde la desoit/ Et dit que sil vait autre foiz/ Et si sara mout bien a qui/ Li chevaliers se contendra (D).

sans répondre un seul mot.
Que vous dirai-je ? Le chevalier usa ainsi
de cette tromperie,
140 et il tenait la dame pour vile
et méprisait tout son lignage –
ce en quoi elle ne le jugeait pas avisé.
Un beau jour, voici le chevalier
144 de nouveau revenu du bois ; et son écu
est de nouveau troué et mis en pièces,
mais lui, il n'est ni blessé, ni meurtri
et son heaume n'a pas de dommage,
148 au contraire, il est tout sain, du haut en bas,
quant à lui, il n'est ni las ni épuisé.
Cette fois-ci la dame ne le croit pas,
notre chevalier,
152 lui qui prétend avoir tué ses adversaires
et anéanti ses ennemis,
après les avoir pris de force et pendus.
La dame se rend bien compte
156 qu'il est en train de la duper avec sa fanfaronnade,
et elle se dit que, si jamais il va encore une fois
dans la forêt, elle le suivra
et ainsi elle verra tout ce qu'il fera
160 et comment il se conduira.
Voilà ce que la dame a prévu de faire,
et, au point du jour,
le chevalier se fait armer,
164 en disant qu'il ira tuer
trois chevaliers qui le menacent
et qui lui causent des ennuis :
il ne font que l'espionner, ce dont il se plaint.
168 La dame lui dit d'emmener avec lui

de ses serjans ou trois ou quatre,
si porra plus seür combatre.
« Dame, ge n'i merrai nului :
172 par moi lor movrai tel ennui
que ja nus n'en estordra vis ! »
A tant s'est a la voie mis,
par grant aïr el bois se fiert.
176 Et la dame unes armes quiert :
com un chevalier s'est armee
et puis sor un cheval montee.
Cele qui n'a point de sejor
180 s'en vait tost aprés son seignor,
qui ja ert el bois embatuz.
Et ses escuz ert ja penduz
a un chaine et si le feroit,
184 a s'espee le detranchoit ;
si fait tel noise et tel martire,
qui l'oïst, il pooïst bien dire
ce sont cent et mile deable.
188 Ne le tenez vos pas a fable :
grant noise meine et grant tempeste !
et la dame un pou s'areste,
et quant a la chose veüe,
192 esbahie est et esperdue ;
et quant ot assez escouté,
a tant a le cheval hurté
vers son mari, si li escrie :
196 « Vassal, vassal, est ce folie
que vos mon bois me decoupez ?
Malvais sui se vos m'eschapez,
que ne soiez toz detranchiez !
200 Vostre escu porquoi laidangiez,
qui ne vos avoit riens meffait ?
Mout avez hui meü fol plait :
mal dahait ore qui vos prise,
204 quant a lui avez guerre prise,

trois ou quatre de ses serviteurs,
ainsi, il pourra combattre plus sûrement.
« Dame, je n'y mènerai personne :
172 je vais tout seul leur causer de tels ennuis
que nul n'en sortira vivant ! »
Là-dessus il se met en route,
se précipitant impétueusement dans la forêt.
176 C'est alors que la dame chercha une armure,
s'équipa comme un chevalier adoubé,
et monta sur un cheval.
Sans tarder,
180 elle part juste après son époux,
qui a déjà disparu dans le bois.
Son écu est déjà attaché
à un chêne, et il le frappe,
184 en le mettant en pièces avec son épée.
Il fait un tel bruit, un tel vacarme,
que, si quelqu'un l'entendait, il pourrait bien dire
que ce sont cent mille diables.
188 Ne le prenez pas pour une fable :
il fait un bruit et un tapage fous !
En apercevant la scène,
la dame s'arrête un moment,
192 toute ébahie et bouleversée.
Mais quand elle en a assez entendu,
alors elle éperonne son cheval
en direction de son mari, lui criant :
196 « Vassal, vassal, êtes-vous fou
de me couper mon bois en morceaux ?
Je ne vaux vraiment rien si vous m'échappez
sans être mis en pièces !
200 Pourquoi maltraitez-vous votre écu,
qui ne vous a rien fait de mal ?
Aujourd'hui vous avez formé un projet fou :
maudit soit celui qui vous estime
204 pour avoir cherché querelle à cet écu,

que vos estes coarz provez ! »
Li chevaliers s'est regardez,
quant il a le mot entendu,
208 esbahiz fu et esperdu.
La dame n'a pas conneüe.
Du poig li chiet l'espee nue
et trestoz li sans li foï.
212 « Sire, fait il, por Dieu merci !
Se ge vos ai de riens mesfait,
gel vos amenderai sanz plait ;
a vostre gré mout volentiers
216 vos donrai avoir et deniers. »
La dame dit : « Se Dieus me gart
vos parleroiz d'autre Bernart
quar ge vos partirai un geu :
220 ainz que vos partoiz de cest leu,
comment que vos jostez a moi ;
et ge vos creant et ostroi,
se vos cheez, ja n'i faudrez,
224 maintenant la teste perdrez,
que ja de vos n'avrai pitié.
Ou ge descendrai jus a pié,
si me pranrai a estuper,
228 vos me venroiz el cul baisier
tres el milieu, o par delez.
Prenez ce que mielz amerez
de ce gieu, ice vos covient ! »
232 Et cil qui doute mout forment
et qui plains est de coardie
dit que il ne jostera mie :
« Sire, fait il, ge l'ai voé :
236 ne josterai a home né ;

---

205. -206. Que vos... regardez (B) ; manquent dans D. **219-220.** Intervertis dans D. **229.** O par delez (B) ; Se vos volez (D).

---

218. *Vos... Bernart* : « Bientôt vous serez obligé de changer de ton » (*cf. Roman de Renart*, br. Ia, v. 1853 : « Or parleron d'autre Bernart »).

car vous êtes un lâche notoire ! »
En écoutant ces mots,
le chevalier regarda autour de lui,
208 tout ébahi et bouleversé,
sans reconnaître la dame.
L'épée nue lui tombe du poing,
et il perd complètement l'esprit.
212 « Pitié, sire, pour l'amour de Dieu ! dit-il,
si je vous ai fait du tort,
je vais le réparer sans discussion ;
je vous donnerai très volontiers
216 argent et biens selon votre désir. »
Et la dame de répliquer : « Que Dieu me protège,
votre situation va changer de façon imprévue,
car je vais vous proposer une alternative :
220 j'ordonne que vous joutiez avec moi
avant que vous partiez de ce lieu ;
et je vous garantis et promets
que, si vous tombez, vous n'y échapperez pas :
224 c'est la tête que vous perdrez,
car je n'aurai pas pitié de vous.
Ou bien je descendrai par terre,
en me mettant en position accroupie,
228 et vous viendrez me baiser le cul,
tout au milieu ou à côté.
Faites le choix
que vous préférez : il le faut ! »
232 Et l'autre qui a peur
et qui est plein de couardise
dit qu'il ne joutera pas :
« Sire, j'ai fait un vœu, dit-il ;
236 jamais de ma vie je ne jouterai avec un mortel ;

---

219. *Vos... geu :* « je vous proposerai un choix entre deux termes d'une alternative ». **227-228.** Cf. *Audigier*, vv. 403 *sq.* : « Et baisera son cul et puis son con,/ et sor le vis li ert a estupon ». **229.** *Par delez :* « à côté ».

mais descendez, si ne vos griet,
et ge ferai ce qu'il vos siet. »
La dame ne volt respit querre :
240 tot maintenant mist pié a terre,
    sa robe prist a sozlever,
    devant lui prist a estuper.
    « Sire, metez ça vostre face ! »
244 Et cil regarde la crevace
    du cul et du con : ce li sanble
    que trestot li tenist ensanble.
    A lui meïsme pense et dit
248 que onques si lonc cul ne vit.
    Dont l'a baisié de l'orde pais,
    a loi de coart hom mauvais,
    mout pres du trou iluec endroit.
252 Bien l'a or mené a son droit ;
    a tant la dame est retornee.
    Li chevaliers l'a apelee :
    « Beaus sire, vo non quar me dites,
256 et puis vos en alez tot quites.
    – Vassaus, mes nons n'ert ja celez !
    Onc mais tel non ne fu trovez ;
    de mes paraus n'en est il nul :
260 j'ai non Berengier au lonc cul,
    qui a toz les coarz fait honte ! »
    A tant a afiné son conte,
    si s'en est en maison alee :
264 a l'einz qu'el pot s'est desarmee,
    puis a mandé un chevalier
    qu'ele amoit et tenoit chier.
    Dedenz sa chambre tot a ese

---

245. *Ce li sanble* (B) ; *Li resanble* (D).

---

257. *Vassaus... celez :* Busby (1984, 129), rapproche ce vers des formules utilisées par Chrétien de Troyes. *Cf. Yvain*, v. 6260 *sq.* : « Ja mes nons ne vos iert celez :/ Gauvains ai non... » ; *Le Conte du Graal*, v. 550 : « Onques mes non ne fu celez ».

mais descendez, si cela ne vous est pas pénible,
et je ferai ce qui vous convient. »
La dame, qui ne cherche pas de sursis,
240 descend tout de suite par terre
et commence à soulever sa robe
en s'accroupissant devant lui :
« Sire, mettez ici votre visage ! »
244 Et l'autre de contempler la crevasse
du cul et du con : il lui semble
qu'ils forment un tout.
Il réfléchit en se disant à part soi
248 qu'il n'a jamais vu un cul aussi long.
Il le baisa donc comme signe d'ignoble réconciliation,
à la manière d'un lâche bon à rien,
tout près du trou, voire exactement là.
252 Elle l'a très bien mené selon sa volonté.
Puis, la dame se détourna.
Et le chevalier de l'appeler :
« Sire, dites-moi donc votre nom
256 et puis allez-vous-en en toute tranquillité.
— Vassal, mon nom ne vous sera pas caché.
Jamais un tel nom ne fut entendu ;
il ne vient pas de mes parents :
260 j'ai nom Bérenger au long cul,
qui fait honte à tous les couards ! »
De cette manière elle fit reconnaître sa supériorité
et s'en alla chez elle.
264 Dès qu'elle peut, elle se déshabille,
ensuite elle fait venir un chevalier
qu'elle aimait et qui lui était cher.
Elle le conduit confortablement

268 l'en maine, si l'acole et baise.
A tant ez le seignor qui vient
du bois. Cele qui poi le crient
ne se daigna por lui movoir :
272 son ami fait lez lui seoir.
Li chevaliers toz abosmez
s'en est dedenz la chambre entrez.
Quant vit la dame et son ami,
276 sachiez, point ne li abeli !
« Dame, fait il isnelement,
vos me servez vileinement,
qui home amenez çaienz :
280 vos le comparrez, par mes denz !
— Taisez vos en, fait el, malvais !
Or gardez que n'en parlez mais,
quar, se vos m'aviez desdite,
284 foi que ge doi seint Esperite,
tantost de vos me clameroie
por le despit que g'en avroie ;
si serez vous cous et jalous.
288 — A qui vos clameriez vos
de moi, par l'ame vostre pere ?
— A qui ? A vostre chier compere,
qui vos tint ja en son dangier
292 ce est mesire Berangier
au lonc cul, qui vos fera honte ! »
Quant il oit que cele li conte,
mout en ot grant honte et grant ire :
296 onques puis ne l'osa desdire,
desconfit se sent et maté,
et cele fait sa volenté,
qui ne fu sote ne vilaine.
300 A mol pastor chie lous laine.

---

289. Par lame (B) ; Par la (D).

---

298. *A mol... laine* : *Cf.* Morawski 1925, n° 82 : « A mol pastor lieus chie laine. »

268 dans sa chambre, l'embrasse et le baise.
Voici alors le chevalier qui rentre
du bois. Elle, qui le craint peu,
ne daigne bouger pour lui ;
272 au contraire, elle fait asseoir son ami à ses côtés.
Le chevalier entra
tout abattu dans la chambre.
Quand il voit la dame avec son ami,
276 sachez que cela ne lui plaît guère !
« Dame, dit-il aussitôt,
vous vous conduisez vilainement envers moi,
vous qui amenez un homme céans :
280 vous allez le payer cher, par mes dents !
— Taisez-vous, lâche ! dit-elle,
gardez-vous d'en parler jamais ;
car, si vous me contredisez,
284 par la foi que je dois au Saint-Esprit,
à cause de l'irritation que j'en aurai,
aussitôt je me plaindrai de vous.
Ainsi vous serez cocu et jaloux !
288 — A qui vous plaindrez-vous
de moi, par l'âme de votre père ?
— A qui ? A votre cher compère,
qui vous tint déjà en son pouvoir :
292 c'est monseigneur Bérenger
au long cul, qui vous mortifiera ! »
Quand il entend ce qu'elle lui raconte,
il en ressent grande honte et grande colère ;
296 il n'ose plus rien répliquer,
se sentant battu et complètement vaincu.
Et celle-ci fait ses quatre volontés,
elle qui n'est ni sotte ni vilaine.
300 Quand le berger est mou, le loup chie de la laine.

IV. GAUTIER LE LEU

1. Le Prestre taint

Manuscrit : C, f. 13v-15v.

Titre : Le titre ne figure pas dans le manuscrit. L'auteur lui-même le donne dans *Connebert* (v. 1 : «Gautiers qui fist del Prestre taint» ; *cf.* Livingston 1951, 220). Une autre mention se trouve dans les *Deus Bordeors Ribauz* (v. 119 : «Et si sai Provoire taint»).

Edition : Livingston 1951, 101-114, 255-269, 334-337.

Quelques-uns des motifs centraux du *Prestre taint* sont repérables dans d'autres textes : Dans la *Bourgoise d'Orliens* le mari feint de partir pour quelques jours et se cache dans le jardin pour surprendre en flagrant délit son épouse, qui entretient des relations amoureuses avec un clerc. Mais la femme rusée s'aperçoit du piège et fait battre son mari par les serviteurs, qui le prennent pour l'amant. Trubert ne sait pas ce que c'est qu'un crucifix et croit qu'il se trouve face à un malfaiteur puni (ci-dessous, vv. 67-95). Renart, en cherchant de la nourriture, saute par malchance dans une cuve remplie de teinture jaune (br. Ib, 2236-2320) et dans *Connebert*, une autre œuvre de Gautier, le mari oblige le prêtre adultère à se châtrer lui-même (vv. 267-271).
Le texte le plus proche du *Prestre taint* est sans aucun doute *Le*

Prestre crucefié, où le mari, sculpteur de profession, coupe les parties sexuelles du prêtre étendu sur une croix (vv. 60-73). La fuite de l'amant châtré n'a pas de succès : roué de coups, il est ramené chez l'artisan. Dans le *Prestre taint*, par contre, le mari se contente d'une vengeance qui expose sa victime à la dérision publique.

Selon Delbouille (1954) la version présente du fabliau « n'est pas de la main de Gautier le Leu », car de nombreux traits linguistiques diffèrent nettement de ceux repérables dans les autres œuvres du jongleur. Delbouille en conclut qu'il s'agit d'un remaniement qui est relativement loin de l'original. Pourtant, les prétendus changements pourraient être aussi l'effet de la transmission orale, qui pose de grands problèmes pour tous les textes (*cf.* ci-dessous le cas analogue de *La Veuve*).

Plusieurs vers sont hypométriques si l'on élide le « e muet ». Selon les suggestions de Faye (1953, 383), nous n'avons pas corrigé le manuscrit en admettant que le scribe ne refusait pas *a priori* l'hiatus après -e.

Le Prestre taint

Il est bien droiz que je retraie
– puis que nus hons ne m'en deloie –
d'une aventure que je sai
4 qu'avint en l'entree de mai
a Orliens la bone cité
ou j'ai par meinte foiz esté.
L'aventure est et bone et bele
8 et la rime fresche et novele,
si com je la fis l'autre jour
a Orliens ou fui a sejour.
Tant i sejornai et tant fui
12 que mon mantel menjai et bui
et une cote et un sercot.
Mout i paié bien mon escot :
ne m'en doit riens demander l'oste
16 qui volentiers nos gens acoste.
A l'entrer lor fet bele chiere,
a l'essir est d'autre maniere.
Bien set conter quant qu'il i met :
20 neïs le sel qu'el pot remet,
les auz, le verjus, et la leigne –
ne let rien qu'a conter remaigne.
Einsi son escot rien ne couste...

23-24. Les mots à la rime *couste – Pentecouste* renvoient à l'étymologie médiévale de la fête qui « tant coûte ». *Cf. Yvain*, vv. 5-6 : « a cele feste qui tant coste, qu'an doit clamer la Pantecoste ».

Le Prêtre teint

Il est bien juste que je raconte
– puisque personne ne m'en empêche –
une aventure que je connais,
4 qui s'est passée au début du mois de mai
dans la bonne cité d'Orléans
où j'ai été bien des fois.
L'aventure est bonne et belle,
8 et, comme je l'ai faite l'autre jour
à Orléans où j'ai séjourné,
la rime en est récente et nouvelle.
J'y ai séjourné et y suis resté si longtemps
12 que j'ai mangé et bu mon manteau
de même qu'une cotte et un surcot.
J'ai payé très cher mon addition :
l'hôte ne doit plus rien me demander,
16 lui qui accueille volontiers les gens de mon métier.
Lorsqu'ils entrent, il leur fait bonne mine,
quand ils partent, il est bien différent.
Il sait très bien compter tout ce qu'il dépense :
20 même le sel qu'il fond dans le pot,
les aulx, le verjus et le bois à brûler –
il n'oublie rien sur sa note –
ainsi son écot ne coûte rien...

24 Ne veil pas jusqu'a Pentecouste
   chés tel oste mon ostel prendre.
   Sovent me feroit mes dras vendre.
   . . . .
28 Tel ostel a maufez commant,
   que ja mes jor n'i enterrai,
   que moi n'en chaut. Or vos diroi
   de cele aventure d'ouen,
32 devant la feste seint Johan,
   qu'avint en la cité d'Orliens,
   chés un bourjois qui mout grant biens
   fesoit un prestre son voisin.
36 Li borgeis n'eüst ja bon vin
   ne bon mengier dont il menjast,
   que au prestre n'en envoiast.
   Mes li prestre mout poi prisoit
40 quant que le borjois li fesoit :
   mieus vosist gesir o sa fame
   qui mout estoit cortoise dame
   et fresche et avenant et bele.
44 Le prestre chascun jor l'apele,
   de s'amour forment la requiert.
   La bone dame dist ja n'iert
   qu'ele face a son mari tort
48 — s'el en devoit prendre la mort —
   ne vilanie ne hontage.
   Et de ce a el cors grant rage
   que le prestre l'en a tant dit.
52 Mout le ledenge et le maudit,

---

27. Un vers omis.

---

28. *A maufez commant :* cf. ci-dessous *La Veuve,* v. 512. **32.** *Feste seint Johan :* La Saint-Jean (24 juin) correspond au solstice d'été ; elle revêt une importance particulière dans le folklore (*cf.* Eliade 1965, 81), tout comme dans les romans arthuriens (Chênerie 1981, 245). Dans les fabliaux elle introduit le motif du « déguisement », lié au carnaval. *Cf.* aussi ci-dessus, *Berangier au lonc Cul,* v. 4.

24 Je ne veux pas loger
   chez un tel hôte jusqu'à la Pentecôte :
   il me ferait souvent vendre mes habits.

. . . .

28 Au diable une telle auberge !
   Je n'y entrerai plus jamais,
   car je n'en ai aucune envie. Maintenant je vous raconterai
   cette aventure, qui s'est produite cette année
32 bien avant la Saint-Jean.
   Elle se passa dans la cité d'Orléans,
   chez un bourgeois qui faisait beaucoup de bien
   à un prêtre, son voisin.
36 Le bourgeois n'avait jamais de bon vin
   ni de bon repas sur la table
   sans en envoyer au prêtre.
   Mais le prêtre n'appréciait pas beaucoup
40 tout ce que le bourgeois faisait pour lui :
   il avait plutôt envie de coucher avec sa femme,
   qui était une dame très courtoise,
   fraîche, avenante et belle.
44 Le prêtre la conjure chaque jour
   et la prie à maintes reprises de lui accorder son amour.
   La bonne dame répond que jamais
   elle ne fera tort à son mari,
48 ni une action vilaine ou honteuse,
   même si elle devait en mourir.
   Elle a une grande fureur au cœur
   de ce que le prêtre lui a parlé de cette façon.
52 Elle l'injurie et le maudit

fors l'a geté de sa meson,
et si fort le fiert d'un tison
que pou s'en faut qu'el ne l'esfronte.
56 Li prestres o tote sa honte
s'en vet fuiant a son ostel.
Mout se porpense d'un et d'el,
par quel enging, par quel maniere,
60 ou par avoir ou par proiere,
il porroit son deduit avoir
de ce dont el le fet doloir ;
ne por ce que l'avoit batu
64 – tot ce ne prisë un festu
que la dame el chief le feri –
mout a de ce le cuer mari
que de s'amour l'a refusé ;
68 en li a mis tot son pensé.
Devant son uis s'ala soïr,
savoir se il poïst voïr
ne vieille fame ne meschine
72 cui peüst dire sa covine,
qui de ce li peüt edier.
Devant le feu vit son andier,
si l'a rüé a la paroi.
76 Mout est le prestre en grant esfroi,
car nul ne set ce que il pense.
Son corbeillon a pris par l'anse,
entre ses piez l'a depecié.
80 Onc mes un jor si corocié
ne vit nus hom celi provoire.
Pardu a tote sa memoire,
sa sapïence et son savoir,

---

55. Ne lesfondre. **62.** Ele fet. **68.** Ele a mis.

61-62. *Il porroit... doloir :* à la lettre « Il pourrait prendre son plaisir de ce
dont elle lc fait souffrir ».

et elle le met à la porte
en le frappant si fort d'un bâton
qu'il s'en faut de peu qu'elle ne lui brise le crâne.
56 Le prêtre, plein de honte,
s'enfuit dans sa maison.
Il réfléchit beaucoup, de côté et d'autre,
pour trouver par quelle ruse et par quelle manière,
60 ou par argent ou par prière,
il obtiendra
ce qu'elle lui refuse ;
peu lui importe qu'elle l'ait battu
64 — il ne fait pas cas du tout
du fait que la dame l'avait frappé à la tête —
mais il a le cœur plein de douleur
parce qu'elle a refusé son amour ;
68 il a fait d'elle le seul objet de sa pensée.
Il alla s'asseoir devant sa porte,
dans l'espoir de voir
une vieille femme ou une jeune fille
72 à qui il pourrait parler de sa situation
et qui pourrait l'aider.
Devant le feu il vit son landier,
et le lança contre la paroi.
76 Le prêtre se tourmenta beaucoup,
car il ne pouvait ouvrir son cœur à personne.
Il saisit son corbillon par l'anse
et le déchira entre ses pieds.
80 Jamais on n'avait vu
ce prêtre aussi en colère.
Il a perdu tout son bon sens,
sa sagesse et son savoir,

84 quant il ne puet icele avoir,
   qui li montre son grant orgeil.
   Lors vet seoir desus le sueil,
   et regardë aval la rue,
88 si a dame Hersent veüe,
   la marrugliere del mostier,
   qui mout savoit de tel mestier.
   Il n'a el mont prestre ne moigne
92 ne bon reclus ne bon chanoine,
   se tant feïst qu'a li parlast,
   que de s'angoise nel getast.
   Quant li prestres la vit venir,
96 a grant peine se pot tenir
   que il ne l'apelast a soi.
   Lors l'a contenciee a son doi :
   dame Hersent dont est venue.
100 Li prestres de loins la salue,
    puis dit : « Dont venez vos, commere ?
    – Sire, d'aval ceste chariere
    o ma quoloigne vois filant. »
104 Li prestre dit : « J'ai grant talant
    c'un poi peüse a vos parler. »
    Lors si la prist a acoler,
    mes il gardë aval la voie :
108 grant paour a que l'en nel voie.
    En sa meson s'en sunt entré.
    Or a bien le prestre encontré,
    quant celë a qui tant est sage,
112 a cui puet dire son corage.
    Lors s'en entrerent en sa chambre.

84-85. Un vers a été raturé entre ces deux vers. **99.** Es.

---

88. *Hersent : cf. Aiol*, vv. 2656-2658 : « Atant evos Hersent al ventre grant ;/
Ch'ert une pautoniere [molt] mesdisant,/ Feme a un macheclier d'Orli[e]n
le grant. » Le nom est attesté onze fois dans le *Nécrologe d'Arras* (*cf.*
Berger 1963, 123), entre autres en 1256, époque où l'on situe l'activité
littéraire de Gautier le Leu.

84 du moment où il n'a pas pu avoir celle
qui lui montrait son grand orgueil.
Alors il s'assoit sur le seuil
et regarde le long de la rue ;
88 voici qu'il a vu dame Hersent,
la sacristine du moutier
qui est très experte dans ce genre de cas.
Il n'y a au monde ni prêtre ni moine
92 ni bon ermite ni bon chanoine,
dont elle ne pourrait apaiser le tourment,
à la seule condition qu'il aille lui parler.
Quand le prêtre la voit venir,
96 il se retient à grande peine
de la héler,
mais il lui a fait signe du doigt :
dame Hersent s'approche.
100 Le prêtre la salue de loin
en disant : « D'où venez-vous, commère ?
– Sire, du bout de cette rue
où je file ma quenouille. »
104 Le prêtre dit : « J'ai grand besoin
de vous parler un peu. »
Alors il la serre dans ses bras,
mais il jette un regard le long de la rue,
108 car il a très peur qu'on le voie.
Ils entrent dans sa maison.
Le prêtre a bien de la chance,
d'être tombé sur cette femme experte,
112 à qui il peut ouvrir son cœur.
Ils entrent dans sa chambre

Idont li prestre li remembre
tot son anui et son contrere
116 de ce dont ne puet a chief trere.
A tant la vieille li fiance
– que ja mar en ara doutance –
qu'ele li aidera sanz faille.
120 Prent tost le prestre, si li baille
dis sous qu'il out en s'aumosniere.
Lors se lieve la pautonniere
qui des deniers ot plein le poing,
124 si li a dit : « A grant besoing
doit l'en bien son ami aidier ! »
Si s'an departi sans targier
et li a congié demandé,
128 et i la commanda a Dé ;
mout le prie de sa besoigne.
La vieille gueres ne s'esloigne,
quant ele vint chés la bourjoise
132 qui mout estoit preuz et courtoise.
Quant la dame venir la voit,
salüe la, qu'el ne savoit
que el sa honte venist querre.
136 Ne la lessa seïr a terre :
en un lit l'asist jouste li.
A la vieille mout enbeli,
ele ne querroit autre chose,
140 si li a dit a la parclose :
« Dame, a vos m'estuet conseillier,
si ne vos devez merveillier
por quoi je sui a vos venue :

---

114. Li prestre li demande. 115. Cotrere. 125-126. *Doit... targier :* le manuscrit donne *Doit len bien samie connoistre.* Une main postérieure a rayé
samie connoistre. En marge on lit la correction *samie aidier* et l'ajout *Si
san departi sans targier.* 127. E li a.

124-125. *A grant... aidier :* cf. Morawski 1925, n° 170 : « Au besoing voit
on l'ami » et n° 171 : « Au besoing voit on qui amis est. »

et le prêtre lui rappelle
toute sa peine et sa contrariété
116 quant à la chose dont il ne sait comment se tirer.
Alors la vieille lui promet
– qu'il n'ait aucune crainte –
qu'elle ne manquera pas de l'aider.
120 Aussitôt le prêtre prend dix sous
qu'il avait dans son aumônière et les lui donne.
Alors l'entremetteuse se lève,
le poing plein de pièces d'argent,
124 et lui dit : « C'est quand il en a besoin,
qu'il faut aider son ami ! »
Sans plus tarder elle s'en va
et demande congé,
128 et lui, il la recommande à Dieu
et la prie de ne pas oublier son affaire.
La vieille ne va pas loin :
elle arrive chez la bourgeoise
132 qui était très vertueuse et courtoise.
Quand la dame la voit venir,
elle la salue, ne sachant pas
qu'elle était venue pour la déshonorer.
136 Elle ne la laisse pas s'asseoir par terre :
elle la fait s'asseoir sur un lit, à côté d'elle.
Cela plaît beaucoup à la vieille,
elle ne cherchait rien d'autre.
140 Elle finit par dire :
« Dame, il faut que je vous demande votre avis,
ne vous étonnez pas du fait
que je sois venue chez vous :

144 li mieusdres sire vos salue,
    qui soit en tote la cité.
    Ce sachiez vos de verité !
    – Et qui est ce ? – Sire Gerbaus
148 qui est por vos et liez et baus.
    Par moi vos mande drüerie,
    prie vos que soiez s'amie. »
    Quant la dame ot tot escouté
152 ce que Hersent li ot conté,
    lors li a dit une parrole :
    « Dame Hersent, de vostre escole
    ne veu ge mië encore estre.
156 Ja de ce ne seroiz mon mestre,
    que je por vos face hontage.
    Se l'en nel tenist a hontage,
    je vos donasse de mon poing
160 . . . .
    ou de ma paume ou d'un baston.
    – Dame, ce ne seroit pas bon !
    . . . .
164 Il n'a bourjoise en tot Orliens
    qui par moi son ami ne face. »
    Lors li done delés la face
    la bourjoise deus mout grans cous
168 et dit : « Dahez eit vostre cous,
    quant vos ceanz venistes hui !
    Por poi que ne vos faz anui,
    qui que le deüst amender ! »
172 Hersent, sans congié demander,
    est de la meson fors issue,

---

144. Li mieusdres vos. **160.** Un vers omis. **163.** Un vers omis. **173-174.** Répétés dans le ms.

---

149. *Drüerie :* désigne une amitié qui peut comprendre des rapports sexuels. **164.** *Bourjoise en tot Orliens :* peut-être allusion au fabliau *La Bourgoise d'Orliens.* **171.** *Qui... amender :* à la lettre « Quel que soit celui qui devrait réparer ma faute. »

144 le meilleur homme
  qu'il y ait dans toute la cité vous salue.
  Sachez que c'est vrai !
  – Et qui est-ce ? – Sire Gerbaut,
148 qui est et joyeux et plein d'ardeur pour vous.
  Il m'a chargée de vous prier d'amour,
  et de vous supplier de devenir son amie. »
  Quand la dame entend tout
152 ce que Hersent lui raconte,
  elle lui dit un mot :
  « Dame Hersent,
  je ne voudrais jamais faire partie de votre école.
156 Jamais vous ne serez mon maître,
  jamais je ne ferai d'action honteuse pour vous.
  Si on ne le jugeait pas honteux,
  je vous frapperais de mon poing
160 . . . .
  ou de ma main ou d'un bâton.
  – Dame, ce ne serait pas bien !
  . . . .
164 Il n'y a pas de bourgeoise dans toute la ville d'Orléans
  qui choisisse son ami sans moi. »
  Alors la bourgeoise lui donne
  deux très grands coups sur le visage
168 et dit : « Soyez maudite
  d'être entrée céans aujourd'hui !
  Il s'en faut de peu que je ne vous fasse mal,
  quel qu'en soit le prix à payer ! »
172 Hersent, sans demander congé.
  sort de la maison ;

de honte palist et tresue,
clamer s'en vet a son proverre :
176 dite li a tote la voire,
comme la dame l'a menee ;
et quant Hersent si fu clamee,
le prestre ne fu mie a ese.
180 A Hersent dit qu'ele se tese,
que bien la cuidera vengier
et sans ferir et sanz touchier !
Lors li afie et dit et jure
184 que por iceste bateüre
la dame escommenïera :
ja autrement n'en partira !
A tant a Hersent congié pris.
188 Le prestrë est de rage espris.
Si s'en vet tot droit a l'eglise
comme por fere son servise.
L'esquele prent parmi la corde,
192 et aprés l'autre s'i acorde,
et puis les sonnë une et une
tant que le pueplë i aüne.
Quant venu sunt li parrochien,
196 – et cil de pres et cil de loing –
sire Picon l'ententuriers
et sa fame vint de detriers.
Quant li prestre les a veüz,
200 de meintenant est commeüz,
si lor a dit, voiant la gent :
« Certes, moi n'est ne beau ne gent
que vos entrez en cest moustier :

---

197. Picon lententureis. **198.** Vint de detres.

195-196. *Parrochien – loing :* rime incorrecte. **197-198.** Les leçons du
manuscrit sont fautives, car *ententureis* ne rime pas avec *detres*. Nous
proposons de corriger en *ententuriers* (non attesté ailleurs, dérivé de *en-
teindre* «plonger», «tremper dans». *Cf.* «intinctor» dans *Thesaurus lin-
guae latinae*, VII/2, 20.51) et *detriers* «derrière».

elle est pâle de honte et couverte de sueur,
elle va se plaindre chez son prêtre :
176 elle lui dit toute la vérité,
de quelle manière la dame l'a traitée.
Après la plainte de Hersent
le prêtre ne se sent plus à l'aise.
180 Il dit à Hersent de se taire,
car il saura bien la venger –
sans frapper, sans y toucher !
Alors il lui promet, dit et jure
184 que pour cette volée de coups
il excommuniera la dame :
elle ne s'en sortira pas d'une autre manière !
Dame Hersent prend alors congé.
188 Le prêtre est enflammé de rage.
Il va tout de suite à l'église
comme s'il voulait dire l'office.
Il prend la cloche par la corde,
192 il l'accorde avec l'autre
et ensuite il sonne des deux tour à tour
jusqu'à ce que le peuple se réunisse.
Quand les paroissiens furent là
196 – ceux qui venaient de loin comme de près –
arriva sire Picon, le teinturier,
suivi de sa femme.
Quand le prêtre les voit,
200 il s'indigne aussitôt
et leur dit, en présence de tout le monde :
« Certes, je ne veux point du tout
que vous entriez dans cette église.

204 tant com je face mon mestier,
     escommeniez devés estre !
     – Dites moi dont por quoi, dant prestre,
     dites le moi, savoir le veil !
208 – Vostre fame fist grant orgeil,
     qui bati ier ma marregliere,
     entre li et sa chamberiere :
     clamee s'en est orendroit.
212 Se vos volez fere le droit
     de la hontë et du tort fet
     que vostre fame li a fet,
     ele le prendra volentiers.
216 – Or chantez dont endementiers,
     car il vos sera amendez
     le forfet que vos demandez ! »
     Quant ot le prestre la promesse,
220 inelement chante sa messe,
     ne fist pas longue demoree.
     Puis la bourjoise a apelee
     et la marregliere ensement,
224 si en a fet l'acordement.
     Chascun s'en vet a sa meson.
     Dant Picons enquiert l'acheson
     a sa fame – qu'ele li die,
228 et sanz mençonge et sanz boisdie,
     por que la clamour a esté :
     savoir en veut la verité !
     Cele respont : « Tost vos diré
232 – ja de riens ne vos mentiré –
     por quoi a esté la clamours.
     Li prestre l'apeloit d'amours,
     si m'envoia sa pautonniere,

---

210. Entre et. **225-226.** Un vers a été raturé entre ces deux vers.

---

206. *Dant* ou *dam :* titre honorifique.

204 Aussi longtemps que je ferai mon métier
vous devez être excommuniés !
– Dites-moi donc pourquoi, révérend père,
dites-le-moi, je veux le savoir !
208 – Votre femme a commis une faute grave :
hier, sous les yeux de sa chambrière,
elle a eu l'audace de battre ma sacristine,
qui vient de porter plainte.
212 Mais si vous voulez réparer
la honte et le dommage
que votre femme lui a fait,
elle l'acceptera volontiers.
216 – Eh bien, chantez donc la messe,
car on vous paiera
l'amende que vous demandez ! »
Quand le prêtre a entendu la promesse,
220 vite, il chante la messe,
sans long délai.
Puis il a appelé la bourgeoise
de même que la sacristine
224 et les a réconciliées.
Chacun rentre chez soi.
Dam Picon cherche à savoir la raison d'agir
de sa femme – qu'elle lui dise,
228 sans mensonge ni tromperie,
quelle était la raison de la plainte :
il veut en savoir la vérité !
Elle répond : « Sans tarder je vous dirai
232 – et je ne vous mentirai pas du tout –
quelle était la raison de la plainte.
Le prêtre l'a chargée de me prier d'amour,
c'est pourquoi il m'a envoyé son entremetteuse,

236 – ce sachiez vos de grant maniere –
   qui de folie me requist.
   Tieus soudees que ele quist,
   li rendi, car bien li dui rendre ! »
240 Dant Picon qui bien sot entendre
   que sa fame a reson et droit,
   dist que mout forment li pesoit
   qu'el ne l'ot mieus forment batue.
244 « Se li prestres plus vos argüe,
   dites que vos ferez son bon,
   mes largement vos doint du son,
   et que il vos face savoir
248 le jor que il voudra avoir
   de vos tote sa volenté. »
   Lors a la dame creanté
   qu'ele fera sanz contredit
252 tot ce que son mari li dit.
   A tant de sa meson depart,
   et li prestre de l'autre part,
   qui aloit chés sa marregliere,
256 si l'encontra en la chariere.
   Quant la vit, salüee l'a
   et tot enroment l'apela
   de ce dont il l'avoit requise.
260 La dame a dit : « Vostre servise
   ferai tot, mes que mieus m'en soit ! »
   Le prestre qu'a el ne pensoit,
   et qui por s'amour estoit ivres,
264 li promet a doner dis livres.
   La dame respont : « C'est asez.
   . . . .
   – Car nos asemblon mein a mein !
268 – Ne puet estre jusqu'a demein,

238. Soudees ele. **246.** Du sien. **249.** Se vos. **259.** Dont el. **266.** Un vers omis.

236 – sachez tout –
  qui a cherché à me faire faire une folie.
  Le salaire qu'elle mérite,
  je le lui ai donné, car je devais bien le lui rendre ! »
240 Maître Picon comprit tout de suite
  que sa femme avait raison et était dans son droit.
  Il dit qu'il regrettait beaucoup
  qu'elle ne l'ait pas battue beaucoup plus.
244 « Si le prêtre vous presse encore,
  dites que vous accomplirez son désir,
  mais qu'il vous donne généreusement de son argent
  et qu'il vous fasse savoir
248 quel jour il voudrait vous avoir
  pour faire tout son plaisir. »
  Alors la dame promet
  de faire sans opposition
252 tout ce que son mari lui dit.
  Sortie de sa maison,
  elle rencontre dans la rue
  le prêtre
256 qui se rendait chez sa sacristine.
  Quand il la voit, il la salue
  et sur-le-champ il lui demande de nouveau
  ce qu'il avait déjà exigé d'elle.
260 La dame dit : « A votre service
  je serai tout à fait, pourvu que j'en tire profit ! »
  Le prêtre, qui ne pensait à rien d'autre
  et qui était ivre d'amour pour elle,
264 promet de lui donner dix livres.
  La dame répond : « C'est suffisant.

  . . . .

  – Réunissons-nous donc tout de suite !
268 – Ce n'est pas possible avant demain,

que misire ira a la feire.
Et se vos ne me volez croire,
bien i poez venir anuit.
272 — Dieus, fet li prestre, ceste nuit...
Quant vendra ? Qu'a venir demore !
Je ne quit ja voer cele ore
que je vos tiegne entre mes braz :
276 meinte foiz par nuit vos enbraz,
ce m'est avis, en mon dormant ! »
La dame mout cortoisement
a du provoire pris congié.
280 Li prestre dit : « Quant iré gié ?
— Sire, demein aprés la mese,
et si m'aportez ma pramese,
ou autrement n'i venez pas ! »
284 De li se part inelepas,
si est en sa meson entree.
Et ses mariz l'a encontree,
si li demande dont el vient.
288 « Sire, fet el, ne vos sovient
de sire Gerbaut le proverre ?
Dite m'a tote son afere,
comme son afere a enpris.
292 Se vos volez, demein iert pris
dant Gerbaut le prestre çaiens. »
De ces moz fu Picons joianz,
quant set que li prestres vendra.
296 « Dame, fet il, il convendra,
se bien le volez enginier,
fetes un baing por li baignier
et un bon mengier atorner,
300 et je lors m'irai destorner
la defors parmi cel vergier.
Quant je savrai que le mengier
sera bien et bel atornez,

. quand mon mari ira à la foire.
Et si vous ne voulez pas me croire,
vous pouvez bien venir cette nuit.
272 – Dieu, fait le prêtre, cette nuit...
Quand viendra-t-elle ? Comme elle tarde à venir !
Que ne puis-je bientôt voir l'heure
où je vous tiendrai entre mes bras :
276 souvent, la nuit, je vous embrasse
dans mes rêves, me semble-t-il ! »
La dame prend congé du prêtre
de façon très courtoise.
280 Le prêtre dit : « Quand viendrai-je ?
– Demain, sire, après la messe,
et apportez-moi ce que vous m'avez promis,
ou autrement ne venez pas ! »
284 Vite elle se sépare de lui
et entre dans sa maison ;
là elle rencontre son mari
qui lui demande d'où elle vient.
288 « Sire, fait-elle, ne vous souvenez-vous pas
de sire Gerbaut, le prêtre ?
Il m'a parlé de son affaire
et comment il voudrait réaliser son plan.
292 Si vous voulez, demain sera céans pris au piège
maître Gerbaut, le prêtre. »
Picon fut très content de ces mots,
quand il sut que le prêtre viendrait.
296 « Dame, fait-il, il faudra
– si vous voulez le tromper –
préparer un bain pour le baigner
et arranger un bon repas,
300 et moi, je m'en irai prendre l'air,
dehors, dans le verger.
Quand je serai sûr que le repas
est tout à fait préparé,

304 je vendré autresi delez,
    com de ce se rien n'en savoie,
    et vos l'amenez tote voie
    enz en la cuvë entrer inel. »
308 A tant fenirent lor consoil.
    Einsi fu l'uevre compassee,
    et quant cele nuit fu passee,
    sire Picons s'est destornez.
312 Touz ses serjans a apelez,
    si les a touz menez o soi,
    onc ne lor vot dire por quoi.
    Le prestre qui est angoisous
316 et de la dame corajous,
    ne fu pereceus ne laniers.
    Dis livres prist de ses deniers
    que il avoit des ier nombrez,
320 si ne fu pas si encombrez
    qu'i ne preïst une oue crase.
    Tot meintenant la voie pase,
    si s'en entre chés la bourjoise.
324 A la dame gueres n'en poise –
    les deniers prent a bele chiere,
    puis a dit a sa chamberiere :
    « Va, fet ele, si clo la porte,
328 et si pren l'oe que il porte ! »
    La chamberiere meintenant
    a fet tot son commandemant.
    La porte ferme, l'oe a prise,
332 que li prestres avoit ocise,
    plumee l'a et enhastee.
    Et la dame s'est mout hastee
    du baing chaufer et du feu fere.

---

304. Autresi laienz.

307-308. *Inel – consoil :* rime incorrecte.

304 je reviendrai
   comme si je n'en savais rien,
   et vous, dirigez-le directement
   vers la cuve et faites-l'y entrer sans retard. »
308 Là-dessus ils terminèrent leur entretien.
   Tout fut ainsi préparé.
   Quand la nuit fut passée,
   sire Picon s'éloigna.
312 Il appela tous ses serviteurs
   et les emmena avec lui ;
   il ne voulut pas leur dire pourquoi.
   Le prêtre, qui est plein d'angoisse
316 et qui a envie de la dame,
   n'était ni paresseux ni lent :
   il prit dix livres de son argent
   qu'il avait comptées dès la veille
320 et il ne se gêna pas
   pour prendre une oie grasse.
   Tout de suite il passe par la rue
   et entre chez la bourgeoise.
324 Cela ne pèse guère à la dame –
   elle prend l'argent d'un air content,
   puis elle dit à la chambrière :
   « Va-t'en, fait-elle, et ferme la porte,
328 et prends l'oie qu'il apporte ! »
   Aussitôt la chambrière
   fit tout ce qu'elle avait ordonné.
   Elle ferma la porte, prit l'oie
332 que le prêtre avait tuée,
   la pluma et l'embrocha.
   Et la dame se hâta beaucoup
   de chauffer le bain et de faire du feu.

336 Et li prestres ne tarja guere,
    deschauciez s'est et despoilliez :
    el baing qui fu apareilliez,
    voiant la dame, s'en saut nu.
340 A tant est dant Picons venu
    a sa porte qui fermee iere ;
    puis apela sa chamberiere
    si haut que tuit l'ont entendu.
344 La chamberiere a respondu :
    « Sire, je vois ! » et endementre
    le prestre saut du baing et entre
    en autre cuve qui fu pleine
348 de teint de brasil et de greine,
    ou la dame le fist saillir.
    – Bien sera teint, n'i puet faillir,
    enceis qu'il ise de la cuve ! –
352 Or est li prestres en estuve
    que la dame l'a bien covert.
    La chamberiere a l'us overt,
    a son seignor dit : « Bien veigniez !
356 Vos n'estes gueres enginiez,
    se vos estes ça retornez.
    Le mengier est bien apretez,
    s'il fust qui la sause feïst. »
360 De ce dant Picons s'esjoïst,
    qui est venuz a sa bone eure.
    Le mortier prent, plus n'i demeure,
    la sausse apareille et atourne.
364 Et la dame plus n'i sejourne :
    sus la table la nape a mise.
    La danzele qui entremise
    si ot de la feste grant joie,
368 dist au seignor que leu cele oie,
    qu'i la depiest, que tote est quite.

---

336. Gueres. **356.** Este. **364.** Ni demore.

336 Le prêtre, lui, ne tarda pas :
il se déchaussa et se déshabilla :
dans le bain qui était prêt
il sauta nu, sous les yeux de la dame.
340 Alors maître Picon arriva
devant la porte fermée.
Il appela sa chambrière
si haut que tous l'entendirent.
344 Et la chambrière répondit :
« Sire, j'arrive ! » et pendant ce temps
le prêtre saute du bain et entre
dans une autre cuve pleine
348 de teinture de brésil et de couleur rouge,
où la dame le fait sauter.
– Immanquablement il sera bien teint
avant de sortir de la cuve ! –
352 Voilà le prêtre dans l'étuve,
que la dame couvrit bien.
La chambrière ouvre la porte
et dit à son maître : « Vous arrivez au bon moment !
356 Vous ne vous êtes pas trompé
en revenant à la maison.
Le repas est prêt,
la sauce reste à faire. »
360 Sire Picon est joyeux,
d'être si bien tombé.
Il prend le mortier, il ne tarde pas,
il prépare et arrange la sauce.
364 Et la dame ne tarde pas non plus :
elle met la nappe sur la table.
La servante, qui s'affaire,
se réjouit beaucoup de cette fête
368 et demande au seigneur d'enlever l'oie du feu
et de la découper, parce qu'elle est tout à fait cuite.

Cil la depiece sanz grant luite.
Tuit se sunt asis au mengier.
372 Dant Picons, qui se volt vengier,
. . . .
de son proverre li sovient :
« Alon garder ou est le teint,
376 se mon crucefiz est bien teint,
que l'en le m'a hui demandé.
Alon le trere, de par Dé !
Dansele, fetes cler le feu,
380 si le metron en plus haut leu ! »
Quant la parolle entent li prestre,
dedenz le teint plunge sa teste,
por ce que ne fust conneü.
384 A tant Picon s'est esmeü :
vers sa cuve s'en est alez,
sa fame et ses serjanz delez,
qui le covercle sus leverent.
388 Le prestre estendu i troverent
en tel maniere com s'il fust
ouvré en pierrë ou en fust.
Par piez, par cuises et par braz
392 lors le pranent de totes pars,
sus le lievent plus d'une toise.
« Dieus, fet dant Picons, com il poise !
ne vi crucefiz tant pesast. »
396 Se le prestre parler osast,
i li deïst une reprouche,
mes il tant a close la bouche
qu'il n'en ist ne son ni aleine.
400 Fors l'en ont tret a mout grant peine.
Or oiez ja grant aventure :

---

373. Un vers omis. 395. Pesant. 397. Une parolle.

---

375. *Le teint* : Jeu de mots sur « teinture » et « celui qui a été teint ».
391-392. *Braz — pars* : rime incorrecte.

Il la coupe sans grande peine.
Tous s'assoient pour manger.
372 Maître Picon, qui voulait se venger,
. . . .
se souvient de son curé :
« Allons voir où en est la teinture –
376 je veux savoir si mon crucifix est bien teint,
car on me l'a demandé pour aujourd'hui.
Allons le sortir, par Dieu !
Servante, attisez le feu,
380 et puis mettons-le plus haut ! »
Quand le prêtre entend ce mot,
il plonge sa tête dans la teinture,
pour n'être pas reconnu.
384 Alors Picon se lève.
Il se dirige vers le cuvier,
suivi de sa femme et de ses serviteurs,
qui soulèvent le couvercle.
388 Là ils trouvent le prêtre étendu
comme s'il avait été
sculpté en pierre ou en bois.
Par les pieds, par les cuisses et par les bras
392 ils le saisissent de tous côtés
et le soulèvent de plus d'une toise.
« Dieu, fait sire Picon, qu'est-ce qu'il est lourd !
Jamais je n'ai vu de crucifix qui pesait autant. »
396 Si le prêtre avait osé parler
il aurait pu lui répliquer,
mais il tient la bouche tellement fermée
que ni un son ni un souffle ne passent.
400 Ils le sortirent à grand-peine.
Or écoutez l'étrange aventure :

il est si pris en la teinture
qu'il est plus teint et plus vermeil
404 qu'au matinet n'est le soleil
au jor quant il doit plus roier !

. . . .

Onc nel semondrent de mengier,
408 einz l'asitrent lés le foier,
apoié l'ont – ce n'est pas fable !
Puis revont soer a la table,
si se rasitrent au mengier,
412 et recommencent a mengier.
Li prestre fu et gros et cras,
le chief tenoit un poi en bas,
n'ot vestu chemise ne braie.
416 Le cler feu, qui vers son dos raie,
li fet son baudoïn drecier :
or n'ot en li que corecier !
La dame o un cil le regarde,
420 et dant Picons s'en est pris garde.
Sa mesnee vot fere rire,
a sa fame commence a dire :
« Dame, fet il, je vos afi
424 que mes tel crucefiz ne vi
qui eüst ne coille ne vit,
ne je ne autre mes nel vit. »
La dame dit : « Vos dites voir,
428 cil n'ot mie trop grant savoir,
qui le tailla en tel maniere.
Je cuit qu'il est crevez derriere,

---

406. Un vers omis.

---

417. *Baudoïn :* « âne », « membre viril ». Nom de l'âne dans *Le Testament de l'Asne*, v. 78. Pour les métaphores appartenant au champ sémantique du cheval *cf.* ci-dessus *La Damoiselle qui ne pooit oïr parler de foutre*, v. 173 et ci-dessous *La Veuve*, v. 484 (note).

il était tellement trempé dans la teinture
qu'il est plus coloré et plus vermeil
404 que le soleil au petit matin
le jour qu'il doit rayonner le plus !
. . . .
Ils ne l'invitèrent pas à manger,
408 mais l'assirent à côté du foyer,
où ils l'appuièrent – ce n'est pas une fable !
Puis ils s'assoient de nouveau à table,
prennent place autour du repas
412 et recommencent à manger.
Le prêtre était gros et gras,
il tenait la tête un peu baissée
et ne portait ni chemise ni braies.
416 Le feu clair qui rayonne dans son dos
fait que son instrument se dresse :
voilà le prêtre très courroucé.
La dame le regarde du coin de l'œil
420 et maître Picon s'en aperçoit.
Il veut faire rire ses serviteurs
et dit à sa femme :
« Dame, fait-il, je vous jure
424 que je n'ai jamais vu de crucifix
avec des couilles et une bite,
personne n'a jamais vu cela, ni moi ni un autre. »
La dame dit : « Vous dites la vérité,
428 il n'était pas des plus malins,
celui qui l'a sculpté de cette façon.
Je crois qu'il est fendu derrière,

il l'a plus granz que vos n'avez
432 et plus gros, que bien le savez ! »
Lors a dans Picons apelee
sa danzele qui fu senee :
« Va, fet il, detrés cele porte,
436 ma trenchant coignïe m'aporte,
si li couperé cele coille
et cel vit qui trop bas pendoille. »
La danzele, qui bien sot l'uevre,
440 vint a la porte, tote l'uevre.
Quant ele queroit la coignïe,
li prestre a la coille enpoignïe,
et vet fuiant aval la rue –
444 et dant Picons aprés li hue.
Sailli s'en est en son ostel.
Dant Picons ne demandoit el
mes que du prestre fust vengié :
448 or est de li bien estrangié !

---

431. Il a plus grans que nus.

---

431. *Il l'a plus grans* : allusion au membre de Picon.

il l'a plus grande que vous
432 et plus grosse, vous le savez bien ! »
Là-dessus maître Picon appela
sa servante, qui était sage :
« Va, dit-il, derrière cette porte
436 et apporte-moi ma cognée tranchante :
je vais lui couper ces couilles
et cette bite qui pendouille trop bas. »
La servante comprend aussitôt
440 et s'empresse d'ouvrir la porte.
Quand elle va chercher la cognée,
le prêtre empoigne ses couillons
et s'enfuit dans la rue ;
444 et maître Picon le couvre de huées.
Finalement il se réfugie dans sa maison.
Maître Picon ne demandait rien
d'autre que de se venger du prêtre :
448 il se débarrassa bien de lui !

2. La Veuve

Manuscrits : G (ancien M), 338v-341v ; H (ancien D), f. 91v-94r (mutilé à la fin) ; U (ancien T), f. 167r *sq.* (ms. brûlé en 1904). (Ta) : Paris, B.N., coll. Moreau 1727, Mouchet 52. Copie fautive du ms. U datant du XVIIIe siècle.
G et H sont très proches, à l'exception de deux longs passages où G se tait quoique le texte soit attesté par H et par U. Par rapport à G-H, U donne une version réélaborée : les changements concernent parfois des détails, mais dans de nombreux cas on se trouve face à un nouveau récit (variantes rédactionnelles, raccourcissements, déplacements de certains passages, ajouts de nouveaux éléments).
G est à la base de l'édition présente, puisqu'il contient la seule rédaction disponible qui soit presque complète. Le ms. U est cité selon l'édition de Scheler.

Titre : *Li provance de femme* (G, main postérieure). Le titre *La Veuve* est dû aux adaptations du XVIIIe siècle (*cf.* Livingston 1951, 159, note 1).

Edition : Livingston 1951, 159-183 et 297-311 (G, H), 271-287 et 337 (U, Ta selon Scheler 1876), 297-311 ; Rychner 1960, II, 187-190 (d'après Livingston 1951).

Le motif de la veuve hypocrite, qui cesse son deuil à la première occasion, est assez répandu dans la littérature occidentale. A titre d'exemple l'on peut citer le *Satiricon* de Pétrone (111.1 *sq.*), le fabliau anonyme *Cele qui se fist foutre sur la Fosse de son Mari* (vv. 10-13 : « Car fame est tantost atiriee/ A plorer et a grant dol faire/ Qant ele a un po de contraire,/ Et tost a grant duel oblié »), les *Lamentations de Matheolus*, I, 69-71 et « La jeune Veuve » de La Fontaine (*Fables*, XXI, vv. 11-13 : « C'est toujours même note et pareil entretien :/ on dit qu'on est inconsolable ;/ On le dit, mais il n'en est rien »). L'originalité de Gautier le Leu par rapport à ses prédécesseurs et ses successeurs réside dans le fait qu'il dessine un tableau psychologique assez fin de la veuve en utilisant de nombreux monologues intérieurs comme on les trouve dans beaucoup de romans médiévaux (*Enéas, Tristan* de Thomas, etc.). Quoique Gautier reste très satirique et qu'il place toujours la sexualité au cœur des préoccupations de la dame, il n'est pas profondément misogyne – la veuve est battue, il est vrai, mais la punition infligée par le mari n'est pas approuvée par le soi-disant jongleur, qui conseille aux maris de rester sur leurs réserves en cas de querelle (vv. 606-613).

L'allusion au *Mont Wimer* (*cf.* note au vers 449) permet de situer la composition de *La Veuve* après 1239.

La Veuve

Segnor, je vos vuel castoier :
tuit devons aler ostoier
en l'ost dont nus om ne retorne.
4 Savés comment on les atorne
çaus qui en cele ost sont semons ?
On les lieve sor deus limons,
si les port'on, barbe sovine,
8 vers le mostier de grant ravine,
et sa molliers le siut aprés.
Cil qui a li montent plus prés,
le tienent par bras et par mains
12 des paumes battre, c'est del mains,
car ele crie a haute vois :
« C'est mervelle comment je vois !
Bele dame sainte Marie,
16 com sui dolante et esmarie !
Ce poise moi que je tant dure,
mout est ceste vie aspre et dure :
ne place Deu que je tant voie,

---

7. Si les porton (U); Puis lenporte on (G); Si les portent (H).

6-9. *On les... le siut aprés :* le jongleur passe directement de la description générale (pluriel aux vv. 6 et 7) au cas particulier de son récit (singulier au v. 9). **7-8.** Pour la rime *sovine – ravine* chez Gautier le Leu *cf. Del fol Vilain,* v. 309 *sq.* : « S'est volee tote sovine/ Enmi le fil de le ravine. »

La Veuve

Seigneurs, que je vous prévienne :
tous nous devons aller servir
dans l'armée dont nul homme ne retourne.
4 Savez-vous comment on le prépare,
celui qui est convoqué dans cette armée ?
On le lève sur deux brancards,
puis on l'emporte, étendu sur le dos,
8 vers l'église bien vite,
et sa femme le suit.
Ses parents les plus proches
l'empêchent en la tenant par les bras et par les mains
12 de battre ses paumes ; et c'est la moindre des choses,
car elle crie à haute voix :
« Il est étonnant que je puisse marcher !
Belle dame sainte Marie,
16 comme je suis affligée et troublée !
Cela me pèse d'être encore en vie,
cette vie est très âpre et dure :
plaise à Dieu que mon chemin s'arrête là

20 que je repair par ceste voie —
si soie avuec mon segnor mise
cui j'avoie ma foi promise ! »
Ensi va acontant ses fables
24 qui ne sont mie veritables.
Devant l'entree del mostier
dont recommence son mestier
de crier haut et durement.
28 Et li prestres isnelement,
qui l'ofrande desire a prendre,
rueve les candelles esprendre.
Ne ne fait pas longes trioles,
32 car ilh couvoite les chandoiles.
Qant il li a fait le pardon,
dont cante de mout grant randon.
Qant li services est finés
36 et li cors est si atornés
qu'il est colciés trestos envers
en tere noire avuec les vers,
dont velt li dame aprés salir.
40 Qui dont le verroit tressalir
et les iels ovrir et clugnier
et les poins ensanle cuignier,
il diroit bien selonc men sens :
44 « Ceste puet bien perdre le sens. »
Cant li cors fu en terre mis,
es voz entor li ses amis,
ki tost le ramoinent ariere
48 et si le tienent par deriere

31-32. Ne ne... chandoiles (U); manquent dans G et H. **45-46.** Cant... amis
(U); manquent dans G et H. **47.** Ki tost le ramoinent ariere (U); Ensi le
resacent ariere (G et H). **48.** Et si le tienent par deriere (U); Il doi le tienent
par deriere (G); Le doi (H).

---

32. *Couvoite les chandoiles :* le prêtre désire encaisser le prix des chandelles
le plus vite possible.

20 et que je ne rentre pas chez moi –
que je sois plutôt déposée au côté de mon mari
à qui j'avais promis ma fidélité ! »
Ainsi elle raconte ses fables
24 qui ne sont pas vraies du tout.
Devant l'entrée de l'église,
même travail : elle recommence
à crier bien fort.
28 Et vite le prêtre,
qui désire prendre l'offrande,
commande d'allumer les chandelles.
Il ne fait pas de longues histoires,
32 car il convoite les chandelles.
Après lui avoir donné l'absolution,
il chante avec grande vigueur.
Quand le service est terminé
36 et que le corps est disposé de telle façon
qu'il est couché sur le dos,
dans la terre noire avec les vers,
la dame veut sauter après lui.
40 Qui alors la verrait trembler,
ouvrir et fermer les yeux
et frapper ses poings l'un contre l'autre,
il dirait bien à mon avis :
44 « Celle-là peut bien perdre le sens. »
Quand le corps est enterré,
voilà ses amis qui l'entourent.
Ils la ramènent aussitôt :
48 en la soutenant par-derrière

et a son hostel le ramainent.
Si voisin qui prés de li mainnent,
li font boire de l'eve froide
52 por ce que li diels li refroide.
A l'entree de la maison
dont recommence sa raison
de crier haut et durement :
56 « Vrais Dieus ! Que j'ai le cuer dolant !
Sire, qu'estes vos devenus ?
Vous n'estes mie revenus...
Por Diu, com vos m'estes enblés ?
60 Com estoit vos avoirs doublés !
Dius, com vo cose vos venoit,
et combien il vous avenoit
aler contreval de le court !
64 Com vous seoient vo drap court !
Car ausi fasoient li nuef
ki furent fait a l'anrenuef.
Agace, bien le m'avés dit !
68 Hairons, com je vous ai maudit,
ki tant avés awan crié !
Kien, com avés sovent ullé !
Geline, bien le me cantastes !
72 Anemis, com vos m'encantastes
ke ne conjurai mon ami,
por Diu, k'i revenist a mi !
Se nus mors hon le pooit faire,
76 je li ferai son treu tel faire !

---

49. Et a son hostel le ramainent (U) ; Qui dusquen maison le remainnent
(G) ; Ki jusqu'a l'ostel (H). **53-106.** *A lentree... daeraine fie :* ce passage
ne figure pas dans G, nous suivons H. **55-56.** De crier... dolant (U) ; manquent dans H (et G).

---

64. *Drap court :* « vêtements de travail », *cf.* Gautier le Leu, *Les Sohais*,
vv. 51-54 : « Qant il parvint enmi sa cort,/ Se li caïrent si drap cort,/ s'ot
maintenant cote et mantel/ Dont a or furent li tasel. » **67.** *Agace :* oiseau
de mauvais augure. **68.** *Hairons :* symbole de la vigilance et de l'indiscré-
tion. **70.** *Kien uller :* le chien est le guide des hommes dans la nuit de la

ils la raccompagnent chez elle.
Ses voisins, qui demeurent près d'elle,
lui font boire de l'eau froide
52 pour que son deuil se calme.
A l'entrée de la maison elle
recommence sa lamentation,
elle s'écrie bien fort :
56 « Vrai Dieu ! Mon cœur est très affligé !
Sire, qu'êtes-vous devenu ?
Vous n'êtes plus revenu...
Par Dieu, comment m'avez-vous été enlevé ?
60 Comme votre richesse avait doublé !
Dieu, comme vos affaires prospéraient,
et comme vous aviez fière allure
quand vous traversiez la cour !
64 Comme vos vêtements courts vous allaient bien !
Et aussi les nouveaux
qui ont été faits au Nouvel An.
Pie, vous me l'avez bien dit !
68 Héron, comme je vous ai maudit,
vous qui aviez tant crié cette année !
Chien, comme vous avez souvent hurlé !
Poule, vous me l'avez bien chanté !
72 Diable, comment m'avez-vous ensorcelée
pour que je ne conjure pas mon ami,
par Dieu, qu'il me revienne !
Si un homme mort pouvait le faire,
76 je lui ferais payer un tel tribut !

---

mort. Dans beaucoup de mythes il est chargé de surveiller l'entrée de
l'au-delà (*cf. Cerberus*). Ses hurlements doivent donc être interprétés
comme l'annonce d'une mort prochaine. **71.** *Geline :* une poule qui a les
couleurs d'une pie était un oiseau de malheur. **75-76.** *Se nus... faire :* à la
lettre « Si un homme mort pouvait le faire (= revenir), je lui (= à mon mari)
ferais payer son tribut (= ce qu'il me doit en tant que son épouse) de cette
façon. »

Dius, com jou ai awan songié,
encor ne l'aie je noncié :
songes et vilains et honteus !
80 A bien le m'avertise Deus !
Sire, je songoie avant ier
ke vos estiés en ce mostier,
s'estoient andoi li huis clos –
84 or estes en la terre enclos.
Puis resongoie aprés en oire,
vos aviés une cape noire
et unes grans botes de plont ;
88 En cele eve faisiés un plonc,
ains puis nes reveniés deseure.
Or estes mors en mout peu d'eure :
cis songes est bien avertis !
92 Je songai vos estiés vestis
d'une grant cote a caperon,
en vo main teniés un peron,
si abatiés tout cel assié.
96 Sire, quel treu m'avés laissié !
Ja mais n'ert par nul home plains !
Biens est drois que vos soiiez plains.
Puis me revint en mon avis
100 – mais je le conte mout envis –
çaiens venoit uns coulombiaus
ki mout estoit et blans et biaus,
si m'avoloit ens en mon sain,
104 si refaisoit cel aisié sain.

---

83. li (U) ; l (H).

---

95. *Assié :* allusion à l'hymen, *cf.* v. 104 et ci-dessus *La Damoisele qui ne pooit oïr parler de foutre*, vv. 170-172. **96-97.** *Quel treu... plains :* allusion au sexe féminin, *cf.* Gautier le Leu, *Del sot Chevalier*, vv. 87-91 : « Foutés le plus lonc anquenuit,/ Comment qu'il vos griet ne anuit !/ – Dame, fait il, molt volentiers./ Ja n'en ira li traus entiers » et vv. 229-231 : « Ma dolce suer, m'amie ciere,/ C'est grant trau vos fist uns leciere/ Por les andolles englotir ! » **101-104.** *Uns coulombiaus... sain :* cf. ci-dessous *Trubert*, vv. 2586-2589.

Dieu, ce que j'ai rêvé cette année,
quoique je n'en aie pas parlé :
songe vilain et honteux !
80 Que Dieu me le tourne à bien !
Sire, j'ai rêvé l'autre jour
que vous étiez dans cette église,
que les deux portes étaient fermées –
84 maintenant vous voici enfermé sous la terre.
Puis j'ai rêvé de nouveau, immédiatement après,
que vous aviez un manteau noir
et de grandes bottes de plomb,
88 et vous avez plongé dans cette eau
et vous n'êtes plus revenu à la surface.
Vous voilà mort en très peu de temps :
ce songe s'est bien réalisé !
92 J'ai rêvé que vous étiez vêtu
d'une grande tunique avec un capuchon,
dans vos mains vous teniez une grosse pierre
et vous abattiez cette cloison.
96 Sire, quel trou vous m'avez laissé !
Il ne sera plus jamais rempli par un homme.
Il est bien juste que vous soyez regretté !
Puis me revient à l'esprit
100 – mais je le raconte bien à contrecœur –
que céans venait un pigeon
qui était très blanc et beau,
il a volé dans mon sein
104 et il a réparé ce mur.

Jou ne sai que ce senefie
a ceste daeraine fie. »
Dont commence li runemens,
108 li consaus, et li parlemens
des parentes et des voisines
et des nieces et des cosines.
Si li dient : « Ma dulce amie,
112 or ne vos desconfortez mie,
mes lessiés tot ce duel ester :
penseis de vos remarier !
– Remarier ? Male aventure !
116 Teneis en pais, je n'en ai cure ! »
Li autres dist : « Ma bele done,
vos reprenderés un prodome
qui ceste maison maintenra
120 et en cest avoir enterra,
qui ne sera fols ne lecieres. »
Qui li veroit faire les cieres
et respondre par maltalent :
124 « Dames, je n'ai de ce talent ;
de Damerdeu soit cil maudis
qui ja mais maintenra ces dis,
car il ne me vient mie a bel. »
128 Dont maudist ele se lembel.
Or le lairomes de le dame
qui conte son duel et son dame,
si vos diromes de celui
132 qui ne volt bien faire por lui.
Il est menés a le grant cort ;

111-115. Si li... aventure (U) ; manquent dans G et H. 116. Teneis... cure
(U) ; manque dans G et H. 117. Li autres dist ma bele done (U) ; En carité,
ma bele dome (G et H).

105-106. *Jou... fie :* à la lettre « Je ne sais pas ce que cela signifie, cette
dernière fois. » 128. *Dont... lembel :* pour éviter un nouveau mariage, la
veuve cherche à être la moins attirante possible. 133. *Grant cort :* probablement une sorte de Jugement dernier.

Je ne sais pas ce qu'il signifie,
le tout dernier rêve. »
Alors commence le murmure,
108 le conseil, le commérage
des parentes et des voisines
et des nièces et des cousines.
Elles lui disent : « Ma douce amie,
112 ne désespérez pas,
cessez d'être en deuil :
pensez plutôt à vous remarier !
– Me marier encore ? Quel mauvais sort !
116 Taisez-vous, je n'en ai cure ! »
L'autre dit : « Ma belle dame,
vous reprendrez un bon prud'homme
qui fera marcher cette maison,
120 qui reprendra ces biens,
qui ne sera ni fou ni débauché. »
Qui la verrait faire des grimaces
et répondre en colère :
124 « Dames, je n'en ai pas envie.
Que Dieu maudisse celui
qui me tiendra de tels propos,
car cela ne me fait pas plaisir. »
128 Après, elle maudit sa parure.
Laissons là maintenant la dame
qui raconte son deuil et son dommage,
et parlons plutôt de celui
132 qui ne voulut pas la satisfaire.
Il est mené devant la grande cour,

la le velt on tenir mout cort :
s'il ne velt bien rendre raison,
136 on le prent a poi d'oquisson.
Il huce et crie se maisnie
qu'il avoit mout soef norie,
et ses parens et ses amis
140 u il avoit sen avoir mis :
por Deu qu'il li vignent aidier !
Mais ce ne puet nus sohaidier.
Puis apele, a dolante ciere,
144 sa mollier qu'il avoit mout ciere,
mais li dame est en altre point.
Une dolçors al cuer li point,
qui le soslieve contremont ;
148 et li doiens le resomont,
qui desire a mangier car crue
qui n'est de paon ne de grue,
ains est de l'andolle pendant
152 u les plusors sont atendant.
Li dame n'a mais de mort cure,
ains se retifete et escure,
si fait gausnir se muelequin,
156 et relieve sen roëkin,
si refait musiaus et torés,
et recommence les tifés,
si vest ses dras a remuiers.
160 Ausi com li ostoirs muiers
qui se va a l'air esbatant,
se va li dame deportant
et demostrant de rue en rue.

---

134. *Tenir cort* : jeu de mots sur « tenir court » et « tenir conseil ».
148. *Doiens* : métaphore pour le sexe féminin, dérivée peut-être de *doit*
« conduit », « canal » ou de *doille* « douille ». **151.** *Andolle pendant* : « sexe
masculin ». Gautier utilise la même expression dans *Des Cons* (ms. A, f.
241v) : « Ce tesmoingne Gautiers li Leus/ Que li cons porte tel racine :/
Sa dame en fet gesir sovine/ Et si demande tele andoille/ Dont sor l'anel
en pent la coille » ainsi que dans *Del sot Chevalier*, vv. 89-92 : « Dame,

et là on veut le tenir court :
s'il ne sait se justifier,
136 on le torture pour le moindre motif.
Il crie à haute voix et appelle ses gens
– qu'il avait traités avec beaucoup d'égards –
et ses parents et ses amis
140 qu'il avait fait profiter de sa fortune :
qu'ils viennent l'aider pour l'amour de Dieu !
Mais personne ne peut accomplir ce souhait.
Puis il appelle, avec un visage très triste,
144 sa femme, qu'il aimait beaucoup,
mais la dame est dans d'autres dispositions.
Une douceur la pique au cœur
et le lui fait bondir ;
148 et son cu(l)ré la relance,
qui désire manger de la chair crue
– ni du paon, ni de la grue –
mais bien de l'andouille pendante,
152 vers laquelle tendent la plupart des femmes.
La dame ne se soucie plus de la mort,
elle se pare et se farde de nouveau,
elle teint en jaune ses mousselines,
156 elle relève ses volants,
elle arrange à nouveau nœuds et foulards,
elle recommence à s'atifer
et change et rechange ses vêtements.
160 Comme le faucon mué
qui va s'ébattant par l'air,
la dame s'en va, bien joyeuse,
se montrant de rue en rue.

---

fait il, molt volentiers./ Ja n'en ira li traus entiers/ Que je n'i mece men
andolle./ Et que fera je de me colle ? » et vv. 229-231 : « Ma dolce suer,
m'amie ciere,/ Cest grant trau vos fist uns leciere/ Por les andolles englotir ! »

164 Mout simplement le gent salue
    et encline jusques en terre.
    Mout sovent clot le boce et serre ;
    dont n'est ele pas pereceuse,
168 aspre ne sure ne tenceuse,
    ains est plus dolce que canele
    et plus tornans et plus isnele
    que ne soit rute ne vensvole.
172 Avuec les iels li cuers li vole.
    Ele n'a talent de corcier
    ne de plaindre ne de groucier,
    ains se fait mout et sage et simple.
176 Souvent remet avant se guimple
    por les joes tretos couvrir,
    ki s'asanlent a l'uel ouvrir.
    Or vos ai dit de sa matire
180 confaitement ele s'atire.
    Or vos aconterai briement
    un petit de son errement,
    confaitement ele se mainne
184 le dïemence et le semainne.
    Le deluns commence son oire,
    puis n'encontre blance ne noire
    k'ele ne face a li entendre,
188 por çou qu'ele le veuille entendre.
    Ensi toute jor va et vient,
    de mainte cose li souvient,
    et quant ele est la nuit coucïe
192 dont commence sa cevaucïe.

---

165. Jusques en (H) ; De jusquen (G). **173-214.** *Ele... derous :* ce passage ne figure pas dans G, nous suivons H. **187.** Kele (U) ; Ke (H).

---

176. *Guimple :* « pièce de tissu qui couvre la tête et entoure les tempes et le cou ». **177.** *Joes :* Quoique les rides ne soient pas mentionnées *expressis verbis*, il faut interpréter *joes* dans ce sens. *Tretos :* lu *cretes* par Livingston. **178.** *Uel :* probablement la partie de la guimpe qui entoure le visage sans le couvrir, *cf.* l'œillère du heaume. **187.** *Face... entendre :* c'est-à-dire qu'elle aimerait se remarier.

164 Elle salue les gens aimablement
et s'incline jusqu'à terre.
Très souvent elle ferme la bouche et la tient fermée ;
elle n'est pas paresseuse,
168 ni âpre, ni amère, ni querelleuse,
au contraire, elle est plus douce que cannelle
et virevolte plus vite
qu'une toupie ou une girouette.
172 Avec ses yeux s'envole son cœur.
Elle ne veut pas être affligée
ni se plaindre ni gronder,
au contraire, elle se comporte de façon sage et simple.
176 Souvent elle met en avant sa guimpe
pour couvrir complètement les rides de ses joues
qui se rejoignent quand sa parure s'ouvre trop.
Je viens de vous dire
180 comment elle se fait belle.
Maintenant je vais vous décrire
en quelques mots son comportement,
comment elle se conduit
184 le dimanche et pendant la semaine.
Le lundi elle part en expédition ;
elle ne rencontre ni blanche ni brune
à qui elle ne le laisse pas entendre,
188 pourvu qu'elle veuille le comprendre.
Ainsi elle va et vient toute la journée,
elle se souvient de beaucoup de choses,
et, la nuit, quand elle est couchée
192 alors commence sa chevauchée.

    Mout est ses corages alius ;
    ele l'envoie en tant mains lius
    u on n'a gaires de li cure.
196 Ja la nuis n'estra tant oscure
    ke ses cuers ne voist en riviere.
    Puis dist souvent : « Ce m'est aviere,
    j'avenroie bien a celui :
200 il a mout bel vallet en lui ;
    et cil n'aroit cure de mi,
    se en parloient mi ami ?
    Et cil autres ne m'aroit oeus :
204 il n'a mie vaillant deus oeus !
    Chil est trop haus et chil trop viés :
    je poroie bien faire miés ! »
    Ensi toute nuit estudie,
208 car il n'est qui le contredie,
    et quant ce vient la matinee,
    si dist : « De bone eure fui nee,
    car je n'ai mais qui me destragne.
212 Je ne criem privé ni estraigne,
    nului – ne bis, ne blont, ne rous.
    Or est mes cavestres derous ! »
    Dont n'a ele soing de reponre :
216 il ne l'estuet mie semonre,
    s'on fait nueces, qu'ele n'i soit.
    Ele n'a mais ne fain ne soit :
    or ne li faut plus que li rains
220 qui le mal li cache des rains –
    celui porquiert bien et porcace.

205-206. Chil... mies (U) ; manquent dans H (et G).

---

197. *Riviere :* lu jusqu'ici par les critiques *nuiere*, mot tout à fait mystérieux et incompréhensible. *Aler en riviere* « aller à la chasse au gibier d'eau », par contre, est attesté de nombreuses fois : *cf. Le Couronnement de Louis,* vv. 2657-2658 : « Or se cuida Guillelme reposer,/ Deduire en bos et en riviere aler » ; *Fierabras,* v. 120 *sq.* : « Est en riviere alés,/ Oisiaus et volatisses ot prins ce jor assés » ; Adam de La Halle, *Le Jeu de Robin et de Marion,* v. 53 : « Marions : Et où alés-vous ?/ Li chevaliers : En rivière. »

Son cœur est très généreux :
elle l'envoie en tant de lieux
où l'on ne se soucie pas beaucoup d'elle.
196 Jamais la nuit ne sera assez obscure
pour que son cœur n'aille pas à la chasse.
Elle dit souvent : « A mon avis
je conviendrais bien à celui-ci :
200 c'est un très beau jeune homme ;
et celui-là, n'aurait-il pas cure de moi
si mes amis lui en parlaient ?
Mais cet autre ne me conviendrait pas :
204 ce qu'il possède ne vaut pas un clou.
Et celui-là, il est trop arrogant et celui-ci, il est trop vieux :
je pourrais certes faire mieux ! »
Ainsi elle médite toute la nuit,
208 car il n'y a personne qui s'y oppose,
et quand le matin approche,
elle dit : « Je suis née sous une bonne étoile,
car je n'ai plus personne qui me torture.
212 Je ne crains ni ami intime ni étranger,
personne, qu'il soit grisonnant, blond ou roux.
Mon licou est brisé ! »
Donc elle ne se soucie plus de se cacher –
216 il ne faut pas l'inviter
si on célèbre des noces : elle y est.
Elle n'a jamais ni faim ni soif :
il ne lui manque plus que le bout de bois
220 qui guérisse son mal de reins –
voilà ce qu'elle poursuit et recherche.

---

219. *Rains :* allusion au sexe masculin. **220.** *Mal des rains : cf.* ci-dessous, note au v. 506 et ci-dessus, *La Saineresse*, note au v. 37.

Ses enfans en sus de li cace
et beke ausi com li geline
224 qui dalés le coc s'ageline.
Nuituns devint, sis escaucire.
Sovent fait candelles de cire
qu'ele ofre par us et par nombre
228 que Deus des enfans le descombre,
et que li male mors les prenge.
« Je ne truis qui por aus me prenge :
nus ne s'i oseroit embatre ! »
232 Puis se reva a els combatre,
ses hurte et fiert et grate et mort
et maudist de le male mort.
Adont faut li amors del pere,
236 puis que li enfés le compere.
Ce fait li dame et plus assés :
et s'ele a deniers amassés,
volentiers avuec li les porte,
240 puis dist c'uns hon devers Le Porte
li vint paier des hui matin.
Puis nome Robert o Martin
qui encor l'en doivent sept tans
244 qu'il li volront paier par tans,
« mien ensïant, ains quinze dis ».
Mout se fait rice par ses dis,
et s'ele encontre une parliere
248 qui de redire est noveliere,
si s'acoste de joste li,
puis se li dist : « Ce poise mi,
ge ne sui auques vostre acointe,

---

228. Le (H); Le (U); Les (G).

---

225. *Nuitun* : *Cf.* Gautier le Leu, *Del fol Vilain*, v. 331 *sq.* : « Il li a dit : "Sont ce nuitun/ Qui la peskent en cel betun ?" » **240.** *Le Porte* : *cf. Rogier de Le Porte* dans *De deus Vilains*, v. 72.

Elle chasse ses enfants loin d'elle
et becquète comme la poule
224 qui se baisse sous le coq.
Elle devient démon et les repousse.
Souvent elle fait des chandelles de cire
qu'elle prend l'habitude d'offrir en grand nombre
228 afin que Dieu la débarrasse des enfants
et que la male mort les prenne.
« A cause d'eux je ne trouve personne qui me prenne :
aucun n'oserait s'y aventurer ! »
232 Puis elle va de nouveau les battre,
elle les heurte, frappe, gratte, mord
et les menace de la male mort.
Ce qui manque, c'est l'amour du père,
236 voilà pourquoi l'enfant le paie cher.
La dame fait cela et beaucoup plus.
Et si elle a ramassé de l'argent,
elle le porte volontiers sur elle,
240 en disant qu'un homme de La Porte
est venu la payer ce matin.
Puis elle nomme Robert ou Martin
qui lui doivent encore sept fois plus,
244 et la paieront à l'échéance,
« à mon avis, avant quinze jours ».
Elle se fait très riche par ses dires,
et si elle rencontre une femme bavarde
248 qui soit commère cancanière,
elle s'approche d'elle
et dit : « Cela me pèse
de ne pas être votre amie,

252 car « vos n'estes fole ne cointe,
　　si vos ai grant pieça amee,
　　et si sui maintes fois esmee
　　d'aler a vos esbanoier.
256 Il ne vos doit mie anoier
　　se je parol un poi a vos,
　　car vos devés monter a nos :
　　ce me soloit ma dame dire.
260 Mais je ai mout le cuer plain d'ire
　　de mon segnor que j'ai perdu,
　　mais mi ami m'ont desfendu
　　que je laisce le duel ester,
264 que je n'i puis preu conquester.
　　Certes mes sire m'ert mout boens
　　si me faisoit mout de mes boens
　　et en cauchier et en vestir.
268 Il m'avoit faite ravestir
　　de se maison et de son estre.
　　Il avoit mout le cuer onestre,
　　mais il n'avoit point del delit
272 que li prodome font el lit :
　　tantost com il estoit colciés,
　　m'ert ses cus en l'escorç ficiés ;
　　ensi dormoit tote la nuit,
276 si n'en avoie autre deduit –
　　si me pooit mout anoier !
　　Certes jo nel quier a noier,
　　mes sire ert mout d'avoir sopris
280 ançois que je l'eüsce pris,
　　mais il ert ja trestos kenus
　　ançois qu'il fust a moi venus,
　　et j'estoie une bascelete

271-272. Pour la rime *delit : lit* (assez fréquente dans les fabliaux) chez Gautier le Leu *cf. Del sot Chevalier,* v. 203 *sq.* : « Qant ont mangiet par grant delit,/ D'autre part furent fait li lit », *De deus Vilains,* v. 21 *sq.* : « Puis se colcierent en un lit/ Car lassé erent et delit », *Connebert,* v. 149 *sq.* : « Si s'est couchiez dedanz lo lit/ A grant joie et a grant delit. »

252 car vous n'êtes ni folle ni orgueilleuse,
je vous aime depuis longtemps
et je me suis proposé beaucoup de fois
d'aller me divertir avec vous.

256 Cela ne doit pas vous ennuyer,
si je cause un peu avec vous,
car nous devons être parentes :
c'est ce que ma mère avait l'habitude de me dire.

260 Mais j'ai le cœur plein de chagrin
à cause de mon mari que je viens de perdre,
mais mes amis m'ont défendu
de continuer le deuil,

264 car je ne peux pas en tirer profit.
Certes, mon mari était très bon avec moi,
et m'accordait ce que je voulais
quant aux chaussures et quant aux vêtements.

268 Il m'a fait donation
de sa maison et de ses biens.
Il avait le cœur très généreux,
mais il ne trouvait pas de plaisir

272 à ce que font au lit les prud'hommes :
aussitôt qu'il était couché,
c'est son cul qu'il me collait au flanc ;
ainsi il dormait toute la nuit,

276 et je n'avais nul autre plaisir –
ce qui me déplaisait beaucoup !
Certes, je ne veux pas le nier,
mon mari était très riche

280 avant que je l'aie épousé,
mais il avait déjà les cheveux blancs
avant de me connaître,
et moi, j'étais une fillette

284 a une crasse mascelete,
   et vos estiés uns enfeçons
   autretele com uns pinçons,
   s'aliés corant aprés vo mere
288 qui a ma dame estoit commere
   et si estoit pres no parente.
   Je sui de se mort mout dolente,
   foit que je doi Nostre Segnor !
292 Or vos dirai de mon segnor :
   il savoit mout bien gaegnier
   et asanler et espargnier.
   Sen arme soit en grant repos !
296 J'ai assés caudieres et pos
   et blanques quieltes et bons lis,
   huges, sieges et caelis,
   et bons manteals et peliçons
300 qui furent fait a esliçons.
   S'ai asés dras, lignes et lagnes,
   et s'ai encore de deus lagnes,
   de le grosse et de le menue.
304 Ma maisons n'est mie trop nue,
   ainz i pert, al dit de tamaint,
   que preudefeme et riche i maint :
   ains i a certes bials harnas ;
308 car j'ai encore deus hanas :
   li uns en est fais al viés tor,
   a l'eur reverset tot entor ;
   mes sire l'avoit forment cier.
312 Mais je n'ai cure d'anoncier
   se j'ai ce que Deus m'a donet.
   Vos conisciés bien Deudonet,
   et si conisciés bien Herbert
316 et Bauduïn le fil Gobert.
   Savees rien de lor afaire ?

305-306. Ainz... maint (U) ; manquent dans G et H.

284 à la joue bien grasse,
et vous, vous étiez un petit enfançon,
semblable à un pinson,
trottinant près de votre mère,

288 qui était commère de la mienne,
et elle était notre proche parente.
Je suis très triste de sa mort,
par la foi que je dois à Notre Seigneur !

292 Quant à mon mari, je vais vous dire :
il savait très bien gagner de l'argent,
l'assembler et l'épargner.
Que son âme trouve le repos mérité !

296 J'ai assez de chaudrons et de pots
et des matelas blancs et de bons lits,
des coffres, des sièges et des châlits
et de beaux manteaux et des pelisses,

300 qui ont été faits en grand nombre.
J'ai assez de draps de lin et de laine
et j'ai encore deux sortes de bois à brûler :
du bois gros et du petit bois.

304 Ma maison n'est pas pauvre du tout ;
à ce que disent beaucoup de gens, on voit bien
qu'une femme sage et riche l'habite :
il y a là certes de beaux meubles ;

308 de plus j'ai encore deux gobelets :
l'un d'eux est fait à l'ancienne mode
au bord retourné tout autour ;
mon mari l'aimait beaucoup.

312 Mais je ne tiens pas à ce qu'on sache
ce que Dieu m'a donné.
Vous connaissez bien Dieudonné,
et vous connaissez bien Herbert,

316 et Baudouin, le fils de Gobert.
Ne savez-vous rien de leurs affaires ?

On m'i velt mariage faire...
Mais c'est mervelle de le gent :
320 on cuide en tel liu de l'argent
u il n'a gaires de plentet.
Li plusor sont mout endetet,
et je sui rique feme a force.
324 On puet del fust veïr l'escorce,
mais on ne set qu'il a dedens.
Mains avoirs est ausi com vens,
mais li miens est bien aparans !
328 Je faç asés de dras par ans,
et si sui prodefeme et sage,
si ai eüt sovent mesage
des mellors qui sont ci par ent.
332 Teus i a qui sont vo parent,
mais je n'ai cure del nomer.
En'apartenees Gomer ?
Mais por Gomer nel di je mie...
336 Or vos dirai, ma dolce amie :
antan me dist une devine
qui me fist estendre sovine
si m'esgarda en un cercel,
340 j'arai encor un jovencel.
Savees nient en vo visnage
u il ait auques de barnage ?
Cil me sanle de grant raison
344 qui maint d'autre part vo maison.
Il m'a ioan mout esgardee,
mais je m'en sui mout bien gardee :
c'onques vers lui ne retornai.
348 Il maint uns prodon a Tornai
qui m'apartient de par mon pere.
Cil parole d'un sien compere,
qui mout est rices et manans,
352 et s'est mout prés de lui manans,
mais il est viels, ce m'a on dit,

On veut me marier avec eux...
Mais le monde est bien étonnant :
320 on croit qu'il y a de l'argent en tel lieu
où il n'y en a pas beaucoup.
La plupart d'entre eux sont très endettés,
et moi, je suis une femme riche, malgré moi.
324 On peut voir l'écorce de l'arbre,
mais on ne sait pas ce qu'il y a dedans.
Pas mal de fortunes sont comme le vent,
mais la mienne est bien évidente !
328 Je fais assez de draps par an,
et je suis une femme vertueuse et sage
et j'ai eu souvent des demandes d'amour
des meilleurs qu'on trouve ici dans les environs.
332 Il y en a quelques-uns qui sont vos parents,
mais je ne voudrais pas les nommer.
Etes-vous parente de Gomer ?
Ce n'est pas à cause de Gomer que je le demande...
336 Maintenant je vous dirai, ma douce amie :
l'année passée une devineresse m'a dit
– elle m'a fait étendre sur le dos
et m'a regardée à travers un cerceau –,
340 que j'aurai à l'avenir un jeune homme.
Ne connaissez-vous rien dans votre voisinage
où il y ait quelque peu de noblesse ?
Celui-ci me semble bien raisonnable
344 qui habite de l'autre côté de votre maison.
Dernièrement il m'a beaucoup regardée,
mais je me suis bien gardée d'en faire autant :
jamais je ne lui ai prêté attention.
348 Un prud'homme habite à Tournai,
qui m'est parent du côté de mon père.
Il m'a parlé d'un sien confrère,
qui est très riche et puissant,
352 et qui n'habite pas loin de lui,
mais il est vieux à ce qu'on m'a dit,

    je l'ai ioan asés maudit :
    foit que je doi saint Lïenart,
356 je n'en averai ja viellart !
    Puis que ce vient a le bescosse,
    je n'ai cure de garbe escosse.
    Jo ai certes mout bel avoir
360 por un bel vallet a avoir !
    Bele amie, pensés de mi :
    se vos avés nul vostre ami
    qui auques soit preus et senés,
364 il iert en mi bien asenés !
    Et vos, soiés preus et senee :
    se je sui par vos asenee,
    vos en arés buen guerredon,
368 se Deus me face vrai pardon !
    Mais je n'ai cure de promettre,
    n'onques ne m'en vol entremetre,
    mais saciés bien trestot de fit,
372 se li cosse torne a porfit,
    vos en serés mout bien caucïe !
    Esgardés en cele Caucïe
    u en Anzaing o el Nuefborc
376 quels est li fils dame Wiborc,
    et li fils segnor Godefroit !
    Il se fist avant ier mout froit,
    qant on l'aparla d'Isabel.
380 S'il vos devoit venir a bel,
    s'i parlisciés covertement.
    J'ai ci esté mout longuement :

---

355. *Saint Lïenart :* Léonard de Noblac, courtisan français converti par saint Rémi. Représenté comme abbé, tenant des chaînes, des fers ou un cadenas. Patron des prisonniers. Fête : 6 novembre. **357-358.** Pour la rime *bescosse – escosse* chez Gautier le Leu *cf. Del sot Chevalier*, v. 300 *sq.* : « Dont sont si conpagnon salit,/ Qant il oïrent le bescosse./ Et li sos a la main escosse,/ De qoi il tenoit le manefle. » **374.** *La Caucïe :* une artère principale de Valenciennes (*cf.* Livingston 1951, 39). **375.** *Anzaing :* l'actuel Anzin, ville qui prolonge Valenciennes (*cf.* Livingston 1951, 39).

dernièrement je l'ai assez maudit :
par la foi que je dois à saint Léonard,
356 je n'aurai jamais de vieillard !
Lorsqu'il s'agit de baiser,
je ne veux pas de gerbe sans grain,
car j'ai assez belle fortune
360 pour avoir un beau jeune homme !
Belle amie, pensez à moi :
si vous avez parmi vos amis
quelqu'un qui soit prud'homme et bien portant
364 il sera bien loti avec moi !
Et vous, soyez sage et prudente :
si je suis pourvue grâce à vous,
vous aurez une belle récompense,
368 que Dieu me pardonne !
Mais je n'ai cure de promettre
et je ne veux pas m'en mêler non plus.
Sachez-le cependant en toute certitude :
372 si la chose réussit,
vous serez très bien chaussée !
Regardez vers La Chaussée
ou à Anzin ou à Neufbourg
376 comment est le fils de dame Guibourg
et le fils de seigneur Godefroi !
Avant-hier il s'est montré très froid
quand on lui a parlé d'Isabelle.
380 Si cela vous plaisait,
vous pourriez lui en parler couvertement.
Je suis restée ici longtemps :

---

375. *Nuefborc* : un quartier de Valenciennes situé non loin de la Chaussée. Il avait ses échevins particuliers et s'étendait jusqu'à la porte d'Anzin. Il existe toujours à Valenciennes une place du Neufbourg (*cf.* Livingston 1951, 39 *sq.*).

je ne m'en departisse anuit,
384 mais je criem qu'il ne vos anuit...
Je vos meç jor a dïemence :
si sera avuec nos Climence,
s'averomes pumes et nois
388 et de cel vin de Loënois...
Alez a Deu, dame, mais ent
revenez moi veoir sovent :
si vos dirai d'un mien parent
392 qui ne maint mie ci par ent,
qui me voloit faire converse ! »
Lors le fiert de le main enverse,
si s'en torne, si s'en depart.
396 Cele s'en va de l'autre part,
qui en maint liu le dist et conte.
Hui mais porés oïr le conte
confaitement li dame esploite.
400 Golïas tant l'argüe et coite,
et li fus dont ele est esprisse
qu'ele en a un saciet a prisse.
Qant ele le tient en ses las,
404 il puet bien dire qu'il est las :
s'il auques ne set des aniaus,
qu'il soit remuans et isniaus,
et qu'il sace bien cotener
408 et herdiier et creponer,
il est au matin mal venus.
De ce ne li puet aidier nus
qu'il n'ait mal se loce lavee.

389-390. Alez... sovent (U) ; manquent dans G et H.

---

388. *Loënois* : région du bassin parisien, dont les vins avaient très bonne renommée. **400.** *Golïas* : métaphore fréquente pour le sexe féminin *cf.* ci-dessous *Trubert*, v. 1971. **402.** *Un* : « un mari ». **405.** *Aniaus* : métaphore courante pour les parties sexuelles de la femme. **407-408.** *Cotener* (*coton* équivaut ici à « sperme »), *herdiier* (*hardiier* « attaquer »), *creponer* (*crespon* « croupion », « échine », « derrière ») : « avoir des rapports avec une femme ». **411.** *Avoir se loce mal lavee* : « être mal traité ».

je ne m'en irais pas de la nuit –
384 mais je crains que cela vous gêne...
Je vous donne rendez-vous dimanche :
Clémence sera avec nous
et nous aurons des pommes et des noix
388 et de ce vin du Laonnois...
Partez maintenant, que Dieu vous protège,
mais venez souvent me voir :
je vous raconterai comment un de mes parents
392 qui n'habite pas loin d'ici
voulait que je devienne religieuse ! »
Alors elle lui serre la main,
se tourne et s'en va.
396 L'autre s'en va dans l'autre direction
et le dit et le raconte dans beaucoup de lieux.
Maintenant vous pourrez écouter le récit
de la manière dont la dame agit.
400 Golias la presse et la pique tant,
ainsi que le feu qui l'enflamme,
qu'elle en attire un dans son piège.
Quand elle le tient dans ses lacets,
404 il peut bien dire qu'il est fatigué :
s'il ne s'y connaît pas pour enfiler les anneaux,
s'il n'est pas ardent et rapide
et s'il ne sait pas bien éjaculer son coton
408 et attaquer et croupionner,
au matin, il ne sera pas le bienvenu.
Nul ne peut l'aider en cela :
il aura louche mal lavée !

412 Tantost com li dame est levee,
 dont est batus li cas en l'aistre,
 lors commencent li mal a naistre,
 et li noise et li reprovier :
416 « Nos avons çaiens un bruhier,
 un durfeüt, un hebohet !
 Ahi ! com Damerdeus me het
 qui fui des bons vallés a quius :
420 et des cortois et des gentius,
 si pris cest caitif par nature !
 Tot cil aient male aventure,
 qui en fisent le plaquement,
424 qant il m'ont mise en tel torment !
 Il ne demande autre dangier
 que de dormir et de mangier.
 Tote nuit ronque com uns pors.
428 C'est ses delis et ses depors !
 Enne sui ge dont mal venue ?
 Qant je m'estenc joste li nue
 et il se torne d'autre part :
432 por poi que li cuers ne me part !
 Sire, ce ne fasiés vos mie,
 ains m'apeliés vo "dolce amie",
 et je vos apeloie "ami",
436 puis vos torniés par devers mi,
 si me baisiés mout dolcement,
 et disiés au commencement :
 "Ma bele dolce castelainne,
440 com vos avés soef alainne !"
 Sire, c'estoit tos tans vos dis.
 Vostre ame soit em paradis !

---

424. Mise (H) ; Mis (G).

---

433. *Sire :* réfère au mari défunt.

412 Après s'être levée,
la dame bat le chat dans l'âtre,
les maux commencent à naître,
et les querelles et les reproches :
416 « Nous avons céans un impuissant,
un vaurien, un misérable !
Ah ! Comme Dieu me hait, moi
qui avais de bons jeunes gens au choix :
420 des hommes courtois et nobles,
mais j'ai choisi ce chétif de nature !
Que soient maudits tous ceux
qui sont responsables de cette tromperie,
424 car ils m'ont mise en grand tourment !
Il ne demande rien d'autre
que de dormir et de manger.
Toute la nuit il ronfle comme un porc.
428 Voilà son amusement et son plaisir !
C'est un grand malheur, n'est-ce pas ?
Quand je m'étends nue à côté de lui,
il se tourne de l'autre côté :
432 peu s'en faut que je n'en perde le cœur !
Sire, vous ne faisiez jamais cela,
au contraire, vous m'appeliez "ma douce amie",
et je vous appelais "ami",
436 puis vous vous tourniez vers moi
et vous m'embrassiez doucement,
et vous disiez pour commencer :
"Ma belle douce châtelaine,
440 combien votre haleine est douce !"
Sire, c'est ce que vous répétiez sans cesse.
Que votre âme soit au paradis !

Et cis ribaus me tient plus vil
444 que le femier de son cortil,
je ne le doi gaires amer :
car fuist il ore ultre la mer !
Mais je sai bien, par saint Eloi,
448 qu'il n'est mie de bone loi,
ains est de çaus del Mont Wimer :
il n'a soing de dames amer... »
Dont respont cil a cele fois :
452 « Dame, vos estes en defois,
tant par avés torblé le vis,
je vos adoise mout envis.
Je ne vos puis tenir covent –
456 Golïas bee trop sovent.
Jo ne le puis asasiier,
tos i morrai de desiier ! »
Dont dist li dame : « Faus cuvers,
460 vos deüsciés estre convers
et entrer en une abeïe :
malement m'avés obeïe !
Or puet on bien de fit savoir
464 que je n'euc gaires de savoir
qant je laisçai por vos Jehan
qui sa terre a et son ahan,
et Godefroit et Bauduïn
468 et Gilebert et Foucuïn,
si pris trestot le plus malvais
qui soit dementres a Belvais !

445-446. Je ne... mer (U); manquent dans G et H.

---

447. *Saint Eloi :* évangélisa les régions d'Anvers, de Gand et de Courtrai. Patron des forgerons. Fête : 1ᵉʳ décembre. **449-450.** *Mont Wimer :* actuellement le Mont Aimé, commune de Bergères-les-Vertus, Marne. En 1239 on y avait organisé un autodafé de cathares (*cf.* Livingston 1951, 90). Le reproche du vers 450 se réfère à un rite albigeois, où les hommes mariés promettaient de s'abstenir de tout contact avec leur femme. **453.** *Vis :* Jeu de mots sur *vit* « bite » et vis « visage », ce qui mène à la deuxième inter-

Et ce ribaud me considère plus dégoûtante
444 que le fumier de sa cour,
ce n'est plus la peine de l'aimer :
s'il pouvait être de l'autre côté de la mer !
Mais je sais bien, par saint Eloi,
448 qu'il n'est pas comme il faudrait,
au contraire, il est de ceux du mont Aimé :
il ne se soucie pas d'aimer les femmes... »
Alors l'autre lui répond cette fois :
452 « Dame, vous êtes dégoûtante !
Vous avez tellement abusé de ma bite
que je vous touche seulement à contrecœur.
Je ne peux pas tenir ma promesse :
456 votre Golias bée trop souvent.
Je ne peux pas le satisfaire,
ses désirs me tueront !
– Faux traître, dit la dame,
460 vous devriez être convers
et entrer dans une abbaye.
Vous m'avez mal servie !
Maintenant on peut savoir avec certitude
464 que je n'avais guère d'intelligence
quand j'ai laissé Jean pour vous,
lui qui a sa terre et son champ labouré,
et Godefroi et Baudouin
468 et Gilbert et Fouquelin,
car j'ai bien pris le pire
qu'il y ait d'ici à Beauvais !

---

prétation « vous avez l'air tellement troublé ». **456-457.** *Golïas... asasiier :*
*cf.*Gautier le Leu, *Du Con*, vv. 207-210 : « Molt fist Dieus bien quant le
forma,/ Quant si grant vertu li dona,/ Que nus nel puet apetisier/ Ne por
bouter ne por sachier ».

Sire, mal estes restorés.
472 Vos devés bien estre plorés,
car onques plus preudon ne fu !
Vos sens et vos savoirs mar fu,
vo cortesie et vo bontés ;
476 mout estiés sages et dontés :
onques par vos ne fui maudite
ne adesee ne laidite –
et cis damisiaus me manace.
480 Il est bien drois que je le hace. »
Don li respont cil a haut ton :
« Dame, vos avés un gloton
qui trop sovent velt alaitier :
484 il a fait Bauçant dehaitier !
Je l'ai ioan de lui retrait
tot hasqueret et tot contrait.
On ne puet pas faire tos tans
488 c'on ne soit et las et estans.
Li vilain ont beaus bués par eures,
mais tos tans ne sont mie meures.

---

488. Et las et estans (H) ; Lasset et estans (G).

---

471. *Sire* : se réfère au mari mort. **479-480.** Pour la rime *manace : hace* chez Gautier le Leu *cf. Connebert*, v. 185 *sq.* : « Il est bien droiz que je le hace/ Por lo vilain qui me menace ». **484.** *Bauçant* : « cheval pie ». Nom de cheval dans beaucoup de chansons de geste (*cf.* Moisan 1986, I/1, 215) et métaphore courante pour le sexe masculin. Gautier l'utilise aussi dans *Du Con*, vv. 373-386 : « Joez assez tant com il (= le con) dure,/ Quar il demande sa droiture,/ Et se vos n'en poez plus faire,/ Faites Baucent cele part traire,/ Si l'atachiez devant la porte,/ Et se Baucenz se reconforte/ Qu'il puist en halt lever la teste,/ L'en li overra la fenestre./ Et se Rodoains li praiers,/ Qui tant est orgueilleus et fiers,/ Viel contredire le cheval,/ Si le batent li mareschal. » Le même passage se trouve dans le *Dit des Cons*, vv. 1-16. Pour l'emploi métaphorique du cheval et le motif du gardien battu par les palefreniers, *cf.* ci-dessus *La Damoisele qui ne pooit oïr parler de foutre*, vv. 173-187 et 201-202, 209. **488.** *Et las et estans* : *cf. Du Con*, vv. 249-250 : « Sor l'escluse de cel estanc/ A maint baron las et estanc ». **489-90.** *Li vilain... meures* : Pour la rime *heure – meure cf.* Gilles li Muisis, I, 367 : « De le mort n'est seürs du jour nuls, ne de l'heure,/ Pour chou li conscïence doit toudis iestre meure ». Le v. 489 fait peut-être allusion au

Sire, vous êtes mal remplacé.

472 Vous devez bien être pleuré,
car il n'y eut jamais d'homme plus vaillant !
Quel malheur d'avoir perdu votre bon sens et votre savoir,
votre courtoisie et votre bonté.

476 Vous étiez sage et bien élevé :
jamais par vous je n'ai été maudite
ni touchée ni maltraitée –
et ce jouvenceau me cherche querelle.

480 Je le déteste donc avec raison. »
Alors l'autre lui répond en élevant la voix :
« Dame, vous avez un glouton
qui veut têter trop souvent :

484 il a rendu malade Bauçant !
Je l'ai dernièrement retiré de lui
tout douloureux et tout contracté.
On ne peut pas le faire tout le temps

488 sans être fatigué et épuisé.
Les vilains ont parfois de bons taureaux,
mais toutes les heures ne sont pas propices.

---

proverbe « Las bués souef marche » (Morawski 1925, n° 1034). Lecoy
(*Romania* 1953, 253) n'est pas d'accord avec la traduction *meures* « bonnes », « propices » (du latin MATURAS), « car *meures* est ici, tout simplement,
morum, le fruit du mûrier, et le vers-proverbe veut dire quelque chose
comme "la saison des mûres ne dure pas toute l'année". *Cf.* Morawski
n° 2396 [= Totes heures ne sont meures], et la variante significative :
Totes heures ne sont meures et si eles sunt, ne sont maüres. »

Vos poés tant estraindre l'ive
492 qu'il n'i a seve ne salive.
Tant m'avés estrait et suciet
que vos m'avés a mort juciet,
si que vos tresbien le verés :
496 hon dist ja je sui enverés.
Je nel lairai que nel vos die :
mout a li hom le car hardie,
cui li dïables tant soprent
500 qu'i veve feme a enfans prent,
car ja n'iert un seul jor sans lime.
Venés avant, me dame grime,
si me donés les trente mars
504 que me promesistes demars,
entrués que je faisoie l'uevre
u il covient les rains a muevre.
Se je nes ai, par saint Richier,
508 vos le comparrés ja mout cier ! »
Li dame l'ot, mout li anoie
qant ele entent a le monoie
que li bacelers li demande –
512 a cent deables le commande.
Ele aimme mels estre batue
– que il l'ocie o qu'il le tue ! –
qu'ele cel avoir li delivre.
516 Ne qu'il en ait ne marc ne livre !
Lors le recommence a maudire
et a tencier et a lait dire :
« Ahi ! fait ele, despendus,

---

506. *Rains* : partie du corps où réside l'appétit sexuel. *Cf.* ci-dessus, v. 220
et dans *Del sot Chevalier*, vv. 76-80 : « Qui vit i met, c'est grans mesfais,/
Mais on doit el plus lonc boter/ Et apres doit on culeter,/ Et qant ce vient
a deerrains,/ Adont doit on serrer des rains. » ; *L'Esquiriel*, 136-138 : « Son
escuiroel li mist o con./ Li vaslez ne fu pas vilains :/ Il commence à movoir
les rains » et ci-dessus *La Saineresse*, note au v. 37. **507.** *Saint Richier* :
natif de Celles, à proximité d'Amiens, saint Riquier fut le premier à se

Vous pouvez presser la jument
492 jusqu'à ce qu'elle n'ait plus ni suc ni salive.
Vous m'avez tellement épuisé et sucé
que vous m'avez condamné à mort
comme vous le verrez très bien :
496 on dit déjà que je suis impuissant.
Je ne renoncerai pas à vous le dire :
il a la chair par trop hardie
celui que le diable trompe
500 au point de lui faire prendre une veuve avec des enfants,
car il ne sera pas un seul jour sans tourment.
Approchez-vous, ma dame fâchée,
et donnez-moi les trente marcs
504 que vous m'aviez promis mardi,
pendant que je faisais l'œuvre
où il convient de jouer des reins.
Si je ne les reçois pas, par saint Riquier,
508 vous allez le payer très cher. »
La dame l'entend et est très gênée
quand elle entend parler de l'argent
que le jeune homme lui demande.
512 Elle le recommande à la protection de cent diables.
Elle aime mieux être battue,
– qu'il la massacre, qu'il la tue ! –
plutôt que de lui donner cette fortune.
516 Qu'il n'en ait ni un marc ni une livre !
Elle recommence à le maudire
et à l'injurier et à dire des outrages :
« Hélas ! fait-elle, dépensier,

---

vouer au rachat des prisonniers. Fête : 26 avril. *Cf.* ci-dessus *Le Chevalier qui fist parler les Cons*, v. 489. **512.** *Deables... commande :* cf. ci-dessus *Le Prestre taint*, v. 28.

520 or est mes avoirs despendus !
Tant m'avés tolut et enblet,
je n'ai mais ne lagne ne blet.
Bien est me maisons escovee !
524 Vos estes de l'orde covee :
car je conoi bien vos parentes,
les caitives et les pullentes,
et vos serors et vos antains
528 qui totes sont ordes putains !
Et ne fu cele vo cusine
ki tante fois a jut sovine
et out catorze enfans d'un prestre ?
532 vos ne deveiz mies bons estre ! »
A icest mot li vallés saut.
Il ne dist mie : « Deus vos saut ! »,
ains le saisist par les lubars,
536 se li done des esclabars.
Tant li promet et tant li done
ke tous ses dis li gueredone.
Puis li resaut sor le jovente,
540 tant le fiert del puing et avente
qu'il en est sullens et lassés.
Qant il l'en a donet assés,
li dame ens en sa cambre muce,
544 tot sans capel et sans aumuce.
Tant a soferte la mellee
que la teste en a commellee.

---

520. Or... despendus : dernier vers de H. **525.** Car je conoi (U) ; Nos conisçons (G). **529-532.** Et ne... estre (U) ; manquent dans G (et H). **538.** Ke tous ses dis (U) ; Que tot ce dit (G).

533-534. Pour la rime *saut – saut* chez Gautier le Leu *cf. Del sot Chevalier*, v. 177 *sq.* : « Il respont : "Segnor, Dex vos saut !"/ A cest mot li maisnie saut », *De Dieu et dou Pescour*, v. 109 *sq.* : « Se li dist : "Amis, Dex te saut."/ A cest mot li pesciere saut » ; *Perceval*, vv. 1251-1253 : « [Li fos] s'a tel joie qu'il tripe et saut/ et dit : "Danz rois, se Dex me saut,/ or aprochent voz aventures" » et vv. 5431-5435 : « Quant del mostier revenu furent,/ contre mon seignor Gauvain saut/ la pucele et dit : "Dex vos saut/ et vos doint joie hui an cest jor !" »

520 tout mon argent est dépensé maintenant.
Vous m'en avez tellement pris et volé,
que je n'ai plus de bois à brûler ni de blé.
Ma maison est bien pauvre !
524 Vous sortez d'une couvée ignoble :
je connais bien vos parentes,
les chétives et les puantes,
et vos sœurs et vos tantes
528 qui sont toutes de sales putains !
Et est-ce que ce n'est pas votre cousine
qui tant de fois s'est couchée sur le dos
qu'elle a eu quatorze enfants d'un prêtre ?
532 Vous ne pouvez pas valoir grand-chose ! »
A ce mot le jeune homme fait un bond.
Il ne dit pas : « Que Dieu vous sauve ! »,
mais il la saisit par les reins,
536 puis il lui donne des coups.
Il lui en promet tant et lui en donne tant
qu'il la récompense de tout ce qu'elle a dit ;
puis le jeune homme se précipite de nouveau sur elle
540 et la bat et la frappe du poing
jusqu'à ce qu'il soit trempé de sueur et très fatigué.
Quand il lui en a donné à n'en plus pouvoir,
la dame va se cacher dans sa chambre,
544 toute décoiffée, sans son bonnet.
Elle a tant souffert de ce combat
que sa tête est tout ébouriffée.

Puis se fait colcier et covrir,
548 se desfent le cambre a ovrir,
si suce ses cols et repose ;
mais ele dist a cief de pose :
« Lere, com m'avés martirije !
552 Or m'ait Deus le mort otroije,
et si me mece en tele voie
que je l'ame mon segnor voie,
et que la moie le porsiue,
556 et qu'ele soit avuec le siue !
Car c'est la riens que plus desire :
que je soie avuec vos, bels sire ! »
Puis parole bas a fauset –
560 mout set bien faire le qauset
tot autresi com ele muire ;
puis recommence un poi a muire,
si fait faire des caudeles,
564 des rastons et des gasteles,
si se bagne tant et atempre,
et main et soir et tart et tempre,
qu'ele est garie et respasee.
568 Qant cele cosse est trespasee,
puis revienent andoi ensanle.
Mais je sai bien, si com moi sanle,
se cil puet bien ferir des maus,
572 dont est abasciés tos li maus,
dont est li cas a Deu voquiés,
dont n'est il ferus ne toquiés,
dont est li cosins retornés,
576 et li escamiaus destornés
por ce que il ne s'i abusce,
dont ne remaint en l'aistre busce,
dont est il amés et servis,
580 dont a il tot a son devis :
et les poisçons et les oiseaus,
dont est il sire et damoiseaus,

Puis elle se fait coucher sous des couvertures
548 et défend d'ouvrir la chambre.
Elle suce ses plaies et se repose ;
après un certain temps elle dit :
« Bandit, comme vous m'avez martyrisée !
552 Que Dieu m'accorde de mourir,
et qu'il me mette sur le bon chemin
pour que je voie l'âme de mon mari défunt
et que la mienne suive la sienne
556 et qu'elle soit avec la sienne !
Car c'est la chose que je désire le plus :
que je puisse être avec vous, mon cher mari ! »
Puis elle parle bas, d'une voix aigre –
560 elle sait très bien faire la meurtrie,
comme si elle devait mourir ;
puis elle recommence un peu à crier,
elle se fait faire des entremets délicieux,
564 des pâtisseries et de petits gâteaux.
Après elle se baigne et se rafraîchit souvent,
matin et soir, tard et tôt,
jusqu'à ce qu'elle soit guérie et revenue à la santé.
568 Quand tout cela est passé,
tous deux se remettent ensemble.
Il me semble et je sais bien que
aussi longtemps qu'il pourra bien battre avec ses marteaux,
572 tous les maux seront pardonnés :
le chat est voué à Dieu,
on ne le bat ni ne touche à lui,
le coussin est remis en place
576 et l'escabeau est éloigné
pour qu'il ne s'y heurte pas ;
on n'économise plus les bûches dans l'âtre,
il est aimé et servi,
580 il a tout selon sa volonté :
et les poissons et les oiseaux.
Il est seigneur et damoisel,

dont est il piniés et lavés
584 et mout soventes fois gravés ;
car je vos di bien de recief :
pités de cul trait lent de cief.
Vos qui les dames despités,
588 sovigne vos de ces pités
que vos sentés a icele eure
qu'ele est desos et vos deseure !
Qui cele dolçor vielt sentir,
592 bien doit s'amie consentir
grant partie de son voloir,
comment qu'il li doive doloir.
Car cil n'est pas gentius ne frans,
596 qui a cief de fois n'est sofrans ;
car se me feme me dist lait,
se je m'en vois, ele le lait.
Et qui dont le volroit respondre,
600 il feroit folie d'espondre.
Encor vient mels que je m'en voise
que je le fiere d'une boisse.
Segnor qui estes auduïn
604 et gileeur et herluïn,
ne soiés de rien en esmai :
li auduïn ont mellor mai
q'aient li felon combatant
608 qui les noisses vont esbatant !
Gautiers li Leus dist en la fin
que cil n'a mie le cuer fin
qui sa mollier destraint ne cosse,
612 ne qui li demande autre cosse

---

584. Soventes graves (G) ; manque dans U (et H).

587-590. *Vos... deseure* : cf. *Du Con*, vv. 102-106 : « Savez que ge vos vueil aprendre/ Que nus ne dame ne mesdie,/ Quar ce seroit grant vilenie :/ El monde n'a tant douce rien/ Con de feme, ce savez bien ! ». **603.** *Auduïn* : « mari débonnaire ». **604.** *Gileeur* est formé sur *gille* « tromperie ». *Herluin* est dérivé de *herler* « crier, faire du tapage ».

il est peigné et lavé,
584 et assez souvent on lui fait la raie.
C'est pourquoi je vous redis encore :
les attendrissements du cul tirent les poux de la tête.
Vous tous, qui méprisez les dames,
588 souvenez-vous de ces attendrissements
que vous ressentez au moment
où elle est dessous et vous dessus !
Celui qui veut sentir cette douceur,
592 doit évidemment accorder à son amie
une grande partie de ses requêtes,
même s'il doit en souffrir beaucoup.
Car celui-là n'est ni noble ni franc
596 qui ne souffre pas parfois –
mais si ma femme me dit des injures,
je m'en vais, et elle cesse aussitôt.
Et qui à ce moment-là voudrait lui répondre,
600 ferait une folie en s'expliquant.
Il vaut beaucoup mieux que je m'en aille
plutôt que de la battre avec une bûche.
Seigneurs, qui êtes des maris doux et soumis,
604 et trompeurs et tapageurs,
ne vous laissez pas troubler :
les maris doux ont plus d'agrément
que les méchants qui se disputent
608 et qui cherchent querelle !
Gautier le Loup dit pour finir
que celui-là n'a pas du tout le cœur d'un parfait amant
qui torture sa femme ou se dispute avec elle
612 ou lui demande autre chose

que ses bones voisines font.
Je n'i vuel parler plus parfont :
feme fait bien que faire doit.
616 Li romans faut, dreciés le doit !

---

616. *Li romans faut :* La Veuve semble prendre une place spéciale dans la
production littéraire de Gautier le Leu, car il a désigné ses autres œuvres
par les termes « fabliau », « fablel », « conte » et « aventure ». On pourrait
y voir une référence au rôle important que joue la psychologie dans *La
Veuve* (*cf.* ci-dessus). Quoi qu'il en soit, il faut souligner que les genres
littéraires au sens moderne n'existent pas encore à l'époque de Gautier et
que le terme *roman* signifie à l'origine tout simplement « écrit en français »
(et non pas en latin). *Dreciés le doit :* L'interprétation des derniers mots
pose des difficultés. Brusegan (1980, 271) propose « pagate il conto » et
Berger-Petit (1985, 64) traduisent « levez le doigt ». Livingston (1951, 311)
reste indécis : « Le jongleur s'adresse ici à son auditoire. Leur demande-t-il
ainsi une expression d'approbation ? Peut-être veut-il savoir qui serait prêt
à lui donner à boire ; *cf.* le dernier vers du *Pauvre Mercier* [... et] les
derniers vers de *De pleine bourse de sens :* Or ai mon fablel trait a fin, Si
devons demander le vin. » Nous proposons une traduction qui se base sur
drecier « servir à table » et *doit* « dû » (dérivé du latin DEBITUM), à la lettre :
« Servez le dû à table ! » De tels appels jongleresques qui cherchent à faire
payer le public pour la performance sont fréquents dans la littérature médiévale (*cf.* Faral 1910a, 119-125).

que ce que font ses bonnes voisines.
Mais je ne veux pas en dire davantage :
la femme fait bien ce qu'elle doit faire.
616 Le roman prend fin, préparez la table !

V. DOUIN DE LAVESNE

1. Trubert

Manuscrit : Le texte de *Trubert* (sans titre et sans *explicit*) nous a été conservé dans le manuscrit fonds fr. 2188 de la Bibliothèque Nationale (j). Il s'agit d'un codex unique qui n'offre que notre fabliau. Parchemin, 52 ff. de 30 vv. (13,5 × 21,2 cm), qui comporte cinq lettres superbement historiées aux folios 1r, 3r, 4r, 5v et 14r. Selon Raynaud de Lage (1974, VII), le manuscrit serait datable des environs de 1270. En fait il présente d'intéressantes analogies avec le manuscrit 395 de la bibliothèque de la Faculté de Médecine de Montpellier, contenant les *Etablissements de saint Louis*, qui est daté de 1273. *Cf.* le *Catalogue des manuscrits en écriture latine portant des indications de date, de lieu ou de copiste,* p. Ch. Samaran et R. Marichal, t. VI, Paris 1968, 317 ; *Les Etablissements de saint Louis,* éd. P. Viollet, Paris 1881, 399.

Notre codex a été la propriété de Jean et de Pierre Sala. Il s'agit d'un « livre » probablement destiné à un riche amateur ; les fautes y sont peu nombreuses. Six vers ont été cependant omis par le scribe qui a cherché à les remplacer en écrivant deux fois le même vers à la fin de la page. Ces lacunes n'ont pas manqué d'attirer l'attention de G. Roques (1975, 434). Il a observé que, si l'omission d'un vers est évidente après les vv. 778 et 1561, dans quatre passages (vv. 815, 1125, 1281,

2629) on ne fait que répéter, avec de légères variantes, des vers antérieurs ; qui plus est, trois de ces vers reprennent la rime du couplet qui les précède (813-815, 1279-1281, 2627-2629). Il faut cependant souligner qu'à chacune de ces lacunes correspond, comme nous l'avons déjà dit, un évident signe d'omission dans le manuscrit ; d'ailleurs les quatrains octosyllabiques monorimes caractérisent plusieurs textes de jongleurs médiévaux : voilà pourquoi nous n'avons pas corrigé le manuscrit.

Titre : Comme nous l'avons déjà observé, le titre manque dans le manuscrit, qui ne présente non plus aucun explicit ; il a été conjecturé par les éditeurs modernes.

Editions : Méon 1823 ; Ulrich 1904 ; Raynaud de Lage 1974.

Trubert

An fabliaus doit fables avoir
si a il, ce sachiez de voir :
por ce est fabliaus apelez,
4 que de faubles est aünez.
Douins qui ce fabliau rima
tesmoigne que il avint ja
en la forest de Pontalie
8 ot une fame hebergie.
Vueve fame fu, sanz seigneur ;
mout feisoit petit de labor.
Une fille et un fil avoit ;
12 en ce lieu norri les avoit,
s'estoient nonsachant et nice.
Norri orent une genice
si l'avoient mout bien peüe
16 de foin, de blé, d'erbe menue.
Tant la norrirent que fu granz.

Pour une analyse du texte, *cf.* l'Introduction, 49-58.
1. Nouvelle définition du fabliau qui se prétend composé de différents
épisodes (*fables* équivaut ici à « mensonges », « fictions »), enchaînés les
uns aux autres. *Cf. La Vieille Truande*, vv. 1-4 : « De fables fait on les
fabliaus,/ Et de notes les sons noviaus,/ Et de materes les canchons,/ Et de
dras cauces et cauchons » ; mais *cf.* également *Le Songe d'Enfer*, de Raoul
de Houdenc (éd. Mihm, Tübingen 1984), v. 1 : « En songes, doit fables
avoir ». **5.** Sur *Douins* (qui, au v. 2725, se dit de *Lavesne*), *cf.* ci-dessus

Trubert

Dans les fabliaux, il doit y avoir des fables
et il y en a, sachez-le en vérité :
c'est pour cela qu'il est appelé fabliau,
4 parce qu'il est composé de fables.
Douin, qui mit en rimes ce fabliau,
témoigne que, jadis,
dans la forêt de Pontarlie
8 habitait une femme.
Elle était veuve, sans époux,
et ne se fatiguait pas beaucoup.
Elle avait une fille et un fils ;
12 comme elle les avait élevés dans cet endroit,
ils étaient ignorants et niais.
Ils avaient élevé une génisse
et l'avaient bien nourrie
16 de foin, de blé, d'herbe fine.
Ils la nourrirent tant qu'elle devint adulte.

---

notre Introduction, 52. **7.** *Pontalie :* dans le Vermandois, tout près de
Saint-Quentin et de l'abbaye d'Homblières ; *cf.* les vv. 252 et 2247. **9.** *Vueve
fame :* sur les rapports intertextuels avec le *Conte du Graal, Beaudous* et
Floris et Lyriope, voir ci-dessus l'Introduction, 55-58. **11.** *Labor :* en
général le travail des champs.

Quant ce vint au chief de deus anz,
si s'est li vallez porpensez :
20 « Mere, fet il, vos ne savez,
    alons vendre nostre genice,
    s'avra ma suer une pelice,
    que bien veez qu'elle est trop nue.
24 Tant com sera si mal vestue,
    ne troverons qui la demant.
    – Biaus fiz, fet elle, Deus t'ament
    quant tu as tel chose pensé !
28 Mout as bien dit et bien parlé,
    toutjorz mes t'en ameré meus ;
    maine la vendre, se tu veus. »
        Cil par matin sa voie aqueut,
32 au chastel ou le marchié queut
    en a sa genice menee.
    Un macecrier l'a achetee :
    dis sous, li fit, sanz riens lessier.
36 Cil li dona mout volentier ;
    encor valoit ele vint sous,
    mes cil estoit nices et fous,
    n'onques mes en tout son aé
40 n'avoit vendu ne acheté.
    Des deniers ot il vint et cent
    li vallez a son paiement,
    einsi les avoit il nombrez.
44 En son giron les a noez ;
    li vallez regarde si voit
    une chievre c'uns hom tenoit
    en un lïen et la velt vendre.

---

31. Ipar matin.

---

35. *sanz... lessier :* sans rien rabattre du prix (*cf. Le Garçon et l'Aveugle*,
v. 38). Le sou vaut douze deniers ; la livre vaut vingt sous, mais Trubert,
lui, ne comprend rien aux rapports monétaires : *cf.* les notes 65 et 107.

Au bout de deux ans,
le jeune homme a cette pensée :
20 « Mère, dit-il, savez-vous,
allons vendre notre génisse,
ainsi ma sœur aura une pelisse,
vous voyez bien qu'elle est trop nue.
24 Tant qu'elle sera si mal habillée,
nous ne trouverons personne qui la demande en mariage.
– Cher fils, fait-elle, Dieu t'assiste
pour avoir pensé une chose pareille !
28 Tu as très bien dit et bien parlé,
je t'en aimerai toujours davantage ;
emmène-la vendre, si tu veux bien. »
Au matin, il se met en route,
32 emmenant sa génisse au bourg
où se tient le marché.
Un boucher proposa de l'acheter :
il la lui fit dix sous, sans rien rabattre.
36 L'autre les lui donna très volontiers ;
en réalité elle valait vingt sous,
mais il était niais et fou,
jamais, de toute sa vie,
40 il n'avait vendu ou acheté.
Il eut cent vingt deniers,
le garçon, comme il en fit le compte,
en recevant son paiement.
44 Il les noue au pan de son habit,
puis regarde alentour et voit
une chèvre qu'un homme tenait
en laisse pour la vendre.

48 Cil vint a lui si li demande :
   « Volez vendre la chievre, sire ?
   – Oïl, et si vos os bien dire
   n'a si bone jusqu'a Doai !
52 – Dites, por combien je l'avrai ?
   – Dirai : vos l'avrez por cinc sous.
   – Quanz vinz sont ce ? ce dit li fous.
   – Ce sont trois vinz, fet li vilains.
56 – Dites vos trois, ne plus ne mains ?
   – Oïl voir », ce dit li preudon.
   Lors a desnoé son giron,
   par trois foiz l'en a poié vint.
60 Li vilains a poié se tint ;
   au bacheler sa chievre livre
   et cil la prant toute delivre
   si l'en maine mout lieemant :
64 il cuide et croit veraiemant
   qu'il l'ait de deus parz enginié ;
   mout a redouté le pechié !
   Cil qui par aventure guile
68 s'en est entrez dedanz la vile ;
   tout contremont s'en est alez
   tant qu'a un huis est arestez
   ou ot peint uns viez croucefiz
72 et apareillié de verniz.
   Iluec s'est li bers arestuz.
   Il ne fu pas de parler muz,
   ainz a le mestre salué
76 et cil li a bon jor horé.
   Cil met son chief en la meson
   si a veü en un anglon
   un croucefiz au mur drecié
80 qu'en la croiz est apareillié ;

---

65. Trubert s'imagine que vingt deniers valent un peu moins d'un sou, car il semble confondre le rapport sou-denier avec le rapport sou-livre.

48 Il vient à lui et lui demande :
« Voulez-vous vendre votre chèvre, sire ?
– Oui, et j'ose bien vous dire,
il n'y en a pas d'aussi bonne jusqu'à Douai !
52 – Dites-moi : pour combien l'aurai-je ?
– Je vous le dirai : vous l'aurez pour cinq sous.
– Combien de fois vingt deniers est-ce ? demande le fou.
– Ce sont trois fois vingt, fait le vilain.
56 – Trois fois, dites-vous, ni plus ni moins ?
– Oui, absolument », dit le bonhomme.
Alors il a dénoué le pan de son habit
et par trois fois lui en a versé vingt.
60 Le vilain s'estime bien payé ;
il donna sa chèvre au jouvenceau
et celui-ci la reçoit dûment acquittée
et l'emmène tout joyeux :
64 en vérité il croit, il est convaincu
qu'il l'a trompé des deux cinquièmes
et il a eu très peur qu'on le découvre !
Ce trompeur chanceux
68 a pénétré dans la ville ;
il est monté vers la ville haute
jusqu'au moment où il s'est arrêté devant une porte
où un vieux crucifix était peint
72 et recouvert de vernis.
Là, notre brave a fait halte.
Loin de rester silencieux,
il a salué le maître des lieux,
76 et l'autre lui a dit bonjour.
Il passe la tête dans la maison
et voit, dans un coin,
un crucifié dressé contre le mur
80 et disposé sur la croix ;

bien cuide et croit veraiemant
uns hom soit de char et de sanc.
« Par foi, fet il, ci a mal plait !

84 Qu'avoit or cist preudon mesfet
qui en ce fust est clofichiez ?
Les eulz eüst il or sachiez,
cil qui einsi l'a conraé ! »

88 Lors l'en ont trestuit regardé :
« Di va, font il, sez tu ce qu'est ?
– Oïl mout bien, dit le vallet.
Bien voi que c'est un home mort,

92 je ne sai a droit ou a tort.
Que qu'il ait fet, or le lesson ;
Damedeus li face pardon,
et si feites marchié a moi. »

96 Dit li mestres : « Et je de quoi ?
– Ceste chievre que ci veez,
pour combien vos la me peindrez ? »
Li maistres entre en la corgie,

100 bien entent dou fol la sotie :
« Amis, trois sous de tes deniers
m'en donras, et je volentiers
la te paindré et bien et bel.

104 – Sire, fait cil, par saint Marcel,
bien sai que trop m'en demandez.
Mais s'il vos plait, vos en avrez
trois vinz certes, que plus n'en ai. »

108 Dit li mestres : « Et je ferai
ceste chievre qu'amené as,
et en tes biensfez me metras.

---

84. Pour les analogies avec le *Moniage Rainouart, cf.* Rossi 1979, 33.
99. *Entre en la corgie :* cette expression n'appartient qu'à Douin. Le maître lit dans les pensées de Trubert (*gorgie :* « contenu de la tête », « pensée »). **107.** *Trois vinz :* le maître artisan, pour peinturlurer la chèvre, n'avait demandé que trois sous (c'est-à-dire 36 deniers), mais Trubert s'écrie que c'est trop cher en lui offrant trois fois vingt deniers (soit 60 deniers, soit 5 sous !). **110.** *Cf.* ci-dessus, *Le Sohait des Vez,* v. 134 *sq.*

il pense bien et croit vraiment
que c'est un homme de chair et de sang.
« Ma foi, fait-il, c'est un sale coup !
84 Quelle faute a donc commise cet homme
pour être cloué sur ce bout de bois ?
Qu'il ait les yeux arrachés,
celui qui l'a maltraité ainsi ! »
88 De ce fait, tous l'ont observé :
« Dis donc, font-ils, sais-tu ce que c'est ?
– Oui, bien sûr, dit le garçon.
Je vois bien que c'est un homme tué,
92 je ne sais si ce fut à tort ou à raison.
Quoi qu'il ait fait, laissons-le maintenant ;
que le Seigneur lui accorde son pardon,
et vous, concluez donc un accord avec moi.
96 – Et à quel sujet ? dit le maître artisan.
– Cette chèvre que vous voyez ici,
pour combien est-ce que vous me la peindrez ? »
Le maître entre dans le coup,
100 en comprenant la sottise du fou :
« Ami, pour cela tu me donneras
trois sous de tes deniers, et moi
je te la peindrai volontiers et avec soin.
104 – Sire, fait-il, par saint Marcel,
je sais bien que vous m'en demandez trop.
Par contre, si cela vous va, vous en recevrez
trois fois vingt deniers, certes, car je n'ai rien de plus. »
108 Le maître dit : « Eh bien, je vais m'occuper
de cette chèvre que tu as amenée,
et tu me mettras dans tes prières.

      – Sire, fait il, mout volentiers ;
112 voil que soiez trestoz entiers ! »
      Li maistres la chievre apareille
      inde, jaune, vert et vermeille :
      mout en a feite bele beste.
116 Li soz en demaine grant feste.
      La main a mise a son argent,
      au mestre a fet son paiement.
      Sa chievre prent, d'iluec s'en torne.
120 Par devant le chastel s'en torne
      ou li dus dou païs menoit.
      Aus fenestres en haut estoit
      la dame, o lui une pucele.
124 « Veez vos or, ma damoisele,
      cele beste que cil hons maine,
      qui de tantes couleurs a laine ?
      – Par ma foi, j'en ai grant merveille !
128 Onques mes ne vi la pareille.
      Alez le moi tost amener ;
      dites que viengne a moi parler. »
      Damoisele Aude i est alee,
132 jusques au fol n'est arestee.
      Tot meintenant qu'ele vint la,
      la pucele le salua :
      « Amis, fet ele, Deus vos gart !
136 La chievre amenez ceste part
      si venez parler a ma dame
      la duchesse, qu'ele vos mande.
      – Mande ? fet cil, que me velt ele ?
140 – Sire, ce dit la damoisele,
      mout en devez grant joie avoir
      quant ma dame vos velt veoir. »
      Tant li dit et tant li loa
144 que li vallez dit : « G'irai la
      por savoir mon qu'elle me velt. »
      D'iluec s'em part, sa voie aquelt

– Sire, fait-il, très volontiers ;
112 je veux que vous y soyez tout entier ! »
Le maître garnit la chèvre
de violet, jaune, vert et vermeil :
il en a fait une très belle bête.
116 Le sot en est tout joyeux.
Il a mis la main à son argent
et a versé son dû au maître.
Puis, il prend sa chèvre et s'en va.
120 Il se dirige vers le château
où demeurait le duc du pays.
Aux fenêtres, là-haut, se tenait
la dame, avec elle une suivante.
124 « Voyez-vous donc, demoiselle,
cette bête que mène cet homme,
dont la laine est si multicolore ?
– Ma foi, j'en suis ébahie !
128 Jamais je n'en ai vu de pareille.
Allez vite me l'amener ;
dites-lui qu'il vienne me parler. »
Mademoiselle Aude y va ;
132 elle ne s'arrête pas avant d'avoir rejoint le fou.
Aussitôt arrivée à destination,
la suivante le salue :
« Ami, fait-elle, que Dieu vous garde !
136 Amenez la chèvre par ici
et venez parler à madame
la duchesse, car elle vous demande.
– Elle me demande ? fait l'autre, que me veut-elle ?
140 – Sire, dit la demoiselle,
vous devez être ravi
que madame veuille vous voir. »
Elle lui en dit tant, et tant lui conseilla
144 que le jeune homme dit : « Je m'y rendrai
pour savoir exactement ce qu'elle veut de moi. »
Il quitte la place, se met en route

et la damoisele l'en maine
148 jusques devant la chastelaine.
Si tost com la dame le vit,
le salua, puis si li dit :
« Amis, la chievre nos vendez,
152 s'il vos plet, et si en prenez
de nos deniers ce qu'elle vaut.
— Dame, fet il, se Deus me saut,
je la vos vandrai volentiers :
156 un foutre et cinc sous de deniers
la faz : itant en averai
ou je des mois ne la vandrai.
— Amis, du croistre voz taisiez
160 et gardez que plus n'en pleidiez.
De nos deniers en prenez tant
que vos n'i perdez ja neant.
— Par foi, fet cil, et je m'en vois !
164 Certes ne la vendrai des mois
se un foutre ou cinc sous n'en ai.
Ja de tant riens n'en lesserai. »
        Ce dit Aude la damoisele :
168 « Dame, mout est la chievre bele ;
por Dieu, ne la lessiez aler.
— Va, sote, il ne la velt doner
por mains d'un croistrë et cinc sous !
172 — Ne vos chaut, dame, c'est uns fos :
meintenant que sera montez,
descendra, et puis si avrez
la chievre qui tant par est bele ! »
176 Tant li a dit la damoisele,
la dame dit qu'ele fera
quanque au bacheler pleira.

---

150. Se salua.

---

156. *Cf.* ci-dessus *Cele qui fu foutue,* v. 53. **172.** *Cf.* Tobler 1895, nº 110 :
« De fol et d'enfant se doit on garder ».

et la demoiselle le conduit
148 jusque devant la châtelaine.
Aussitôt que la dame le vit,
elle le salua en lui disant :
« Ami, vendez-nous la chèvre,
152 s'il vous plaît, et prenez
de nos deniers ce qu'elle vaut.
– Dame, que Dieu me sauve, fait-il,
je vous la vendrai volontiers :
156 je la fais un foutre et cinq sous de deniers.
J'en aurai autant,
ou je ne la vendrai pas de plusieurs mois.
– Ami, quant à la baise, taisez-vous,
160 et gardez-vous d'en parler davantage.
De nos deniers, prenez-en assez
pour n'y rien perdre du tout.
– Ma foi, je m'en vais, fait l'autre.
164 Je ne la vendrai certes pas de plusieurs mois,
si je n'en ai un foutre avec cinq sous.
Jamais je ne ferai de rabais sur ce prix ! »
Demoiselle Aude dit ceci :
168 « Dame, la chèvre est fort belle ;
par Dieu, ne la laissez pas partir.
– Va, sotte, il ne veut pas me la donner
pour moins d'une baise et cinq sous !
172 – Ne vous en souciez pas, dame, c'est un fou :
dès qu'il sera monté,
il redescendra, et puis vous aurez
la chèvre qui est si belle ! »
176 La demoiselle lui en a tant dit
que la dame déclare qu'elle fera
tout ce qui plaira au jouvenceau.

Ce dit Aude : « Vos avez droit,
180 que ce ne fet ne chaut ne froit,
que ja pis ne vos en sera,
ne plus ne mains n'i avra ja. »
Le bacheler en ont mené,
184 en la chambre l'ont apelé
qui toute estoit encortinee.
Aude i a sa dame enfermee
avec le vallet sol a sol.
188 Cil li a mis le braz au col
si la gita enmi un lit
si en a feit tout son delit.
Aude se siet a la fenestre
192 qui bien set de sa dame l'estre.
Garde si voit le duc venant.
En la chambre s'en vint corant :
« Dame, fet ele, que feisiez ?
196 Par la mort Dieu, trop demorez !
Mes sires est ja a la porte,
se il vient ci, vos estes morte ! »
Ce dit la dame : « Sus levez,
200 amis, et si vos en alez.
S'avec moi estïez trovez,
mort serïez et afolez.
– Dame, fet il, or vos soufrez !
204 Ançois sera uns mois passez
que de vos soie rasazez.
En ce païs dont je fui nez,
i met en bien un mois entier ! »
208 Dit la dame : « Ce n'a mestier. »
La dame a pris un cofinel
a son chevez, ou si joel
estoient, et si ert toz plains
212 de parisis et de charteins.

---

204. *Cf. Renart,* br. II, vv. 1292-94 : « Se gel fiz, encor le ferai./ Fis et
ferai, dis et redis,/ Plus de set foiz, voire de diz. »

« Vous avez raison, dit Aude,
180 cela ne peut vous faire ni chaud ni froid,
et ce sera sans inconvénient pour vous,
car l'affaire n'aura pas de suite. »
Elles ont emmené le jouvenceau,
184 elles l'ont fait venir dans la chambre
qui était toute garnie de courtines.
Aude y a enfermé sa dame
avec le jeune homme, seul à seule.
188 Il lui met les bras autour du cou, puis
la culbute au milieu d'un lit
et en prend tout son plaisir.
Aude s'assied à la fenêtre,
192 elle qui sait bien où sa dame en est.
Elle regarde, voit alors rentrer le duc,
se précipite en courant dans la chambre :
« Dame, fait-elle, qu'avez-vous fait ?
196 Par la mort de Dieu, vous vous attardez trop !
Monseigneur est déjà à la porte,
s'il vient ici, vous êtes morte !
– Allons, levez-vous, ami,
200 et partez, dit la dame.
Si l'on vous trouvait avec moi,
vous seriez assommé et massacré.
– Dame, fait-il, patientez donc !
204 Il se passera un mois,
avant que je sois rassasié de vous.
Dans le pays où je suis né,
on y met bien un mois entier !
208 – Il n'en est pas question », dit la dame.
A son chevet, elle a pris un coffret
où se trouvaient ses bijoux,
et qui était tout rempli
212 de monnaies de Paris et de Chartres.

La dame en done au bacheler
a ses jointiees, sanz conter.
Par trois foiz i bouta ses mains :
216 dis livres li dona au meins.
« Amis, frere, or vos en alez
et vostre chievre en remenez. »
Atant ala cil l'uis ovrir ;
220 ne l'oserent plus retenir !
La dame a Dieu le commanda
et la pucele, puis s'en va.
        A l'issue de la chaucie
224 a encontré la chevauchie
le duc, o lui si chevalier
qui reperoient de chacier.
Trestuit a la chievre entendirent
228 et mout grant serement en firent :
ainz mes ne virent la pareille !
Tuit s'en rient a grant merveille.
Li dus meïsmes s'i areste,
232 plus que li autre en maine feste ;
au vallet vient si li demande :
« Amis, volez la chievre vendre ?
— Oïl, sire, se vos volez.
236 — Frere, dites que vos l'amez
et por combien je l'averai.
— Volentiers, sire, le dirai :
pour quatre paus dou cul l'avrez
240 et cinc sous ; itant m'en donrez
se ma chievre volez avoir.
— Amis, tu ne diz pas savoir,

---

216. Aus meins.

---

239. Comme l'a souligné Badel 1979, 73, n. 1, le même « esprit facétieux »
inspirait le soi-disant « droit de cognage à Chauny », dont il est fait mention
dans une charte de 1342 : on prétendait de chaque épouse étrangère passant
par la ville « cinc peaus (cinq poils) de sen con ou chinc sols (sous) parisis ».

La dame en donne au jouvenceau
à pleines paumes, sans compter.
Par trois fois elle y plongea les mains :
216 elle lui donna au moins dix livres.
« Ami, frère, partez maintenant
et ramenez votre chèvre. »
Alors il alla ouvrir la porte ;
220 elles n'osèrent plus le retenir !
La dame le recommanda à Dieu,
la suivante aussi, puis il s'en alla.
    Au bout de la chaussée,
224 il rencontra la troupe du duc,
à cheval – avec lui ses chevaliers –,
qui rentraient de la chasse.
Tous s'intéressèrent à la chèvre
228 et jurèrent solennellement :
jamais ils n'en avaient vu de pareille !
Tous en rient, très étonnés.
Le duc lui-même s'y arrête,
232 s'égayant plus que les autres ;
il rejoint le jeune homme et lui demande :
« Ami, voulez-vous vendre votre chèvre ?
– Oui, sire, si vous le voulez.
236 – Frère, dites-moi à quel prix vous l'estimez
et pour combien je l'aurai.
– Je vous le dirai volontiers, sire :
vous l'aurez pour quatre poils du cul
240 et cinq sous ; voilà ce que vous m'en donnerez,
si vous voulez avoir ma chèvre !
– Ami, tu ne parles pas raisonnablement,

fet li sires, se Deus me saut :
244 que ta chievre plus d'argent vaut,
je ne t'en veil pas enginier. »
Tuit s'en rient li chevalier
de ce que paus dou cul demande.
248 Li dus belement li demande :
« Amis, comment avez vos non ?
– Trubert, sire, m'apele l'on.
– Ou fus tu nez ? Ne celer mie.
252 – En la forest de Pontarlie.
– Trubert, frere, biaus doz amis,
quarante sous de parisis
vos ferai orendroit doner,
256 et si laissiez les peus ester,
qu'il ne vos vaudroient neant. »
Et dit Trubert : « Se Deus m'ament,
quatre peus du cul en avrai
260 et cinc sous, ou point n'en vendrai,
ainçois sera set anz passez ! »
Ce dit li dus : « Vos les avrez.
– Voire, dient li chevalier,
264 mes qu'il li couvendra sachier,
que vos n'i metrez ja la main.
– Non, fet li dus, par saint Germein !
Trubert, il les vos couvient prandre,
268 ne me puis pas du tout desfendre. »
Dit Trubert : « Et je les panrai
touz quatre, ja plus n'en avrai !
– Mes prenez en a grant plenté ! »
272 Li dus li a le cul tourné,
apareillié et descouvert
si que toz li fenduz apert.

---

271. Mes prenenez.

---

250. Sur le nom de *Trubert*, voir l'Introduction, 54.

fait le seigneur, que Dieu me sauve !
244 Ta chèvre vaut bien plus d'argent
et je ne veux pas te tromper. »
Tous les chevaliers rient
du fait qu'il demande des poils du cul.
248 Le duc lui demande aimablement :
« Ami, quel est votre nom ?
— On m'appelle Trubert, sire.
— Où es-tu né ? Ne le cache pas.
252 — Dans la forêt de Pontarlie.
— Trubert, mon frère, mon excellent ami,
je vais vous faire donner tout de suite
quarante sous de monnaie de Paris,
256 mais renoncez aux poils,
car ils n'auraient aucune valeur pour vous.
— Que Dieu m'assiste, dit Trubert,
j'en aurai quatre poils du cul
260 et cinq sous, ou je ne vendrai rien
avant que sept ans se soient écoulés !
— Vous les aurez, dit le duc.
— Bien sûr, disent les chevaliers,
264 mais il faut qu'il sache
que vous n'y mettrez pas la main !
— Non, par saint Germain ! fait le duc,
il faut que vous les preniez vous-même,
268 je ne peux plus du tout opposer de résistance.
— Je les prendrai donc tous les quatre,
dit Trubert, je n'en aurai pas davantage !
— Mais prenez-en en grande quantité ! »
272 Le duc tourne le cul vers lui,
disposé et découvert,
de sorte que la fente apparaît en entier.

« Trubert, frere, or en prenez
276 de cele part que vos volez. »
Et Trubert a apareillié
un poinçonnet mout delié ;
en la nache li a feru,
280 jusc'au manche l'a embatu
si le ra mout tost a lui tret.
A pou li dus ne crie et bret.
« Amis, dit il, tenez vos coiz,
284 mal m'avez fet a ceste foiz.
N'i touchiez plus, je m'en repent,
car trop i tienent durement
cil poil, il m'avroient ja mort !
288 – Sire, ne me faites pas tort !
S'il vos plest, congié me donez
einsi com il est devisez :
ja avrons cestui eslochié !
292 Se je l'eüsse a droit sachié,
bien sai de voir je l'eüsse or.
Lessiez le moi tenir encor. »
Ce dit li dus : « Ce n'a mestier,
296 nes en lairoire touz sachier,
qui me donroit cent mars d'argent !
Encor se je seüsse tant
qu'il fussent si enraciné,
300 n'i eüssiez ja cop tiré !
Se la chievre me veus lessier,
je t'en ferai cent sous baillier
si l'envoierai la duchesse. »
304 Et dit Trubert qui de tout boise :
« Vos l'avroiz, ne l'os contredire. »
Cent sous li fit baillier li sires.

---

305. Condredire (*t* surchargé sur *d*).

---

304. *Cf. Renart*, br. Ib, v. 2818 *sq.* : « Renart ot nom li engigneres,/ Fel fu et traitres et boisieres ».

« Trubert, mon frère, prenez-en donc
276 du côté que vous voulez. »
Alors Trubert a bien préparé
un petit poinçon très fin
et le lui enfonce dans la fesse,
280 le plantant jusqu'au manche ;
puis il le retire très vite.
Peu s'en faut que le duc ne crie et ne hurle.
« Ami, faites doucement ! s'exclame-t-il,
284 vous m'avez fait mal cette fois.
N'y touchez plus, j'y renonce,
car ces poils tiennent trop bien !
Certes, ils m'auraient tué à coup sûr !
288 – Sire, ne me faites pas ce tort.
S'il vous plaît, donnez-m'en la permission
comme convenu :
nous aurons bientôt détaché celui-ci !
292 Si je l'avais convenablement arraché,
je suis sûr que je l'aurais à présent.
Laissez-moi encore m'en emparer.
– Il n'en est pas question, dit le duc,
296 je ne les laisserai pas tous arracher,
même si on me donnait cent marcs d'argent.
Si seulement j'avais su à quel point
ils étaient enracinés,
300 vous n'auriez jamais tiré une seule fois !
Si tu veux me laisser la chèvre,
je te ferai livrer cent sous
et je l'enverrai à la duchesse. »
304 Et Trubert, qui trompe en toute occasion :
« Vous l'aurez, je n'ose pas m'y opposer. »
Le seigneur lui fit donner cent sous.

Atant se meitent a la voie,
308 ou chastel antrent a grant joie.
Li dus descendi au perron
et avec lui tuit si baron,
et monterent tuit ou palés.
312 Si grant joie ne verrez mes
com il demainent por la beste :
tuit et toutes en font grant feste.
La est la duchesse venue
316 de sa chambre, toute esperdue ;
Aude apele si li conseille ;
coiement li dit en l'oreille :
« Regarde, c'est la chievre au fol.
320 Dahaz aie parmi le col,
se je n'ai mout tres grant paor
qu'il n'ait conté a mon seignor
– certes conté li a, ce croi –
324 einsi com il jut avec moi !
– Non a, dame, n'en doutez ja,
onques li vallez n'en parla :
il s'osast meus toz les denz traire !
328 Mais alons enquerre l'afeire :
ou ele fu prise et trovee. »
Dit la duchesse : « Ce m'agree. »
Adés a la dame paor.
332 Ele s'en va a son seignor :
« Sire, dit elle, bien veigniez.
Or estes vos bien traveilliez !
– Dame, dit il, vos dites voir :
336 n'ai cure de ces gieus veoir ! »
En une chambre sont entré
et li dus a l'uis refermé
si sont asis enmi un lit.
340 Li dus i a pou de delit,
car li poinz dou poinçon l'angoisse.
Souvent soufasche de la cuisse.

Ils se mettent alors en route
308 et entrent tout joyeux dans le château.
     Le duc descend de cheval au perron
     avec tous ses barons
     et tous montent au palais.
312 Vous ne verrez jamais de joie aussi grande
     que celle qu'ils montrent à cause de la bête :
     tous et toutes la fêtent beaucoup.
     A ce moment, la duchesse est arrivée
316 de sa chambre, tout éperdue ;
     elle appelle Aude et lui parle à voix basse.
     Doucement, elle lui glisse à l'oreille :
     « Regarde, c'est la chèvre du fou !
320 Que je sois maudite,
     j'ai une très grande peur
     qu'il n'ait raconté à mon mari
     – certes, il le lui a raconté, j'en suis sûre –
324 comment il a couché avec moi !
     – Il ne l'a pas fait, madame, n'en doutez pas,
     jamais le jeune homme n'en a parlé :
     il aurait préféré se faire arracher les dents !
328 Mais allons nous renseigner sur cette affaire :
     où la bête a été prise et trouvée.
     – D'accord », dit la duchesse.
     Toujours dans la crainte, la dame
332 s'en va chez son époux :
     « Sire, dit-elle, soyez le bienvenu.
     Mais vous êtes vraiment épuisé !
     – Dame, dit-il, vous dites vrai :
336 je n'ai nulle envie d'assister à des divertissements ! »
     Ils sont entrés dans une chambre,
     le duc a refermé la porte
     et il se sont assis sur un lit.
340 Le duc y prend peu de plaisir,
     car la piqûre du poinçon le tourmente.
     Souvent, il se soulève sur une cuisse.

« Sire, pour Dieu, car me contez,
344 se il vos plest et vos volez,
ou cele chievre fu trovee.
– Dame, mar fust ele onques nee
et li soz qui ça l'amena !
348 Penduz soit il, que honi m'a ! »
La dame ne fu mie a aise,
qu'ele n'ot chose qui li plaise :
de paor li tramble li cors.
352 « Ha Deus ! car feüsse or la fors !
dit la dame ; en tel leu iroie
que je jamés ne revenroie ! »
Bien cuide et croit veraiement
356 que ses sires sache comment
Trubert l'avoit si escharnie,
mes de ce est bien engignie,
que li sires n'en savoit rien.
360 Mes de la plaie set il bien
que Trubert li fit en la nache !
Tout en ist dou sens et enrage.
Dieu et tot son pooir en jure
364 que se jamés par aventure
puet trover Trubert ne avoir,
il le fera pendre ou ardoir.
Lors a plus grant paor la dame :
368 dedanz le cors li tramble l'ame.
« Deus, dit ele, com mar fui nee ! »
Aus piez son seigneur chiet pasmee,
meins jointes li crie merci :
372 « Gentis hom, j'ai bien deservi
que tu m'ocies se toi plest.
– Coment, dame ? qu'avez vos fet ?
Dites le moi, ne me celez.
376 – Certes, sire, bien le savez ;

---

369. Cf. *Erec et Enide*, v. 2492 : « Lasse, fet ele, com mar fui ! » ; *Perceval*,
v. 3373 : « Con de pute ore fui nee ! » (et *cf.* ci-dessous, le v. 2332).

« Sire, par Dieu, racontez-moi donc,
344 s'il vous plaît et si vous le voulez,
où cette chèvre a été trouvée.
– Dame, quel malheur qu'elle soit jamais née,
elle et le sot qui l'a conduite par ici !
348 Qu'il soit pendu, car il m'a déshonoré ! »
La dame n'est pas du tout à l'aise,
car elle n'entend rien qui lui plaise :
de tout son corps elle tremble de peur.
352 « Ah ! Dieu, se dit la dame, si seulement
j'étais hors d'ici, j'irais dans un tel lieu
d'où je ne reviendrais jamais ! »
Elle pense bien, elle croit vraiment
356 que son époux sait comment
Trubert l'a outragée,
mais, à ce sujet, elle se trompe bien,
puisque son époux n'en sait rien.
360 Par contre, il sait bien la plaie
que Trubert lui a faite dans la fesse !
Il en est absolument hors de lui ; furieux,
il jure Dieu et toute sa puissance
364 que si jamais, d'aventure,
il peut trouver Trubert et l'attraper,
il le fera pendre ou brûler.
La dame en ressent alors une peur encore plus grande :
368 l'âme lui tremble dans le corps.
« Dieu, dit-elle, quel malheur d'être née ! »
Elle tombe pâmée aux pieds de son époux,
mains jointes, elle lui crie pitié :
372 « Noble seigneur, j'ai bien mérité
que tu me tues si telle est ta volonté.
– Comment, dame, qu'avez-vous fait ?
Dites-le-moi, ne me le cachez pas.
376 – Certes, sire, vous le savez très bien.

celer ne m'i vaudroit neant,
et je vos conterai comment
cil a la chievre m'engigna.
380 Tant me dit et tant m'enchanta
– je ne sai coment ne a quoi –
qu'en un lit se coucha o moi
et de moi fit ses volentez ;
384 si me mena li desfaez.
Bien sai que j'en perdrai la vie,
car j'ai bien la mort deservie !
– Ne vos chaut, dame, or vos levez,
388 que ja por moi mal n'i avrez.
Bien puet une fame enginier
cil qui deçoit un chevalier !
Dame, voiant toute ma gent
392 m'a si mené, ne sai coment,
que ne puis sor mes piez ester.
Or en lesson le plet ester ;
se la gent la hors le savoient,
396 tuit et toutes s'en gaberoient. »
    Or a la duchesse sa pes.
De li ne conterai or mes,
ainz vos conterai de Trubert
400 qui plus gaaigne qu'il ne pert ;
assez en porte de deniers :
quinze livres trestouz entiers,
tant a il sa chievre vendue.
404 Si tost s'en va que toz tressue :
plus tost ot dis liues alees
qu'en n'eüst trois öes plumees !
Tant ala que vint en maison.
408 Sa mere l'a mis a raison :
« Biaus fiz, fet ele, dont viens tu ?

---

397. *Cf. Yvain*, v. 6789 : « Ore a mes sires Yvains sa pes. » **400.** *Cf.* Morawski 1925, n° 2347 : « Teus cuide gaignier qui pert » (voir également Schulze-Busacker 1985, 313).

Il ne me vaudrait rien de le cacher.
Je vous raconterai donc la façon
dont l'individu à la chèvre m'a bafouée.
380 Il m'en a tant dit, il m'a si bien ensorcelée
– je ne sais comment ni avec quoi –
qu'il s'est couché dans un lit avec moi
et a fait de moi ses quatre volontés.
384 C'est ainsi qu'il m'a traitée, ce misérable.
Je ne sais que trop que j'y perdrai la vie,
car j'ai bien mérité la mort !
– Ne vous en souciez pas, dame, levez-vous maintenant,
388 car jamais vous n'en aurez de dommage de ma part.
Il peut bien abuser une femme,
celui qui trompe un chevalier !
Dame, sous les yeux de tous mes gens
392 il m'a traité de telle sorte – je ne sais comment –
que je ne peux me tenir sur mes pieds.
Laissons donc là cette affaire ;
si les gens là-dehors le savaient,
396 tous et toutes s'en moqueraient. »
        Voilà la duchesse tranquille.
Je ne parlerai plus d'elle dorénavant,
mais je vais vous parler de Trubert,
400 qui gagne plus qu'il ne perd ;
il emporte nombre de deniers :
quinze livres tout juste,
c'est ce qu'il a vendu sa chèvre.
404 Il s'en va si vite qu'il en est en sueur :
il parcourut dix lieues plus rapidement
qu'on n'aurait plumé trois oies !
Il finit par arriver chez lui.
408 Sa mère lui a demandé des comptes :
« Mon cher fils, dit-elle, d'où viens-tu ?

Je voi bien que tout as perdu ;
ta suer n'a mie peliçon.
412 — En non Dieu, mere, ce n'a mon,
mes se Deus plest, un en avra ! »
Les quinze livres li gita
en son giron trestouz ensamble.
416 « Mere, dit il, que vos en samble ?
Tant ai vendu nostre genice ! »
La mere, qui mout iere nice,
li dit : « Bon marchié en as fet !
420 Il i gaignera, se Deus plest,
li preudons qui l'a achetee. »
Lors a la paelle lavee
sa suer, si fit une boulie.
424 Quant ele fut apareillie,
ainz n'i ot parlé d'escuele,
tuit mengierent en la paele.
Quant ont mengié si vont gesir.
428 Trubert se prent a endormir,
qui estoit traveilliez et las ;
le main ne s'en sentira pas.
Mout tost se vest et apareille,
432 qu'il li est montez en l'oreille
qu'encore ira le duc veoir
pour apenrë et por savoir
s'il avroit plus de son argent.
436 De riens ne se va atargent :
prant doloëre et besagüe
et coigniee et hache esmolue
et s'atorne de quanqu'il puet
440 de ce qu'a charpentier estuet.
Trubert s'est tost acheminez,
jusc'au chastel n'est arestez
ou il ot sa chievre vendue.
444 Entrez est en la mestre rue

---

432. *Monter en l'oreille :* « venir à l'esprit » *cf.* Di Stefano 1991, s.v. *oreille.*

Je vois bien que tu as tout perdu ;
ta sœur n'a pas de pelisse !
412 — Au nom de Dieu, mère, ce n'est pas vrai,
mais s'il plaît à Dieu, elle en aura une ! »
Il lui jeta les quinze livres
à la fois dans le giron.
416 « Mère, dit-il, que vous en semble ?
Voilà le prix auquel j'ai vendu votre génisse ! »
La mère, qui était très niaise,
lui dit : « Tu en as fait bon marché !
420 Plaise à Dieu, il y gagnera,
le bonhomme qui l'a achetée. »
Alors sa sœur lava le chaudron
et fit une bouillie.
424 Quand elle fut prête,
il ne fut pas question d'écuelle :
tous mangèrent directement dans le chaudron.
Après avoir mangé, ils vont se coucher.
428 Trubert se met à dormir,
car il est fatigué et las ;
le lendemain, il ne s'en ressentira plus.
Très vite, il s'habille et se prépare,
432 car il lui est venu à l'esprit
d'aller visiter de nouveau le duc
afin d'apprendre et de savoir
s'il obtiendrait davantage de son argent.
436 Il ne va nullement s'attarder :
il prend une doloire, une hache émoulue,
une autre à deux tranchants, une cognée
et s'équipe autant que possible
440 de ce qu'il faut à un charpentier.
Trubert s'est rapidement mis en route,
sans s'arrêter jusqu'au château
où il avait vendu sa chèvre.
444 Il s'engage dans la rue principale

et va criant tout contreval :
« Charpentier sui d'uevre roial ! »
Au seigneur l'ala en noncier
448 qu'en la ville a un charpentier,
le meilleur qui onques fust nez.
« Alez a lui si m'amenez,
fet li dus ; j'en ai grant mestier. »
452 Tantost s'en torne un escuier
por son seigneur servir en gré.
Tant l'a quis que il l'a trouvé.
Li escuiers le salua,
456 de par le seigneur dit li a :
« Mestre, je vos sui venuz querre.
Bon entrastes en ceste tere
se vos savez feire bone euvre.
460 — Oïl, dit il, jusqu'a Aucerre
n'a home si bien s'en entende.
— Dont venez au duc, qu'il vos mande.
— G'irai, fet il, volentiers. »
464 Or l'en maine li escuiers
aveiques lui grant aleüre
devant son seigneur, a droiture
va Trubert ; s'il est conneüz,
468 tout meintenant sera penduz.
Mes il est mout bien desguisez ;
tout meintenant en est alez ;
hardiement, teste levee,
472 a la duchesse saluee
par cortoisie touz premiers,
puis le duc et ses chevaliers.
« Mestre, fet le duc, bien veigniez ! »
476 Seez vos ci, moi conseilliez
d'une meison que je voil faire,
coment j'en porrai a chief treire.
— Bien vos en savrai conseillier.
480 N'a home jusqu'a Monpellier

et va, criant le long du chemin :
« Je suis charpentier d'ouvrages royaux ! »
On alla annoncer au sire
448 qu'il y avait en ville un charpentier,
le meilleur qui naquit jamais.
« Allez à lui et amenez-le-moi,
dit le duc, j'en ai un urgent besoin. »
452 Aussitôt un écuyer part
pour servir son seigneur à son gré.
Il chercha le charpentier jusqu'à ce qu'il l'ait trouvé.
L'écuyer le salua
456 et lui dit de la part de son seigneur :
« Maître, je suis venu vous chercher.
C'est la chance qui vous a conduit dans ce pays
si vous savez faire du bon travail !
460 — Bien sûr ! dit-il, jusqu'à Auxerre
il n'y a personne qui s'y connaisse mieux.
— Venez donc chez le duc, car il vous demande.
— J'irai volontiers, fait-il ».
464 L'écuyer l'emmène alors avec lui,
à grande allure, devant son seigneur.
Trubert y va tout droit ;
s'il est reconnu,
468 il sera pendu sur-le-champ.
Mais il est très bien déguisé
et s'y rend sans hésiter.
Hardiment, tête levée,
472 il salue la duchesse
d'abord, par courtoisie,
puis le duc et ses chevaliers.
« Maître, fait le duc, soyez le bienvenu !
476 Asseyez-vous ici et conseillez-moi,
au sujet d'une maison que je veux bâtir,
sur la façon dont je pourrai en venir à bout.
— Je saurai bien vous conseiller là-dessus.
480 Il n'y a personne jusqu'à Montpellier

qui tant en sache com je faz.
Par saint Tiebaut de Charpentaz,
tel la cuit feire et atorner
484 qu'en ce païs n'avra sa per ;
n'i avra chevron ne cheville,
toute tenra a tire lire. »
Dit li dus : « Ce voil je mout bien,
488 et je vos donré tant du mien
einçois que de moi departez,
que jamés povre ne serez. »
Li dus a fet doner tantost
492 a Trubert quote et seurequot
et uns estivaus de biais :
si fez n'avoit eüz jamais.
Or fu bien chauciez et vestuz ;
496 dou tout en tout fu bien venuz.
Que vos feroie je lonc plet ?
Il ne velt chose que il n'ait.
Le mengier fut tost aprestez,
500 mout fu por le mestre amendez :
il i ot grues et roons,
perdriz, ploviers, malarz, plunsjons,

---

482. L'ironie de cette invocation est plurivoque : *Tiebaut* désigne souvent le mari trompé (*cf.* Migliorini 1968, 231) ; quant au burlesque *Charpentaz*, non seulement il évoque les charpentiers, mais il rappelle aussi le verbe *charpenter*, « machiner », « tramer ». **485.** A partir de l'expression *a tire*, « de bout en bout », Trubert forge une formule qui reprend les onomatopées du même genre *(turelure, tulurette, turlutaine)*, utilisées dans les refrains des pastourelles (*cf.* Henry 1988, 118) ; le même esprit burlesque inspire le nom de *Torelore*, dans *Aucassin et Nicolette*, XXVIII. Pour ce qui est de la maison envisagée par Trubert, elle ressemble à celle de Cadet Roussel, qui n'avait « ni poutre ni cheville » (*cf.* Lecoy 1975, 270). **493.** *Estivaus de biais :* chaussures à la mode, de forme oblique ; *cf. Flamenca*, v. 2200 *sq.* : « mais us bels estivals biais/ que foron fag ius a Doais ». Douin reprendra plus loin cette expression (*cf.* le v. 2851), pour évoquer le sexe tout à fait spécial de Coillebaude. **501.** *Roons :* fort probablement il s'agit de hérons ; *cf. Floire et Blancheflor*, v. 1681 *sqq.* : « Grues et gantes et hairons,/ pertris, bistardes et plongons ;/ tout en orent a remanant ». Ou s'agit-il d'une faute du scribe pour *poons* (*cf. Prise d'Orange*, v. 172 *sqq.* :

qui en sache autant que moi.
Par saint Thibaut de Charpentaz,
je pense la bâtir et la préparer
484 de telle sorte qu'elle sera sans égale dans ce pays ;
il n'y aura ni poutre ni cheville,
elle tiendra toute seule, de bout en bout.
– Je le veux bien volontiers, dit le duc,
488 et avant que vous preniez congé de moi,
je vous donnerai tant de mes biens
que vous ne serez jamais pauvre. »
Aussitôt le duc fit donner
492 à Trubert une cotte, un surcot
et des bottes taillées dans le biais :
jamais il n'en avait eu de pareilles.
Le voilà donc bien chaussé et habillé ;
496 il est le bienvenu en tout et pour tout.
A quoi bon vous faire un long discours ?
Tout ce qu'il veut, il l'obtient.
Le repas fut bientôt préparé,
500 et l'on se surpassa pour le maître charpentier :
il y eut des grues, des oiseaux de marais,
des perdrix, des pluviers, des canards sauvages,

« Aporte li a mengier a planté,/ Et pain et vin et piment et claré,/ grues et jantes et poons enpevrez » et encore 352 *sq.* : « A mengier orent assez et pain et vin,/ Grues et gentes et bons poons rostiz »). Mais *cf.* ci-dessous le v. 2800.

et autres mes i ot asez,
504 ne vos avroie hui toz nomez.
Il i ot assez a planté
si com Deus l'eüst devisé.
Asis se sont et entablé ;
508 li dus a le mestre apelé ;
encoste lui le fet seïr.
Qui veïst escuiers venir,
aporter mes et entremés
512 l'un aprés l'autre, pres a pres,
bien puet dire par verité :
« Ci a a mengier a plenté ! »
Et por Trubert plus soulacier,
516 avec Aude le font mengier,
la damoisele la duchaise.
Il n'a dame jusqu'a Pontaise
ne damoisele qui la vaille.
520 Trubert menjue et ele taille,
mout se paine de lui servir.
Quant ont mengié a grant lesir
et en dut les tables oster,
524 Trubert lesse un grant pet aler,
tel que tuit et toutes l'oïrent.
Li chevalier mout s'en aïrent,
mes ne sevent qui ce a fet ;
528 n'i a celui honte n'en ait,
nes li dus an fu corociez.
Estrubert a bouté des piez
la damoisele se li dit :

516. Avec Ande.

517. *Pontaise* : Pontoise, préfecture du Val-d'Oise. **524.** *Trubert... aler* :
topos de la satire contre les vilains ; *cf.* le fabliau de Rutebeuf *Le Pet au
Vilain* (éd. Zink 1990, 60).

des plongeons et beaucoup d'autres mets ;
504 la journée ne me suffirait pas à vous les nommer tous.
Il y en eut en grande abondance,
comme si Dieu lui-même l'avait désiré.
Ils se sont assis à table ;
508 le duc a appelé le maître charpentier
et le fait asseoir à côté de lui.
Qui aurait vu les écuyers arriver,
apporter des mets et des entremets,
512 l'un après l'autre, sans arrêt,
aurait bien pu dire en vérité :
« Il y a ici de quoi manger en abondance ! »
Et pour mieux égayer Trubert,
516 ils le font manger avec Aude,
la suivante de la duchesse.
Jusqu'à Pontoise, il n'y a ni dame
ni demoiselle qui l'égale.
520 Trubert mange et elle découpe,
en se donnant beaucoup de peine pour le servir.
Quand ils eurent mangé tout à loisir
et qu'il fallut enlever les tables,
524 Trubert laissa aller un grand pet,
tel que tous et toutes l'entendirent.
Les chevaliers se scandalisent beaucoup,
mais ne savent qui a fait cela.
528 Il n'y a personne qui n'en ait pas honte,
même le duc en est fâché.
Estrubert pousse de ses pieds
la demoiselle en lui disant :

532 « Damoisele, se Deus m'eït,
a toz nos avez fet grant honte ! »
Et celle seur le pié li monte,
samblant li fet que il se teise.

536 « Damoisele, par saint Gerveise,
ce dit Trubert, ce n'a mestier ;
s'en m'en devoit les piez trenchier,
si en dirai je tout le voir.

540 — Amis, tu ne diz pas savoir,
dit cele qui corpes n'i a,
que par celui qui m'engendra
je ne fis hui ci vilenie.

544 — Je nel creanteraie mie,
ce dit Trubert, je mentiroie ! »
La damoisele simple et coie
lesse le plet ester atant,

548 et mout li poise durement
de ce qu'ele l'a si servi.
Je meïsme tesmoin et di :
qui a vilain fet bien se pert,

552 ausi fit Aude a Estrubert.
Tuit se sont des tables levé.
li dus a le mestre apelé.
« Maistre, fet il, se vos volez,

556 s'il vos plest et vous le loez,
nos en irons demein chacier
en ce bois pour esbanoier
et si porverrons du merrien. »

560 Dit Estrubert : « Ce lo je bien.
Nos i erons demain matin.

---

551. *Cf.* Morawski 1925, n° 725 : « Faites bien le vilain et il vous fera mal. » Selon Badel 1979, 75 n. 18 : « La vilenie comme vice des mœurs et de l'âme ne coincide pas avec la vilenie comme condition sociale ; dans le contexte où elle est produite, la sentence stigmatise la première ». Il ne faut pas oublier que l'intervention de l'auteur, ici comme au v. 2725, apparaît décidément ironique. **559.** *Merrien* : bois de construction.

532 « Demoiselle, que Dieu m'aide,
vous nous avez fait à tous grande honte ! »
Elle lui marche sur le pied
en lui faisant signe de se taire.

536 « Demoiselle, par saint Gervais,
dit Trubert, il n'en est pas question.
Même si on devait me couper les pieds pour cela,
je dirais toute la vérité là-dessus.

540 – Ami, tu ne parles pas sagement,
dit celle qui n'est pas en faute.
Car, au nom de celui qui m'engendra,
je n'ai pas commis de bassesse aujourd'hui ici.

544 – Je n'y consentirai pas,
dit Trubert : je mentirais ! »
Douce et calme, la demoiselle
laisse tomber la discussion,

548 mais elle est vraiment accablée
de l'avoir aussi bien servi.
Moi-même je le dis et je l'atteste :
si on fait du bien à un vilain, c'est en pure perte !

552 Ainsi fit Aude à Estrubert.
Tous se sont levés de table.
Le duc a appelé le maître charpentier.
« Maître, fait-il, si vous le voulez,

556 si cela vous convient et que vous l'approuvez,
nous nous en irons demain chasser
dans ce bois pour nous égayer,
ainsi nous nous procurerons du merrain.

560 – Je le veux bien, dit Estrubert.
Nous partirons demain matin.

S'il i a chesne ne sapin
ne autre bois qui bon nos soit,
564 si le seignerons orendroit
si que les puisson retrover
quant nos irons por l'amener. »
Einsi l'ont creanté et dit.
568 Li dus commande a faire un lit
ou li mestres ira couchier,
et en si fit sanz deloier ;
en une chambre bele et cointe
572 li fet en lit de couche peinte
que uns rois i peüst gesir.
Tuit et toutes se vont dormir.
Trubert s'en est ou lit entrez
576 dont li drap furent de deus lez.
Dormir cuida, mes il ne pot
que li bons liz li oste et tot :
il ne l'avoit pas apris tel !
580 Souvent se torna en costé
et de selonc et de travers
et a endroit et a envers.
Plus de cent foiz torne et retorne ;
584 tant torna qu'a dormir s'atorne
a grant paine et a male mort,
mes il se resveille mout tost :
« Hé Deus ! dit il, com male couche !
588 Que chancre li arde la bouche
qui la fist feire et qui la fit
et qui tant de plumeite i mist !
Li dus la fit feire sanz faille :
592 mes ne me pris une maaille
se je ne m'en venge ainz le jor ! »
Estrubert sanz point de sejor

---

572. *Couche peinte* : faute probable pour *coute peinte* (*cf.* Lecoy 1975, 279).

S'il y a un chêne ou un sapin
ou un autre fût qui nous convienne,
564 nous les marquerons sur-le-champ,
afin de pouvoir les retrouver
quand nous irons les chercher. »
Ainsi ont-ils établi et décidé.
568 Le duc ordonne de faire un lit
où le maître ira se coucher,
ce que l'on fait sans différer ;
dans une belle chambre élégante,
572 on lui prépare un lit rembourré de plumes,
tel qu'un roi aurait pu s'y coucher.
Tous et toutes s'en vont dormir.
Trubert entre dans le lit
576 dont les draps avaient double largeur.
Il pense s'endormir, mais il ne le peut,
car le lit délicat l'en empêche complètement :
ce n'est pas à cela qu'il est accoutumé !
580 Il ne cesse de se tourner sur le côté,
et en long, et en travers,
sur le ventre et sur le dos.
Il se tourne et se retourne plus de cent fois ;
584 il se roule jusqu'à ce qu'il s'apprête à dormir,
à grand-peine et après bien des efforts,
mais il se réveille très tôt :
« Ah ! Dieu, dit-il, quelle mauvaise couche !
588 Que le chancre brûle la bouche
de qui l'a fait faire et de qui l'a faite,
et de qui y a mis tant de plumes !
C'est sans doute le duc qui l'a fait apprêter :
592 mais je ne m'estime pas valoir un sou,
si je ne m'en venge pas avant le jour ! »
Sans plus attendre, Estrubert

de la chambre ou il jut, issi
596 mout coiement et mout seri,
qu'il n'a cure de faire noise.
Droit a la chambre la duchoise
en est alez la droite voie.
600 Je ne cuit que boute en corroie
ne lechierres, tant soit hardiz,
osast feire ce que il fit :
il va a la chambre tout droit
604 ausi com li sires fesoit.
Or oiez qu'il a en pensé :
il ot le soir tout esgardé,
bien vit que li sire et la dame
608 n'alerent pas gesir ensamble,
mes chascun par li en sa chambre.
Bien li souvient et bien li menbre
de cele chambre ou il fu ja
612 quant a la dame s'acointa.
A cellë en est venuz droit.
Il n'i bouta mie de roit,
mes de son doi mout doucement
616 i fiert trois foiz en un tenant,
si que la dame s'esveilla,
et Trubert encore i hurta
un mout petitet de son doi.
620 « Di va ! dont n'oz tu ce que j'oi ? »
dit la damë a sa pucele.
« En non Dieu, dit la damoiselle
bien l'ai oï et entendu.
624 — Et savroies tu que ce fu ?
— Naie voir, se ce n'est mes sires. »
Quant Trubert li oï ce dire,
mout doucement a l'uis bouta.
628 Aude demande qui est la.
Cil qui fu sages et recoiz
li respondi a basse voiz :

sort de la chambre où il était couché,

596 sans aucune agitation, tout doucement,
il fait attention à ne pas faire de bruit.
Il se dirige droit à la chambre de la duchesse,
par la voie la plus courte.

600 Je crois que ni coupeur de bourse
ni débauché, si hardi soit-il,
n'aurait osé faire ce qu'il fit :
il va tout droit vers sa chambre,

604 de la même manière que le seigneur le faisait.
Ecoutez donc quel projet il médite :
le soir il avait tout observé,
en remarquant que seigneur et dame

608 n'étaient pas allés se coucher ensemble,
mais chacun de son côté, dans sa propre chambre.
Il se souvient parfaitement
de la chambre où il avait déjà été

612 quand il avait eu affaire avec la dame.
Il se dirigea directement vers celle-là.
Il n'y tapa pas brutalement,
mais tout doucement, avec son doigt,

616 il frappa à la porte trois fois de suite,
si bien que la dame s'éveilla.
Puis, Trubert frappa encore une fois,
très légèrement, de son doigt.

620 « Dis donc, n'entends-tu pas ce que j'entends ? »
dit la dame à sa suivante.
« Au nom de Dieu, dit la demoiselle,
je l'ai parfaitement ouï et entendu !

624 — Et saurais-tu ce que c'était ?
— Non, vraiment, à moins que ce soit monseigneur. »
Quand Trubert l'entendit dire cela,
il frappa tout doucement à la porte.

628 Aude demande qui est là.
L'autre, qui était finaud et circonspect,
lui répondit à voix basse :

« Ouvrez tost l'uis, je sui li dus. »
632 Quant Aude l'oï, si saut sus,
isnellement a l'uis ouvert.
Leanz nule clarté n'apert
et cil se test et ne dit mot ;
636 au lit la dame en vint tantost,
les dras lieve, au lit entra.
Ainz la dame ne refusa,
qu'ele croit que ce soit ses sires ;
640 por ce ne l'ose contredire.
Et Trubert la dame rembrace,
autre chose ne quiert ne trace.
Touz ses bons et ses volantez
644 en fist et puis est retornez ;
la dame dit en conseillant :
« Je m'en vois, a Dieu vos commant.
– Alez ? sire, qui vos en chace ? »
648 Et la dame Trubert rembrace
qui son seigneur cuide tenir.
« Par saint Lorenz, le bon martir,
sire, mout iés anuit legiers
652 et a merveilles bons ouvriers ;
ne vos avint mes grant tans a. »
Et Trubert si la rembraça
si recommence la berrie
656 et la damë en est mout lie.
Assez menerent leur deduit
tant que fu pres de mienuit.
Trubert ne s'i atarde plus,
660 dou lit se lievë et saut sus,
de la chambrë ist si s'en va.
Tant cherche de ça et de la
qu'il est en sa chambre asenez ;

---

645. *La dame* : à la dame (pour ces datifs sans préposition *cf.* les vv. 1636 et 2384 ; Mainone 1934, 287 *sq.*). **652.** *Cf.* ci-dessus *Gombert et les deus Clers*, v. 128. **655.** *Berrie* : *cf.* brie « tumulte, débat » (G. Roques).

« Ouvrez vite la porte, je suis le duc ! »
632 En l'entendant, Aude sauta sur ses pieds
et ouvrit rapidement la porte.
A l'intérieur, nulle clarté n'apparaît.
L'autre se tait et ne souffle mot.
636 Il va aussitôt au lit de la dame,
soulève les draps, entre dans le lit.
La dame n'oppose pas de refus,
croyant que c'est son époux ;
640 voilà pourquoi elle n'ose pas le contredire.
Trubert, lui, embrasse de nouveau la dame,
car il ne cherche ni ne poursuit rien d'autre.
Il satisfait tous ses souhaits et fait ses quatre volontés
644 avec elle, puis revient sur ses pas,
en disant à la dame dans un murmure :
« Je m'en vais et vous recommande à Dieu !
– Vous partez, sire, qui vous chasse d'ici ? »
648 Et la dame, qui pense tenir son mari,
embrasse de nouveau Trubert.
« Par saint Laurent, le bon martyr,
tu es bien agile, sire, cette nuit
652 et merveilleusement bon ouvrier ;
il y a grand temps que cela ne t'est plus arrivé ! »
Alors Trubert l'embrasse derechef,
la mêlée recommence
656 et la dame en est ravie.
Ils goûtèrent longtemps leur plaisir,
jusqu'à près de minuit.
Là, Trubert ne s'attarde plus,
660 il se lève du lit en bondissant,
sort de la chambre et s'en va.
Il cherche çà et là
jusqu'à ce qu'il ait atteint sa chambre ;

664 son lit trueve s'i est entrez,
endormiz s'est et acoisiez.

A mienuit est esveilliez
li dus si prit a eschaufer ;
668 talent li prist de fame aler.
Du lit se lieve si s'en va,
jusqu'a la chambre n'aresta
ou la duchoise se gisoit.
672 A l'uis bouta et Aude l'oit,
encor ne dormet ele mie.
« Et qui est ce la, Deus aïe ?
– Damoisele, je sui li dus. »
676 Quant Aude l'oï, si saut sus,
mout tost li ala l'uis ovrir.
Avec la dame vet gesir
li dus si la beise et acole.
680 Cele qui fu de bone escole,
simple, cortoise et deboneire,
li soufri ce que il vost feire ;
ainz de riens ne li contredit
684 et nequedant bien s'en soufrist,
que Trubert l'avoit bien soignie ;
ne set comment ele est guilie.
A son seigneur dit en la fin :
688 « Foi que vos devez saint Martin,
savez vos or quantes foiz sont ?
– Oïl bien, li dus li respont,
un muet les porroit conter.
692 – Se Deus me doint de ci lever,
il sont a ceste foiz quatorze !

---

668. *Fame aler* : dans une acception érotique ; *cf. Le Chevalier qui fist sa Fame confesse*, v. 230 *sq.* : « Qui li soloit monstrer amor/ et li besier et aler » (*NRCF*, IV, 234). **688.** Saint Martin était le protecteur des maris trompés ; *cf. Les deus Changeors*, v. 113 *sq.* : « Mes foi que je doi saint Martin,/ Tart m'est que je lieve au matin » (c'est bien le cocu qui parle).

664 il trouve son lit, y entre,
et, apaisé, s'endort.
        A minuit, le duc se réveilla
et commença à s'échauffer.
668 Il lui prit l'envie de se jeter sur une femme.
Il se leva de son lit et partit,
ne s'arrêtant qu'à la chambre
où la duchesse était couchée.
672 Il frappa à la porte et Aude l'entendit,
car elle ne dormait pas encore.
« Que Dieu m'aide, qui est-ce là ?
– Mademoiselle, je suis le duc ! »
676 Quand Aude l'entend, elle bondit
et va très vite lui ouvrir la porte.
Le duc va se coucher avec la dame,
l'embrasse et lui enlace le cou.
680 Elle, qui était bien endoctrinée,
simple, courtoise et douce,
souffrit ce qu'il voulut lui faire ;
elle ne lui refusa rien du tout,
684 et pourtant elle s'en serait bien passée,
puisque Trubert l'avait bien soignée –
mais elle ignore comment elle a été trompée !
Enfin, elle dit à son époux :
688 « Par la foi que vous devez à saint Martin,
savez-vous à combien de fois nous en sommes ?
– Bien sûr, lui répond le duc,
un muet pourrait les compter.
692 – Que Dieu m'accorde de me lever d'ici,
en comptant cette fois-ci, cela fait quatorze !

Gardez la quinziesme n'estorde,
que nomper les devez lessier.
696 Je ne sai que beüstes ier
qui einsi vos fet roide et fort.
— Dame, fet il, vos avez tort,
quant vos de ce me menez plet.
700 Ne ferai mes ce que j'ai fet,
encor vos soit et bel et chier,
se je vos en puis conseillier,
une foiz ou deus la semaine.
704 — Vos m'en avez fet bone estraine,
dit la dame, a cestui lundi ;
se tant en faites le mardi
et touz les autres jorz aprés,
708 vos tenroiz mout le mestier pres ! »
Adont se corroce li sires ;
par mautalent li prist a dire :
« Dame, dame, or mout trop gros
712 bien savez geter vos seuros
por moi escharnir et gaber.
Ne sui pas si preuz ne si ber
com estoit li fous a la chievre. »
716 Lors vosit meus avoir la fievre
la dame, qu'ele eüst dit mot,
quant ele oï parler du sot.
Li cors li tramble de paor,
720 grant merveille a de son seignor
qu'en tel meniere li respont.
« Sire, par touz les sainz qui sont,
ne vos dis anuit chose a gas.

---

695. *Nomper :* jeu de mots sur « impair », mais aussi « sans pareil ». Le chiffre emblématique de quinze revient aussi dans le *Renart,* br. VII, v. 712-714 : « Il m'est avenu meinte nuit/ Que je fotoie quinze fois/ Mes j'estoie toujorz aroiz ». **712.** *Seuros :* au sens propre « tumeur osseuse », « bosse » (*cf.* Lecoy 1975, 279 *sq.*) ; l'emploi métonymique, pour « galé-jades », a été bien expliqué par Mainone (1934, 288).

Veillez à ce que la quinzième ne fasse pas défaut,
car vous devez atteindre un chiffre impair et sans pair.
696 Je ne sais ce que vous avez bu hier,
qui vous rend ainsi raide et fort !
– Dame, dit-il, vous avez tort
d'entamer une discussion pour cela.
700 Si je puis vous le dire en confiance,
même si tout cela vous est bel et bon,
je ne ferai plus ce que j'ai fait
qu'une fois ou deux par semaine.
704 – Vous m'avez fait un joli cadeau,
dit la dame, ce lundi ;
si vous en faites autant le mardi
et tous les autres jours suivants,
708 vous posséderez à fond le métier ! »
Alors le seigneur se met en colère ;
courroucé, il s'empresse de dire :
« Dame, dame, elles sont par trop grossières
712 les paroles fielleuses que vous savez lancer
pour m'outrager et me tourner en dérision.
Je ne suis pas aussi preux ni aussi vaillant
que l'était le fou à la chèvre ! »
716 Là-dessus, à entendre parler du sot,
la dame aurait préféré avoir la fièvre
plutôt que d'avoir dit un seul mot.
De tout son corps elle tremble de peur,
720 étonnée du fait que son époux
lui réponde de cette façon.
« Sire, par tous les saints qui existent,
cette nuit je ne vous ai rien dit pour vous railler !

724   – Teisiez ! je ne vos en croi pas »,
fait li dus, qu'encor ne savoit
por coi la dame le disoit.
De la chambre ist si s'est couchiez
728 dedenz son lit touz corociez
et toz iriez et toz dolenz.
Il jure la langue et les denz
que por neant l'a escharni,
732 et la dame tout autresi
est mout dolante et engignie :
bien croi qu'elle soit corocie !
     Li jorz vint quant Deus l'amena ;
736 li dus par matin se leva,
il et li autre chevalier
qui devoient aler chacier ;
es chevaus montent si s'en vont.
740 Estrubert fu ou premier front ;
mout ala le duc costoiant
et ses afeires devisant.
Il li devise une meson
744 tout sanz carrel et sanz moulon,
et li sires en a grant joie,
car il croit que faire li doie
toute tele com il devise.
748 « Mestre, fet il, par saint Denise,
buer vos acointates a moi.
  – Sire, dit li gloz, bien le croi. »
Atant vienent en la forest
752 et Trubert devant lui se met ;
li sires s'en vet avec lui ;
par la forest s'en vont il dui.
Li dus a ses chevaliers dit
756 ainçois que de aus s'en partit,
que par la forest s'espandissent
dui et dui et si i queïssent

---

756. Que daus.

724 – Taisez-vous, je ne vous crois pas »,
  fait le duc, qui ne comprenait toujours pas
  pourquoi la dame parlait ainsi.
  Il sort de la chambre et se couche
728 dans son lit, tout courroucé,
  tout irrité, tout malheureux.
  Il jure par sa langue et par ses dents
  qu'elle s'est moquée de lui sans motif.
732 Quant à la dame, elle se retrouve de même
  très malheureuse et abusée –
  qu'elle en soit courroucée, je le crois bien !
      Le jour vint quand Dieu l'amena ;
736 le duc se leva de bon matin,
  lui et les autres chevaliers
  qui devaient partir à la chasse ;
  ils montèrent à cheval et s'en allèrent.
740 Estrubert se mit en première ligne ;
  il allait sans arrêt aux côtés du duc,
  en discutant de ses affaires.
  Il lui trace le plan d'une maison,
744 entièrement sans pierres et sans moellons,
  et le seigneur en est ravi,
  car il pense que le maître devrait la lui construire
  exactement semblable à ce qu'il décrit.
748 « Maître, dit-il, par saint Denis,
  c'est une chance que vous ayez fait ma connaissance !
  – Sire, je le crois bien », dit la canaille.
  A ce moment, ils atteignent la forêt
752 et Trubert devance le seigneur
  qui le suit de près ;
  tous deux s'en vont par la forêt.
  Avant de se séparer de ses chevaliers,
756 le duc leur dit
  de se répandre dans la forêt
  deux par deux et d'y chercher,

des plus droiz fuz tout contreval.
760 Et il dui entrent en un val ;
tout contreval en sont alé
tant qu'il ont un chesne trové.
Estrubert le seigneur apele :
764 « Sire, ci a bone novele :
vez ci un chesne grant et gros.
En verité dire vous os
qu'il n'a si bon en ce repaire
768 por tele euvre com je voil feire :
mout nos an est bien avenu ! »
Trubert est a pié descendu,
et cil qui mal porquiert et trace
772 entre ses braz le chesne embrace,
mais ne l'a pas tout embracié :
ainz s'en faut encor demi pié.
Ce dit Trubert qui de tot boise :
776 « Sire, vos avez plus grant toise
que je n'ai : car vos essaiez
se embracier le porriez,
. . . .
780 s'en ferons planche de quartier,
car meus en savrïens le voir,
combien de gros il puet avoir. »
Li dus a le chesne embracié,
784 Trubert si ot apareillié
le chevestre de son cheval ;
or oiez que pense de mal :
le duc et le chesne au poing ceint !
788 Et li dus de maltalent taint

---

779. Un vers omis.

---

776. *Toise* : longueur des deux bras étendus. **780.** *Planche de quartier* : nouvelle bouffonnerie de Trubert. Au pied de la lettre « une planche obtenue en fendant en quatre le tronc dans le sens de la longueur » (*cf.* Raynaud de Lage 1974, 27).

en descendant vers l'aval, les fûts les plus droits.
760 Eux deux, ils entrent dans un vallon ;
ils sont descendus vers le fond
jusqu'à ce qu'ils aient trouvé un chêne.
Estrubert appelle le seigneur :
764 « Sire, j'ai une bonne nouvelle :
voici un chêne grand et gros.
En vérité, j'ose vous le dire,
il ne s'en trouve pas d'aussi bon, dans cet endroit,
768 pour le genre d'œuvre que je veux accomplir :
il nous convient parfaitement ! »
Trubert est descendu et est allé à pied
– lui qui cherche et poursuit le mal –,
772 il enserre le chêne entre ses bras,
mais ne l'enlace pas tout entier :
il manque, au contraire, encore un demi-pied.
Voilà donc ce que dit Trubert, qui trompe en toute occasion :
776 « Sire, vous avez les bras plus longs
que moi : essayez donc
si vous pouvez l'enlacer,
. . . .
780 et nous en ferons une planche divisée en quatre ;
de la sorte, nous connaîtrions mieux la vérité
sur l'épaisseur qu'il peut avoir. »
Le duc a enlacé le chêne,
784 Trubert, lui, avait préparé
le licol de son cheval ;
écoutez donc le mauvais tour qu'il envisage :
il ligote le duc au chêne par les poings !
788 Et le duc de colère change de couleur

        et dit : « Mestre, lessiez ester,
        s'il vous plait, vostre mesurer.
        Vos m'i porrïez bien blecier ! »
792 Et dit Trubert : « Ce n'a mestier ;
        encor ne m'eschapez vos mie.
        – Avoi ! mestre, tel vilenie
        ne feroiz vos ja, se Deus plest
796 que vos me faciez point de let ;
        ainsi m'avrïez vos traï,
        ne vos ai mie deservi !
        – N'ai cure de vostre bas ton,
800 ce dit Trubert, mes d'un baston
        vos batrai je ja les costez.
        – Coment, deable, estes vos tes ?
        Ja ne vos ai ge riens forfet ! »
804 Trubert li lesse ester le plet.
        un baston a pris a deus mains,
        le duc en fiert parmi les rains,
        em piez et en jambe et em braz,
808 et cil qui estoit pris au laz
        crie : « Mestre, por Dieu, merci !
        Lessiez moi eschaper de ci !
        Je vos donrai dis mars d'argent.
812 – Je n'en penroie mie cent,
        dit Trubert, ice n'a mestier :
        ja n'en avrai vostre denier
        . . . . »
816 Contremont dreice le levier
        si li a teus set cous paiez –
        du meneur fut il trop grevez.
        Du tinel qui de chesne fu
820 l'a tant et ça et la feru
        que il l'a lessié par anui.
        Dit Trubert : « Savez qui je sui ? »

---

815. Un vers omis.

et dit : « Maître, laissez là,
s'il vous plaît, vos mesures.
Vous pourriez bien me blesser !
792 — Il n'en est pas question, dit Trubert,
vous n'allez pas m'échapper.
— Voyons, maître, jamais vous ne feriez,
à Dieu ne plaise, une chose aussi vile
796 que de m'humilier.
Vous m'auriez ainsi trahi,
et je ne l'ai pas mérité de vous !
— Je n'apprécie pas votre humble et bas ton,
800 dit Trubert, mais d'un bâton
je vais vous étriller les côtes.
— Comment, diable, êtes-vous de telle nature ?
Je ne vous ai rien fait de mal ! »
804 Trubert coupe court aux querelles.
A deux mains, il prend un bâton,
en frappe le duc sur les reins,
sur les pieds, les jambes, les bras.
808 Et l'autre, qui est pris au lacet,
s'écrie : « Maître, par Dieu, pitié !
Laissez-moi m'échapper d'ici !
Je vous donnerai dix marcs d'argent.
812 — Je n'en prendrais même pas cent,
dit Trubert, il n'en est pas question :
jamais je n'aurai de votre monnaie. »

· · · · · · · · · · · · · · · · · ·

816 Il lève haut la massue,
pour lui donner sept coups,
dont le plus petit écrase le duc.
De son gros bâton de bois de chêne
820 il l'a si bien frappé çà et là,
que c'est par lassitude qu'il le lâche.
« Savez-vous qui je suis ? dit Trubert.

---

803. *Cf. Perceval,* v. 7018 *sq.* : « Qu'onques mesfaire ne [te] vous/ Ne ne fis ja jor de ma vie. »

Et cil li respont : « Naie voir,
824 ne ja ne queïsse savoir.
De pute eure vos acointai,
que ja garison n'en avrai.
– Sire dus, je ai non Trubert.
828 Bien vos puis tenir por fobert.
Je sui cil qui vos acoupi
et qui la chievre vos vendi ;
par mon sens et par mon barnage
832 vos fis un pertuis en la nage
quant je vos dui le poil sachier ;
ersoir fis le pet au mengier
et vostre fame la duchoise
836 qui est debonaire et cortoise
croissi jë anuit treize foiz !
Ci remaindrez humais toz coiz
s'autre de moi ne vos en oste.
840 C'est pour le seurquot et la quote
que me feïstes ier doner. »
Qui dont veïst le duc pasmer
de duel, d'angoisse et de dolor,
844 grant pitié eüst dou seignor.
« Mestre, dit il, vos avez tort ;
batu m'avez jusqu'a la mort,
laissiez m'aler si ferez bien.
848 – Par mon chief, je n'en ferai rien,
dit Estrubert, ainz m'en irai,
vostre palefroi en menrai
maugré vos et vostre mesnie.
852 – Par foi, ce sera vilenie,
se vos ci ilés me lessiez.

---

847. Laissiez me aler.

831. *Cf. Renart*, br. IX, v. 520 : « par mon barat et par mon sen ». **840.** *Cf. Perceval*, v. 1122-24 : « Mal daez ait sa gorge tote/ Qui changera ne loig ne pres/ Ses bons dras por autrui malveis ! »

– Non vraiment, lui répond l'autre,
824 et jamais je n'aurais voulu le savoir.
A une heure bien mauvaise j'ai fait votre connaissance,
car jamais je n'en guérirai !
– Sire duc, je m'appelle Trubert
828 et je peux bien vous tenir pour nigaud.
Je suis celui qui vous ai fait cocu
et qui vous ai vendu la chèvre ;
grâce à mon bon sens et à ma vaillance,
832 je vous ai fait un trou dans la fesse
quand j'ai dû vous arracher le poil ;
hier soir j'ai fait le pet, pendant le repas ;
et votre femme, la duchesse,
836 si douce et courtoise,
je l'ai baisée treize fois cette nuit !
Désormais vous resterez ici, bien tranquille,
si un autre que moi ne vous libère.
840 C'est pour le surcot et la cotte
que vous m'avez fait donner hier. »
Qui aurait vu alors le duc se pâmer
de peine, d'angoisse et de douleur,
844 aurait eu grand pitié du seigneur.
« Maître, dit-il, vous avez tort ;
vous m'avez battu à mort,
laissez-moi partir, vous ferez bien.
848 – Par ma tête, je n'en ferai rien,
dit Estrubert ; au contraire, je m'en irai
en emmenant votre palefroi,
en dépit de vous et de votre suite.
852 – Ma foi, ce sera une lâcheté
de me laisser là.

– Oïl, tout seür en soiez :
jamés par moi n'eschaperez ! »
856 A son cheval vint s'est montez,
le palefroi en maine en destre.
Tant erre a destre et a senestre
que il est hors du bois issuz.
860 A l'encontre li est venuz
un marcheant qui aloit querre
foires et marchiz par la terre ;
avec lui moine deus sergenz.
864 Le cheval vit et bel et gent
seur quoi li menestrés seoit,
il demande s'il li vandroit
et cil dit : « Oïl volentiers.
868 Combien m'en donrez de deniers ?
– Amis, dit cil, quarante livres.
– Par foi, je cuit vos estes ivres :
ou vos m'i tenez ou vos l'estes.
872 Ja ne sui je ne clers ne prestres
qui livres me volez doner !
– Amis, n'ai cure de gaber :
tant vos en donrai s'il vos plet.
876 – Sire, lessiez ester ce plet
de ces livres, de ces sautiers.
Par Dieu, jes vandrai a deniers,
se puis, o il me remeindront ! »
880 Et li sergent conseillié ont
a leur seigneur que c'est uns fous :
« Sire, vos les avrez andeus
por meins assez que vos ne dites :
884 folie fu que tant offrites.

---

858. Erre destre. **876.** Lessiei.

862. *Marchiz :* sur la monophtongaison de *ie, cf.* Gossen 1970, 58 ; *cf.*
également le v. 1874. **865.** *Menestrés :* « vaurien », « gredin » (*cf.* Mainone
1934, 292). *Cf.* Adam de la Halle, *Jeu de Robin et Marion*, v. 255.

– Oui, soyez-en bien sûr :
jamais vous n'en échapperez avec mon aide ! »
856 Il vient à son cheval et l'enfourche,
quant au palefroi, il l'emmène à sa droite.
Puis il erre à droite et à gauche
jusqu'à ce qu'il soit sorti du bois.
860 A sa rencontre est arrivé
un marchand qui allait en quête
de foires et de marchés à travers le pays ;
avec lui, il mène deux serviteurs.
864 Ayant aperçu ce beau et noble cheval,
sur lequel était assis le gredin,
il lui demande s'il le lui vendrait.
Et l'autre dit : « Oui, volontiers.
868 Combien de deniers m'en donnerez-vous ?
– Ami, dit-il, quarante livres.
– Ma foi, je crois que vous êtes ivre :
ou vous me prenez pour tel, ou vous l'êtes.
872 Je ne suis ni clerc ni prêtre,
vous qui voulez me donner des livres !
– Ami, je n'ai cure de plaisanter :
je vous en donnerai autant, si cela vous va.
876 – Sire, laissez là ce discours
de ces livres et de ces psautiers.
Par Dieu, je les vendrai pour des deniers,
si je peux, ou ils resteront avec moi ! »
880 Les sergents disent à leur seigneur,
à voix basse, que c'est un fou :
« Sire, vous les aurez tous les deux
pour beaucoup moins que vous ne proposez :
884 ce fut folie de tant lui offrir.

– N'en ai cure, dit li preudon,
je voil acheter a reson.
Amis, ce dit li marcheanz,
888 ces deus chevaus, car les me vanz. »
Dit Trubert : « Sire, volentiers ;
quant vos me donrez les deniers,
li cheval vos seront livré. »
892 Lors a le geurle desnoé
si li a moutré la monoie
et Trubert le giron desploie
et dit : « Sire, getez les ça.
896 – Amis, conter les couvendra.
– Ja, dit il, ne les conterez ! »
En son giron les a noez :
trente livres de parisis.
900 Et Trubert en a asez ris
et a dit : « Avrai je les touz ?
– Oïl certes, biaus amis douz,
encor plus, se vos les volez. »
904 Lors li a les chevaus livrez,
D'aus se parti atout l'argent,
tant erre que vint a garant.
Sa mere le vit volentiers
908 et il li gita les deniers
en son giron trestouz ensanble.
« Mere, fet il, que vos en samble ?
Tant ai ge gaaignié des ier.
912 – Biaus fiz, dit ele, a quel mestier ?
Ou prenz tu ce que tu sez feire ?
– Mere, dit il, par saint Ilaire,
je n'ai cure de grant sarmon,
916 mes le mestier sai ge mout bon
pour gaaignier et tant et plus.
Alez meitre ces deniers jus

---

897. *Les* surchargés sur *las*.

– Peu importe, dit le brave homme,
je veux acheter à un prix raisonnable.
Ami, dit le marchand,
888 ces deux chevaux, vends-les-moi donc.
– Volontiers, sire, lui dit Trubert ;
quand vous me donnerez les deniers,
les chevaux vous seront livrés. »
892 Alors il dénoue la bourse
et lui montre les pièces de monnaie.
Trubert dégage un pan de son habit
et dit : « Sire, jetez-les là.
896 – Ami, il faudra les compter.
– Jamais, dit-il, vous ne les compterez ! »
Il les noue dans le pan de son vêtement :
trente livres de monnaie de Paris.
900 Trubert en rit beaucoup
et dit : « Est-ce que je les aurai tous ?
– Oui, certes, mon cher ami,
et plus encore, si vous en voulez. »
904 Alors il lui livra les chevaux,
se sépara d'eux avec l'argent
et marcha jusqu'à ce qu'il soit en sûreté.
Sa mère le vit avec plaisir,
908 et il lui jeta les deniers
tous ensemble dans le giron.
« Mère, fait-il, que vous en semble ?
J'ai gagné autant depuis hier.
912 – Mon cher fils, dit-elle, par quelle activité ?
Où prends-tu ce que tu sais faire ?
– Mère, dit-il, par saint Hilaire,
je n'ai cure de longs discours,
916 mais je connais un très bon moyen
pour gagner tant et plus.
Allez ranger ces deniers

　　　et si me feites a mengier. »
920　Ele ne l'ose corrocier;
　　　l'argent a mis a sauveté,
　　　puis a son mengier atorné
　　　meus qu'elle pot et lieement,
924　qu'elle ot grant joie de l'argent.
　　　　　Ci vos leiromes d'aus ester,
　　　du duc vos voil dire et conter
　　　qui au chesne remest lïez
928　dolanz et maz et corrociez.
　　　Sa mesniee le vont querant;
　　　li uns a l'autre va disant:
　　　« Nostre sires est esgarez!
932　– Non est, ja mar en douterez,
　　　fet li autres, alez s'en est! »
　　　Li senechaus dit que non est:
　　　« Ja einsi n'en alast sanz nos,
936　mes de lui querre nos hastons »,
　　　et il si firent demenois;
　　　espandu se sont par le bois,
　　　quierent et aval et amont.
940　Tant quierent qu'embatu se sont
　　　en un val ou li dus estoit.
　　　Li uns regarde si le voit,
　　　en haut s'escrie: « Trouvé l'ay! »
944　Li veneeur saillent au glai,
　　　li uns a corné la trouvee;
　　　ilec fu mout grant l'asamblee.
　　　Quant il virent le duc lïé,
948　trestuit sont descendu a pié,
　　　mout tost ont la corde coupee;
　　　n'i a celui n'ait tret l'espee
　　　et demandent qui ce a fet.
952　« Seigneur, ce dit li dus, ce plet
　　　lessiez ester si m'en portez,
　　　que durement sui adolez.

et préparez-moi à manger. »
920 N'osant pas le fâcher,
elle mit l'argent en lieu sûr,
puis lui prépara à manger,
du mieux qu'elle pouvait et gaiement,
924 car l'argent la mettait en grande joie.

       Laissons-les à présent.
Je veux vous parler du duc,
qui était resté ligoté au chêne,
928 souffrant, humilié et courroucé.
Ses hommes se sont mis à sa recherche.
L'un dit à l'autre :
« Notre seigneur s'est égaré !
932 — Mais non, fait l'autre, il est parti,
c'est à tort que vous vous faites du souci ! »
Le sénéchal dit qu'il n'en est pas ainsi :
« Jamais il ne s'en serait allé sans nous.
936 Hâtons-nous plutôt de le chercher ! »
Ainsi font-ils aussitôt ;
ils se sont répandus à travers le bois
pour chercher par monts et par vaux.
940 Ils ont tant cherché qu'ils sont arrivés
dans le vallon où se trouvait le duc.
L'un d'eux regarde, l'aperçoit,
et s'écrie bien haut : « Je l'ai trouvé ! »
944 A son appel, les chasseurs s'élancent ;
l'un d'eux corne la trouvaille.
Ils s'assemblent là en grand nombre.
Voyant le duc ligoté,
948 tous mirent pied à terre
et très vite coupèrent la corde.
Il n'y en a aucun qui ne dégaine son épée
et tous demandent qui a fait cela.
952 « Seigneurs, dit le duc, laissez
tomber cette discussion et emmenez-moi,
car je suis fort souffrant.

Il sont bien cent, tuit ferarmé
956 cil qui ainsi m'ont conreé
et si sont loing, ne mie pres :
neant seroit d'aler aprés ! »
Que qu'entr'aus aloient pleidant,
960 es vos venir le marcheant
qui les chevaus ot achetez.
Ha ! Deus ! com est mal arivez !
Quant li escuier l'ont veü,
964 a l'encontre li sont venu,
que bien ont les chevaus connuz.
Teus trente cous i ot feruz
que dou meneur l'estuet gesir :
968 ne se puet a cheval tenir,
cheoir l'estuet, vosit ou non.
Merci leur cria a cler ton,
dit : « Seigneur, lessiez moi atant !
972 Je ai assez or et argent ;
prenez le tout, je le vos doins !
– Par foi, dient il, c'est dou moins :
a nos vos covendra conter ! »
976 Ce dit li dus : « Lessiez aler !
Ou furent pris cil dui cheval ?
– Sire, por Dieu l'esperital
ne por le martir seint Denis,
980 trente livres de parisis
me cousterent : tant en donai
a un vallet que j'encontrai
droit a l'issue de ce bois.
984 Marcheant sui et ainsi vois
par le païs et par la terre
la ou je puis mon gaaing querre.
Venuz m'en est grant encombrier !
988 – Certes, dient li chevalier,
vos les avez bien achetez !
– Voire trop les ai comparez !

Ils sont bien cent, tous armés jusqu'aux dents,
956 ceux qui m'ont mis dans cet état,
et déjà très loin, pas tout près :
les poursuivre ne servirait à rien ! »
Pendant qu'ils discutaient entre eux,
960 voici qu'arrive le marchand
qui avait acheté les chevaux.
Ah ! Dieu, comme il est mal tombé !
Quand les écuyers le voient,
964 ils viennent à sa rencontre,
car ils ont bien reconnu les chevaux.
Ils lui portent une trentaine de coups,
tels que le plus petit l'étend par terre :
968 il ne peut se maintenir en selle,
il lui faut tomber, qu'il le veuille ou non.
D'une voix aiguë, il leur demande grâce,
en disant : « Seigneurs, laissez-moi !
972 J'ai beaucoup d'or et d'argent ;
prenez le tout, je vous le donne !
— Ma foi, disent-ils, c'est inutile :
il vous faudra compter avec nous !
976 — Tenez-vous-en là, dit le duc ;
où ces deux chevaux ont-ils été pris ?
— Sire, par le Dieu du ciel
et par saint Denis le martyr,
980 ils m'ont coûté trente livres
de monnaie de Paris : c'est ce que j'ai donné
à un garçon que j'ai rencontré
juste à la sortie de ce bois.
984 Je suis marchand et je voyage
dans la région et dans le pays,
là où je peux chercher mon profit.
Un grand embarras, voilà ce que j'en ai eu !
988 — Certes, vous les avez achetés à bon marché !
disent les chevaliers.
— En vérité, je les ai payés trop cher.

Penduz soit qui les me vendi ! »
992 Ce dit li dus : « Je les vos quit,
et si me poise dou forfet
que ma mesniee vos ont fet ;
mes je sui prez de l'amender :
996 garir vos ferai et sener,
se venir volez en maison,
un mois ou plus, s'il vos est bon.
Vos porrez lez moi aaisier,
1000 que ja n'i despendrez denier.
— Sire, dit il, vostre merci,
il a un chastel pres de ci
ou je me voudrai sejorner. »
1004 Tuit li aident a remonter ;
d'eus se parti, sa voie aquelt,
et li dus qui forment se deult
ne puet soufrir le chevauchier
1008 si l'en portent li chevalier
en leur cous en une litiere
tout autresi com une biere.
Ou chastel entrent tot de nuit,
1012 ainz n'i ot joie ne deduit :
tuit sont dou seigneur corocié.
En une chambre l'ont couchié.
« Certes, ce dit li seneschaus,
1016 sire, ce sera mout grans maus
se nos ne savons qui ce a fet ;
grant honte i avrons et grant let
se vos n'estes vengiez tantost.
1020 Il vos ont mis a grant escot :
batu vos ont vilainement

1015. Estez ce dit (mais *cf.* les vv. 988, 1996, etc.).

1007. *Cf. Perceval,* v. 3452 *sqq.* : « S'en est encore si engoiseus/ Qu'il ne puet sor cheval monter./ Mais quant il se velt deporter/ O d'alcun deduit antremetre/ Si se fait an une nef metre ».

Que soit pendu celui qui me les a vendus !
992 – Je vous les laisse, dit le duc,
et je suis désolé du tort
que mes hommes vous ont fait,
mais je suis prêt à le réparer :
996 je vous ferai soigner et guérir,
si vous voulez venir dans ma demeure,
un mois, voire plus, si cela vous convient.
Vous pourrez vous reposer auprès de moi,
1000 si bien que jamais vous ne dépenserez un denier.
– Sire, dit-il, avec votre permission,
il y a un château près d'ici
où j'aimerais me reposer. »
1004 Tous l'aident à remonter en selle.
Il se sépare d'eux, se met en route,
mais le duc qui souffre beaucoup,
ne peut supporter la chevauchée ;
1008 les chevaliers l'emportent alors,
sur leurs épaules, dans une litière,
de la même manière que sur une civière.
Ils rentrent au château à la nuit tombante,
1012 mais il n'y eut ni joie ni amusement ;
à cause de leur seigneur, tous étaient fâchés.
On le coucha dans une chambre.
« Certes, sire, dit le sénéchal,
1016 ce sera un grand malheur
si nous ne savons qui a commis cela ;
nous essuierons une honte et un outrage immenses
si vous n'êtes pas vengé sur-le-champ.
1020 Ils vous ont mis à rude épreuve :
ils vous ont lâchement battu,

et le mestre qu'amïez tant
en ont mené, dont il vos poise.
1024 — Biaus sire, ce dit la duchoise,
car nos dites qui ce a fet,
car ici a trop vilain plet ! »
Fet li dus : « Si vos en teisiez,
1028 car assez tost le savrïez :
vos le conneissiez meus de moi ! »
Lors fu la dame en tel effroi
com s'ele eüst trois homes morz ;
1032 dou duel qu'ele a ses poinz detort,
qu'el ne set pour quoi il le dit.
Ainz mes dame tel duel ne fit
com la duchoise fit la nuit,
1036 et li chevalier ausi tuit
furent en mout grant tenebror
jusqu'atant que virent le jor.
Li dus ne fu mie endormiz ;
1040 si tost com il fu esclariz,
mande devant lui son prevost :
« Envoiez me, fet il, mout tost
querre mires a Monpellier ;
1044 par tout feites querre et cerchier
ou en set que bons mires ait ! »
Et li prevolz tantost le fet :
il en envoie set mesages,
1048 les meus erranz et les plus sages
qu'il peüst trover en la cort.
N'i a celui qui ne s'atort
por bien faire et por tost errer.
1052 Ne vos savroie raconter
leur venues et leur alees,
mes tant errent par leur jornees
au chief de set jorz sont venu
1056 einsi com devisé leur fu ;
n'orent mie alé en pardons :

et le maître que vous aimiez tant,
ils l'ont emmené. Voilà de quoi vous accabler !
1024 — Cher seigneur, dit la duchesse,
dites-nous donc qui a commis cela,
car il s'agit là d'une bien vilaine affaire !
— Là-dessus taisez-vous, fait le duc,
1028 car vous le sauriez très vite ;
vous l'avez connu mieux que moi ! »
Alors la dame est tombée dans un effroi
aussi vif que si elle avait tué trois hommes.
1032 Elle se tord les mains de douleur,
car elle ne sait pourquoi il lui a dit cela.
Jamais dame ne fut accablée de douleur semblable
à celle qu'exprima la duchesse pendant la nuit ;
1036 et les chevaliers aussi
furent tous de l'humeur la plus noire
jusqu'au moment où ils virent le jour.
Le duc, lui, n'a pas dormi du tout ;
1040 aussitôt qu'il fait clair,
il réclame son prévôt auprès de lui :
« Envoyez tout de suite chercher pour moi
des médecins à Montpellier, dit-il ;
1044 faites mener des recherches et solliciter partout
où l'on sait qu'il y a de bons médecins. »
Et le prévôt le fait immédiatement :
il envoie sept messagers,
1048 les plus prompts et les plus avertis
qu'il puisse trouver à la Cour.
Il n'y en a pas un seul qui ne s'apprête
à bien faire et à prendre vite la route.
1052 Je ne saurais vous raconter
leurs allées et venues,
mais durant leurs journées ils couvrent tant de chemin
qu'au bout de sept jours ils sont revenus,
1056 comme il leur avait été ordonné.
Et ils n'ont pas prospecté en vain :

mires amenerent mout bons,
les meilleurs que porent trover.
1060   **T**rubert en a oï parler
s'a certeinnement entendu
que tant de mestres sont venu
pour doner au duc garison.
1064 « Par foi, ne me pris un bouton,
fet il, se je n'i vois veoir
por enquerrë et por savoir
comment et par quelle raison
1068 il donent aus genz garison. »
Il prent un sac lonc et estroit :
aucune foiz veü avoit
mires qui iteus les portoient,
1072 qui leur boites dedanz metoient.
Boites i metra il s'il puet ;
com mires atorner se velt !
D'une jaune herbe a teint son vis
1076 et sa gorge et ses meins ausi.
Tant s'est desfiguré Trubert
nus hom ne set dire en apert
que ce fust il quant ce ot fet.
1080 Que vos feroie je lonc plet ?
Merveilles s'est bien desguisez !
Puis s'est tantost acheminez
vers le chastel ou li dus fu.
1084 Hors du chastel s'est arestu ;
a lui meïsmes se complaint
de ce qu'il n'a point d'oignement.
Asis s'est delez un buisson ;
1088 une boiste ot prise en maison
(or oez qu'il pense de bien !) :
lez lui vit un estront de chien
atout la mousse et il le prent,

1071. Iteus le.

ils ramènent de très bons médecins,
les meilleurs qu'ils ont pu trouver.

1060   Trubert en a ouï parler ;
il a certes entendu
que tant de maîtres étaient arrivés
pour apporter la guérison au duc.

1064 « Ma foi, j'estime que je ne vaux pas un clou,
se dit-il, si je ne vais pas voir là-bas,
pour chercher à savoir
comment et par quels procédés

1068 ils guérissent les gens. »
Il prend un sac long et étroit :
il avait vu quelquefois
des médecins qui en portaient de semblables

1072 et y mettaient leurs boîtes.
Des boîtes, il en mettra si possible,
car il veut s'équiper comme un médecin !
Il se teint le visage d'une herbe jaune,

1076 de même que la gorge et les mains.
Trubert a changé de figure à tel point
que personne ne peut dire à coup sûr
que c'est lui quand il en a terminé.

1080 A quoi bon vous faire un long discours ?
Il s'est déguisé à merveille !
Puis il s'est aussitôt acheminé
vers le château où demeurait le duc.

1084 Hors du château il a fait halte,
déplorant en lui-même
de ne pas posséder d'onguent.
Il s'assied donc à côté d'un buisson ;

1088 de chez lui, il avait emporté une boîte
(écoutez quelle bonne idée lui vient à l'esprit) :
il voit à côté de lui un étron de chien
avec de la mousse ; il le prend,

1092 en un drapelet bel et blanc
l'envelope, et puis si le met
en la boite et puis ou sachet.
D'iluec se lieve si s'en va,
1096 jusqu'a la vile n'aresta
ou li mestre sont asamblé.
Tout droit a l'entree a trouvé
un torneeur qui boistes torne ;
1100 vint en achate si s'en torne.
Ha ! Deus ! queus hom ! que set de guile !
Criant s'en vet aval la vile,
que mires est de toz les maus.
1104 Dou chastel ist li seneschaus,
bien a entendu ce qu'il crie.
Vers li s'en vet tout adreciez :
« Mestre, fet il, et bien veigniez !
1108 Dites moi ce que vos huchiez,
ne l'ai mie bien entendu.
– Sire, je di c'onques ne fu
malades tant fust prés de mort,
1112 se d'un oignement que je port
estoit bien oinz deus foiz ou trois,
ne fust toz sainz dedanz deus mois.
– Dites vos voir ? – Oïl, sanz faille !
1116 – Dont n'est il avoir qui le vaille,
fet li seneschaus, par saint Gile !
Mes tant de gent servent de guile
c'on n'en puet nus loiaus trover.
1120 – Je ne faz mie a redouter,
car je ne quier or ne argent
tant que j'aie gari la gent.
– Mestre, dit il, or me sivez,
1124 a bon port estes arivez,
. . . .
Bon entrastes en cest païs,

1092 l'enveloppe dans un petit drap beau et blanc,
puis le met dans la boîte
et enfin dans le petit sac.
Il se relève de là et s'en va,
1096 sans s'arrêter jusqu'à la ville
où tous les médecins sont rassemblés.
Juste à l'entrée, il a trouvé
un tourneur qui tourne de petites boîtes ;
1100 il lui en achète vingt et s'en va.
Ah ! Dieu, quel homme ! Il a bien des tours dans son sac !
Il déambule par la ville, criant
qu'il est médecin pour toutes les maladies.
1104 Du château sort le sénéchal
qui a parfaitement entendu ce qu'il braille.
Il se dirige tout droit vers lui :
« Maître, fait-il, soyez le bienvenu !
1108 Dites-moi ce que vous étiez en train de proclamer,
je ne l'ai pas bien entendu.
— Sire, je dis qu'il n'existe
aucun malade, si près de mourir fût-il,
1112 qui ne soit tout à fait guéri au bout de deux mois,
s'il a été bien enduit, deux ou trois fois,
d'un onguent que je porte avec moi.
— Dites-vous vrai ? — Oui, sans aucun doute
1116 — Par saint Gilles, fait le sénéchal,
il n'y a donc pas de richesse qui le vaille !
Mais tant de gens aiment à mystifier
qu'on ne peut en trouver un seul qui soit loyal.
1120 — Je ne suis pas à redouter,
car je ne demande ni or ni argent
avant d'avoir guéri les gens.
— Alors, maître, suivez-moi
1124 vous êtes arrivé à bon port.

. . . .

C'est une chance que vous soyez entré dans ce pays,

se mon seigneur savez garir !
1128 — Oïl, se il voloit morir,
     se li donroie je santé. »
     Devant le duc l'en a mené
     en la chambre ou il se git.
1132 Il s'agenoille si li dit
     en l'oreille toz coiement :
     « Sire, je croi veraiement
     que cist mestres vos garira
1136 car un trop bon oignement a. »
     Et li dus a le chief levé
     quant oï parler de santé
     et dit : « Ce ai mout desirré ;
1140 tuit cil autre m'ont oriné
     et portasté ma maladie ;
     n'i a nul qui le voir en die. »
     Et Estrubert se met avant :
1144 « Sire, fet il, priveement
     parleroie a vos volentiers. »
     Lors commanda aus chevaliers
     qu'il issent hors et il si firent :
1148 trestuit et toutes s'en issirent
     fors Trubert et lui seulement.
     Devant le duc fu en estant
     si li lieve la couverture,
1152 moult le conforte et aseüre
     et dit : « Ne vos esmaiez mie,
     ja n'iert si grant la maladie
     je ne l'aie tantost curee. »
1156 Lors li a sa mein avalee
     aval les espaules derrier
     ou il l'ot feru dou levier :
     bien l'en membre et bien l'en sovient !
1160 Droit seur le cop sa mein li tient

1152. Moult le conforte et/ a seure...

si vous savez guérir monseigneur !
1128 — Oui, même s'il voulait mourir,
je lui rendrais la santé. »
Il le conduit devant le duc,
dans la chambre où il était couché,
1132 s'agenouille, et lui dit
à l'oreille, tout doucement :
« Sire, je crois vraiment
que ce maître-ci vous guérira,
1136 car il possède un onguent excellent ! »
Le duc relève la tête,
en entendant parler de santé,
et dit : « C'est mon plus cher désir ;
1140 tous ces autres-là m'ont examiné l'urine
et palpé de tous les côtés mes membres endoloris ;
il n'y en a aucun qui dise la vérité. »
Alors Estrubert s'avance :
1144 « Sire, dit-il, je vous parlerais
volontiers en privé. »
Là-dessus le seigneur ordonna aux chevaliers
de sortir, et ainsi firent-ils.
1148 Tous et toutes sortirent de la chambre,
à l'exception de Trubert et du duc lui-même.
Debout devant le duc,
il soulève la couverture,
1152 le réconforte abondamment, le rassure
et lui dit : « Ne vous inquiétez pas,
jamais la maladie ne sera si grave
que je ne la soigne immédiatement. »
1156 Il lui glisse alors sa main
derrière les épaules, en bas,
là où il l'avait frappé de la massue :
il s'en souvient très bien, il se le rappelle !
1160 Il porte la main droit sur le coup

et dit : « Ci fustes vos feruz,
ou je sui du tout deceüz,
et ceste coste avez quassee
1164 et contreval ceste eschinee :
ce me samble, mout vos dolez,
ou je sui du tout avuglez. »
Ce dit li dus : « N'en doutez rien,
1168 vos i veez et cler et bien,
meus que mestre qui veü m'ait.
— A non Dieu, sire, s'il vos plest,
bien sai que fu fet de baston.
1172 — Par mon chief, mestre, ce fu mon !
— Fu ce en mellee ou en tornoi ?
— Nenil, mestres, foi que vos doi,
je ne fui a tornoi pieça,
1176 mes uns glouz ensi m'atorna
par son art et par son engien.
— Par foi, a merveilles me tien,
fait Trubert, comment ce puet estre !
1180 — Mestre, tout l'afere et tout l'estre
vos terai et ne mië ore,
et se Deus me donoit encore
force et pooir de chavauchier,
1184 jel feroie querre et gaitier
tant que, s'il iert en terre entrez,
seroit il et pris et trouvez. »
Dit Trubert : « Sire, n'en doutez,
1188 dedanz set jorz gariz serez,
si que bien porrez chevauchier
et le glouton querre et cerchier. »
Li dus apele sa mesnie,

1170. -1172. Les appellations *mestre* et *sire* ont été interverties.

1188. *Cf. Renart*, br. X, v. 1505 *sq.* : « Ce dit Renart : "Garis serés/ Ainz que troi jors soient passés" ».

et dit : « Vous avez été frappé ici,
ou je me trompe complètement.
Et vous avez cette côte cassée,
1164 et là, en bas, l'échine :
à ce qu'il me semble, vous souffrez beaucoup,
ou je suis tout à fait aveugle.
— N'en doutez pas, dit le duc,
1168 vous y voyez clair et bien,
mieux qu'aucun médecin qui m'ait examiné.
— Au nom de Dieu, sire, s'il vous plaît,
je sais bien que ce fut l'œuvre d'un bâton.
1172 — Par ma tête, maître, c'est certain !
— Est-ce que cela s'est produit dans une bataille ou un tournoi ?
— Non, maître, par la foi que je vous dois,
il y a longtemps que je n'ai pas été à un tournoi,
1176 mais c'est une canaille qui me maltraita de la sorte,
par sa ruse et son habileté.
— Ma foi, comment cela peut être,
fait Trubert, j'en suis étonné !
1180 — Maître, toute l'affaire et l'ensemble des circonstances
je vous les tairai, et non seulement en ce moment ;
maintenant, si Dieu me donnait encore
la force et le pouvoir de chevaucher,
1184 je le ferais rechercher et surveiller,
de sorte que, s'il entrait dans le pays,
il serait repéré et attrapé.
— Sire, n'en doutez pas, dit Trubert.
1188 Vous serez guéri au bout de sept jours,
de manière que vous pourrez chevaucher,
et chercher et poursuivre la canaille. »
Le duc appelle sa maisonnée,

1192 ceus qui plus ont leanz baillie,
la damë et le chapelain,
le seneschal, le chambelain,
puis leur dit : «Vez ci un preudome :
1196 n'a tel mire de ci a Rome !
Tout me garira, je sai bien ;
mes cil autre ne sevent rien :
voisent s'en, je n'en ai que feire ! »
1200 Li seneschaus a eus repeire
si les en a toz envoiez.
Or est bien Trubert avoiez,
car li sires a commandé
1204 que l'en face sa volenté,
haut et bas ce que lui plera.
La dame dit qu'elle fera
tout son bon et sa volenté.
1208 En la sale s'en sont entré
li chevaliers et la mesnie,
trestuit ont la chambre vuidie.
Trubert meïsmes en issi,
1212 la dame apele si li dit :
«Dame, j'ai ci un oignement,
n'a si bon jusqu'en Orïant ;
je en oinderai sa dolor
1216 si li espandrai tout entor ;
mout iert engoisseus en premiers.
Or deffendez aus chevaliers
et a toute l'autre mesnie
1220 que se li sires bret et crie,
que n'i viegnent ja por la noise.
– N'en doutez ja, dit la duchoise ;
ce desfen je bien et commant
1224 que ja nus ne s'en traie avant,
tant sache breire ne crier.
– Or me feites dont aporter
un van, que j'en avrai mestier. »

1192 ceux qui dans le château ont le plus de pouvoir :
la dame et le chapelain,
le sénéchal et le chambellan.
Puis il leur dit : « Voici un homme de valeur.
1196 D'ici à Rome, il n'existe pas de tel médecin !
Il me guérira complètement, je le sais bien ;
par contre, ces autres-là ne savent rien ;
qu'ils s'en aillent, je n'en ai que faire ! »
1200 Le sénéchal revient auprès d'eux
et les renvoie tous.
Désormais Trubert est sur la bonne voie,
car le seigneur a ordonné
1204 que l'on fasse sa volonté :
exactement ce qui lui plaira.
La dame affirme qu'elle comblera
tous ses désirs et ses requêtes.
1208 Les chevaliers et la suite
entrèrent dans la grande salle,
après avoir tous quitté la chambre.
Trubert lui-même en sortit ;
1212 il appelle la dame et lui dit :
« Dame, j'ai ici un onguent :
il n'y en a pas d'aussi bon jusqu'en Orient ;
j'en oindrai les parties douloureuses de son corps
1216 et lui en répandrai tout autour ;
d'abord, il en sera très tourmenté.
Défendez donc aux chevaliers
et au reste de la maisonnée
1220 – même si le seigneur beugle et crie –
d'entrer à cause du bruit.
– N'ayez aucun doute là-dessus, dit la duchesse,
je le leur interdis, et j'ordonne
1224 que personne ne fasse un pas,
si fort qu'il puisse beugler et hurler.
– Maintenant, faites-moi donc apporter
un panier de vanneur, car j'en aurai besoin. »

1228 En li aporte sanz dangier
      tout son bon et sa volenté.
      En la sale s'en sont antré
      li chevalier et la maisnie ;

1232 trestuit ont la place vuidie
      si tost com il le commanda.
      Trubert en la chambre en entra,
      l'uis a refermé aprés lui.

1236 Leanz ne remestrent c'aus dui.
      Et Trubert s'en vient au seignor :
      « Sire, fet il, vostre dolor
      oinderoie s'il vos pleisoit »,

1240 et cil qui el ne desirroit
      dit : « J'en sui toz apareilliez.
      — Sire, fet il, dont vos dreciez. »
      Li dus se dreice meus qu'il pot,

1244 du lit issi quant il le vost,
      c'onques autre dangier n'en fit ;
      tout nu dedanz le van s'asit.
      Ainz mes n'oïstes teus merveilles :

1248 ses deus braz parmi les oreilles
      dou van les fit outre passer.
      Ainz mes n'oïstes ce conter !
      Einsi l'a bien pris et lïé

1252 com s'en un cep l'eüst coignié.
      « Mestres, feites apertement
      car je sui ci en grant torment ;
      nel puis longuement endurer.

1256 — Sire, ne me puis plus haster ;
      je voudroie ja avoir fet. »
      De son sachet la boiste tret ;
      de ce qu'il a dedenz trouvé

1260 il a le cors oint et doré.
      « Deus ! dit li dus, biaus rois puissanz,
      com par put or cist oignemenz !

1228 On lui apporte volontiers
tout ce qu'il désire et tout ce qu'il exige.
Les chevaliers et la suite
sont entrés dans la grande salle ;
1232 tous ont vidé la place
aussitôt qu'il l'a ordonné.
Trubert entra dans la chambre,
après avoir refermé la porte derrière lui.
1236 Il ne restait plus qu'eux deux là-dedans.
Et Trubert s'approcha du seigneur :
« Sire, fait-il, si tel était votre désir,
je frotterais d'huile vos bosselures. »
1240 Et l'autre, qui ne désirait pas autre chose,
dit : « J'y suis tout disposé.
– Sire, redressez-vous donc », fait-il.
Le duc se redressa du mieux qu'il put,
1244 sortit du lit quand l'autre le voulut,
sans faire la moindre difficulté,
et s'assit tout nu dans le panier.
Jamais vous n'avez entendu de choses aussi stupéfiantes :
1248 ses deux bras, il les lui fit passer
à travers les anses du panier.
Jamais vous n'avez entendu raconter cela !
Ainsi, il l'a bien saisi et attaché,
1252 comme s'il l'avait coincé sur un billot.
« Maître, agissez vite et de manière efficace,
car je suis à la torture ici ;
je ne pourrai l'endurer longtemps.
1256 – Sire, je ne peux me hâter davantage ;
j'aimerais déjà avoir terminé. »
Après avoir sorti la boîte de son petit sac,
il lui a oint et doré le corps
1260 de ce qu'il a trouvé dedans.
« Dieu, beau roi puissant, dit le duc,
que cet onguent pue fort !

Ausi put com merde de chien !
1264 – Sire, vos devinez mout bien,
dit Trubert, par tans garirez.
– Por Dieu, mestres, or vos hastez,
que je ne puis mie soufrir ;
1268 volentiers iroie jesir !
– Ne vos devez pas si tost plaindre ;
il samble vos vos veilliez feindre.
– Non faz, voir, je n'en ai talent. »
1272 Trubert tantost un baston prent
vert et gresle, tel come une aune ;
le duc en fiert et bat et aune ;
onze cous, quanqu'il puet lever,
1276 li a parmi le dos doné.
Lors jure Dieu et sa vertu
mar i avra plus cop feru.
« Cuidiez me vos einsi garir ?
1280 Par saint Estienne le martir,
. . . .
meus vodroie dis anz gesir,
voire vint et deus, en langor,
1284 que je soufrisse tel dolor !
Je cuit vos me tenez por fol.
Dahaz aie parmi le col
se je vi ainz mes sifet mire.
1288 – Sire, ce ne vaut riens a dire.
Lessiez ester vostre pleidier,
cheüz estes en mon dangier. »
Lors li redone quatre cous.
1292 « Pour le cuer bieu, estes vos fous ?
ce dit li dus ; tenez vos coiz !
S'encore i ferez autre foiz,

1263. Mede de chien. **1281.** Un vers omis. **1284.** Tel langor.

1264. *Cf. La Crote*, v. 56 *sqq.* : « Par le sanc Dé, fet il, c'est merde !/ [...]/
Deable vos ont fait devin ! »

Il pue comme de la merde de chien !
1264 — Sire, vous devinez très bien,
dit Trubert, bientôt vous serez guéri.
— Par Dieu, maître, dépêchez-vous donc,
car je ne puis plus tenir bon ;
1268 j'irais volontiers me coucher !
— Vous ne devez pas vous plaindre si tôt,
il semble bien que vous cherchiez à simuler.
— Mais non, vraiment, je n'en ai aucune envie. »
1272 Aussitôt, Trubert attrape un bâton
vert et mince, tout comme celui qui sert à auner ;
il frappe, il bat, il cogne le duc ;
onze coups, aussi fort qu'il peut le lever,
1276 voilà ce qu'il lui donne sur le dos.
Alors [le duc] jure Dieu et sa vertu
que — malheur à lui ! — il ne frappera plus aucun coup.
« Croyez-vous me guérir de cette façon ?
1280 Par saint Etienne le martyr,
. . . .
j'aimerais mieux languir étendu dix ans,
voire vingt-deux,
1284 plutôt que d'endurer un tourment pareil.
Je crois que vous me prenez pour un fou.
Que je sois maudit,
si j'ai jamais vu pareil médecin.
1288 — Sire, parler ainsi ne vous vaut rien.
Mettez fin à votre discours ;
vous êtes tombé sous ma coupe. »
Alors, il lui redonne la bastonnade.
1292 « Morbleu, êtes-vous fou ?
dit le duc ; tenez-vous tranquille !
Si vous me frappez encore une fois,

je ferai venir ma mesnie
1296 qui vos feront grant vilenie.
– Je ne pris gueres voz menaces ! »
Lors le refiert parmi les braces.
Li sires bret et cil le frape :
1300 « Cheüz estes en male trape,
fet Estrubert ; par saint Thomas,
encor ne m'eschapez vos pas !
Cest oignement que ci veez,
1304 de quoi estes oinz et dorez,
couvient en vostre cors embatre. »
Trubert le recommence a batre ;
quarante cous de livroison
1308 li a poiez en un randon.
Quant l'ot tant batu com li sit,
encoste le seigneur s'asit
si li a tout renouvelé
1312 einsi com il l'a demené ;
ne li cela mie son non :
« Trubert » dit que il avoit non.
Quant li dus connut le glouton,
1316 au cuer en ot grant cuisençon ;
envers en est cheüz pasmez,
a pou n'est morz si est irez,
et Trubert s'en est fors issuz
1320 de la chambre tout parmi l'uis,
puis a aprés l'uis refermé ;
o lui en a la clef porté.
La duchoise li vint devant,
1324 et li chevalier ensemant
qui demandent de leur seigneur
comment li est de sa doleur :
« Bien, ce dit Trubert, se Deus plest.
1328 Dont n'avez vos oï le plet
et la noise qu'il a menee ?

───────────

1303. Répété deux fois.

je ferai venir mes hommes,
1296 qui vous traiteront avec brutalité.
– Je ne fais point cas de vos menaces ! »
Alors, il le frappe à nouveau sur les bras.
Le seigneur crie et l'autre le bat :
1300 « Vous êtes tombé dans un mauvais piège,
fait Trubert ; par saint Thomas,
vous n'êtes pas près de m'échapper !
Cet onguent que vous voyez ici,
1304 avec lequel vous êtes oint et doré,
il faut vous le faire pénétrer dans le corps. »
Trubert recommence à le cogner
et lui paie, à titre de salaire,
1308 quarante coups d'affilée.
Quand il l'eut frappé aussi longtemps qu'il lui convint,
il s'assit à côté du seigneur
et lui raconta de bout en bout
1312 comment il l'avait maltraité,
sans lui cacher son nom :
il dit qu'il s'appelait Trubert.
Quand le duc reconnut la canaille,
1316 il en ressentit au cœur une douleur aiguë.
Tombant à la renverse, il s'évanouit ;
pour un peu il en serait mort de colère.
Et Trubert sort
1320 de la chambre, par la porte,
pour la refermer ensuite,
en emportant la clé avec lui.
La duchesse vient au-devant de lui,
1324 et avec elle les chevaliers,
qui l'interrogent sur leur seigneur,
quel est l'état de ses douleurs :
« Il va bien, s'il plaît à Dieu, dit Trubert.
1328 N'avez-vous donc pas entendu la querelle
et le tapage qu'il a menés ?

Sa coste li ai repellee
a un baston meus que je pos.
1332 — Nos avons bien oï les cous
des ci, dient li chevalier ;
mout vos a mené grant dangier
et juré Dieu et son pooir.
1336 Est ore endormiz ? — Oïl voir ;
endormiz s'est et acoisiez,
mes n'est mie encore eschapez.
Tantost com il s'esveillera,
1340 li oignemenz l'engoissera,
si criera et fera noise.
— Ne puet chaloir, dit la duchoise,
qui nule guile n'i entent :
1344 contre fort mal fort oignement.
— Meus li vient il ainsi soufrir
que adés en tel point languir.
Or li aliege sa dolor,
1348 endormiz s'est por la douçor.
Por Dieu, ne li face nus noise !
— Non fera l'en, dit la duchoise,
ce desfen je mout bien a toz,
1352 que li dormirs li est mout douz ;
il ne dormi mes uit jorz a. »
La dame Trubert enbraça
et plus de cent foiz le mercie,
1356 et toute la chevalerie
le mercient por lor seignor ;
mout li portent tuit grant honor.
Et dit Trubert : « Je voil aler
1360 la fors aus chans por deporter
mentres que mes sires se dort. »
En li a amené tantost

1339-1340. Tantost com il sengoissera/ li oignemenz lesveillera. **1355.** La-mercie.

1344. *Cf.* Morawski 1925, n° 421 : « Contre viseus asnon viseus asnier. »

Je lui ai remis sa côte en place
avec un bâton, du mieux que j'ai pu.

1332 — Nous avons bien entendu les coups
d'ici, disent les chevaliers.
Il vous a fièrement rebuté
en jurant Dieu et sa puissance !

1336 Est-il endormi maintenant ? — Oui, certes,
il s'est assoupi et apaisé,
mais il n'en a pas encore réchappé.
Dès qu'il s'éveillera,

1340 l'onguent le fera s'agiter
de sorte qu'il criera et fera du tapage.
— Peu importe, dit la duchesse,
qui n'y remarque aucune tromperie,

1344 contre mal puissant, puissant onguent !
— Mieux vaut pour lui souffrir ainsi
que de languir de cette façon à tout jamais.
Maintenant sa douleur va diminuer :

1348 grâce à cette sensation agréable il s'est endormi.
Que personne ne le dérange, par Dieu !
— Personne ne le fera, dit la duchesse,
cela je le défends strictement à tous,

1352 car dormir lui est fort doux :
il n'a plus dormi depuis huit jours. »
En serrant Trubert dans ses bras,
la dame le remercie plus de cent fois ;

1356 de même, toute la troupe des chevaliers
le remercient pour leur seigneur ;
tous lui font grand honneur.
Alors Trubert dit : « J'aimerais me rendre

1360 là-dehors, dans les champs, pour me distraire,
pendant que monseigneur dort. »
On lui amena aussitôt

un palefroi tout enselé,
1364 dont li estrier ierent doré.
A ses piez se met uns garçons
qui li chauça ses esperons.
Trubert seur le cheval monta
1368 et la dame li demanda :
« Mestre, volez vos compaignie ? »
Et dit Trubert : « Je n'en voil mie ;
Je serai mout tost revenuz. »
1372 Atant est de la cort issuz.
Tout souëf chevauche par guile
tant que il vint hors de la vile,
et quant il fu en son chemin
1376 ne samble mie pelerin,
ainz chevauche grant aleüre
Trubert qui point ne s'aseüre.
Trubert fuit et nus ne le chace ;
1380 de fuïr a mout grant espace,
de ce li est bien avenu !
Mout l'ont au chastel atendu
li chevalier s'ont fet folie :
1384 s'il puet, il ne revenra mie !
Li dus qui est ou van toz nuz
est de pasmoison revenuz
si s'escrie : « Deus ! que ferai ?
1388 Secourez moi ou je morrai !
– Dame, dient li chevalier,
asez tost a li dus mestier
d'aucune chose, que ferons ? »
1392 Dit la dame : « Nos i erons ;

1371-1392. Ces vers ont été copiés deux fois à la suite (ff. 24r et 24v).
Pour le v. 1378 nous préférons la deuxième rédaction *(Trubert qui point
ne s'aseüre)* à la première *(Et Trubert point...).* **1372.** De la cort/ de la
chambre. **1373.** Soef... guille. **1380.** Fuir. **1384.** Revendra. **1386.** Pau-
moison. **1388.** Secorez.

1379. *Cf.* Morawski 1925, n° 1953 : « Qui fuit il trueve qui le chace. »

un palefroi tout sellé
1364 dont les étriers étaient dorés.
Un garçon se mit à ses pieds
pour lui chausser ses éperons.
Trubert monta à cheval
1368 et la dame lui demanda :
« Maître, voulez-vous de la compagnie ?
– Je n'en veux pas, dit Trubert,
je serai très tôt de retour. »
1372 Alors il quitta la cour.
Par tromperie, il chevauche tout doucement,
jusqu'à ce qu'il arrive hors de la ville ;
mais quand il est de nouveau sur sa route,
1376 loin de ressembler à un pèlerin,
il s'enfuit en piquant des deux,
Trubert, qui ne tient pas en place.
Trubert fuit, et nul ne le pourchasse.
1380 Il a tout le temps de fuir :
en effet, il s'en est bien tiré !
Au château, ils l'ont attendu longtemps,
les chevaliers ; c'est folie :
1384 s'il peut, il ne reviendra pas !
Resté tout nu dans le panier, le duc
est revenu de pâmoison
et s'écrie : « Mon Dieu, que vais-je faire ?
1388 Secourez-moi ou je mourrai !
– Dame, disent les chevaliers,
le duc a urgemment besoin
de quelque chose, que ferons-nous ?
1392 – Nous irons, dit la dame,

cil mestres a trop demoré ! »
Vers la chambre s'en sont alé,
l'uis ont trové clos et serré :
1396 Trubert l'avoit molt bien fermé.
« Sire, dient il, ouvre l'uis.
– Par foi, dit il, et je ne puis.
Li glouz en a la clef portee !
1400 Honiz de Dieu et de sa mere
soit il, qu'il m'a batu a mort.
Se ne me secourez tantost,
je sui alez sanz delaier. »
1404 Et il tantost sanz recovrier
ont l'uis brisié et desconfit ;
le duc truevent ou ven confit,
les deus braz parmi les oreilles.
1408 Tuit i acorent a merveilles,
dou ven l'ostent isnellement ;
a grant paine et a grant torment
pueent il soufrir la puor ;
1412 mout a li dus soufert dolor :
tot meintenant laver se fet !
C'est la chose pis li a fet :
de la pueur a tant beü
1416 tout en a le cuer esperdu.
Le duc ont en son lit couchié
si batu et si traveillié
que jamés jor ne s'aidera.
1420 « Ha ! Deus ! com mal mire ci a !
fet li dus ; qu'est il devenuz ?
Gardez orendroit soit panduz
et traïnez aval la vile :
1424 s'avra comparee sa guile.
Ce est Trubert li desloiaus,
li glouz qui tant m'a fet de maus !

1406. Ou vent.

ce sacré maître a trop tardé ! »
Ils se sont dirigés vers la chambre,
mais ont trouvé la porte fermée à clé :
1396 Trubert l'avait très bien close.
« Sire, disent-ils, ouvrez la porte.
– Ma foi, je ne peux pas, réplique-t-il ;
la canaille en a emporté la clé !
1400 Honni soit-il de Dieu et de sa mère,
car il m'a battu à mort !
Si vous ne me secourez pas immédiatement,
je vais mourir sans délai. »
1404 Sans autre remède possible, ils ont
aussitôt brisé et abattu la porte ;
ils trouvent le duc attaché dans le panier,
les deux bras passés dans les anses.
1408 Tous y accourent étonnés
et l'enlèvent rapidement du panier ;
ce n'est qu'à grand-peine et avec bien des tourments
qu'ils peuvent en supporter la puanteur ;
1412 le duc lui-même en a beaucoup souffert :
il se fait laver à l'instant !
C'est la chose qui lui a fait le plus de mal :
il a tant avalé de puanteur
1416 qu'il en a le cœur tout éperdu.
On l'étend dans son lit,
si roué de coups et si harassé
que jamais il ne récupérera ses forces.
1420 « Ah ! Dieu, quel odieux médecin c'est là !
fait le duc, qu'est-il devenu ?
Prenez garde qu'il soit pendu immédiatement
et traîné jusqu'au bas de la ville :
1424 ainsi aura-t-il payé pour sa ruse.
C'est Trubert, le déloyal,
la canaille, qui m'a infligé tant de maux !

      – Par foi, sire, il s'en est alez.
1428 – Non est, fet il, vos le celez ! »
      Dit la dame : « Si est, par foi,
      s'en maine vostre palefroi :
      des lors que de laienz issi,
1432 un palefroi enseller fit ;
      dit qu'il iroit aus chans joer ;
      encore est il a retorner.
      – Par foi, fet il, il est desvez :
1436 autre foiz m'est il eschapez ! »
      Ja fussent tuit aprés alé,
      mes li sires a commandé
      que nus n'i voist jusc'au matin ;
1440 lors se metront tuit au chemin
      si le querront tant que il l'aient.
      Atant li chevalier le laient
      tant que ce vint a l'andemain.
1444 Chascun s'en esveille mout main,
      mout se sont matin esveillié,
      atorné et apareillié
      pour aprés Estrubert aler ;
1448 il n'i a mais que du monter.
         Atant es vos un chevalier
      qui vient poignant seur un destrier ;
      droit au perron est descenduz.
1452 Il ne fu pas de parler muz,
      ainz demande hardiement :
      « Seigneur, enseigniez moi comment
      porrai parler au duc Garnier.
1456 – Amis, dient li chevalier,
      se ce n'est mout celee chose,
      dites le nos, qu'il se repose.
      Li dus est traveilliez et las
1460 de ce qu'il joa aus eschas.

_____

1442. Le laissent.

– Ma foi, sire, il s'en est allé.

1428 – Non ! fait-il, vous le cachez !

– Ma foi, c'est pourtant vrai, dit la dame,
et il emmène votre palefroi :
dès qu'il est sorti d'ici,

1432 il a fait seller un palefroi
et affirmé qu'il irait s'ébattre dans les champs ;
on attend encore son retour.

– Ma foi, dit-il, il s'est défilé :

1436 une foi de plus il m'a échappé ! »
Ils se seraient déjà tous lancés à sa poursuite,
mais le seigneur a ordonné
que nul n'y aille avant le matin ;

1440 c'est à ce moment-là que tous se mettront en route
afin de le poursuivre jusqu'à ce qu'ils l'attrapent.
Alors les chevaliers le laissent
jusqu'à ce qu'arrive le lendemain.

1444 Chacun se réveille de bon matin,
les voilà sortis du sommeil très tôt,
habillés et équipés
pour suivre les traces d'Estrubert :

1448 il ne leur reste plus qu'à monter en selle.

V oici qu'arrive alors, à bride abattue,
un chevalier sur un destrier.
Il descend de cheval juste au perron,

1452 puis, loin de rester silencieux,
il demande hardiment :
« Seigneurs, apprenez-moi comment
je pourrai parler au duc Garnier.

1456 – Ami, disent les chevaliers,
s'il ne s'agit pas d'une chose très secrète,
dites-la-nous, car il se repose.
Le duc est fatigué et las

1460 d'avoir joué aux échecs.

1435. *Desvez* : dans son acception étymologique, « éloigné du bon chemin » » **1460.** Jeu de mots sur « jouer aux échecs ».

            – Alez li dont dire erraument
         que s'aparaut isnellement,
         que li rois Goulïas li mande
1464 et les triues li contremande,
         et se dit encore autre chose :
         que se li dus combatre s'ose
         en ce pré seul a seul a lui,
1468 ou il ou chevalier por lui
            – autrement ne se quiert combatre –
         se dou cheval le puet abatre,
         meintenant istra de sa terre
1472 ne jamés ne li fera guerre.
            – Amis, tout ainsi li dirons
         et a redire vos savrons
         ce que mes sires respondra. »
1476 Quatre chevaliers en vont la
         tout droit la ou li sires git ;
         au seigneur ont conté et dit :
         « Sire, vos estes asigiez ;
1480 li rois Goulïas est logiez
         tout pres de ci a quatre liues
         et vos contremande les triues.
            – Dites vos voir ? – Oïl, sanz faille ;
1484 a demein requiert la bataille.
         Encor, dit il, se vos avez
         chevalier qui soit si osez
         que a lui se veille combatre,
1488 se dou cheval le puet abatre,
         atant iert la guerre finee
         si s'en ira en sa contree.
            – Sire mareschauz, dit li sires,
1492 mauvés sui, ne puis estre pires.
         Metez consoil en cest afeire
         du meus que vos le savrez feire.

1463. Li dus Golias. **1491.** Mareschauz : bévue du scribe pour *seneschauz* (ou bien le sénéchal a-t-il été nommé sur-le-champ commandant de l'armée ?).

– Allez donc lui dire tout de suite
qu'il se prépare rapidement,
car le roi Golias le réclame,
1464 dénonce les trêves,
et dit encore autre chose :
si le duc ose se battre
dans la prairie seul à seul contre lui,
1468 soit lui-même, soit un chevalier qui le remplace
– il ne souhaite pas combattre autrement –,
et si celui-là peut l'abattre du cheval,
le roi sortira aussitôt du pays
1472 et jamais plus ne lui fera guerre.
– Ami, nous le lui dirons exactement mot pour mot,
et nous pourrons vous rapporter
ce que monseigneur répondra. »
1476 Quatre chevaliers s'en vont
tout droit au lieu où était couché le seigneur
auquel ils ont raconté ce qui suit :
« Sire, vous êtes assiégé ;
1480 le roi Golias campe
tout près d'ici, à quatre lieues,
et vous dénonce les trêves.
– Dites-vous vrai ? – Oui, sans aucun doute.
1484 Il exige la bataille pour demain.
Il dit encore que, si vous avez
un chevalier qui soit téméraire
au point de vouloir se battre contre lui,
1488 et qui arrive à l'abattre de son cheval,
la guerre sera alors terminée,
et il s'en ira dans son pays.
– Sire maréchal, dit le seigneur,
1492 je suis en mauvais état, il ne pourrait être pire.
Trouvez remède à cette affaire
du mieux que vous saurez le faire.

1464. Le roi Golias veut annuler les trêves conclues avec le duc.

Seur vos en met toute la cure. »
1496 Li seneschaus ne s'aseüre ;
isnellement s'en va arier :
« Amis, dit il au mesagier,
quant tu voudras, si t'en repaire ;
1500 nos verrons que nos porrons feire.
Se li rois vient, nos le verrons,
ja por lui ne nos en fuirons. »
Atant s'en est li mes tornez,
1504 tout sanz congié s'en est alez.
Or a li dus mout a penser ;
de Trubert lessent tout ester,
il ne pueent aler aprés.
1508 Mout fu li seneschaus engrés
et porvoianz de la besoigne :
il mande par toute Borgoigne
et chastelains et vavasors
1512 que a lui vienent au secors,
et mande partout soudoiers,
turpins, archiers, arbaletiers :
mout en a fet grant asamblee,
1516 par tout en va la renomee.
Trubert en a oï parler ;
il dit que il i velt aler.
« Fiz, fet la mere, non feras ;
1520 ja se tu m'en croiz, n'i iras.
Si feite gent n'i ont mestier :
tu ne sez riens de guerroier.
– Mere, ja por ce ne lerai :
1524 se je n'en sai, s'en apenrai ! »
Sa bone robe a endossee
qui au chastel li fu donee

1513. *Turpins :* espèce inférieure de soldats (*cf.* Mainone 1934, 289). **1522.** *Cf. Perceval*, v. 480 *sq.* : « Mas quant vos vanroiz a essai/ d'armes porter, commant ert donques ? » **1524.** *Cf. Perceval*, v. 1411 : « Ce qu'en ne set puet l'an aprandre ».

Je vous en confie toute la charge.»
1496 Le sénéchal ne perd pas son temps;
tout de suite il revient sur ses pas :
«Ami, dit-il au messager,
retourne-t'en quand tu voudras;
1500 nous verrons ce que nous pourrons faire.
Si le roi vient, nous le verrons;
jamais à cause de lui nous ne nous enfuirons.»
Alors le messager a fait demi-tour;
1504 il est parti sans prendre congé.
Maintenant, le duc a bien de quoi méditer;
quant à Trubert, ils l'oublient tout à fait,
ils ne peuvent pas lui courir après.
1508 Au sujet de l'affaire, le sénéchal
s'avère être bien zélé et prévoyant :
il mande châtelains et vavasseurs
par toute la Bourgogne
1512 afin qu'ils viennent à son secours;
partout il mande soldats,
mercenaires, archers, arbalétriers :
il en a réuni une grande troupe
1516 dont le bruit court partout.
Trubert en a entendu parler;
il annonce qu'il veut y aller.
«Fils, tu ne le feras pas, dit la mère,
1520 si tu m'en crois, tu n'iras pas.
Des gens comme toi, ils n'en ont pas besoin :
tu ne connais rien à la guerre.
– Mère, jamais je ne renoncerai pour autant :
1524 si je n'y connais rien, j'apprendrai!»
Le voilà qui endosse le bon vêtement
qui lui a été donné au château

　　　et monte seur le palefroi
1528　dont la seurcengle fu d'orfroi,
　　　que la dame li fit baillier.
　　　Trubert se met ou droit sentier ;
　　　bien samble que de lui n'a cure
1532　quant se met en tele aventure !
　　　Par la robe et par le cheval,
　　　se plus que nus ne set de mal,
　　　sera penduz et traïnez.
1536　Ou droit chemin s'en est entrez.
　　　Trubert truevë un chevalier,
　　　de la seror au duc Garnier,
　　　qui revient de tornoiement
1540　sanz escuier et sanz sergent,
　　　et fu vestuz de povres dras.
　　　Ses chevaus fu meigres et las ;
　　　au tornoi le prist uns vasaus
1544　qui li toli quatre chevaus
　　　et le mena en sa prison,
　　　si en a pris grant raençon ;
　　　ne li a lessié c'un roncin
1548　qui cloche et si a le fresin.
　　　Mout fu de povres dras vestuz,
　　　car les siens avoit despenduz.
　　　Trubert s'acompaigna a lui,
1552　vers le chastel s'en vont andui.
　　　Trubert si li a demandé :
　　　« Biaus sire, ou avez vos esté ?
　　　Mout estes a povre conroi.
1556　– Amis, je fui a un tornoi,
　　　ou j'ai perdu quanque j'avoie ;
　　　mes se je au chastel estoie,

1538. *De la seror :* il ne s'agit pas d'un chevalier de la mesnie de la dame, mais de son fils (*cf.* le v. 2105). **1548.** *Fresin :* « farcin » (*cf.* le v. 1588). Voir G. Beaujouan, Y. Poulle-Drieux, J.-M. Dureau-Lapeysonnie, *Médecine humaine et vétérinaire à la fin du Moyen Age*, Genève 1966.

et monte sur le palefroi
1528 à la sangle brodée d'or,
que la dame lui a fait remettre.
Trubert prend le bon chemin, tout droit ;
il n'a pas cure de lui-même, semble-t-il,
1532 pour s'engager dans une telle aventure !
A cause de son vêtement, à cause de son cheval,
il sera pendu et traîné dans les rues, à moins
qu'il ne connaisse plus de mauvais tours que personne.
1536 S'étant engagé dans la voie la plus directe,
Trubert tombe sur un chevalier
[fils] de la sœur du duc Garnier,
qui rentre d'un tournoi,
1540 sans écuyer et sans sergent,
et vêtu d'habits misérables.
Son cheval est maigre et las ;
au tournoi, un vassal l'avait capturé,
1544 qui lui avait enlevé quatre chevaux
et l'avait emmené dans sa prison.
Il en avait ainsi prétendu une forte rançon
et ne lui avait laissé qu'une rosse
1548 boiteuse et malade de la morve.
Le chevalier est habillé de vêtements fort pauvres,
car il a dépensé les siens.
Trubert se joint à lui
1552 et tous deux s'en vont vers le château.
Trubert lui pose alors cette question :
« Cher seigneur, où avez-vous été ?
Vous avez un bien pauvre équipement.
1556 — Ami, j'ai été à un tournoi,
où j'ai perdu tout ce que j'avais ;
mais si j'étais au château,

mout tost seroie recouvrez,
1560 que je sui de cest païs nez,
de la sereur au duc Garnier.
. . . .
Sires est de ce païs ci ;
1564 un mois a que je m'en parti.
– Sire, ce dit Trubert, montez
seur cest palefroi et vestez
ceste robe que j'ai vestue,
1568 car ce seroit descouvenue
s'einsi entrïez ou chastel.
Il i doit avoir un cembel,
assez i a de chevaliers,
1572 et je sui ci uns escuiers.
De ce païs ne sui pas nez ;
se Deus plest, bien le me rendrez,
c'ausi vien ge pour guerroier »,
1576 ce dit Trubert au chevalier.
Dit li sires : « Ja n'i perdras,
en ce marchié gaaigneras
qui vaudra quatre mars d'argent,
1580 car tu me fez bonté mout grant
et je le te puis bien merir. »
Atant se prent a desvestir,
la robe Trubert a vestue
1584 et Trubert la soe remue.
Li sires monte ou palefroi
dont la couverture est d'orfroi
et Trubert deseur le roncin
1588 qui touz estoit plains de farcin.
Vers le chastel s'en vont errant ;
li sires chevauche devant,
car ses chevaus soëf l'en porte.
1592 Tant erre que vint a la porte.

1562. Un vers omis. **1572.** Uns *chevaliers* biffé et corrigé en *escuiers*. Les
vv. **1575** et **1576** ont été intervertis.

je serais tout de suite remis en état,
1560 car je suis né dans ce pays,
[fils] de la sœur du duc Garnier.
. . . .
Il règne dans ce pays-ci ;
1564 il y a un mois que j'en suis parti.
– Sire, dit Trubert, montez
sur ce palefroi et revêtez
l'habit que je porte,
1568 car il serait inconvenant
que vous entriez ainsi au château.
Il doit y avoir une joute ;
il s'y trouve nombre de chevaliers
1572 et moi, ici présent, je suis un écuyer
qui ne suis pas né dans cette région ;
s'il plaît à Dieu, vous me les rendrez,
parce que je viens aussi pour me battre. »
1576 Voilà ce que dit Trubert au chevalier.
Le seigneur répond : « Tu n'y perdras rien ;
à ce marché tu gagneras
l'équivalent de quatre marcs d'argent,
1580 car tu me fais une grande faveur
et je peux bien te la payer de retour. »
Il commence alors à se déshabiller ;
il endosse le vêtement de Trubert
1584 et Trubert met en échange le sien.
Le seigneur monte sur le palefroi
dont la couverture est brodée d'or
et Trubert sur la rosse
1588 couverte d'abcès de morve.
Ils se mettent en route vers le château ;
le seigneur chevauche devant,
car son cheval l'emporte avec facilité.
1592 Il va jusqu'à ce qu'il parvienne à la porte

Quant il fu ou chastel entrez,
mout cuide bien estre arivez.
Mes la duchoise l'a veü,
1596 por Trubert l'a reconneü !
Tantost a dit au seneschal :
« Vez la celui qui tant de mal
nos a fet et tant de tristor !
1600 Ce est Trubert qui mon seignor
a batu jusques a la mort.
Se nel pendez, vos avez tort !
C'est li chevaus qu'ier en mena,
1604 et la robe que vestue a
vos li donastes l'autre soir.
– Par foi, dame, vos dites voir !
Voirement est il ce sanz faille.
1608 Je ne me pris une maaille
se je traïner ne le faz.
Ce est li hons que je plus haz ».
Dit la dame : « Bien vos gardez
1612 que de nule riens nel creez ;
il set plus de mal que Judas !
– Dame, dit il, n'en doutez pas,
je le randrai se il m'eschape. »
1616 Lors a deffublee sa chape
et apelé quatre escuiers ;
en sa main tient chascun leviers.
Celui pranent par de derrier,
1620 ainz ne lessierent desresnier :
tantost l'ont a terre abatu.
Chascuns i a son cop feru.
Trestuit i ont feru ensamble,
1624 tant l'ont batu home ne samble :
trestout le vis li ont desfet.
« Seigneur, fet il, ci a mal plet ;
de ce n'eüsse je mestier !
1628 Je me cuidai feire aaisier

du château. Ici, une fois entré,
il croit vraiment être le bienvenu.
Mais la duchesse l'a vu
1596 et l'a pris pour Trubert !
Aussitôt elle dit au sénéchal :
« Voilà celui qui nous a causé
tant de mal et tant d'affliction !
1600 C'est Trubert qui a battu
mon époux à mort.
Si vous ne le pendez pas, le tort en sera vôtre !
C'est le cheval qu'il a emmené hier,
1604 et le vêtement qu'il porte,
vous le lui avez donné l'autre soir.
– Ma foi, dame, vous dites vrai !
C'est vraiment lui, sans aucun doute.
1608 J'estime ne pas valoir un sou,
si je ne le fais pas traîner par les rues.
C'est l'homme que je hais le plus !
– Gardez-vous bien de le croire
1612 en quoi que ce soit, dit la dame ;
il connaît plus de tromperies que Judas !
– Dame, dit-il, n'ayez aucun doute,
s'il m'échappe, je le remplacerai sur l'échafaud. »
1616 Alors il enlève son manteau
et appelle quatre écuyers ;
chacun tient un bâton à la main.
Ils s'emparent de celui-là par-derrière,
1620 sans lui laisser le temps de s'expliquer,
et le jettent à terre aussitôt.
Chacun lui flanque son coup.
Ils l'ont frappé tous ensemble,
1624 le cognant au point qu'il ne ressemble plus à un homme :
ils lui ont entièrement défiguré le visage.
« Seigneurs, fait-il, en voilà une affreuse situation !
Ce n'est pas de cela dont j'aurais eu besoin !
1628 je croyais me faire rétablir

si come autre chevalier font
quant de tornoi revenu sont ;
batu m'avez, ce poise moi !
1632 Li dus ne set pas ce desroi :
mes oncles ja vos feroit pendre,
nus ne vos en porroit desfendre.
– Ha ! glouz ! ce dit li seneschaus,
1636 mon seigneur as fet toz les maus !
Assez savras de falourder,
se de ci te puez eschaper :
orendroit te covient morir ! »
1640 Bien cuidierent Trubert tenir,
aus justices l'ont delivré.
Li seneschaus a commandé
que traïnez soit et penduz :
1644 « Si li ert son loier renduz
de ce qu'il a mon seigneur fet ! »
Les joutices l'ont einsi fet,
a grant tort l'ont a mort livré.
1648 Bien cuident estre delivré
de Trubert qui le duc bati ;
au seigneur l'ont conté et dit :
« Sire, Trubert avon trouvé ;
1652 le palefroi a amené !
– Qu'en avez fet ? – Pendu l'avons.
– Non avez ! – Certes si avons !
– Dites vos que pandu l'avez ?
1656 – Oïl, ja mar en douterez.
– Damedeus en soit graciez !
dit li sires, mout en sui liez !
C'est la riens que plus desirroie.

1647. A mors.

1636. *Mon seigneur* : pour ces datifs sans préposition, *cf.* les vv. 645 et
2384. **1637.** *Cf. Renart*, br. VII, vv. 131-133 : « Or saura il asez de frape,/
Se il de ma prison eschape ».

comme le font les autres chevaliers,
quand ils sont de retour de tournoi,
et vous m'avez battu, cela m'est pénible !
1632 Le duc ignore cet affront :
à coup sûr mon oncle vous ferait pendre ;
personne ne pourrait vous en sauver.
– Ah ! canaille, dit le sénéchal,
1636 tu as infligé toutes les tortures à monseigneur !
Tu es bien capable de duper tout le monde,
si tu peux t'échapper d'ici :
il te faut mourir sur-le-champ ! »
1640 Ils croyaient bien tenir Trubert,
qu'ils remirent aux juges.
Le sénéchal donna l'ordre
de le traîner dans les rues et de le pendre :
1644 « Ainsi aura-t-il payé son dû
pour ce qu'il a fait à monseigneur ! »
C'est de cette manière que firent les juges,
en le condamnant bien injustement à mort.
1648 Convaincus d'être débarrassés de Trubert,
qui avait battu le duc,
ils lui ont raconté la chose :
« Sire, nous avons trouvé Trubert ;
1652 il a ramené le palefroi !
– Qu'en avez-vous fait ? – Nous l'avons pendu.
– Non, vous ne l'avez pas fait ! – Assurément, nous l'avons fait !
– Vous l'avez pendu, dites-vous ?
1656 – Oui, n'ayez aucun doute là-dessus.
– Grâce en soit rendue à Dieu !
dit le seigneur, j'en suis très heureux !
C'est la chose que je désirais le plus.

1660 Dis anz a n'oi mes si grant joie !
    — Sire, ce dit li chambellains,
    iceste chosë est do mains ;
    il a tout fet ; lessiez ester,
1664 de lui ne fet mes a parler.
    Mes mestier est que vos soiez
    encore encui bien conseilliez,
    que demain serez asailliz :
1668 einsi en est li plez bastiz.
    — Sire, ce dit li seneschaus,
    cist conseuls est et bons et biaus,
    que vos done li chamberlains ;
1672 bien a en ceste vile au meins
    cent chevaliers de vostre gent
    et des autres i a bien tant,
    que toute la vile est pueplee :
1676 mout vos ai fet bele asamblee.
    Mandez les si vos conseilliez.
    — Je comant que vos i ailliez,
    fait li sires, ses amenez. »
1680 Li seneschauz s'en est tornez,
    un chevalier en maine o lui.
    Parmi la vile en vont andui,
    semonant que nus n'i remaigne
1684 que a la cort au duc ne viegne !
    Et il i vont sanz deloier,
    haut home, duc et chevalier :
    mout i a grant chevalerie,
1688 toute la cort en est emplie.
    Li seneschaus au duc le conte :
    « Sire, ceanz a duc et conte,
    chevalier, serjant, escuier,
1692 qui sont venuz por vos aidier. »
    Dit li dus : « Je me veil lever

1660. *N'oi mes : cf.* le v. 1887 : « n'oit mes tel joie ». Le passage a été
mal interprété par Raynaud de Lage (1975, 57).

1660 Depuis dix ans je n'ai plus éprouvé de joie aussi vive !
    – Sire, dit le chambellan,
    c'est sans importance,
    il a fini ses tours ; oubliez-le,
1664 il ne mérite plus qu'on parle de lui.
    Mais il faut que vous preniez
    de sages mesures aujourd'hui même,
    car demain vous serez attaqué :
1668 tels sont les termes de l'accord !
    – Sire, dit le sénéchal,
    le conseil que vous donne le chambellan
    est vraiment bel et bon ;
1672 dans cette ville il y a au moins
    cent chevaliers de vos sujets,
    et des autres il y en a bien autant,
    si bien que toute la ville est peuplée :
1676 j'ai arrangé pour vous une fort belle troupe.
    Convoquez-les et demandez-leur leur avis.
    – Je vous ordonne d'y aller,
    fait le seigneur ; amenez-les-moi. »
1680 Le sénéchal est revenu sur ses pas,
    emmenant un chevalier avec lui.
    Tous deux vont à travers la ville,
    avertissant qu'aucun ne manque
1684 de venir à la cour du duc !
    Et ils s'y rendent sans tarder,
    nobles, ducs et chevaliers :
    il y a là assemblée de guerriers à cheval
1688 dont toute la cour est remplie.
    Le sénéchal le rapporte au duc :
    « Sire, il y a céans des ducs et des comtes,
    des chevaliers, des sergents et des écuyers,
1692 qui sont venus pour vous aider.
    – Je veux me lever, dit le duc,

1666. *Encui* (de *hanc* et *hodie*) : « dès aujourd'hui ».

tant que je puisse a aus parler. »
Or s'est fez li sires vestir,
1696 a grant paine le puet soufrir,
mes besoing fet vielle troter !
En la sale se fet porter ;
seur un faudestueil l'ont asis.
1700 Li dus parole a ses amis
si leur a conseil demandé
de ce que li rois a mandé :
« Seigneur, je vos ai ci mandez :
1704 mi ami estes si tenez
de moi terres desseus ja ;
cist rois me gerroie pieça
et m'a essillie ma terre ;
1708 or a comenciee la guerre.
Par un mesage hui me manda
se a ma cort chevalier a
qui a lui se veille combatre,
1712 se du cheval le puet abatre,
atant iert la guerre finee
si s'en ira en sa contree ;
et de ce consoil vos demant. »
1716 N'i a nul qui s'en traie avant.
Chascuns a la teste bessie,
n'i a celui qui mot en die,
et Trubert qui leanz estoit
1720 les paroles entent et oit ;
il se pense qu'avant ira
et ceste besoigne fera.
Trubert de la presse issi,
1724 devant le duc vient si li dit :

1699. Faus destueil. **1702.** Que li dus. **1705.** Dexex ia.

1697. Cf. Morawski 1925, n° 236 : « Besoing fait vielle troter » ; voir également *Renart*, br. IV, v. 116 ; V, vv. 678 et 1254 ; XVI, v. 55. **1705.** *Des-*
seus : cf. Gossen 1970, 81.

afin de pouvoir leur parler. »

Le seigneur se fait alors vêtir,

1696 ce qu'il souffre à grand-peine,

mais le besoin fait trotter les vieilles !

Il se fait transporter dans la salle.

On l'assoit sur un siège pliant.

1700 Le duc adresse la parole à ses amis,

leur demandant conseil

au sujet du message qu'il a reçu du roi :

« Seigneurs, voilà pourquoi je vous ai convoqués ici :

1704 vous êtes mes amis, et c'est de moi

que vous tenez vos terres sous votre domination ;

ce roi me fait la guerre depuis longtemps

et a ravagé mon domaine ;

1708 maintenant il a déclenché l'attaque.

Aujourd'hui il m'a fait savoir par un messager

que, s'il se trouve à ma cour un chevalier

qui veuille se battre contre lui

1712 et qui soit en mesure de l'abattre de son cheval,

alors la guerre sera terminée

et il s'en ira dans son pays.

C'est à propos de cela que je vous demande conseil. »

1716 Il n'y en a aucun qui fasse un pas en avant.

Chacun garde la tête baissée,

personne ne souffle un seul mot.

Mais Trubert, qui était là,

1720 tend l'oreille et écoute ces paroles.

Il se dit qu'il se présentera

pour accomplir la besogne.

En effet, il sort de la foule,

1724 arrive devant le duc et lui dit :

« Sire, se chevalier estoie,
le roi Golïas vos rendroie
ou mort ou abatu ou pris.
1728 — Dont estes vos nez, biaus amis ?
— Sire, je fui de Brebant nez
si sai de guerroier asez.
Onques encor ne fui sanz guerre.
1732 Je ne sai chevalier en terre
qui a moi se tenist au cors. »
Estrubert fu granz et fors,
ne fist pas chiere de chapon :
1736 du regart resamble lïon !
Il ne fet mie chiere morne,
mes au plus bel que puet s'atorne ;
mout se contint hardiement.
1740 Li seneschaus ala devant
si conseilla a son seigneur :
« Cist hons est plains de grant valeur ;
mout a les poinz gros et quarrez ;
1744 par mon conseil l'adouberez. »
Fet li dus : « Mout en ai grant joie ;
je cuit que Deus le nos envoie
et por ceste guerre fenir.
1748 Alez sel faites revestir
si comme noviau chevalier. »
Li seneschaus li va baillier
quote et seurquot et vair mantel ;
1752 tout li fet vestir de novel.
Quant il l'ot du tout atorné,
devant le duc l'a amené.
Li dus li a ceinte l'espee
1756 et puis li done la colee.

1733. *Au cors* : jeu de mots ; « dans un combat corps à corps », mais aussi
« à la course ». 1734. Cf. *Perceval*, v. 664 : « Li vallez avoit les bras fors ».
1735. *Chiere de chapon* : cf. Jean de Condé, *Le Sentier batu*, v. 104 *sq.* :
« Bien savez, le cox chaponnez/ est as gelines mal venus ».

« Sire, si j'étais chevalier,
je vous ramènerais le roi Golias
soit mort, soit abattu, soit prisonnier.
1728 — Où êtes-vous né, cher ami ?
— Sire, je suis né en Brabant
et j'en sais long quant au métier des armes.
Jamais encore je ne suis resté sans combattre.
1732 Je ne connais pas de chevalier sur terre
qui pourrait me résister dans un combat corps à corps. »
Estrubert était grand et fort
et n'avait pas une mine de chapon :
1736 par le regard il tient du lion !
Il n'a pas l'air morne,
mais prend le maintien le plus digne,
avec une contenance pleine de hardiesse.
1740 Le sénéchal s'avança
pour conseiller son seigneur :
« Cet homme est plein d'une grande valeur ;
il a les poings très gros et carrés ;
1744 à mon avis vous devriez l'adouber.
— J'en ai une joie immense, fait le duc ;
je crois que c'est Dieu qui nous l'envoie,
et pour mettre fin à cette guerre.
1748 Allez, et faites-le revêtir
comme un nouveau chevalier. »
Le sénéchal lui remet
cotte, surcot, manteau de vair
1752 et le fait vêtir entièrement de neuf.
Après l'avoir équipé en tout,
il l'amène devant le duc.
Le duc lui ceint l'épée
1756 et puis lui donne l'accolade.

« Amis, dit il, chevalier soies
et preudom seur touz autres soies,
preuz et hardiz et corageus.
1760 — Sire, ce dit Trubert li fous,
n'a si bon en tout mon parage :
demain verra l'en mon barnage !
Se je truis le roi Golïas,
1764 il a bien geté ambesas ! »
Li dus li demanda son non :
« Sire, Hautdecuer m'apele on.
Onques Rollant certes ne fu
1768 si forz ne de si grant vertu
com je sui, la merci Jhesu.
Meint chevalier ai abatu. »
Mout a le duc aseüré.
1772 Tant ont le plet einsi mené
que il fu ore de souper.
Ne vos savroie deviser
les mes que il orent la nuit ;
1776 mout i ot Trubert de deduit :
tuit se painent de lui servir.
Quant ont mengié si vont gesir,
et quant ce vint a l'andemain,
1780 par leanz se lievent a plein.
Li dus se lieve et sa mesnie,
Trubert ne s'i atarja mie ;
apareilliez s'est et levez.
1784 En la chapele en est alez
ou li dus est et sa mesnie ;
dou Saint Espir ont messe oïe.
Trubert a feite sa proiere :

1765. A la lettre : « il a jeté deux as », voire le coup le plus malchanceux aux dés. **1766.** *Hautdecuer* : cf. Berger 1963, 135 : « Haus de Cuer li Gentils » (*cf.* l'Introduction, 54).

« Ami, dit-il, sois chevalier ;
et plus que tout autre, sois loyal,
vaillant, hardi et courageux.
1760 — Sire, dit Trubert le fou,
il n'y en a pas d'aussi preux dans toute mon ascendance :
demain, l'on verra ma prouesse !
Si je trouve le roi Golias,
1764 il va être fort malheureux ! »
Le duc lui demanda son nom.
« Sire, on m'appelle Hautdecuer.
A vrai dire, jamais Roland
1768 ne fut aussi fort ni aussi courageux
que je ne suis, par la grâce de Jésus.
J'ai abattu maints chevaliers. »
Il a beaucoup rassuré le duc.
1772 Ainsi ont-ils continué leur conversation
jusqu'à l'heure de souper.
Je ne saurais vous décrire
les mets qu'ils eurent ce soir-là ;
1776 Trubert y prit beaucoup de plaisir :
tous s'efforcèrent de le servir.
Après avoir mangé, ils allèrent se coucher,
puis, quand vint le lendemain,
1780 tous là-dedans se levèrent sans tergiverser.
Le duc se leva, tout comme ses familiers,
Trubert ne traîna pas non plus.
Après s'être levé et équipé,
1784 il se rend à la chapelle
où se trouvent le duc et ses familiers.
Ils ont entendu la messe du Saint-Esprit,
et Trubert y fait sa prière :

1788 « Sainte Marie, mere chiere,
  tu me dones si esploitier
  que en maison revoise arier
  sainz et haitiez, riches d'avoir ;
1792 et que nus ne puisse savoir
  qui je sui ne comment j'ai non ! »
  Quant ot finee s'oroison
  et quant la messe fu chantee,
1796 en une chambre encortinee
  la ont il Trubert amené ;
  de toutes armes l'ont armé :
  mout resamble bien chevalier.
1800 En li ameine le destrier
  qui plus tost cort c'oisiaus ne vole.
  Li dus vient a lui si l'acole :
  « Biaus sire, pensez de bien faire !
1804 Ma fille vos doing en doaire
  et la moitié de quanque j'ai.
  – Sire, dit il, bien le ferai. »
  La fille le duc li chauça
1808 uns esperons, puis l'acola
  et dit : « De m'amor vos soviegne ;
  Portez ma guimple a enseigne ! »
  La duchoise l'a acolé,
1812 un annel d'or li a donné
  qui bien valoit cent mars d'argent,
  puis li a proié doucement :
  « Sire, dou bien faire pensez ! »
1816 Puis est seur le cheval montez,
  deus espiez rouve et en li tent,
  a chascun braz un escu pent ;
  toutes ses armes sont vermeilles.

1788. *Cf. Renart*, br. Ib, vv. 2221-2230 : « Hé Dex, qui menes en trinité
[...]/ Garde mon cors d'ore en avant/ Par le tien seint conmandement !/ Et
si m'atorne en itel guise,/ En tel manere ne devise/ Qu'il ne soit beste qui
me voie/ Qui sache a dire qui je soie. » **1803.** *De bien faire :* formule épique
employée ironiquement (*cf.* les vv. 2253 et 2529).

1788 « Sainte Marie, mère chérie,
      accorde-moi d'agir de sorte
      que je m'en retourne à la maison
      sain et sauf, et comblé de richesses ;
1792 et que personne n'arrive à savoir
      qui je suis ni comment je m'appelle ! »
      Une fois son oraison terminée
      et la messe chantée,
1796 ils ont conduit Trubert
      dans une chambre garnie de courtines.
      Ils l'ont armé de toutes les armes nécessaires :
      il ressemble tout à fait à un chevalier.
1800 On lui amène un destrier
      qui court plus vite que ne vole l'oiseau.
      Le duc s'approche de lui et l'accole :
      « Cher seigneur, songez à bien faire !
1804 Je vous fais don de ma fille en mariage
      et de la moitié de tout ce que je possède.
      – Sire, dit-il, je ferai de mon mieux. »
      La fille du duc lui chaussa
1808 des éperons, puis l'accola
      en lui disant : « Souvenez-vous de mon amour ;
      portez ma guimpe comme enseigne ! »
      La duchesse l'a accolé
1812 et lui a donné un anneau d'or
      qui vaut bien cent marcs d'argent ;
      puis elle l'a prié doucement :
      « Sire, pensez à faire de votre mieux ! »
1816 Il monte donc sur son cheval,
      réclame deux lances qu'on lui tend,
      pend un écu à chaque bras ;
      ses armes sont complètement vermeilles.

1820 Trestuit se seignent a merveilles
de ce que deus escuz en porte.
Trubert s'en ist parmi la porte
de la vile et vint au sentier ;
1824 grant paor a de trebuchier,
car ses chevaus est abrivez
et gras et gros et sejornez,
et Trubert les jambes estraint,
1828 des esperons le cheval point.
Tantost com les esperons sent,
trente piez li sailli avant :
de pou que Trubert n'est cheüz,
1832 mes l'arçon s'est bien tenuz.
Ses lances li vont baloiant
et ses escuz aus eulz ferant ;
li chevaus de paor s'esfroie,
1836 droit en l'angarde aquelt sa voie,
c'autre foiz i avoit esté.
Deus ne fist lievre sejorné
si tost alast com il l'en porte,
1840 et Trubert mout se desconforte,
que grant paor a de morir ;
a riens n'entent qu'a lui tenir.
Mauveisement li fu fermez
1844 ses hiaumes qui li est tornez ;
par derrier en sont li oillier :
les eulz samble qu'il ait derrier !
En l'angarde un espie avoit.
1848 De si loing com venir le voit,
grant aleüre en fuie torne,

1834. Ces escuz.

1820. *Cf. Perceval*, v. 4903-4906 : « Que fera il de dos escuz ?/ Ainz chevaliers ne fu veüz/ Qui portast .II. escuz ensanble./ Por ce grant merveille me sanble ». *Cf.* également *Beaudous*, vv. 481 *sq.* : « Por dous escuz porteras/ Ensemble joins, et si diras/ Se qui tu es demande nuns :/ Li chevaliers as dous escus ».

1820 Tous se signent, étonnés
qu'il emporte deux écus.
Trubert sort par la porte
de la ville et arrive au sentier;
1824 il a grand-peur de culbuter,
car son cheval est impétueux,
gras et gros et vigoureux.
Trubert serre alors les jambes
1828 et pique le cheval des éperons.
Sitôt qu'il sent les éperons,
celui-ci fait un saut de trente pieds en avant :
peu s'en faut que Trubert ne tombe,
1832 mais il se retient fortement à l'arçon.
Ses lances se mettent à brimbaler
et ses écus le frappent aux yeux ;
de peur, le cheval s'effraie,
1836 prend la route droit vers les postes de guet,
car il y avait déjà été autrefois.
Dieu n'a pas créé de lièvre assez agile
pour courir aussi vite qu'il l'emporte,
1840 et Trubert se décourage de plus en plus,
car il a une peur bleue de mourir ;
il ne s'avise de rien sinon de s'accrocher.
On lui a mal fixé son heaume,
1844 qui a fini par se retourner ;
ses œillères se retrouvent par-derrière :
il semble qu'il ait les yeux dans le dos !
Dans le poste de guet se trouvait un éclaireur.
1848 D'aussi loin qu'il le voit venir,
il s'enfuit à toute allure,

nule part ne ganchit ne torne.
Au roi le conte toz marriz :
1852 « Sire, ci vient uns anemis,
plus tost cort qu'arondel ne vole !
– Amis, diz tu voire parole ?
Garde ne nos falorder ci !
1856 – Seigneur, or en soiez tuit fi
que c'est un deable enpanez ;
il vient ci, par tans le verrez.
Je le vi dou chastel issir,
1860 ainz plus ne fina de courir ;
car c'est deable, bien le sai ! »
N'i a celui n'en ait esmai.
Que qu'entr'aus le plait devisoient,
1864 tout abrivé venir le voient :
en l'ost se fiert, outre s'en va,
onques nus ne l'i aresta !
N'i a celui n'en soit troublez,
1868 bien croient ce soit uns malfez !
N'i a si hardi chevalier,
serjant, archier n'arbaletier
ne vosit estre a sauveté.
1872 Quant li destriers ot l'ost passé,
un pou se ganchit a senestre ;
l'ost le roi a lessi a destre,
son tor a pris vers le chastel,
1876 si s'est feruz en un boschel,
a une espine est arestez ;
et Trubert est outre passez,
et li hiaume dou chief li vole ;
1880 bien li va quant il ne s'afole !
Seur un buisson d'espines chiet,
ainz dou cheoir ne se sentié :

1857. *Deable enpanez :* cf. *Un angre enpanez* du v. 2589. Chez Gautier le
Leu, dans *Les Sohaiz,* v. 97, nous trouvons *li angle enpenet* (les démons
ailés, les anges déchus). **1861.** Cf. *Erec et Enide,* vv. 4832-35 : « Tuit

sans faire aucun détour ni se retourner.

Tout marri, il le rapporte au roi :

1852 « Sire, un diable s'approche d'ici,

il court plus vite que ne vole l'hirondelle !

– Ami, dis-tu vrai ?

Prends garde à ne pas nous duper !

1856 – Seigneurs, soyez-en tous sûrs :

c'est un diable ailé ;

il vient par ici, vous l'apercevrez bientôt.

Je l'ai vu sortir du château ;

1860 depuis, il n'a pas cessé de courir ;

car c'est un diable, j'en suis convaincu ! »

Il n'y en a aucun qui n'en soit effrayé.

Pendant qu'ils discutent la situation entre eux,

1864 ils le voient approcher à toute allure :

il se précipite au milieu de l'armée, passe outre,

et absolument personne n'est capable de l'arrêter !

Il n'y en a aucun qui ne soit troublé,

1868 ils croient fermement que c'est un démon !

Il n'y a aucun chevalier, si hardi soit-il

– ni sergent, archer ou arbalétrier –,

qui n'aurait voulu se trouver en lieu sûr.

1872 Après avoir dépassé l'armée,

le destrier oblique un peu vers la gauche ;

il laisse l'armée du roi sur sa droite,

se dirige vers le château,

1876 s'élance dans un bosquet,

s'arrête enfin dans un roncier ;

Trubert, lui, passe de l'autre côté,

et le heaume lui vole du chef ;

1880 il a de la chance de ne pas se blesser !

Il tombe sur un buisson d'épines,

mais ne se ressent aucunement de la chute :

---

cuident que ce soit deables/ Qui leanz soit entr'ax venuz/ N'i remaint juenes
ni chenuz,/ Car molt furent esmaié tuit ». **1874.** *Lessi : cf.* la note au v. 864.

en son vis est esgratinez
1884 si en est touz ensanglantez,
mais ne li chaut, il n'a nul mal.
Puis que il est jus du cheval,
n'oit mes tel joie en son vivant !
1888 Son cheval par la resne prant,
seur l'erbe ilec se reposa.
Li dus aprés lui envoia
des lors que du chastel issi.
1892 Uns escuiers tant le suï
que il le vit entrer en l'ost :
arier s'en retorne tantost,
au seigneur la novele conte :
1896 « Par Dieu, sire, qui fist le monde,
onques mes teus hom ne fu nez !
Golïas iere ja montez
en l'angarde quant il le vit :
1900 por nule riens ne l'atendit,
ains s'en foï plus tost qu'il pot.
Onques cil lessier ne le vost
tant qu'il l'ot enbatu en l'ost,
1904 et je m'en retornai tantost.
Bien sai jel vi en l'ost entrer,
ne sai qu'il iert du retorner.
– Damedeus de mal le desfende,
1908 fet li dus, et si le nos rande,
que j n'avrai mes au cuer joie
tant que noveles de lui oie. »
Et Trubert seur l'erbe se gist,
1912 mout fu liez quant a pié se vit :
jamés descendre ne cuida !
Or se porpense qu'il fera,
s'il ira au chastel ou non.
1916 « Nenil, fet il, par saint Simon,
en tel maniere n'en irai ;
tuit savront la ou je irai. »

il est égratigné au visage
1884 et il en est tout ensanglanté,
mais peu lui chaut, il n'a aucun mal.
Du moment qu'il se retrouve à bas de son cheval,
il est plus heureux qu'il ne l'a jamais été !
1888 Il attrape sa monture par les rênes
et se repose là, sur l'herbe.
Le duc le fit suivre
dès l'instant où il sortit du château.
1892 Un écuyer alla à ses trousses
jusqu'à ce qu'il le vît pénétrer dans l'armée :
il retourna aussitôt sur ses pas
et annonça la nouvelle au seigneur :
1896 « Par Dieu qui créa le monde, sire,
jamais ne naquit un tel homme !
Golias était déjà monté
jusqu'au poste de guet, quand il l'a vu :
1900 il ne l'aurait attendu pour rien au monde,
au contraire, il s'est enfui le plus vite possible.
Jamais l'autre n'a renoncé à le poursuivre
jusqu'à ce qu'il l'ait repoussé au sein de la troupe,
1904 et je m'en suis retourné aussitôt.
J'en suis sûr : je l'ai vu pénétrer dans l'armée,
mais ne sais comment il en ira de son retour.
– Que le Seigneur Dieu le protège de tout mal,
1908 et qu'il nous le rende, fait le duc, car
je n'aurai plus de joie au cœur
tant que je n'entendrai pas de ses nouvelles. »
Et Trubert, couché sur l'herbe,
1912 était très heureux de se voir à pied :
il avait cru ne jamais descendre de cheval !
Il réfléchit maintenant à ce qu'il fera,
s'il ira au château ou non.
1916 « Non, par saint Simon, fait-il,
je n'irai pas de cette manière.
Tous sauront où je me rendrai. »

Que qu'il estoit en telle error,
1920 une famë a son seignor
portoit a mengier en l'essart.
« Dame, fet il, se Deus vos gart,
venez si m'aidiez a monter. »
1924 Cele ne li ose veer,
a lui s'en vient, et il la prent,
a terre la giete et estent ;
le cul et le con li coupa,
1928 en s'aloiere le bouta :
au duc en velt feire present.
Ou cheval monte isnellement ;
il s'an va sanz les confanons,
1932 sanz hiaumë et sanz esperons,
et si a lessié un escu,
a son col a l'autre pendu :
celui a il tout debrisié
1936 et en plus de cent leus plaié,
et si n'en porte c'une espee,
a un gres l'a toute esdentee.
Vers le chastel s'en va errant,
1940 ou en le desirre et atent.
Si tost come en la cort entra,
li dus encontre lui ala
et toute la chevalerie.
1944 Ne vos savroie dire mie
le grant soulaz ne la grant joie
qu'il li firent a celle voie.
Et Trubert fu ensanglantez
1948 de ce qu'il fu esgratinez
a la ronce quant il chaï ;
et li dus li demande et dit :

1925. Et a lui. **1928.** Sauloiere.

1935. *Cf.* ci-dessus *Berengier au lonc Cul,* vv. 100-105.

Pendant qu'il hésitait de la sorte,
1920 une femme portait à manger
à son mari, dans l'essart.
« Dame, que Dieu vous protège, fait-il ;
venez et aidez-moi à monter à cheval. »
1924 Elle n'ose le lui refuser,
s'approche de lui, et Trubert la saisit,
la jette à terre et l'y étend,
puis il lui coupe le cul et le con
1928 qu'il met dans sa gibecière :
il veut en faire cadeau au duc.
Il monte rapidement sur son cheval
et s'en va sans gonfanons,
1932 sans heaume et sans éperons,
après avoir abandonné aussi un écu ;
l'autre, il l'a pendu à son cou :
celui-ci, il l'a entièrement brisé
1936 et entaillé en plus de cent lieux ;
ainsi n'emporte-t-il qu'une épée,
qu'il a tout édentée sur un bloc de grès.
Il se met en route vers le château,
1940 où on l'attend anxieusement.
Aussitôt qu'il entra dans la cour,
le duc alla à sa rencontre
avec l'ensemble des chevaliers.
1944 Je ne saurais vous décrire
le grand plaisir et l'émotion intense
qu'ils lui manifestèrent cette fois-là.
Trubert était tout ensanglanté,
1948 car il s'était égratigné
aux ronces, lors de sa chute ;
le duc l'interpelle alors et lui demande :

« Sire, estes vos auques navrez ?
1952 Dites, por Dieu ! ne le celez !
— Je cuit, fet il, bien en garrai ;
en grant aventure esté ai ! »
Enmi la cort est descenduz.
1956 Par pieces li chiet ses escuz.
Li dus le voit, de joie en rit,
aus chevaliers le moutre et dit :
« Vez vos ci le plus hardi home
1960 qui soit d'Illande jusqu'a Rome !
Il a plus cuer que un lïon ! »
Cil respondent que ce a mon.
Trubert a tret de s'aloiere
1964 le cul et le con qui i ere ;
au duc en a fet un present.
Li dus entre ses mains le prent,
puis li demande que ce est.
1968 « Sire, dit il, la bouche i est
de Goulïas et les narilles.
— Par foi, je croi bien, dit li sires,
einsi faite bouche avoit il.
1972 Et qu'est ce ci ? est ce sorcil ?
— Ce sont les narilles, par foi !
Onques mes ne vi sifet roi !
Quant la teste li oi coupee,
1976 volentiers l'eüsse aportee,
mes onques ne la poi lever.
N'oi pas loisir de sejorner,
erraument en tranchai ce jus.
1980 — Vos avez bien fet », dit li dus.
Li sires les fet estuier,
dedanz son cofre bien fermer,

1976. Aporte.

« Sire, êtes-vous quelque peu blessé ?
1952 Dites, par Dieu, ne le cachez pas !
– Je crois que je me rétablirai facilement, fait-il,
mais j'ai été en grand péril ! »
Il descend de cheval au milieu de la cour.
1956 Son écu tombe en pièces.
Le duc voit cela, en rit de joie,
le montre aux chevaliers et dit :
« Voyez ici l'homme le plus hardi
1960 qui soit d'Irlande jusqu'à Rome.
Il a plus de cœur qu'un lion ! »
Ils répondent que c'est bien vrai.
Trubert a tiré de sa bourse
1964 le cul et le con qui s'y trouvaient
et en a fait présent au duc.
Le seigneur les prend dans ses mains,
puis lui demande ce que c'est.
1968 « Sire, dit-il, c'est la bouche
de Golias, et ses narines.
– Ma foi, je crois bien, dit le duc,
il avait la bouche ainsi faite.
1972 Et ceci, qu'est-ce ? Est-ce un sourcil ?
– Ce sont les narines, ma foi !
Jamais je n'ai vu un roi pareil !
Lorsque je lui ai coupé la tête,
1976 je l'aurais apportée volontiers,
mais je n'ai absolument pas réussi à la soulever.
Je n'avais pas le loisir de m'attarder,
donc j'ai vite tranché ce qui était par terre.
1980 – Vous avez bien fait », dit le duc.
Le seigneur les fait déposer
et soigneusement enfermer dans son coffre,

1960. *Cf.* Beaudous, vv. 401 *sq.* **1971.** « Interpretatio nominis » de Golias, dont la bouche rappelle le sexe féminin (*cf.* Migliorini 1968, 108 et 288 ; voir ci-dessus *La Veuve*, v. 400).

et puis prent par la mein Trubert :
1984 « Sire, fet il, par saint Lambert,
il n'a home jusques a Los
cui j'aing autant com je faz vos,
car en grant repos m'avez mis.
1988 Je doi bien estre vostre amis,
si sui je et serai toz jors. »
Et Trubert qui set toz les torz
entre ses denz dit : « Vos mentez !
1992 Encore encui mout me harrez !
— Sire, dient li chevalier,
cist sires fet mout a prisier ;
sachiez de voir il est hauz hom.
1996 — Certes, fet li sires, c'est mon !
S'il velt, ma fille li donrai,
que des ier main li presentai ;
encor ne m'en repent je mie. »
2000 Et Trubert le duc en mercie :
« Sire, dit il, biaus est li dons.
Mes peres est des Brebençons
sires, s'en voil a lui parler.
2004 Je ne me doi pas marïer
si feitement que il nou sache ! »
Et Trubert a la voie sache.
« Jusqu'a quinzaine revenrai
2008 et de mes amis amenrai
ceenz mout bele compaignie ;
puis si espouserai m'amie. »
Fait li sires : « Mout me grevez,
2012 quant einsi tost vos en alez ;
car demorez encore un mois !
— Nou ferai, fet il ; je m'en vois.

1985. Iusques a nos (*nos* surchargé sur *los*). **2004.** Je me doi.

puis prend Trubert par la main :
1984 « Par saint Lambert, sire, fait-il,
il n'y a personne jusqu'à Los
que j'aime autant que je vous aime,
car vous m'avez remis à mon aise.
1988 J'ai de très bonnes raisons d'être votre ami,
aussi le suis-je, et le serai toujours. »
Et Trubert, qui connaît toutes les ruses,
marmonne entre ses dents : « Vous mentez !
1992 Vous me haïrez fort, aujourd'hui encore. »
« Sire, disent les chevaliers,
ce seigneur est bien digne de notre estime ;
sachez-le en vérité, c'est un homme vaillant.
1996 — Certes, dit le seigneur, assurément !
S'il le veut, je lui donnerai ma fille,
que je lui ai présentée hier matin déjà,
et je ne vais pas m'en repentir ! »
2000 Et Trubert de remercier le duc :
« Sire, le don est beau ! dit-il.
Mon père est le seigneur des Brabançons,
et je veux lui en parler.
2004 Je ne dois pas me marier
sans qu'il le sache ! »
Trubert s'apprête donc à se mettre en route.
« Je reviendrai d'ici une quinzaine
2008 et amènerai céans
une fort belle compagnie de mes amis,
puis j'épouserai mon aimée.
— Vous me peinez beaucoup
2012 en partant si tôt, dit le seigneur ;
restez donc encore un mois !
— Non, je ne le ferai pas, je m'en vais, dit-il.

1986. *Los* : Looz (Borgloon), ville de Belgique, prov. du Limbourg.
2002-2004. Sur ce passage, *cf.* l'Introduction, 50.

Haster me voil de revenir,
2016 car ce mariage desir. »
Li dus le fet avant mengier,
puis li fet un cheval baillier
qui soëf porte l'ambleüre,
2020 et Trubert point ne s'aseüre :
isnellement i est montez.
Fet li sires : « Mout vos hastez !
N'en irez pas seul, se Deus plest,
2024 que de ma gent avec vos n'ait
qui vos conduiront a l'aler. »
Dis chevaus li fet amener
toz ensellez enmi la place.
2028 Dit Estrubert : « Ja Deus ne place
je voie jor se cestui non,
se je en main ja compaignon ! »
Li dus ne l'en ose proier ;
2032 il demande se un somier
en voudroit chacier devant lui.
Dit Trubert : « Assez riches sui.
Quant je vendrai en mon païs,
2036 tant avrai de ver et de gris
que j'en serai toz anuiez. »
Quant il se fu asez proisiez,
congié demande si s'en va.
2040 Li dus a enviz li dona,
mes il ne le pot detenir ;
asez plora au departir.
Estrubert au chemin se met,
2044 mout fu liez quant departi s'est
du seigneur et de sa mesnie.
Il leur a fet grant vilenie :
honiz les a et deceüz.
2048 Li niés au seigneur est penduz,
de quoi il est duel et domage.
En la cort entra un mesage

Je veux me hâter de revenir,
2016 car je désire ce mariage. »
Le duc le fait d'abord manger,
puis lui fait donner un cheval
qui va l'amble très doucement.
2020 Et Trubert, qui ne se sent point en sûreté,
l'enfourche rapidement.
« Vous vous hâtez beaucoup ! fait le seigneur ;
mais, s'il plaît à Dieu, vous ne partirez pas seul,
2024 sans qu'il y ait de mes gens avec vous,
pour vous escorter durant le voyage. »
Il lui fait amener dix chevaux
tout sellés, au milieu de la place.
2028 « A Dieu ne plaise que je voie
un autre jour que celui-ci,
si j'emmène un compagnon », dit Estrubert.
Le duc n'ose pas insister ;
2032 il demande alors s'il voudrait
pousser devant lui un cheval fort bien chargé.
« Je suis suffisamment riche, répond Trubert.
Quand j'arriverai dans mon pays,
2036 j'aurai tant de fourrures de vair et de petit-gris,
que j'en serai bien ennuyé. »
Après s'être vanté de la sorte,
il demanda congé et s'en alla.
2040 Le duc le lui accorda à contrecœur,
mais ne put le retenir ;
à son départ, il pleura beaucoup.
Estrubert se mit en chemin,
2044 très heureux d'avoir quitté
le seigneur et ses familiers.
Il a commis une grande vilenie à leur endroit :
il les a déshonorés, trompés.
2048 On a pendu le neveu du seigneur :
quelle douleur et quel dommage !
A la Cour entre un messager

que li rois Golïas envoie.
2052 Devant le duc va droite voie ;
de parler a langue molue :
« Sire, Goulïas vos salue,
li rois qui tant fet a douter.
2056 Il se velt a vos acorder.
– Amis, dit il, tu me falordes !
De parler me sambles trop lordes.
Golïas est morz, bien le sai ;
2060 la narille et la bouche en ai
ceanz en un cofre enfermé.
– Sire, sachiez de verité
car il est toz sainz et hetiez ;
2064 de par lui sui ci envoiez.
Meintes foiz a seur vos praé ;
or l'en ont si baron praé
et loé que a vos s'acort.
2068 De quanque vos a fet de tort,
or vos en velt feire l'amende.
Vostre fille a fame demande,
puis si sera mout vostre amis.
2072 – Diz me tu voir ? est il ainsis ?
– Oïl, sire, par saint Thomas !
Je ne vos gaberoie pas. »
Li dus en est toz tresmuez.
2076   Estrubert s'en va bien loez ;
vaillant vint mars d'argent en porte.
Li palefroiz soëf l'emporte.
Ja estoit cinc liues avant,
2080 estes vos a pié un sergent
qui au neveu le duc estoit ;
aprés lui dou tornoi venoit :
son sire est au chastel penduz.
2084 A l'ancontre li est venuz

2065-2066. Ces deux participes dérivent respectivement de *praedatu*, « ravagé », et *precatu*, « prié ».

envoyé par le roi Golias.
2052 Il se dirige directement devant le duc ;
orateur éloquent, à la langue affilée :
« Sire, Golias, le roi
tant redoutable, vous salue.
2056 Il veut se réconcilier avec vous.
– Ami, tu me dupes ! dit-il.
Tu parles comme un fou, me semble-t-il.
Golias est mort, je le sais bien ;
2060 j'en possède les narines et la bouche,
céans, enfermées dans un coffre.
– Sire, sachez à vrai dire
qu'il est fort bien portant et en excellente santé ;
2064 c'est par lui que je suis envoyé ici.
Maintes fois il a ravagé vos contrées.
Pour lors, ses barons lui ont demandé
et conseillé de se réconcilier avec vous.
2068 Pour tous les torts qu'il vous a faits,
il veut maintenant vous faire réparation.
Il demande votre fille en mariage,
ainsi deviendra-t-il vraiment votre ami.
2072 – Me dis-tu la vérité ? En est-il ainsi ?
– Oui, sire, par saint Thomas !
Je ne me moquerais point de vous ! »
Le visage du duc change complètement.
2076   Estrubert s'en va bien récompensé,
emportant la valeur de vingt marcs d'argent.
Son palefroi l'emporte commodément.
Il s'était déjà éloigné de cinq lieues
2080 quand voici un sergent à pied,
qui appartenait au neveu du duc
et rentrait du tournoi à sa suite :
son seigneur avait été pendu au château.
2084 Trubert vint à sa rencontre,

Trubert et si le salua,
puis li enquist et demanda :
« Mesagier, frere, qui es tu ?
2088 Quel part iras et dont viens tu ?
— Je sui, sire, a un chevalier
de la sereur au duc Garnier.
A un tornoi avons esté,
2092 tuit i somes desbareté ;
mes sires i a tout perdu,
n'en aporte lance n'escu,
haubert ne hiaume ne cuirie.
2096 Mout est plains de chevalerie,
li dus l'aime seur toute rien.
— Amis, certes je le cuit bien,
que je l'encontrai ier matin
2100 chevauchant un povre roncin
meigre et las et tout farcineus ;
vers le chastel aloit toz seus.
Asez chevauchasmes ensamble,
2104 tant que me conta, ce me samble,
que de la sereur au duc iere.
Toute me conta la maniere
et je, por l'amor du seignor
2108 le duc, que j'aim de grant amor,
un biau palefroi que j'avoie,
dont la seurcengle iere de soie,
li eschanjai a son roncin
2112 qui toz estoit plains de farcin ;
sa robe chanjai a la moie,
puis nos meïsmes a la voie :
ou chastel entra devant moi,
2116 onques puis nel vi ne il moi.
Or te voil proier por l'amor
que fis si grant a ton seignor,
au duc di de la moie part

2100-2101. *cf.* Perceval, vv. 3641-3643.

le salua, puis l'interpella
lui demandant :
« Messager, frère, qui es-tu ?
2088 Dans quelle direction vas-tu et d'où viens-tu ?
– Sire, j'appartiens à un chevalier
[fils] de la sœur du duc Garnier.
Nous avons été à un tournoi
2092 et y avons été mis en déroute ;
mon seigneur y a tout perdu,
il n'en rapporte ni lance, ni écu,
ni haubert, ni heaume, ni cuirasse.
2096 Mais il est plein de prouesse,
le duc l'aime par-dessus tout.
– Ami, certes, je le crois bien,
car je l'ai rencontré hier matin,
2100 chevauchant une misérable rosse,
maigre, lasse et couverte d'abcès ;
il s'en allait tout seul vers le château.
Nous avons chevauché ensemble assez longtemps
2104 pour qu'il me raconte – me semble-t-il –
qu'il était [fils] de la sœur du duc.
Il m'a raconté tout ce qui s'était passé,
et moi, pour l'amour de monseigneur
2108 le duc, que j'aime d'un attachement profond,
je lui ai échangé un beau palefroi que j'avais,
dont les sangles étaient de soie,
contre sa pauvre rosse
2112 toute infectée de morve ;
j'ai également échangé sa robe contre la mienne,
puis nous nous sommes mis en route :
il est entré avant moi au château,
2116 depuis, je ne l'ai jamais plus vu, ni lui ne m'a revu.
Je veux donc te prier, pour l'affection
que j'ai si vivement témoignée à ton seigneur,
de dire de ma part au duc

2120 que le cul et le con bien gart
qu'il a en son cofre enfermé.
Di li que tu m'as encontré.
– Sire, comment avez vos non ?
2124 – Amis, Trubert m'apele l'on ;
par ce non bien me connoistra.
– Sire, dit il, n'en doutez ja
que ce li dirai je mout bien.
2128 Se plus li volez mander rien,
dites le moi, je li dirai.
– Oïl : pieça je li lessai
une mout bele chievre a let :
2132 demandez lui qu'il en a fet.
Et si li di que li soviegne
de ce qu'au cul li fis l'enseigne
quant je li dui du cul sachier,
2136 et de la dame au cors legier
cui rafetai trois foiz ou lit ;
et li soviegne dou delit
qu'il ot ou bois quant l'i lessai,
2140 et de ce c'ou van le couchai
et l'oing d'un mout chier oignement.
– Sire, je vos di loialment
que tout ainsi com dit l'avez
2144 dirai, que mout vos sai bon grez
de la bonté et de l'amor
que vos feïstes mon seignor :
vos le meïstes a cheval. »
2148 Li mes n'i entent point de mal.
D'iluec s'em partent a itant.
Vers le chastel s'en va errant
li vallez qui vient dou tornoi,
2152 mes ne set mie le desroi

2140. Et de ce coan.

2131. *Chievre a let* : nouveau jeu de mots ; c'est à la fois une chèvre lai-

₂₁₂₀ de bien garder le cul et le con
qu'il a enfermés dans son coffre.
Dis-lui que tu m'as rencontré.
— Sire, quel est votre nom ?
₂₁₂₄ — Ami, on m'appelle Trubert ;
à ce nom, il me reconnaîtra bien.
— Sire, dit-il, n'en doutez pas :
je lui dirai cela très exactement.
₂₁₂₈ Si vous voulez que je lui rapporte d'autres choses,
dites-le-moi, je le lui dirai.
— Oui, je lui ai livré naguère
une très belle chèvre laitière :
₂₁₃₂ demandez-lui ce qu'il en a fait.
Et dites-lui qu'il se souvienne
de ce dont je lui laissai la marque au cul,
quand je dus le lui tirer du fessier,
₂₁₃₆ et de la dame au corps svelte
que je raccommodai trois fois au lit ;
qu'il se souvienne du plaisir
qu'il eut dans le bois quand je l'y laissai,
₂₁₄₀ et de ce que je le couchai dans le panier
pour l'oindre d'un onguent très précieux.
— Sire, je vous promets loyalement
que, précisément comme vous l'avez dit,
₂₁₄₄ je lui dirai cela, car je vous sais fort bon gré
de la bonté et de l'affection
que vous avez témoignée à mon seigneur :
vous l'avez remis en selle ! »
₂₁₄₈ Le messager n'y entend point de malice.
Ils s'éloignent alors de là.
Le garçon qui revient du tournoi
se dirige tout de suite vers le château,
₂₁₅₂ sans rien savoir du désarroi

---

tière et un animal qui a causé l'humiliation du duc (*a let* « pour sa honte »).
2137. *Rafetai* : cf. *Aloul*, v. 161 (*NRCF*, V, 124), avec le même sens obscène.

que Trubert a par leanz fet.
Que vos feroie je lonc plet ?
Jusque devant le duc n'areste,
2156 il li cuide faire grant feste.
Au duc a hautement parlé :
« Sire, dit il, j'ai encontré
Estrubert, qui si grant honor
2160 fist hui matin a mon seignor.
Sa robe a la soe chanja
et son palefroi li dona.
Mout l'en devez savoir bon gré !
2164 — Diva ! vallet, tu iés desvé !
Bien en savons la verité :
Trubert si fu ier traïné
aval ceste vile et penduz ;
2168 et tes sires n'est pas venuz.
— Par foi, si est, des ier matin ! »
Li dus en tient le chief enclin ;
quant il ot parler de Trubert,
2172 a pou de duel le sens ne pert.
« Vallet, tu me contes merveilles,
onques mes n'oï les pareilles.
Je cuit et croi tu as beü,
2176 qui diz que Trubert as veü !
— Voirement le di je par foi,
et encor vos manda par moi
le cul et le con li gardez
2180 que en voz cofres mis avez,
et de la chievre vos soviegne. »
Quant li dus l'ot, cent foiz se seigne !
« Sire, encor vos mande il plus...
2184 — Tes toi, amis, ce dit li dus.
Je sai bien que c'est il, sanz faille.

2165. La veritie.

que Trubert a semé à l'intérieur.
A quoi bon vous faire un long discours ?
Il ne s'arrête que devant le duc,
2156 auquel il est convaincu de faire grande fête.
Il lui parle à haute et intelligible voix :
« Sire, dit-il, j'ai rencontré
Estrubert, qui a fait, tout récemment,
2160 si grand honneur à mon seigneur
qu'il a échangé ses habits contre les siens
et lui a donné son palefroi.
Vous devez bien lui en savoir gré !
2164 – Dis donc, mon garçon, tu déraisonnes !
La vérité, nous la connaissons bien :
hier, Trubert fut traîné
en bas de cette ville, et pendu ;
2168 et ton seigneur n'est pas arrivé.
– Si, par ma foi, il l'est, dès hier matin ! »
Le duc tient la tête inclinée ;
quand il entend parler de Trubert,
2172 peu s'en faut que de douleur il ne perde le sens.
« Garçon, tu me racontes des choses étonnantes.
Jamais je n'en ai entendu de pareilles.
Je suis convaincu que tu as bu,
2176 toi qui prétends avoir vu Trubert !
– Ma foi, je dis la vérité,
et, en plus, par mon intermédiaire,
il vous prie de lui garder le cul et le con
2180 que vous avez mis dans vos coffres
et de bien vous rappeler la chèvre. »
Quand le duc l'entend, il se signe cent fois !
« Sire, il vous fait savoir bien davantage...
2184 – Tais-toi, cher ami, dit le duc.
Je sais parfaitement que c'est lui, sans doute.

2170. *Cf. Roland*, v. 139 : « Li empereres en tint sun chef enclin ».

Or primes m'a il fet grant taille :
c'est mes niés qui fu hui panduz ! »

2188 Pasmez est a terre cheüz ;
si chevalier l'en vont lever ;
tuit le pranent a conforter,
mais onques por ce ne laissa :

2192 onques hom tel duel ne mena !
Le chevalier alerent querre,
despenduz fu et mis en terre :
en estre beneoit l'ont mis.

2196 Deus meite l'ame en paradis !
Mout est li sires adolez,
jamés si grant duel ne verrez
com li dus fet por son cosin.

2200 Il jure que jamés de vin
ne bevra jusque tant qu'il ait
le glouton qui ce li a fet.
Li dus le mesagier apele

2204 qui du roi li dit la novele.
« Or me di, fait il, biaus amis ;
tu me diz Golïas est vis
et a moi se velt acorder

2208 et ma fille velt espouser ?
– Voire, sire, ainsi le vos mande.
Se n'est voirs, j'otroi qu'en me pende !
– Amis, ja penduz n'en seras.

2212 A ton seigneur ariere iras
et si li diras de par moi
ma fille a fame li otroi ;
volentiers et ameement

2216 li envoiasse meintenant,
mes il me couvient chevauchier,

2188. Cf. *Roland*, v. 2880 : « Sur lui se pasmet, tant par est anguissus ».
2196. Cf. *Roland*, v. 2888 : « Ami Rollant, Deu metet t'anme en flors,/ En pareïs entre les glorïus ! » **2199.** *Cosin :* neveu (*cf. Claris et Laris*, v. 27416 ; *T-L* s.v.), mais aussi « dupe » avec un probable double sens.

A ce moment même, il m'a infligé un cruel châtiment :
c'est mon neveu qui a été pendu tantôt ! »
2188 Il est tombé à terre, évanoui.
Ses chevaliers courent le relever ;
tous se mettent à le réconforter,
mais il est loin de se contenir pour autant :
2192 jamais personne ne manifesta une telle douleur !
Ils allèrent chercher le chevalier,
qui fut dépendu et déposé :
on l'enterra en lieu béni.
2196 Que Dieu mette son âme au paradis !
Le seigneur est très affligé ;
jamais vous ne verrez de peine aussi grande
que celle que le duc manifeste pour son neveu.
2200 Il jure de ne plus jamais boire de vin
jusqu'à ce qu'il attrape
la canaille qui lui a fait cela.
Le duc appelle le messager
2204 qui lui apporta les nouvelles du roi.
« Dis-moi donc, cher ami, fait-il,
tu me dis que Golias est vivant
et qu'il veut se réconcilier avec moi
2208 et qu'il veut épouser ma fille ?
– En effet, sire, c'est ainsi qu'il vous le fait savoir.
Si ce n'est pas vrai, je consens qu'on me pende !
– Ami, tu ne seras pas pendu pour cela.
2212 Tu t'en retourneras chez ton seigneur
et lui diras de ma part
que je lui accorde ma fille pour femme ;
c'est volontiers et de bonne grâce
2216 que je la lui aurais envoyée maintenant,
mais il me faut partir à cheval,

je ne porroie soulacier.
Jusqu'a quinze jorz la vien querre ;
2220 je voil aler veoir ma terre.
– Si l'en portera a grant joie ! »
Li mesagiers aqueut sa voie ;
jusques en l'ost ne s'aresta.
2224 A Golïas tantost conta
ce que li dus li a mandé
et Golïas en fu mout lié.
        Du duc vos voil dire et retraire.
2228 Il fet atorner son afeire,
car aprés Trubert velt aler.
L'andemain sanz plus demorer
monte li dus et sa mesnie,
2232 trente sont en sa compaignie.
Dou chastel issent si s'en vont,
quierent et aval et amont
par le païs et par la terre ;
2236 en trois jorz ne finent de querre.
Tant quierent amont et aval
qu'il sont lassé et li cheval ;
ne sevent mes quel part aler.
2240 Ja s'en voloient retorner,
quant li sires s'est porpensez :
« Seigneur, fet il, vos ne savez,
des lors que premiers le connui,
2244 que la chievre achetai de lui,
li demandai dont il estoit,
et il me dit qu'il repairoit
en la forest de Pontellie. »
2248 La ont droit leur voie acueillie.
Dedenz la forest sont entré ;
tant ont aval le bois alé
qu'il ont veü une meison.

2224. A Golas.

je n'ai pas le temps de m'amuser.
Viens la chercher d'ici quinze jours ;
2220 je veux aller visiter ma terre.
   – Il l'emmènera avec une grande joie ! »
Le messager se mit en chemin,
sans s'arrêter jusqu'à l'armée ennemie.
2224 Il raconta aussitôt à Golias
ce que le duc lui avait fait savoir
et Golias en fut très heureux.

      C'est du duc que je veux vous parler.
2228 Il fait ses préparatifs de voyage,
car il désire pourchasser Trubert.
Le lendemain, sans plus tarder,
le duc et sa troupe montent à cheval ;
2232 ils sont trente dans sa compagnie.
Sortant du château, ils s'en vont,
cherchant par monts et par vaux,
à travers le pays, à travers le domaine.
2236 Pendant trois jours, ils n'arrêtent d'enquêter.
Ils cherchent tant, par monts et par vaux,
qu'ils sont exténués ainsi que leurs chevaux,
et ils ne savent plus de quel côté se diriger.
2240 Ils voulaient déjà s'en retourner,
quand le seigneur se mit à réfléchir :
« Seigneurs, savez-vous, dit-il,
lorsque je le rencontrai pour la première fois
2244 et lui achetai la chèvre,
je lui demandai d'où il était
et il me dit qu'il habitait
dans la forêt de Pontarlie. »
2248 Ils se sont lancés droit dans cette direction,
s'enfonçant dans la forêt
et parcourant les profondeurs du bois,
jusqu'à ce qu'ils aient repéré une maison.

2252 Li dus les a mis a reison :
« Seigneur, or pensez de bien feire !
Je croi que vez ci son repere :
gardez vos bien que il n'eschape.
2256 Il est cheoiz en male trape
se nos le poons atraper,
mes il nos covient bien garder !
– Sire, dient li chevalier,
2260 nos irons devant et derrier.
Sachiez que mout le tanrons cort. »
Et Trubert fu en mi la cort :
de mout loin les a parceüz,
2264 tantost s'est en maison feruz.
N'est pas merveille s'a paor !
Tantost a dit a sa seror :
« Desvest toute ta robe tost
2268 si vest ma quote et mon seurquot
si muce tost desoz cest lit ! »
El ne set por coi il le dit ;
desoz le lit muce sanz plait,
2272 einsi com il le dit l'a fet ;
et Trubert ne s'atarje mie :
une coife a fame a lacie ;
mout en a fet riche boban ;
2276 – onques hom ne pensa tel sen,
mout par a bien Trubert pensé ! –
un peliçon a endossé,
qui est touz blans atout la croie ;
2280 sa mere un paletel li loie,
puis li a ceint une ceinture :
mout a bien de fame feiture !

2276. Hom me pensa. **2280.** Sa merer.

2255. *Cf.* la note au v. 1637. **2267.** *Cf. Floris et Lyriopé*, vv. 829-832 :
« Ta robe, fait il, me donras,/ Et tu la moie vestiras./ Lai irai en guise de
toi/ Tu remaindras en leu de moi ». **2279.** *Atout la croie :* il s'agit de la

2252 Le duc les a bien sermonnés :
« Seigneurs, pensez maintenant à bien agir.
Je crois que voici sa demeure :
veillez à ce qu'il ne nous échappe pas.
2256 Il est tombé dans un méchant piège,
si nous pouvons l'attraper,
mais il nous faut bien faire attention !
– Sire, disent les chevaliers,
2260 nous irons devant et derrière la maison.
Nous le tiendrons de fort près, sachez-le. »
Mais Trubert se trouvait au milieu de la cour :
il les a aperçus de fort loin
2264 et s'est précipité aussitôt dans la maison.
Ce n'est pas étonnant qu'il ait peur !
A l'instant il dit à sa sœur :
« Vite, enlève tous tes habits,
2268 revêts ma cotte et mon surcot
et cache-toi sous ce lit ! »
Tout en ignorant pourquoi il dit cela,
elle se cache sous le lit sans discussion ;
2272 il le dit, et elle l'exécuta aussitôt !
Et Trubert ne s'attarde pas :
il lace une coiffe de femme
dont il fait le plus bel étalage,
2276 – jamais personne n'imagina une telle ruse,
Trubert a eu une excellente idée ! –
il endosse une pelisse
qui était toute blanche de craie ;
2280 sa mère lui noue un morceau d'étoffe,
puis lui boucle une ceinture :
il a bien l'air d'une femme !

---

craie dont on saupoudrait les vêtements neufs ; *cf. Yvain*, v. 1886 *sq.* :
« Robe d'escarlate vermoille, / de veir forree a tot la croie » [Foerster 1885,
« atot »].

Seur le sueil s'en ala ester.
2284 Atant es vos sanz demorer
le duc et toz ses chevaliers,
et par devant et par derriers
ont la maison environee.
2288 N'i a celui n'ait tret l'espee ;
se leanz puet estre trouvez,
ocis sera et decoupez.
Li dus est a pié descenduz,
2292 dedenz la meson s'est feruz.
Seur le soil a lessié Trubert,
paor a, la color em pert ;
et li dus l'en a regardé,
2296 belement l'a reconforté :
« Damoiselle, n'en doutez mie :
ja ne vos ferons vilenie,
mes que Trubert nos enseigniez,
2300 s'il vos plait et se vos daigniez,
car tant l'avon quis a cheval
par ce bois amont et aval,
moi et cist autre compaignon,
2304 chaut en ai souz mon gambeison !
S'il vos plait, si le m'enseigniez
par si que vos bon le faciez. »
Estrubert respont maintenant,
2308 a basse voiz, tout simplement :
« Par foi, sire, il s'en est alez ;
bien croi por vos est destornez ;
de si loing com venir vos vit
2312 – je ne sai por coi il le fit –
se feri en cest bois leanz.
– Par mon chief, c'est un droit sarpenz,
fet li dus ; ne sai ou chacier !
2316 – Sire, dient li chevalier,

2295. Regcarde. **2311.** Le vit.

Il va se planter debout sur le seuil.

2284 Voici qu'arrivent au même instant
le duc et tous ses chevaliers :
ils ont entouré la maison
par-devant et par-derrière.

2288 Il n'y en a aucun qui n'ait dégainé son épée :
si on peut le trouver à l'intérieur,
il sera tué et mis en pièces.
Le duc est descendu de cheval

2292 et s'est précipité dans la maison,
laissant Trubert sur le seuil,
qui a peur, qui en perd ses couleurs.
Mais le duc l'a aperçu

2296 et gentiment réconforté :
« N'en doutez pas, demoiselle :
jamais nous ne vous ferons de vilenie,
pourvu que vous nous renseigniez sur Trubert,

2300 si cela ne vous ennuie pas et si vous le voulez bien.
Ah ! Nous l'avons tant cherché dans ce bois,
en chevauchant par monts et par vaux,
moi et mes compagnons,

2304 que j'en ai chaud sous mon justaucorps !
S'il vous plaît, renseignez-moi sur lui,
à condition que vous le fassiez de bon gré. »
Estrubert répond aussitôt,

2308 à voix basse, tout gentiment :
« Ma foi, sire, il s'en est allé ;
il s'est éloigné à cause de vous, je crois ;
d'aussi loin qu'il vous a vu venir

2312 — je ne sais pourquoi il a fait cela —,
il s'est précipité dans ce bois-là.
— Par ma tête, c'est un vrai serpent,
fait le duc, je ne sais où poursuivre la chasse !

2316 — Sire, il n'a pas son pareil ;

　　　n'i a tel ! Mes nos en alons,
　　　ceste damoisele en menons,
　　　qu'en ce bois ne troveroit nus.
2320　— Ce poise moi, ce dit li dus.
　　　Foi que je doi Dieu nostre sire,
　　　mout en ai a mon cuer grant ire,
　　　mes je nel puis ore amender
2324　si m'en couvient a conforter.
　　　Mes tant com le sache vivant,
　　　n'avrai joie enterinnement ;
　　　toutjorz m'iert mes cit deus noviaus ! »
2328　Atant remontent es chevaus ;
　　　Trubert ne laissierent il mie,
　　　portent l'en a grant seignorie,
　　　un des chevaliers devant lui.
2332　« Lasse ! dit, com mar onques fui !
　　　Ou m'en porte on ? Que devenrai ?
　　　— Damoisele, n'aiez esmai,
　　　fet li dus ; ja mal n'i avrez.
2336　Avec mes puceles serez ;
　　　garde vos penroiz de ma fille. »
　　　Et Trubert, qui mout set de guile,
　　　li a respondu simplement :
2340　« Je ferai tout vostre commant.
　　　— Or avez vos dit que senee ;
　　　autrement n'avrïez duree !
　　　Vostre frere m'a mal bailli ;
2344　il a bien ou cors l'anemi,
　　　que je ne li ai riens forfet
　　　et dou pis que il puet me fet.
　　　Par lui ai mon neveu pandu
2348　et moi a il souvent batu,
　　　tant qu'encor m'en doil durement,
　　　plus que je ne faz le samblant. »
　　　　　Tant ont einsi le plet mené

2327. *Cit deus* : « Cette douleur » (var. de *cist deuls*).

mais allons-nous-en, disent les chevaliers ;
emmenons cette demoiselle ;
nul ne trouverait quoi que ce soit dans ce bois.
2320 – Cela m'est pénible, dit le duc.
Par la foi que je dois à Dieu, Notre-Seigneur,
j'en ressens au cœur une colère intense,
mais pour le moment je n'en puis obtenir réparation,
2324 il faut donc que je me réconforte.
Mais aussi longtemps que je le saurai vivant,
je n'éprouverai plus de joie parfaite ;
cette douleur sera pour moi toujours neuve ! »
2328 Alors ils remontent sur leur chevaux ;
ils n'abandonnent pas Trubert,
mais l'emportent en grande pompe,
l'un des chevaliers l'a pris en croupe.
2332 « Malheureuse, dit-il, quelle malchance !
Où m'emporte-t-on ? Que vais-je devenir ?
– Demoiselle, ne vous désolez pas,
fait le duc ; il ne vous arrivera aucun mal.
2336 Vous allez demeurer avec mes suivantes,
pour prendre soin de ma fille. »
Et Trubert, qui s'y connaît en tromperie,
de lui répondre d'un ton docile :
2340 « Je me conformerai en tout à votre volonté.
– C'est en fille sensée que vous avez parlé,
autrement vous n'auriez aucune possibilité de résister !
Votre frère m'a maltraité :
2344 il a vraiment le diable au corps,
car je ne lui ai rien fait de mal
et lui il me fait du pis qu'il peut.
A cause de lui, j'ai pendu mon neveu ;
2348 quant à moi, il m'a souvent rossé,
à tel point que j'en souffre encore beaucoup,
plus que je n'en ai l'air. »
   Ainsi, ont-ils causé ensemble jusqu'à ce que,

2352 de jorz sont ou chastel entré.
    Enmi la cort sont descendu,
    mout furent volentiers veü.
    La dame grant joie leur fet,
2356 puis leur demande : « Qu'avez fet ?
    Por coi avez tant demoré ?
    Avez vos dont Trubert trové ?
    – Nenil, dame, c'est por neant ;
2360 il ne doute ne Dieu ne gent.
    Ce n'est pas hom, ainz est malfez
    qui ainsi nos a enchantez ! »
    Dit la dame : « Mes n'oï tel !
2364 Et fustes vos en son hostel ?
    – Oïl, dame, par saint Tomas !
    Mes il ne nos atendi pas :
    de si loing com venir nos vit,
2368 dedanz la broce se feri
    ou nus hom ne peüst trover.
    Nos peüssiens aprés aler
    un mois certes, voires un an,
2372 que ne le preïssons oan.
    Assez avons de mal eü,
    ainz puis ne fumes desvestu. »
    Dit la dame : « Or vos reposez.
2376 Il fera encor mal assez,
    que trop a aise se revelle.
    Et qui est ceste damoiselle ?
    – Ce est la suer au desloial ;
2380 ele ne set ne bien ne mal ;
    onques mes ne fu entre gent. »
    La dame par la mein la prent,
    a ses puceles l'en mena ;
2384 la mestresse la commanda,
    erraument s'en revint arier.

2384. *La mestresse :* pour ces datifs sans préposition, *cf.* les vv. 645 et
1636.

2352 de jour encore, il soient rentrés au château.
Ils sont descendus de cheval au milieu de la cour,
et c'est avec beaucoup de plaisir qu'on les a vus.
La dame les accueille très joyeusement,
2356 puis leur demande : « Qu'avez-vous fait ?
Pourquoi avez-vous tant demeuré ?
Avez-vous donc trouvé Trubert ?
– Non, dame, ce fut en vain.
2360 Il ne craint ni Dieu ni le monde !
Ce n'est pas un homme ; c'est plutôt un diable,
pour nous avoir envoûtés à ce point !
– Je n'ai jamais rien entendu de pareil, dit la dame.
2364 Et avez-vous été à son logis ?
– Oui, dame, par saint Thomas !
Mais il ne nous a pas attendus :
de si loin qu'il nous a vus arriver,
2368 il s'est enfoncé dans les broussailles,
où personne n'aurait pu le trouver.
Nous aurions pu le traquer
un mois entier, voire un an,
2372 sans l'attraper à l'heure qu'il est.
Nous avons eu beaucoup de mal ;
nous ne nous sommes pas déshabillés depuis notre départ.
– Reposez-vous donc, dit la dame.
2376 Du mal, il en fera encore assez,
car il se rebelle avec trop de facilité.
Et qui est cette demoiselle ?
– C'est la sœur du déloyal.
2380 Elle ne discerne ni bien ni mal :
jamais elle ne s'est trouvée parmi les gens. »
La dame la prend par la main,
pour l'emmener chez ses suivantes ;
2384 elle la confie à la gouvernante,
puis revient promptement sur ses pas.

Les chevaliers fet aaiser
et le mengier fist aprester,
2388 car il ert ore de souper.
Les tables mettent li sergent,
au mengier s'asiéent errant.
Bien furent servi cele nuit.

2392 Mout i ot Trubert de deduit ;
avec la pucele menja,
damoisele Aude li tailla
et si menja en s'escuelle.

2396 Mout fu vaillanz la damoisele,
souvent de boivre le semont.
Quant a grant loisir mengié ont,
si se sont des tables levees,

2400 mout sont beles et bien parees.
Aude qui a le cors apert,
le non demandë a Trubert :
« Coment avez vos non ? fet Aude.

2404 — Dame, en m'apele Coillebaude. »
Quant Aude l'ot si en a ris
et toutes les autres ausis.
« Comment ? Comment ? Dites encor !

2408 — Par foi, je nel dirai plus or :
je voi bien que vos me gabez. »
Dit la mestresse : « Si ferez,
je le voil et si vos en proi.

2412 — J'ai non Coillebaude, par foi.
Einsi m'apele l'en d'enfance. »
Ce dit la mestresse Coutance :
« C'est assez biau non par raison !

2416 Assez i a de mesprison
dou pendant qui i est nomez.
Entre vos ainsi l'apelez ;
quant i avra autre mesnie,

Elle fait mettre à l'aise les chevaliers
et préparer le repas,
2388 car c'était l'heure du souper.
Les serviteurs dressent les tables ;
les autres s'assoient aussitôt pour manger.
Ils furent très bien servis cette nuit-là.

2392 Trubert y eut beaucoup de plaisir ;
il mangea avec la suivante,
demoiselle Aude. qui lui découpa
les mets, et il mangea dans son écuelle.

2396 La demoiselle se montra très prévenante,
l'invitant souvent à boire.
Après avoir mangé tout à loisir,
elles se lèvent alors des tables,

2400 ravissantes et bien parées.
Aude au corps avenant
demande son nom à Trubert :
« Quel est votre nom ? fait-elle.

2404 — Dame, on m'appelle Couillegaie. »
Quand elle l'entend, Aude en rit
et toutes les autres avec elle.
« Comment ? Comment ? Dites encore !

2408 — Ma foi, je ne le dirai plus désormais :
je vois bien que vous vous moquez de moi.
— Vous le ferez néanmoins, dit la gouvernante.
Je le veux et vous en prie.

2412 — Ma foi, j'ai nom Couillegaie.
On m'appelle ainsi depuis l'enfance.
— C'est en vérité un bien beau nom,
dit Coutance, la gouvernante.

2416 Mais il n'est guère convenable,
à cause de l'objet pendillant qui y est nommé.
Entre vous appelez-la ainsi,
mais quand il y aura d'autres gens,

2420 si ait a non dame Florie.
    – Dame, einsi l'apelerons.
    Devisez comment nos gierrons,
    car il est bien tans de couchier,
2424 ceste pucele en a mestier :
    dou chevauchier est traveillie. »
    Ce dit : « Damoisele Florie,
    s'il li plest, avec moi gierra.
2428 Au souper avec moi menja,
    s'est bien raison qu'avec moi gise ! »
    Ce dit damoisele Felise :
    « Lessiez la gesir avec moi,
2432 mout m'iert bel et mout vos en proi ! »
    Ce dit Belisent la cortoise,
    fille la sereur la duchoise :
    « Avec moi gierra enquenuit,
2436 soulaz me fera et deduit ! »
    Une petite en i avoit,
    qui fille le seigneur estoit ;
    Roseite a non la damoisele.
2440 C'est la plus droite et la plus bele :
    si oil resamblent de faucon,
    blanche a la gorge et le menton,
    la bouche petite et riant ;
2444 il ne covient plus bel enfant.
    Aus autres dit : « Car vos teisiez,
    ne vos ne vos ne l'averez ;
    anuit me fera compaignie ! »
2448 Et la mestresse li otrie,

2436. Dedit. **2437.** Avot.

2420. *Dame Florie :* pour la réminiscence de *Floris et Lyriope* de Robert de Blois, *cf.* l'Introduction, 56. **2426.** Comme l'a souligné Raynaud de Lage 1974, 81, ici c'est nécessairement Aude qui parle, en évoquant le repas qu'elle vient de prendre aux côtés de « Dame Fleurie ». Il est probable que la version altérée par le scribe fut la suivante : « Ce dit Aude : "Dame Fleurie" » (*cf.* le v. 167 : « Ce dit Aude... »).

2420 qu'elle ait pour nom dame Fleurie.
    – Dame, nous l'appellerons ainsi.
    Décidez donc comment nous nous coucherons,
    car il est temps de se mettre au lit,
2424 cette jeune fille en a besoin :
    elle est fatiguée pour avoir chevauché. »
    Elle ajouta : « Demoiselle Fleurie,
    s'il lui plaît, couchera avec moi.
2428 Au souper, elle a mangé avec moi ;
    il est donc juste qu'elle s'étende à mes côtés !
    – Laissez-la plutôt s'étendre avec moi,
    dit demoiselle Felise.
2432 Cela me sera très agréable et je vous en prie !
    – C'est avec moi qu'elle couchera cette nuit,
    dit la courtoise Bélisent,
    fille de la sœur de la duchesse.
2436 Elle me procurera amusement et plaisir ! »
    Il y avait là une petite,
    qui était la fille du seigneur ;
    Rosette est le nom de la demoiselle.
2440 C'est la plus droite et la plus belle ;
    ses yeux ressemblent à ceux du faucon,
    elle a blanche la gorge et blanc le menton,
    la bouche petite et riante.
2444 Aucune enfant ne peut être plus belle.
    Elle dit aux autres : « Taisez-vous donc,
    vous ne l'aurez, ni vous, ni vous !
    C'est à moi qu'elle fera compagnie cette nuit ! »
2448 Et la gouvernante le lui accorde,

ele ne l'ose corocier.
Les damoiseles vont couchier ;
devant leur lit sont desvestues
2452 et Trubert les vit toutes nues ;
voit les connez bufiz, sanz barbe.
En son corage mout li tarde
qu'avec Roseite soit couchiez.
2456 Mout est dolanz et corociez
quant il ne s'ose desvestir.
« Damoisele, venez gesir »,
fet Roseite qui est couchie.
2460 « Damoisele, n'i irai mie
tant com la chandoile ardera. »
Roseite tantost la soufla,
qu'a s'esponde estoit atachie ;
2464 pour le feu ne lera il mie !
Quant la chandoile fu souflee,
Trubert si a sa robe ostee ;
avec Roseite se coucha.
2468 La damoisele l'acola
et dit : « Compaigne, bien veigniez !
Gardez tout a aise soiez
si ne vos soit de rien grevain.
2472 Certes quant ce vendra demain,
richement vestir vos ferai
de tele robe come j'ai,
seurcot et quote de samiz. »
2476 Dit Coillebaude : « Grant merciz ! »
Roseite la tient enbracie,
n'i entent point de vilenie,
ainçois le fet par grant chierté
2480 et par sa deboneireté ;

2453. Busif.

2468. Pour les rapports avec l'*Alda, cf.* l'Introduction, 54.

car elle n'ose pas la fâcher.
Les demoiselles vont se coucher
et se déshabillent devant leurs lits.
2452 Et Trubert les voit toutes nues.
Il voit leurs petits cons gonflés et sans barbe.
Dans son cœur il lui tarde beaucoup
d'être couché avec Rosette.
2456 Néanmoins il est accablé et chagrin,
puisqu'il n'ose se dévêtir.
« Demoiselle, venez vous étendre,
dit Rosette de son lit.
2460 — Demoiselle, je n'irai pas,
aussi longtemps que brûlera la chandelle. »
Rosette souffla aussitôt celle-ci,
qui était fixée au bord de son lit.
2464 Ce n'est pas le feu qui le retiendra !
Une fois éteinte la chandelle,
Trubert enleva sa robe
et se coucha avec Rosette.
2468 La demoiselle l'embrassa
en disant : « Compagne, soyez la bienvenue !
Veillez à vous mettre entièrement à l'aise,
de sorte que rien ne vous gêne.
2472 Certes, quand demain viendra,
je vous ferai noblement habiller
d'une robe pareille à la mienne,
d'un surcot et d'une cotte de soie.
2476 — Grand merci », dit Couillegaie.
Rosette la tient embrassée,
sans aucune arrière-pensée :
au contraire, elle le fait par tendresse exquise
2480 et par son caractère doux.

quanqu'ele puet, li feit solaz
et Trubert gist entre ses braz :
n'en puet mes se le vit li tent.
2484 Roseite a sa cuisse le sent :
« Qu'est or ceci ? dites le moi.
– Volentiers le dirai par foi ;
ce est un petit connetiaus,
2488 il est petiz, mes mout est biaus.
– Qu'en feites vos ? – Par foi le met
gesir en mon con tel foiz est ;
grant aise me fet et grant bien.
2492 – Et voudroit il entrer ou mien ?
– Oïl, se il vos connessoit,
mout volentiers i enterroit,
mes il le covient acointier. »
2496 Celle le prant a aplaignier ;
Roseite entre ses mains le prent,
nule mauvestié n'i entent.
Belement le tient et manoie,
2500 et li viz en sa main coloie.
« Certes mout l'avez or bien duit,
fet Roseite ; ja me connuit ;
il ne me mort ne esgratine ! »
2504 Ele le tient parmi l'eschine :
la teste lieve et ele en rit ;
a l'entree dou con li mit,
plus droit qu'elle puet l'i apointe,
2508 et Trubert ne fet pas le cointe,
tout li a dedenz embatu.
« Onques mes tel beste ne fu,
dit Roseite, se Deus me gart,

2489. le met. **2496.** Le pant.

2487. *Connetiaus* : jeu de mots sur *connet* (diminutif de *con*) et *connin*, « petit lapin ». *Cf.* ci-dessus *La Damoisele qui ne pooit oïr parler de foutre*, vv. 173 *sqq.*

Autant qu'elle peut, elle lui fait plaisir
et Trubert est allongé entre ses bras :
il n'y peut rien si son vit bande.
2484 Rosette le sent contre sa cuisse :
« Qu'est-ce donc que ceci ? Dites-le moi !
– Je le dirai volontiers, ma foi :
c'est un petit lapereau ;
2488 il est petit, mais il est très beau.
– Qu'en faites-vous ? – Ma foi, je le fais
parfois coucher dans mon con ;
il me procure beaucoup de plaisir et de bien-être.
2492 – Et voudrait-il entrer dans le mien ?
– Oui, s'il vous connaissait,
il y entrerait très volontiers ;
mais il faut se familiariser avec lui. »
2496 Elle commence à le lisser ;
Rosette le prend dans les mains,
sans en concevoir nulle malice.
Doucement elle l'étreint et le manie,
2500 et le vit dresse le cou dans sa main.
« Certes, vous l'avez fort bien apprivoisé,
fait Rosette, il m'a déjà reconnue ;
il ne me mord ni ne m'égratigne ! »
2504 Elle le tient au milieu de l'échine :
il lève la tête et elle en rit ;
elle l'a mis à l'entrée du con,
l'y pointant le plus droit qu'elle peut,
2508 et Trubert ne fait pas le gracieux :
il le lui plante tout entier dedans.
« Que Dieu me garde, dit Rosette,
jamais il n'y eut tel animal ;

2512 Deus le vos sauve et le vos gart !
Certes se un tel en avoie,
por nul avoir ne le donroie !
Pour Dieu, bele douce compaigne,

2516 proiez lui c'un po avant viegne,
car mout m'est bon et mout me plest.
– A non Dieu, dame, s'il vos plest,
ja porroit si avant aler

2520 jamés ne porroit retorner,
ne porroit retrouver la voie ! »
Dit Roseite : « Je le voudroie,
mes qu'il vos venist a plesir ;

2524 jamés n'en querroie partir :
quanque il me fet, tot m'est bel,
onques mes n'oi si bon joel !
– Dame, ja le verroiz joer,

2528 par leanz saillir et triper.
– Por Dieu, compaigne, or de bien feire !
que ses jeus ne me puet desplaire ! »
Et Trubert la commence a croistre,

2532 si que tout le lit en fet croistre.
« Compaigne, or feites vos mout bien,
huimés ne senti je si bien.
Feites adés, que mout me plait,

2536 plus vos hastez et meus me fet. »
Et Trubert si se resvertue
si que trestoz li paus li sue.
Andui ont bien fait leur afeire !

2540 Dit Roseite la deboneire :
« Encore ne l'aquit je mie :
foi que je doi sainte Marie,

2538. *Li paus :* nouveau calembour de Douin ; « il sue de tout son poil » mais aussi « de tout son épieu » (son membre viril). *Cf. Alda*, v. 505 *sq.* : « Post crebros igitur ictus sudatque multum/ Prelia presudat hausta labore suo ». Déjà chez Horace (*Satires*, I, VIII, v. 5 *sq.*) *palus* est une métaphore désignant le membre viril (*cf.* Mainone 1934, 284-293).

2512 Dieu vous le protège et vous le conserve !
 Certes, si j'en avais un pareil,
 pour rien au monde je ne le donnerais !
 Par Dieu, belle et douce compagne,
2516 priez-le de s'avancer un peu,
 car cela m'est fort doux et me plaît beaucoup.
 — Au nom de Dieu, dame, s'il vous plaît,
 il pourrait aller si avant
2520 qu'il pourrait ne jamais faire demi-tour,
 ni retrouver son chemin !
 — Je le voudrais bien, dit Rosette,
 sous réserve que vous y consentiez ;
2524 jamais je ne voudrais m'en séparer :
 tout ce qu'il me fait m'est agréable ;
 jamais je n'eus joyau si doux !
 — Dame, aussitôt vous le verrez jouer,
2528 sauter et danser là-dedans.
 — Par Dieu, compagne, faites donc pour le mieux,
 car son jeu ne peut me déplaire ! »
 Et Trubert commence à la harceler
2532 si bien qu'il en fait grincer tout le lit.
 « Ah ! compagne, vous agissez au mieux, maintenant ;
 jamais je ne me suis sentie aussi bien !
 Faites-le sans arrêt, car cela me comble :
2536 plus vous vous hâtez et meilleur c'est ! »
 Et Trubert s'évertue derechef,
 si bien qu'il en sue de tout son poil.
 Tous deux ont bien mené leur affaire !
2540 « Je ne le délivre pas encore,
 dit Rosette, la débonnaire.
 Par la foi que je dois à sainte Marie,

encor li couvendra entrer.
2544   – Dame, lessiez le reposer,
que traveilliez est de joer;
ne l'an doit en pas si haster.»
Dit Roseite : «N'a mie mal»;
2548 sa main a mise contreval,
le vit a sesi par la teste :
il ne li joe ne fet feste.
Dit Roseite : «Ci a mal plet !
2552 Je cuit nos li avons mal fet;
asez estoit ore plus forz,
certes je dout qu'il ne soit morz.
Mout mal avrïens esploitié !»
2556 Tant l'a tenu et manoié
que pooir li est revenuz :
un pou s'est en sa main meüz.
«Coillebaude, vos ne savez,
2560 certes il a esté pasmez :
revenuz est de pasmoison,
je croi qu'il n'avra se bien non.»
Mout ot chascun de son deduit,
2564 onques ne dormirent la nuit.
Dit Roseite : «Mout m'esta bien !
– Gardez que n'en parlez a rien :
chascune le vodroit avoir.
2568   – Ne vodroie por nul avoir,
feit Roseite, qu'en le seüst
ne que autres de moi l'eüst !»
    Quinzaine menerent tel vie;
2572 Roseite a la couleur changie,
toute pale en son vis devint.
La duchoise garde s'en print;
un jor Trubert en apela
2576 a conseil si li demanda.

2574. Sen prist.

il lui faudra encore entrer !
2544 — Dame, laissez-le reposer,
car il est fatigué de jouer ;
on ne doit pas tant le hâter.
— Il n'a point de mal », dit Rosette.
2548 Elle descend la main
et saisit le vit par la tête :
il ne joue plus avec elle ni ne lui fait fête.
« Voici une fâcheuse situation ! dit Rosette.
2552 Je crois que nous lui avons fait du mal ;
il était beaucoup plus vigoureux, tout à l'heure ;
je crains vraiment qu'il ne soit mort.
Nous n'aurions pas réussi notre coup ! »
2556 Elle l'a tant étreint et manié
que la vigueur lui est revenue :
il bouge un tout petit peu dans sa main.
« Savez-vous, Couillegaie,
2560 il s'était certainement évanoui :
le voici revenu de pâmoison.
Je crois qu'il recouvrera complètement la santé. »
Chacun eut sa part de plaisir à foison ;
2564 ils ne dormirent absolument pas de la nuit.
« Cela me fut très agréable, dit Rosette.
— Gardez-vous bien d'en parler à personne ;
chacune souhaiterait le posséder.
2568 — Je ne voudrais pas, pour tout l'or du monde,
qu'on le sache, dit Rosette,
ni que l'ait une autre que moi. »
Durant une quinzaine de jours, ils menèrent cette vie ;
2572 Rosette changea de couleur,
devint toute pâle de visage.
La duchesse s'en aperçut ;
un jour elle appela Trubert
2576 pour lui demander conseil.

« Damoisele, dit la duchoise,
d'une chose forment me poise.
     – De quoi, dame ? » dit Coillebaude,
2580 qui de parler est adés baude.
     « De ma fille, ce dit la dame,
qui ne samble avoir cors ne ame :
toute sa couleur a changiee,
2584 mout est durement empiriee :
je ne sai dont ce li avient.
     – Par foi, dame, toute nuit vient
a nostre lit uns colons blans ;
2588 il m'est avis, et bien le pans,
que ce soit un angre enpanez.
     – Damoisele, vos me gabez !
     – Dame, dit vos ai la verité ;
2592 encore anuit i a esté.
     – Damoisele, dit la duchoise,
vos n'estes mie bien cortoise
qui me gabez ; vos avez tort. »
2596 Coillebaude jure la mort
et quanque de Dieu puet jurer
qu'elle n'a cure de gaber.
     « Mes sachiez bien, n'en doutez mie,
2600 dou saint Espir est raemplie !
Trestoute est plaine d'angeloz ! »
Tant li dit et jura li soz
que la duchoise bien l'en croit.
2604 Or oiez com il la deçoit !
Dit la dame : « Mout fui bon nee
quant tel criature ai portee
qui angelez conceit et porte !
2608 Je voudroie meus estre morte
jamés Golïas en fut sires !
A mon seigneur le voudrai dire. »

2601. Angelez.

« Demoiselle, dit la duchesse,
j'ai un grand souci.
– Lequel, dame ? » dit Couillegaie,
2580 toujours contente, quand il s'agit de parler.
« De ma fille, dit la dame,
qui ne semble avoir ni corps ni âme :
elle a complètement changé de couleur ;
2584 elle est tombée grièvement malade :
je ne sais d'où cela lui vient.
– Ma foi, dame, chaque nuit vient
une blanche colombe à notre lit ;
2588 à mon avis – et j'en suis sûre –,
c'est un ange ailé !
– Demoiselle, vous vous moquez de moi !
– Dame, je vous ai dit la vérité ;
2592 il y a été de nouveau cette nuit.
– Demoiselle, dit la duchesse,
vous n'êtes pas bien courtoise,
car vous vous moquez de moi ; vous avez tort. »
2596 Couillegaie jure par la mort
et par tout ce qu'elle peut jurer sur Dieu
qu'elle n'a cure de plaisanter.
« Sachez, plutôt, n'en doutez pas,
2600 qu'elle est remplie du Saint-Esprit !
Elle est toute pleine d'angelots ! »
Le sot fit tant de discours, il jura tant,
que la duchesse l'en croit pour de bon.
2604 Ecoutez donc comment il la trompe !
« Je suis née avec beaucoup de chance, dit la dame,
puisque j'ai engendré une telle créature,
qui conçoit et porte des angelots.
2608 J'aimerais mieux être morte
plutôt que Golias en soit jamais l'époux !
J'irai le dire à mon mari. »

2600. *Cf.* Matt. I, 18 : « Inventa est in utero habens de spiritu sancto ».

Au duc s'en va grant aleüre
2612 si li a conté l'aventure
tout ainsi com cil li a dit,
et li sires grant joie en fit :
« Damedeus en soit graciez !
2616 dit li sires ; mout en sui liez
s'il est einsi com dit m'avez.
— Oïl, ja mar en douterez,
einsi est il com dit vos ai ;
2620 tant l'ai enquis que bien le sai
que toute est plaine d'angeloz.
Or seroie sote et vos soz
se Golïas l'avoit a fame.
2624 — Certes nenil, ma douce dame,
jamés Golïas ne l'avra
ne a son costé ne gerra.
Roseite feites bien garder
2628 tant que viengne a l'enfanter
. . . .
que Deus nos porra bien doner.
Les angeloz ferons norrir,
2632 granz biens nos em puet avenir !
— Par foi, sire, vos dites voir,
mes or nos covient il savoir
que nos ferons vers Golïas :
2636 il ne le tenra mie a gas,
nostre fille voudra a fame.
— Metez i conseil, bele dame,
que de cestui n'avra il mie !
2640 — Par foi, toute en sui conseillie !
La suer Estrubert li donrons,
que ceenz pucele n'avons
si bele ne si debonaire. »
2644 Dit li dus : « Ce est bien a faire,

2629. Un vers omis.

Elle s'en va à toute allure chez le duc,
2612 pour lui raconter l'événement
exactement comme l'autre le lui a dit,
et celui-ci s'en montre très heureux :
« Le Seigneur Dieu en soit remercié !
2616 dit-il, j'en suis fort content,
s'il en est ainsi comme vous me l'avez dit.
– Oui, n'ayez aucun doute là-dessus,
il en est exactement comme je vous l'ai dit ;
2620 j'ai assez enquêté pour savoir assurément
qu'elle est toute pleine d'angelots !
Maintenant, je serais sotte et vous sot,
si Golias l'avait pour femme.
2624 – Il n'en fera rien, ma douce dame,
jamais Golias ne l'aura,
ni ne couchera à ses côtés.
Faites bien veiller sur Rosette,
2628 jusqu'à ce qu'elle ait accouché,
. . . .
que Dieu pourra bien nous donner.
Nous ferons élever les angelots ;
2632 grand bien peut nous en survenir !
– Ma foi, vous dites vrai, sire,
mais maintenant il nous faut savoir
ce que nous ferons à l'égard de Golias :
2636 il ne va pas tourner la chose en plaisanterie,
et voudra notre fille pour femme.
– Trouvez-y remède, chère dame,
car, quant à elle, il ne l'aura pas !
2640 – Ma foi, j'ai trouvé la solution !
Nous lui donnerons la sœur de Trubert,
vu que nous n'avons pas ici d'aussi belle
ni d'aussi gentille demoiselle.
2644 – C'est ce qu'il faut faire, dit le duc,

bien me plest et bien m'i acort. »
Entr'aus deus n'a point de descort,
bien se sont ainsi acordé,
2648 et quant ce vint au jor nomé,
Golïas vint querre sa fame.
Entre la mestresse et sa dame
ont Coillebaude apareillie.
2652 La dame et li dus l'ont baillie
au roi Golïas par la mein.
Li rois a fet son chapelain
en la chapelle revestir
2656 et il i vont por messe oïr ;
sa fame a prise et espousee,
et quant la messe fu chantee,
Golïas le duc mercïa ;
2660 congié demande si s'en va.
Atant se meitent a la voie ;
li dus grant piece le convoie,
puis les a a Dieu commandez.
2664 Jamés tel joie ne verrez
com li rois fet et sa mesnie ;
bien sont mil en sa compaignie,
n'i a celui qui n'ait chapel
2668 de rosë et lorain novel !
Du chastel issent si s'en vont ;
li menestrés grant joie font,
cornent, buisinent par deduit ;
2672 de trois liues ot en le bruit.
Et Trubert sit ou palefroi
dont la sambue fu d'orfroi,
de toutes parz a terre pent ;
2676 li lorains fu riches d'argent,

2650. Sa fame. **2659.** Le roi.

2653. *Au roi... chapelain : cf. Yvain,* v. 2151 *sq.* : « La dame a mon seignor
Yvain/ Par la main d'un suen chapelain ».

cela me plaît beaucoup et j'en suis d'accord. »
Point de discorde entre eux deux :
ils se mirent bien d'accord de la sorte,
2648 et quand arriva le jour fixé,
Golias vint chercher sa femme.
La dame et sa gouvernante, ensemble,
ont apprêté Couillegaie.
2652 Par la main la duchesse et le duc
l'ont donnée au roi Golias.
Celui-ci a fait revêtir
à son chapelain les ornements sacerdotaux dans la chapelle
2656 et ils s'y rendent pour écouter la messe ;
Golias prit femme et l'épousa,
puis, quand la messe fut chantée,
il remercia le duc,
2660 demanda congé et s'en alla.
Il se mettent alors en route ;
le duc l'escorte un bon bout de chemin,
puis les recommande à Dieu.
2664 Vous ne verrez jamais de joie pareille
à celle que montrent le roi et sa suite.
Ils sont bien mille dans sa compagnie
et il n'y en a aucun qui n'ait couronne
2668 de roses et harnachement neuf !
Ils sortent de la terre du duc et s'en vont.
Les ménestrels affichent leur joie ;
ils cornent et trompettent à plaisir,
2672 si bien que le bruit se fait entendre à trois lieues.
Et Trubert est assis sur un palefroi
à la housse brodée d'or
retombant à terre de tous les côtés,
2676 au harnais rehaussé d'argent

de clocheites est trestoz plains.
Lez lui se mist li chapelains :
« Dame, mout vos poez amer
2680 – mout la commence a conforter –
et mercïer nostre seignor,
qui vos a fet si grant honor
que demain serez mariee.
2684 De mout bone eure fustes nee !
Et vos de bien faire pansez,
si c'au seigneur que vos avez
faciez tot son commandement ! »
2688 Et Trubert par la mein l'aprent
si l'en mena a une part :
« Sire, dit il, se Deus me gart,
mout m'avez or bien conseillie ;
2692 toutjorz serez de ma mesnie ! »
Trubert si a fors trait le vit,
si que li chapelains le vit.
« Sire prestes, ce dit Trubert,
2696 vos oës ont eles teus bes ? »
Quant li prestre vit le vit grant,
cent foiz se seigne en un tenant,
en fuie torne vers le roi
2700 et va criant a grant desroi :
« Seigneur, fet il, vos ne savez,
li dus nos a toz enchantez ! »
Et quant Trubert oï le prestre,
2704 jusques devant le roi n'areste,
devant le chapelain s'avance,
il a parlé en audïence :
« Seigneur, fet il, vos ne savez,
2708 cist prestes est touz forsenez,
ainz mes ne vi tel chapelain,
jusqu'a mon con a mis la main :
bien se va ne m'a esforcie ! »
2712 Et li prestres en haut escrie :

et tout constellé de clochettes.
Le chapelain se place à côté de lui :
« Dame – il entreprend de la réconforter –
2680 vous pouvez bien chérir notre seigneur
et le remercier beaucoup,
lui qui vous a fait grand honneur
au point que demain vous serez sa femme.
2684 Vous êtes née sous de très heureux auspices :
pensez donc à bien vous comporter,
de façon à vous soumettre complètement
à l'autorité de l'époux que vous avez ! »
2688 Et Trubert le saisit par la main
et l'emmena à part :
« Sire, dit-il, que Dieu me garde,
vous m'avez donné d'excellentes recommandations ;
2692 toujours vous ferez partie de ma suite ! »
Voilà alors que Trubert sort son vit,
de telle manière que le chapelain le vit.
« Sire prêtre, dit Trubert,
2696 vos oies ont-elles de tels becs ? »
Quand le prêtre vit le grand vit,
il se signa cent fois de suite,
et se précipita vers le roi,
2700 en criant hors de lui :
« Seigneur, savez-vous, fait-il,
le duc nous a tous trompés ! »
Mais, quand il entend le prêtre,
2704 Trubert file à toute allure jusqu'au roi,
en devançant le chapelain,
et parle publiquement :
« Seigneurs, savez-vous, fait-il,
2708 ce prêtre est tout à fait obsédé,
jamais je n'ai vu un tel chapelain,
jusqu'à mon con il a porté la main :
Une chance qu'il ne m'ait pas violée ! »
2712 Et le prêtre de s'écrier d'une voix aiguë :

« Por Dieu, seigneur, lessiez moi dire ! »
Et li rois qui est toz plains d'ire,
jure : « Certes, riens ne direz :
2716 vostre folie comparrez ! »
Li rois meïsmes de sa main
a si feru le chapelain
qu'a la terre l'a abatu.
2720 Li escuier i sont coru
si l'ont batu jusqu'a la mort.
Onques mes hom a si grant tort
ne fu si malement menez.
2724 Atant s'en est li rois tornez.
Douins de Lavesne tesmoigne
qu'il est mout fous qui de tout soingne ;
se li prestres se fut teüz,
2728 il n'eüst mie esté batuz.
Bon taisir vaut, trop parler nuit !
A grant joie et a grant deduit
s'en va li rois atot sa fame.
2732 « A non Dieu, fet il, bele dame,
or vos aing plus c'ainz mes ne fis,
de tout le cuer sui vostre amis,
n'avez cure de mauvés plet.
2736 — Medeus, sire, non, se Deus plest,
dit Estrubert, qui de tot boise.
Onques ma mere la duchoise
ne fist de son cors mauvestié,
2740 et se Deus plest nou ferai gié. »
Li rois l'acole et si li dit,
coiement, que nus ne l'oï :
« Dame, ensamble gerrons anuit :
2744 grant joie avrons et grant deduit,
car mout desir vostre soulaz ;
quant vos tenrai entre mes braz,

2729. *Cf.* Morawski 1925, n° 2276 : « Sorparler nuit et trop se reput leu tere » ; *Perceval*, v. 1612 « Qui trop parole pechié fet ».

« Par Dieu, seigneurs, laissez-moi parler ! »
Mais le roi, pris d'une colère noire,
jure : « En vérité, vous ne direz rien du tout :
2716 vous allez payer votre folie ! »
Le roi lui-même, de sa propre main,
a frappé le chapelain,
de sorte qu'il l'a projeté à terre.
2720 Les écuyers ont foncé sur lui
et l'ont battu à mort.
Jamais personne n'a été aussi malmené
pour un motif aussi injuste.
2724 Alors le roi s'en est allé.
Douin de Lavesne en témoigne :
celui qui se mêle de tout est bien fou ;
si le prêtre s'était tu,
2728 il n'aurait pas été battu.
Savoir se taire vaut son prix et trop parler nuit.
Au comble de la joie, au comble du plaisir,
le roi s'en va en compagnie de sa femme.
2732 « Au nom de Dieu, chère dame, dit-il,
à présent je vous aime plus que je ne l'ai fait,
je suis votre ami de tout mon cœur,
quant à vous, ne vous mettez pas dans de mauvais cas.
2736 — Certes non, sire, avec l'aide de Dieu ! »
dit Estrubert, qui trompe en toute occasion.
« Jamais ma mère la duchesse
ne livra son corps à la débauche,
2740 et, s'il plaît à Dieu, je ne le ferai pas non plus. »
Le roi l'embrasse et lui dit,
tout bas, afin que nul ne l'entende :
« Dame, cette nuit, nous coucherons ensemble :
2744 nous en aurons grande joie et grand plaisir ;
quant à moi, je brûle de désir de jouir de vous ;
et, une fois que je vous tiendrai entre mes bras,

por nule riens ne vos donroie :
2748 c'est la riens que plus desirroie !
    – Sire, ce dit Trubert, merci.
    – Por Dieu et par amors vos pri,
dame, par Dieu en qui je croi,
2752 por vint marz d'or, si com je croi,
ne gierroie sanz vos anuit,
or ne vos em poit ne anuit ! »
Tant ont einsi le plet mené
2756 qu'il entrerent en la cité
de quoi li sires iere nez ;
jamais plus riche ne verrez.
Sa gent li sont encontre alé ;
2760 jamais tel joie ne verrez
com il mainent aval la vile.
Et Trubert, qui mout set de guile,
ot avec lui une pucele ;
2764 d'une part la tret et apelle,
a conseil li dit belement :
« Va si m'achate isnellement
une borse grant et parfonde,
2768 si la meteras a l'esponde
dou lit ou je devrai gesir.
    – Dame, tout a vostre pleisir ;
meintenant la borse averez,
2772 teus com vos la deviserez. »
Or chevauchent tot contreval
tant qu'il vienent a cort roial.
Descendu sont et la mesnie ;
2776 mout i a bele compaignie.
Grant joie moinent et grant bruit,
toute la ville est en deduit.
Mout i est Trubert bien venuz
2780 et a grant joie receüz.

2756. Entrererent. 2768. La meterai. 2775. En sa mesnie.

je ne vous donnerai pour rien au monde :
2748 c'est la chose que je désire le plus !
   – Sire, de grâce ! dit Trubert.
   – Au nom de Dieu et pour l'amour de vous, dame,
je vous en supplie ! Par Dieu en qui je crois,
2752 cette nuit, je ne coucherai pas sans vous,
je vous l'assure, contre vingt marcs d'or ;
que cela ne vous soit ni désagréable ni odieux ! »
Ainsi s'entretinrent-ils
2756 jusqu'à ce qu'ils entrent dans la cité
dont le seigneur était originaire ;
jamais vous n'en verrez de plus riche.
Ses sujets vinrent à sa rencontre ;
2760 jamais vous ne verrez de joie pareille
à celle qu'ils montrèrent par toute la ville.
Et Trubert, qui sait très bien embobiner,
avait avec lui une suivante.
2764 Après l'avoir appelée, il l'emmène à l'écart
et doucement lui glisse en confidence :
« Va, et achète-moi vite
une bourse ample et profonde ;
2768 tu la mettras au bord du lit
où je devrai me coucher.
   – Tout sera fait comme il vous plaira, dame.
Bientôt vous aurez la bourse,
2772 et telle que vous la désirez. »
A cheval, il redescendent à travers la ville
jusqu'à ce qu'ils parviennent à la cour royale.
Alors ils mettent pied à terre avec leur suite ;
2776 il y a là une très belle assemblée.
Ils manifestent leur joie avec grand tapage ;
toute la ville est en liesse.
Trubert y est très bienvenu
2780 et accueilli avec ravissement.

Toute la cort a lui encline,
tuit l'apelent « dame reïne ».
Li rois en est forment jalous :
2784 dou prestre li sovient toutjorz
qui aus chans la vost esforcier ;
onques puis ne la vost lessier,
toutjorz la fet lez lui seoir ;
2788 il ne cuida ja tant veoir
que il soit avec lui couchiez.
Il est bien du tout enginiez,
ne set mie la traïson
2792 de sa fame qui n'a pas con !
　　　　Quant il fu heure de souper,
l'iaue demandent por laver ;
en leur a tantost aportee :
2796 uns quens l'a Estrubert donee.
Asis se sont et entablé.
En leur a le mengier porté,
largement et a grant foison :
2800 premiers grues, aprés roons,
et puis malarz et puis chapons,
perdriz, ploviers et esturjons,
et puis leur aporte pastez.
2804 Jamés tant de mes ne verrez
com il orent icele nuit,
mout i ot Trubert de deduit.
Et a boivre orent il assez
2808 si com bons vins et bons clarez :
moré, ferré et bon rosé,
et piment et citouaudé.
Et il mout tres bien se garda :
2812 petit but et petit menja.

2804. James stant.

2800. *Cf.* la note au v. 501. **2808.** *Cf. Floire et Blancheflor*, v. 1676 : « Cler
vin et piument et claré ».

Toute la cour s'incline devant lui,
tous l'appellent « Dame reine. »
Le roi en est fort jaloux :
2784 il se souvient toujours du prêtre qui,
aux champs, voulut la violer ;
depuis, il ne veut absolument plus la lâcher,
la fait toujours asseoir à côté de lui,
2788 et pense ne jamais voir l'heure
de se coucher avec elle.
Il est entièrement dupé,
lui qui ne connaît pas la traîtrise
2792 de sa femme qui n'a pas de con !
        Quand il fut l'heure de souper,
ils demandèrent de l'eau pour se laver,
qu'on leur apporta tout de suite :
2796 un comte en donna à Trubert.
Ils s'assirent à table,
on leur servit à manger
en grande variété et à profusion :
2800 d'abord des grues, ensuite des oiseaux de marais,
puis des canards sauvages, puis des chapons,
des perdrix, des pluviers et des esturgeons,
et puis on leur apporte des pâtés.
2804 Jamais vous ne verrez autant de mets
qu'ils en eurent cette nuit,
Trubert y prit beaucoup de plaisir.
Pour ce qui est de boire, ils en eurent tout leur soûl ;
2808 de bons vins, de bonnes liqueurs épicées :
du vin aux mûres, du vin de futaille, du bon rosé,
et de la liqueur au miel et de la liqueur au zédoaire.
Mais il prit bien garde à lui :
2812 il but peu et peu mangea.

Atant sont des tables levé,
en une chambre sont entré
le roi, la pucele et Trubert.
2816 Le chambellan qui le roi sert
les a fet ensamble couchier;
de la chambre ist sanz deloier
si a l'uis clos et refermé.
2820 Li rois a celui acolé
et dit : «Dame, ça vos treez.
— Por Dieu, sire, car vos soufrez,
fet Estrubert, se il vos plest.
2824 — Dame, ne feites mie plet,
ce dit li rois, ja vos harroie!»
Et Trubert adreice sa voie
a l'esponde, la borse a prise
2828 ou sa pucele l'avoit mise.
Entre ses jambes l'a boutee.
«Sire, fet il, quant vos agree,
feites de moi voz volentez!»
2832 Seur le ventre li est montez
li rois, c'autre chose ne quiert;
son vit en la borse li fiert
si que tot li embat dedanz.
2836 Trubert a tiré les pendanz,
et li rois tire et cil l'estraint
quanque il peut, riens ne s'en faint,
et li rois sache de rechief,
2840 mes de l'avoir ne vient a chief.
Et Trubert durement le tient;
desouz le roi s'afiche et gient
ausi com fame c'on esforce.
2844 «Sire, vos m'ocïez a force,
dit Trubert, et car vos soufrez!»
De destreice est li rois pasmez.
Quant il revint de pasmoison :
2848 «Par foi, ainz mes ne vi tel con,

Alors ils se sont levés de table
et sont entrés dans une chambre,
le roi, la suivante et Trubert.

2816 Le chambellan qui sert le roi
les a faits coucher ensemble,
puis il est sorti aussitôt de la chambre
dont il a clos et refermé la porte.

2820 Le roi serre l'autre dans ses bras
et dit : « Dame, venez ici.
— Par Dieu, sire, patientez donc,
s'il vous plaît ! fait Estrubert.

2824 — Dame, ne faites pas de discussions,
dit le roi, ou je vais vous haïr ! »
Alors Trubert se dirige
vers le bord du lit, prend la bourse

2828 là où sa suivante l'avait mise
et la place entre se jambes.
« Sire, fait-il, puisque cela vous agréc,
faites de moi tout ce que vous voulez ! »

2832 Le roi lui monte sur le ventre,
car il ne cherche que cela,
puis il plante son vit dans la bourse,
jusqu'à l'enfoncer entièrement dedans.

2836 Trubert resserre les cordons,
et le roi de tirer et l'autre de l'étreindre
tant qu'il peut, sans en faire semblant.
Le roi tire derechef,

2840 mais il n'arrive à le ravoir.
Et Trubert le serre avec énergie ;
il s'accroche sous le roi et gémit,
tout comme une femme qu'on viole.

2844 « Sire, vous me tuez à force,
dit Trubert, mais patientez donc ! »
De contrainte, le roi s'est pâmé.
« Ma foi, je n'ai jamais vu un tel con,

2848 dit-il, quand il revint de pâmoison.

fait li rois, ne sai dont ce vient. »
Et Trubert qui mout bien le tient :
« Sire, c'est un con de biais ;
2852 sifet con ne verroiz jamais.
Au premier vos est ore estroiz,
meus en istrez a l'autre foiz.
Traiez le hors, vos m'ocïez ! »
2856 Lor est li rois esvertuez ;
de roit tire par grant aïr,
le vit fet de la borse issir.
Mout a esté en grant destroit
2860 et encor cuide bien et croit
que sa fame ait eü trop pis !
« Dame, fet il, il m'est avis
que cassee estes et blecie.
2864 — Sire, fait il, ne mentez mie.
Trop m'avez malement menee
et desachiee et triboulee ! »
Et Trubert n'a point de delit.
2868 Il s'est dreciez enmi le lit.
Li rois l'en prist a apeler :
« Qu'est ce ? dame, ou volez aler ?
Qu'est ce ? dame, que pensez vous ?
2872 fait li rois qui tant est jalous.
Ou volez a ceste heure aler ?
— Sire, je me vueil relever
por pissier, que mestier en ai. »
2876 Dit li rois : « Avec vos irai.
— Sire, ce seroit vilenie.
Se m'en creez, n'i venroiz mie. »
Li rois une cordelle prent,
2880 au pié li lie estroitement.
« Dame, dit li rois, or alez ;
quant je trairai, si revenez. »
Et Trubert est dou lit issuz.

2851. *De biais :* « de forme oblique », *cf.* la note au v. 493.

je ne sais d'où cela provient. »
Et Trubert, qui le tenaille très solidement :
« Sire, c'est un con de biais ;
2852 vous ne verrez jamais un con pareil.
La première fois, il vous semble étroit,
mais vous en sortirez mieux la deuxième.
Retirez-le, vous me tuez ! »
2856 Alors le roi s'évertue ;
abruptement, il tire avec violence
et arrache le vit de la bourse.
Il s'est trouvé dans une contrainte extrême,
2860 en outre il pense bien, il en est convaincu
que sa femme a souffert bien pis !
« Dame, à mon avis, fait-il,
vous devez être transpercée et déchirée.
2864 — Sire, dit-il, vous ne mentez pas.
Vous m'avez fort maltraitée,
et harcelée et tourmentée ! »
Mais Trubert n'éprouve aucun plaisir.
2868 Il se dresse au milieu du lit.
Le roi se mit à le sermonner :
« Qu'est-ce qu'il y a, dame, où voulez-vous aller ?
De quoi s'agit-il, dame, que pensez-vous ?
2872 fait le roi, dévoré de jalousie,
où désirez-vous aller à cette heure-ci ?
— Sire, je veux me relever
pour pisser, car j'en ressens la nécessité.
2876 — J'irai avec vous, dit le roi.
— Sire, ce serait vilenie ;
si vous m'en croyiez, vous n'y viendriez pas. »
Le roi prend une ficelle
2880 et la lui attache étroitement au pied.
« Dame, dit-il, allez maintenant ;
revenez quand je tirerai. »
Et Trubert est sorti du lit.

2884 Tant est alez qu'il est venuz
au lit ou la pucele git ;
ou pié la cordelle li mit.
La pucele s'est esveillie.

2888 « Qu'est ce ? fet ele, Deus aïe !
Qui estes vos et que querez ?
A ceste heure que demandez ?
– Je sui li rois, n'en doutez mie.

2892 – Qu'est ce ? fet ele, Deus aïe !
Biaus sire, qu'alez vos querant ?
– Par foi, je te di loialment
que je t'ain de si grant amor

2896 je ne cuit ja veoir le jor ;
avec toi me covient gesir ! »
Ainsi li covient a soufrir,
que ne li ose contredire,

2900 et Trubert trestout sanz plus dire
en fit toutes ses volentez ;
et quant de joer fu lassez,
ainçois que dou lit se partist,

2904 son afaire li conte et dit.
Tout son afeire li conta :
ainsi com le duc engigna,
einsi com il croissi sa fille ;

2908 et si li a conté la guile
coment le prestre batre fit ;
de la borse li conte et dit.
Quant trestout li a raconté

2912 de chief en chief la verité,
la pucele mout se merveille :
« Deus, fet elle, car me conseille !
Ausi sui com toute enchantee ! »

2916 Et Trubert l'a reconfortee :
« Damoisele, n'aiez esmai.
Faites ce que je vos dirai
si seroiz mout bien conseillie.

2884 Il avança jusqu'à parvenir
au lit où la suivante était couchée
et lui attacha la ficelle au pied.
La jeune fille se réveilla.

2888 « Qu'est-ce qu'il y a ? Que Dieu m'aide ! fait elle.
Qui êtes-vous et que cherchez-vous ?
Qu'est-ce que vous désirez à cette heure-ci ?
– Je suis le roi, n'ayez aucun doute là-dessus.

2892 – De quoi s'agit-il ? Que Dieu m'aide ! dit-elle.
Qu'êtes-vous en train de chercher, cher seigneur ?
– Ma foi, je te le dis sincèrement :
je t'aime d'un amour si grand

2896 que je crois ne jamais revoir le jour ;
il me faut coucher avec toi ! »
Il lui faut donc le supporter,
car elle n'ose lui résister.

2900 Trubert, sans plus rien dire,
en fit ses quatre volontés ;
et quand il fut lassé de jouer,
avant de quitter le lit,

2904 il lui raconta en détail toute son affaire.
Il la lui raconta intégralement :
comment il dupa le duc,
comment il viola sa fille ;

2908 il lui raconta aussi par quelle ruse
il fit battre le prêtre ;
puis il lui parla en détail de la bourse.
Une fois qu'il lui eut rapporté

2912 toute la vérité, d'un bout à l'autre,
la jeune fille s'étonna beaucoup :
« Dieu, fait-elle, aide-moi donc !
Je suis comme tout ensorcelée ! »

2916 Et Trubert de la réconforter :
« Damoiselle, n'ayez crainte.
Faites ce que je vous dirai
et vous serez fort bien conseillée.

2920 – Coment ? fet ele, Deus aïe !
Tolu m'avez mon pucelage !
– Ne vos en chaut ! Or soiez sage.
Par Dieu, se croire me volez,
2924 en cest marchié gaaignerez,
qui vaudra cinc cent marz d'argent.
– Hé ! Deus aïde ! et je, comant ? »
Dit Trubert : « Et je le dirai.
2928 Or gardez que n'aiez esmai.
Demain serez dame et reïne.
– Deus aïde ! dit la meschine,
coment porroit ce avenir ?
2932 – Ja ne vos faut il que taisir.
Feites ce que je vos dirai.
– Et je, fet ele, le ferai. »
Dit Trubert : « Et je demorrai
2936 demain ci, tant que je savrai
coment vos porrez esploitier.
Mes or vos veil je enseignier
coment vos irez ou il gist.
2940 Une cordelle ou pié me mit
orainz quant d'avec lui levai,
et je ou vostre la liai
tout meintenant que je vin ci.
2944 Or gardez que ne dormez si
tout meintenant que il tirra
la cordelle, si alez la. »
        Quant li rois la cordele tret,
2948 cele se lieve entreset ;
tout meintenant au lit ala,
sanz noise avec lui se coucha.
« Dame, fet il, pou m'avez chier.
2952 Volez me vos mener dangier ?
Por coi avez tant demoré ?
Qu'avez fet ? Ou avez esté ?
Vos n'amez gueres mon solaz ! »

2920 – Que Dieu m'aide ! Comment ? fait-elle.
Vous m'avez pris mon pucelage !
– Ne vous en inquiétez pas ! Soyez sage, à présent.
Par Dieu, si vous voulez me faire confiance,
2924 vous gagnerez à ce marché
l'équivalent de cinq cents marcs d'argent.
– Hé ! Que Dieu m'aide ! Moi, et comment ?
– C'est moi qui vous le dirai, dit Trubert.
2928 Prenez garde de ne plus avoir peur.
Demain, vous serez dame et reine.
– Dieu m'aide ! dit la jeune fille,
comment est-ce que cela pourrait arriver ?
2932 – Il ne vous faut désormais que vous taire.
Faites ce que je vous dirai.
– D'accord, fait-elle, je le ferai.
– Et demain je resterai ici, dit Trubert,
2936 jusqu'à ce que je sache
comment vous pourrez l'emporter.
Mais maintenant, je veux vous montrer
comment vous vous rendrez là où il est couché.
2940 Tout à l'heure, quand je me suis levé d'auprès de lui,
il m'a mis une ficelle au pied
et je l'ai liée au vôtre
aussitôt que je suis venu ici.
2944 Prenez garde, maintenant, de ne pas dormir,
de manière à vous y rendre
dès qu'il tirera la ficelle. »
  Quand le roi tira la ficelle,
2948 elle se leva sur-le-champ,
se rendit aussitôt à son lit
et se coucha avec lui sans discussion.
« Dame, vous me chérissez peu, fait-il.
2952 Voulez-vous donc me faire des difficultés ?
Pourquoi avez-vous tant demeuré ?
Qu'avez-vous fait ? Où avez-vous été ?
Vous n'aimez point le plaisir avec moi !

²⁹⁵⁶ Dit la damoisele : « Si faz,
plus que je ne faz le samblant.
Je vos conterai bien comment
j'ai fet si longue demoree :
²⁹⁶⁰ puis ai esté trois foiz pasmee.
  — Dame, por coi pasmates vos ?
  — En non Dieu, sire, tot por vos ;
por ce qu'orainz fustes pasmez.
²⁹⁶⁴ Je croi vos fustes ahenez
si en sui trestoute esmarrie !
  — Dame, or ne vos esmaiez mie.
Sachiez que je vos ai mout chiere ;
²⁹⁶⁸ mout estes de bone maniere
et en vos sont toutes bontez.
Mes ersoir fui si enchantez,
quant ensamble fumes couchié,
²⁹⁷² tantost com j'oi a vos touchié,
c'a poi que ne fui afolez.
  — Sire, ce me fit li rapez
de quoi beüsmes tant ersoir !
²⁹⁷⁶ — Certes, dame, vos dites voir.
N'a tel dame jusqu'a la mer.
Demain vos ferai coroner ;
de mon reaume serez dame.
²⁹⁸⁰ Onques ne fu si riche fame !
  — Sire, dit ele, grant merciz ! »
Atant est li rois endormiz
et la damoisele avec lui.
²⁹⁸⁴ Braz a braz se dorment andui.

2964. Fustes auenez.

2964. _Ahené_ : cf. _Florence de Rome_, v. 107 (G. Roques 1976, 434).
2984. _Cf. Perceval_, vv. 2025-27 : « Tant li fit la nuit de solaz/ Que boche et boche, braz a braz/ Dormirent tant qu'il ajorna ».

2956 – Mais si ! dit la demoiselle,
plus que je n'en ai l'air.
Je vais vous raconter pourquoi
j'ai tardé si longtemps :
2960 depuis, je me suis pâmée trois fois.
– Pourquoi vous êtes-vous évanouie, dame ?
– Au nom de Dieu, sire, seulement à cause de vous ;
parce que vous vous êtes évanoui tout à l'heure.
2964 Vous avez été en danger de mort, je crois,
et j'en suis tout égarée !
– Dame, ne vous inquiétez plus désormais.
Sachez que je vous chéris beaucoup ;
2968 vous agissez avec délicatesse
et en vous logent toutes les vertus.
Mais hier soir j'ai été ensorcelé,
quand nous nous sommes couchés ensemble,
2972 aussitôt que je vous ai touchée,
au point que j'ai failli être blessé.
– Sire, ce qui m'a fait cet effet,
c'est la piquette dont nous avons tant bu hier soir !
2976 – Certes, dames vous dites vrai.
Il n'y a pas de dame pareille jusqu'à la mer.
Demain je vous ferai couronner ;
vous serez la maîtresse de mon royaume.
2980 Jamais il n'y eut d'épouse aussi fortunée.
– Sire, grand merci ! » dit-elle.
Le roi s'est enfin endormi
et la demoiselle avec lui.
2984 Dans les bras de l'autre, ils s'endorment tous deux.

POSTFACE

Dans le fabliau « La Saineresse », un bourgeois se vante qu'aucune femme ne le trompera jamais. Sa femme, entendant sa fanfaronnade, jure de se venger. Un soir après dîner, la tranquillité des époux, assis côte à côte dans leur foyer, est troublée par l'arrivée d'un visiteur « très séduisant et noble » transportant des ventouses et habillé « plus en femme qu'en homme ». Le visiteur explique que la bourgeoise l'a fait appeler pour guérir son mal de dos et sa fatigue. La femme le conduit dans la chambre du couple, où le guérisseur, se déshabillant, révèle sa véritable identité masculine, et entreprend immédiatement de faire l'amour à sa cliente souffrante à trois reprises avant qu'ils ne redescendent tous les deux (cf. vv. 45-49). Le mari, satisfait du soulagement évident de sa femme, la presse de payer largement le guérisseur, puis se fait raconter combien le traitement a été difficile ; comment les ventouses étaient disposées sur les reins de sa femme, combien de coups bien portés il a fallu, et comment elle a finalement été guérie grâce à un onguent « délicieux » que le guérisseur gardait dans un petit sac, et qu'il a fait gicler d'un tube pour l'appliquer à ses blessures. En fin de compte tout le monde est satisfait. Le guérisseur prend son plaisir et son argent. Le mari « n'a pas compris la plaisanterie » ; la femme, ayant fait la preuve que la fanfaronnade de son mari était ridicule, n'éprouve aucun remords ; et l'auteur, ayant fait rire son auditoire, tire la morale de son conte : « Mes il n'est pas en cest païs/ cil qui tant soit de sens espris/ qui mie se peüst guetier/ que fame nel puist engingnier,/ quant cele, qui ot mal es rains/ boula son seignor premerains ! »

« La Saineresse » est un exemple typique de fabliau. Le style et le ton sont légers et alertes. Utilisant des couplets rimés en octosyllabes, le poète anonyme, ou jongleur, parvient à présenter une richesse d'action et de détails réalistes sans grand développement ni description, et en somme sans rien de gratuit ni de superflu : l'action tout entière de « La Saineresse » se déroule en l'espace de 116 vers à peine. L'intrigue, qui consiste en un seul épisode et ses péripéties, est étroitement structuré autour d'un nombre restreint de personnages qui, en dépit d'une caractérisation limitée, manifestent une foule de plaisirs et de désirs. Car le poète présente, dans le cadre symétrique du trompeur trompé, beaucoup de thèmes caractéristiques du genre dans son ensemble : la vie conjugale comme lutte de pouvoir, le triangle adultérin comprenant le mari, la femme et son amant, l'utilisation créative d'histoires inventées et de déguisements, le bénéfice à tirer de la tromperie, un certain antiféminisme mêlé d'admiration pour les stratagèmes de la femme, et surtout, le plaisir émanant de ce qui semble être une activité sexuelle débridée, vigoureuse, et saine.

Les fabliaux appartiennent à un corpus médiéval de textes latins et vernaculaires conçus à la fois pour l'instruction et le divertissement. A l'inverse d'autres formes littéraires de la même période, la noble « chanson de geste », la lyrique courtoise, et le roman chevaleresque, qui veulent inspirer et émouvoir, ces œuvres souvent scandaleuses sont pleines de la célébration des appétits du corps : sexualité, économie, gastronomie, et aussi ce qui semble être le besoin humain de rire. Comme dans « La Saineresse », la comédie a des effets curatifs sur les petits maux et fatigues de la vie quotidienne. L'ethos des fabliaux rejoint le profond courant de naturalisme médiéval, qui, avec des œuvres comme *Le Roman de Renart*, ou la seconde partie du *Roman de la Rose*, est synonyme de « l'esprit gaulois ». Ces textes appartiennent à cet « autre Moyen Age » en opposition à la culture officielle, et à la grandeur des enseignements de l'Eglise en matière d'argent, de nourriture et de sexualité. Ce qui ne signifie pas qu'ils sont restés sans descendance dans le canon littéraire, bien au contraire. C'est dans les fabliaux que la tradition comique européenne, celle des nouvelles de Bocacce, de Chaucer, et de Lope de Vega, des Schwänker allemands et des écrits de Rabelais, Molière et La Fontaine, trouve sa source.

Parmi les cent cinquante exemples environ de « contes à rire en vers » (Joseph Bédier), qui ont fleuri du début du XIIIe siècle jusqu'au premier tiers du XIVe siècle, certains sont anonymes. D'autres sont dûs à des auteurs aussi connus que Jean Bodel,

Rutebeuf, Jean de Condé ou Gautier le Leu. D'autres enfin sont rattachés aux noms de divers jongleurs, clercs ambulants, ou bouffons dont ils sont la seule postérité, comme par exemple Garin, Cortebarbe, Colin Malet, Haisiau, Guillaume le Normand, Milon d'Amiens. A en juger par la langue originale préservée dans quelque 43 manuscrits datant du XIIIe et du XIVe siècle, les fabliaux proviennent du nord et du nord-est de la France. La plupart furent écrits dans la région située entre la Loire et l'Escaut[1]. Les événements racontés montrent aussi que leurs créateurs ne s'étaient pas beaucoup éloignés de chez eux. Car ils dépeignent pour la plupart les activités des habitants de la Picardie, du Hainaut et de la Normandie, et mentionnent en particulier certaines villes comme Cambrai, Abbeville, Compiègne, Arras, Douai et Amiens.

Comme pour l'identité des auteurs, nous savons très peu de choses sur la composition du public auquel étaient destinés les fabliaux. Le jongleur indique fréquemment avoir entendu son conte ailleurs. On peut donc en déduire que c'était une forme orale, et que, comme la plupart des œuvres antérieures au quatorzième siècle, les fabliaux étaient conçus pour la récitation ou la lecture à haute voix. Ils étaient très certainement récités sur les champs de foire et les places de marché, mais rien n'indique non plus qu'on ne les lisait pas après dîner, dans les murs des châteaux ou des maisons, comme l'attestent *Les Merveilles de Rigomer*, qui date du XIIIe siècle : « Puis le souper qui mout fu biaus/ Dient et content des fabliaus/ La u estoient a sejor[2] ». A une époque, les chercheurs ont passionnément débattu de savoir si ceux à qui les fabliaux étaient destinés appartenaient à la classe noble ou bien aux bourgeois rassemblés dans les villes du nord. La plupart des experts sont maintenant d'accord cependant, que leur auditoire, comme celui de la littérature populaire d'aujourd'hui, était probablement un public mélangé qui comprenait non seulement des châtelains, des dames nobles et des chevaliers vivant à la cour, mais aussi ce groupe de plus

---

1. Voir Marie-Thérèse Lorcin, *Façons de sentir et de penser : les fabliaux français* (Paris, Champion, 1979), p. 7.

2. *Les Merveilles de Rigomer, von Jehan*, éd. Wendelin Foerster et Hermann Breuer dans *Gesellschaft fur romanische Literatur*, 9, 39 (1908, 1915), v. 3059.

en plus important de citadins ordinaires dont les fabliaux décrivent les habitudes.

Les fabliaux sont le miroir social de leur temps. Cette première expression du réalisme littéraire européen représente une source extrêmement précieuse d'information sur la vie quotidienne à une époque dont il ne survit que peu de documents, et ceux qui ont été préservés s'appliquent à des domaines de la pensée et de l'imagination bien éloignés de l'expérience au jour le jour. Malgré l'exagération et l'absurdité habituelles qui sont ses marques de fabrique, le conte comique est un témoin historique de la grande renaissance urbaine de la fin du XIIᵉ et du XIIIᵉ siècles, et de ce qui se passait dans les campagnes. Ce monde marqué par le déclin du féodalisme, un renouveau de l'activité économique, des manufactures, du transport, et de l'échange, un matérialisme effréné accompagné d'une nouvelle mobilité sociale, offre un panorama composé non seulement de chevaliers dépossédés et de riches vilains, mais aussi d'« hommes nouveaux » exerçant de nouveaux métiers liés à l'essor du commerce européen : les marchands de sel et d'épices, les boulangers, épiciers, forgerons, et les artisans, les couturières, les changeurs d'argent, les charretiers, les étudiants ambulants et les clercs, ainsi que les prostituées, les proxénètes, les entremetteuses, les joueurs de dés, et les voleurs qui peuplaient le monde interlope des bordels et des tavernes qui servent de décor à tant de scènes. Les fabliaux regorgent de bons à rien, de parasites comme cet anti-héros désargenté qui erre de ville en ville et mange à toutes les tables : « De vile en vile aloit toz jors,/ Par chevaliers, par vavassors ; Si mengoit en autruiz ostez[3] » ; et qui admet qu'il gagne sa vie comme « baiseur » professionnel. « Gesui fouterres à loier ». Les fabliaux détiennent la clé des habitudes des gens du Moyen Age, de la façon dont les hommes et les femmes travaillaient, voyageaient, mangeaient (quel menu précis), se lavaient, dormaient, faisaient l'amour (dans quelle position), éliminaient, s'essuyaient le pos-

---

3. *Du Foteor*, éd. A. de Montaiglon et G. Raynaud, *Recueil général et complet des fabliaux*, 6 vol., Paris, 1872-1890, t. I, p. 304. Les pièces qui ne figurent pas dans le présent volume sont, sauf indication contraire, citées ici d'après cette édition. Toutefois, beaucoup peuvent désormais être lues dans le *Nouveau Recueil complet des fabliaux (NRCF)*, publié par Willem Noomen et Nico Van den Boogaard, 6 vol. parus, Assen, 1983-1991.

térieur, s'habillaient, se coiffaient, se maquillaient. Ils forment pratiquement un catalogue non seulement des « arts et métiers » de la France médiévale, mais aussi des couches de la société : ecclésiastiques et laïcs, paysans et citadins, nobles, bourgeois, et vilains. A une exception près, et de taille : les fabliaux mettent rarement en scène (ce que fait pourtant *Trubert*) les grands princes féodaux, les barons et les ducs qui dominent l'épopée et le roman ; et le roi de France en est totalement absent.

Les fabliaux fournissent une vision unique du foyer conjugal naissant, de l'organisation des tâches domestiques, et de la façon dont les individus vivant sous le même toit cohabitent dans ce qui est la version embryonnaire du noyau familial moderne. Comme la comédie antique, le conte comique médiéval est la forme littéraire adaptée à la représentation de la famille, dépeignant la vie privée du ménage du XIIIᵉ siècle. Ils nous donnent accès au foyer des riches bourgeois. Et surtout, ils nous font entrer dans leur chambre à coucher, et nous offrent ainsi un point de vue privilégié sur le vie érotique médiévale ainsi que sur l'imagination de cette période formatrice de l'histoire de la sexualité occidentale. On oppose souvent les fabliaux aux formes médiévales plus courtoises que sont la poésie lyrique et le roman, avec leurs femmes idéalisées, presque virginales, et les longues souffrances de leurs chevaliers et poètes. Pourtant, les deux genres, réaliste et idéaliste, ont en commun l'obsession de l'érotisme, qui est simplement présenté sous ses divers aspects dans ces formes littéraires si distinctes. Parmi les 150 thèmes environ que Per Nykrog a relevés dans les fabliaux, 106 peuvent être qualifiés d'érotiques ; et parmi ceux-ci, 40 mettent en scène un triangle adultérin[4].

L'érotisme des fabliaux rentre dans le cadre d'une sensualité généralisée, d'un « matérialisme hédoniste » (Charles Muscatine) qui combine le goût de l'argent et des biens, de la bonne chère et du bon vin, des bains (qui fonctionnent souvent comme aphrodisiaque), et de l'amour charnel. De fait, il se manifeste sous sa forme physique sans équivoque, libre de tout problème et de toute entrave, ce qui semble être un aspect essentiel de la saine satisfaction des appétits humains. Car malgré le fait que

---

4. Per Nykrog, *Les Fabliaux. Étude d'histoire littéraire et de stylistique médiévale* (Copenhagen : Munksgaard, 1957), chap. II.

cette expression apparemment libérée va par définition à l'encontre de la prohibition du plaisir sexuel par l'Eglise, même dans le mariage, l'érotisme des fabliaux est « normal », presque à l'excès. Les personnages-types – la femme frivole et les prêtres lubriques, les jeunes filles innocentes et les fourbes séducteurs – manquent remarquablement d'imagination perverse. Il n'y a dans les fabliaux aucune trace d'homosexualité, de sodomie, de sadisme, de masochisme, de fellation, d'inceste ou de travestisme[5]. La manière dont les copulateurs libidineux sont représentés en action est elle aussi conventionnelle à l'extrême, et il est rarement fait mention de toute position que désapprouverait le plus orthodoxe des missionnaires[6].

Si les fabliaux relèvent d'une transgression, c'est celle de la liaison adultère. Des 81 contes qui dépeignent des scènes conjugales, 58 racontent l'histoire d'un adultère ou d'une tentative de séduction. Parmi ceux-ci, l'homme, comme le mari de « La Saineresse », est plus souvent cocu que la femme. Généralement, les fabliaux montrent des femmes dont la libido dépasse celle des hommes, un déséquilibre qui s'inscrit dans la tradition misogyne médiévale inaugurée par les premiers Pères de l'Eglise, et qui conçoit la femme comme source de la tentation. Nous trouvons de nombreux exemples de ce qui semble être un féroce appétit sexuel féminin. La veuve éplorée, dans « De Celle qui

5. On trouve une exception notable au thème du travestisme dans le fabliau « De Frere Denise », où l'adoption volontaire des vêtements du sexe opposé n'a pas pour but d'obtenir une gratification sexuelle, mais fait partie d'une ruse de déguisement. *Richeut*, que certains considèrent comme le premier fabliau, contient par contre parmi les prouesses sexuelles épiques de Sanson, fils de la prostituée, un libertinage digne d'un Casanova et à la limite de l'inceste : « I[l] fout la niece et puis la tante,/ Puis les sorors... La mere fout et puis la fille/ Et les coisines » (*Richeut*, éd. I. C. Lecompte, *The Romanic Review* 4 [1913], 261-305), vv. 934, 943. « Du Sot Chevalier », qui n'apparaît pas dans cette anthologie, fait référence au coït anal, suggestion qui est résolument rejetée.

6. Ainsi dans « De la Pucelle qui voloit voler », il est vaguement indiqué que le séducteur fourbe qui promet à une innocente jeune fille de lui fabriquer un oiseau en copulant avec elle, pénètre par derrière : « Ele se met a recoillons ;/ Il il embat jusqu'as coillons/ Le vit ou con sanz contredit./ Et la damoisele li dit/ Et demande ice que est ;/ Il dit que la queue li met : » (Montaiglon, IV, p. 209). On trouve aussi dans *Richeut* une scène qui exige une grande dextérité et qui requiert une bonne dose d'imagination de la part des traducteurs : « Sanson les fout totes sovines,/ Les genoz croist bien,/ A bachet e a pissechien./ Plus set Sansons,/ Car il les croist a estupons » (v. 945).

se fist foutre sur la fosse de son mari », rencontre le valet d'un chevalier errant et le supplie de lui donner « la petite mort » sur la tombe de son mari à peine décédé (Montaiglon, III, p. 118-122). La femme adultère dans « Du prestre qui fu repus deriere l'escrin » couche de toute évidence avec le prêtre du village, avec un jeune « valet », et avec son mari tout à la fois (Montaiglon, IV, p. 47-52). La femme exigeante de « C'est de la Dame qui aveine demandoit pour Morel sa provende avoir » ne laisse aucune paix à son mari la nuit :

> *Cilz s'aparoille et monte sus*
> *Qu'amont, qu'aval, que sus que jus ;*
> *Ainsis fist à pou de sejour*
> *Dès le couchier jusques au jour.* (Montaiglon, I, p. 324)

Elle finit par l'épuiser complètement :

> *Cilz fu trop laches et suciéz*
> *Frailles, vuis et tous espichiez,*
> *Et toute la mole des os*
> *Li fuissue de son cors.*
> *Qui n'ot ne force ne vertus ;* (Montaiglon, I, p. 326)

L'exception notable à la règle de l'insatiabilité des femmes est, bien sûr, l'exemple du clergé – le curé de la paroisse, le sacristain de l'abbaye – qui sont, dans la littérature de l'époque, souvent représentés comme efféminés ou alliés aux femmes. S'il y a une chose sur laquelle on peut compter dans cet univers plein de surprises et de coups de théâtre comiques, c'est bien sûr la durable intensité du désir sexuel des femmes et des prêtres à la fois. De nombreux clercs sont en fait appelés Constant parce qu'ils sont des voisins persistants, « envahissants », pleins d'énergie, constamment prêts à apparaître chaque fois que le mari quitte le foyer.

Comme dans les formes courtoises où l'acte sexuel n'est pas mentionné directement pour des raisons de bienséance, l'acte lui-même est rarement représenté dans les fabliaux. A la rapidité de la description, qui est un élément stylistique du conte comique, correspond la rapidité de l'accouplement. Le guérisseur lubrique de « La Saineresse » a trois rapports sexuels en l'espace de deux lignes seulement : « en un lit l'avoit estendue/ tant que il l'a trois foiz foutue ». De la même façon, le prêtre

impatient dans « Du Prestre et d'Alison » monte et démonte en
moins de temps qu'il n'en faut pour dire une prière : « Une foiz
la fout, en mains d'eure/ Que l'en eüst chanté un'eure[7] ». Parmi
les fabliaux dans cette collection, qui sont les plus érotiques du
genre tout entier, un seul s'étend un peu longuement sur le plaisir
sexuel, un plaisir qui dans ce cas précis est le produit d'une
certaine ignorance de l'acte. Ainsi la fille naïve dans « De
l'Escuiruel », persuadée par son amant que son pénis est un
écureuil qui cherche des noix dans son vagin, encourage la petite
bête avec enthousiasme :

> *Son escuiruel li mist el con.*
> *Li vallès ne fu pas vilains :*
> *Il commence à mouvoir des rains ;*
> *De retrere et de bien empaindre*
> *Ne se voloit il mie faindre,*
> *Et cele cui il mout plesoit,*
> *En riant dist : « Que Dieu i soit !*
> *Sire escuiruel, or del cerchier !*
> *Bones nois puissiez vous mengier !*
> *Or cerchiez bien et plus parfont*
> *Jusques iluec où eles sont,*
> *Quar, par la foi que doi ma teste,*
> *Moust a ci savoreuse beste.* (Montaiglon, V, p. 106)

« De l'Escuiruel » fait exception à la règle qui exige presque
partout ailleurs que les rapports sexuels soient rapidement
décrits, à tel point que l'on commence à se demander en quoi
consiste vraiment le plaisir érotique contenu dans les fabliaux.
Si la jouissance des amants semble « normale » à un degré qui
défie la description prolongée, où se trouve alors son érotisme ?

Le plaisir érotique naît en premier lieu, du spectacle. Le
« bachelier » dans « Les .II. Changeors », en exposant délibérément le corps de sa maîtresse à son mari, qui est aussi son
meilleur ami, montre clairement que le regard peut être pour les
deux hommes une source de plaisir aussi importante que l'acte
lui-même. L'activité sexuelle du couple est expédiée en un ou
deux vers (« Et firent quanques bon lor fu/ Li uns à l'autre sans

---

7. Vv. 367-368, éd. Ph. Ménard, *Fabliaux français du Moyen Age*, Genève, Droz,
1979, p. 69.

refu» [Montaiglon, I, p. 245]), tandis que le poète s'étend longuement sur l'examen quasi emblématique du corps féminin :

> *Mès cil remoustre tout à tire*
> *Piéz et jambes, cuisses et flans,*
> *Les hanches et les costéz blans,*
> *Les mains, les braz, et les mamelles,*
> *Qu'ele avoit serrées et belles,*
> *Le blanc col et la blanch gorge.* (Montaiglon, I, p. 248)

Même lorsque les personnages des fabliaux ne tirent personnel-
lement aucun plaisir du spectacle, ils sont souvent placés de telle
sorte que le plaisir du lecteur émane du spectacle de leur gêne
à être obligés de regarder. Le prêtre concupiscent dans « Du
Clerc qui fu repus deriere l'escrin » est chagriné d'être forcé à
se dissimuler dans un endroit d'où il observe sa maîtresse faire
l'amour avec un homme plus jeune. De la même façon, dans du
« Du Prestre qui abevete », un certain plaisir par procuration vient
du spectacle du vilain, expulsé de sa maison par ruse, et qui
regarde sa femme faire l'amour avec le malin prêtre du village.

Si le spectacle des rapports sexuels explique en partie l'effet
érotique des fabliaux, l'imagination peut elle aussi être une
source de stimulation érotique. Le prêtre lubrique dans « Du
Prestre et d'Alison » jouit par anticipation de ce qu'il imagine
être une nuit avec une jeune vierge. Le forgeron dans « Du Fevre
de Creeil » est stimulé en imaginant le désir que provoquera
chez sa femme le pénis de son apprenti :

> *Et pensa, se sa fame set,*
> *Qui tel ostil mie ne het*
> *Com Gautiers lor serjant porte,*
> *Ele voudroit miex estre morte*
> *Qu'ele ne s'en féist doner.* (Montaiglon, I, p. 233)

Les rêves sont également une source d'érotisme. La jeune fille
apparemment innocente dans « La Damoisele qui sonjoit » rêve
qu'un jeune homme lui fait l'amour tandis qu'elle dort (« .III.
foiz l'a foutue en dormant »), le trouve effectivement couché à
côté d'elle, sur quoi elle demande qu'il en fasse autant à son
réveil : « Mais or me faites autretant,/ par acorde, com en
dormant » (vv. 33-34). « Le Moine » raconte le rêve d'un chaste
moine lâché dans un marché où l'on vend des organes sexuels

féminins. Son pendant, « Le Sohait des Vez » de Jean Bodel, raconte l'histoire d'une femme à la sexualité refoulée qui rêve une nuit d'un « marché au vits » où on vend des phallus « en gros et au détail » à des prix allant de 10 sous pour une petite taille, à 30 pour « un bon poids », jusqu'à 50 pour « un magnifique ». L'érotisme des fabliaux oniriques, ainsi que l'humour, dérive de la description détaillée des organes sexuels eux-mêmes.

Nous arrivons ici à un élément important de l'érotisme des fabliaux, c'est-à-dire une extravagante célébration du corps, et particulièrement des organes sexuels. De fait, les créateurs du conte comique tirent autant de plaisir de la description des parties génitales que de n'importe quel acte sexuel. Ainsi l'auteur de « Du Fevre de Creeil » invoque le thème bien connu de la *Natura Creatrix* pour décrire en détail « l'outil bien afûté » aux proportions épiques de l'apprenti du forgeron :

> *Quar tel vit portoit, san mentir,*
> *Qui moult ert de bele feture.*
> *Quar toute i ot mise sa cure*
> *Nature qui formé l'avoit ;*
> *Devers le retenant avoit*
> *Plain poing de gros et .II. de lonc ;*
> *Jà li treus ne fust si bellonc,*
> *Por tant que dedanz le méist,*
> *Qu'aussi roont ne le féist*
> *Com s'il fust fèz à droit compas...*
> *Tozjors en aguisant se tient*
> *Por retrère delivrement,*
> *Et fut rebraciez ensement*
> *Come moines qui jete aus poires,*
> *Ce sont paroles toutes voires,*
> *Rouges come oingnon de Corbueil ;*
> *Et il avoit si ouvert l'ueil*
> *Por rendre grant plenté de sève,*
> *Que l'en li péust une fève*
> *Lombarde très parmi lancier*
> *Que jà n'en lessast son pissier...* (Montaiglon, I, pp. 231-232)

« De l'Anel qui faisoit les vits grans et roides » tourne autour du personnage d'un prêtre dont le membre reste, à l'émerveil-

lement de tous, en perpétuel état d'érection. « Des .III. Dames
qui trouverent .I. vit » dépeint trois pèlerines qui se disputent
pour savoir laquelle gardera un pénis découvert sur le bord de
la route de leur pélerinage. L'organe est aussi l'objet de la
convoitise de l'abbesse d'une maison religieuse toute proche,
qui prétend y reconnaître le marteau volé à la porte de l'abbaye :
« C'est le toraill de nostre porte/ Qui l'autre jour fu adiré »
(Montaiglon, V, p. 35). « Les .IIII. Souhais Saint Martin », l'histoire d'un vilain qui laisse sa femme faire le premier de quatre
souhaits merveilleux – qu'il soit couvert de verges (« Que vous
soiez chargiez de vis ») – contient pratiquement un hymne au
pénis : « Li vit li saillent par le nez/ Et par la bouche de delez ;/
Si ot vit lonc et vit quarré,/ Vit gros, vit cort, vit reboulé,/ Vit
corbe, vit agu, vit gros ;/ Sor le vilain n'ot si dur os/ Dont vit
ne saillent merveillous » (Montaiglon, V, pp. 203-205).

Les fabliaux célèbrent les organes génitaux féminins avec un
enthousiasme qui tient de l'adoration et qui égale celui réservé
aux hommes. Le mari des « .IIII. Souhais », couvert de phallus,
souhaite un sort similaire pour sa femme, qui est immédiatement
couverte d'autant de vagins :

> *Si ot con de mainte maniere*
> *Et con devant et con derriere,*
> *Com tort, con droit et con chenu,*
> *Et con sanz poil et con velu,*
> *Et con pucel, et con estrait,*
> *Et con estroit, et con bien fait,*
> *Et con petit, et con aorce,*
> *Et con parfont et con seur boce,*
> *Et con au chief, et con aux peiz.* (Montaiglon, V, p. 206)

Le « Débat du con et du cul » témoigne de la puissance de
séduction de l'organe féminin, qui, en débat avec l'anus, se
vante, « Je faz agenoillier les contes,/ Les chastelains et les
viscontes » (Montaiglon, II, p. 135), tout comme le « Dit des
Cons » chante les louanges du pouvoir du vagin : « Por ce
sommes à lui enclin ;/ Contre le con ne vaut engin » (Montaiglon,
I, p. 139).

Cette étude, si brève soit-elle, de la délectation dont font
l'objet les parties génitales masculines et féminines signale le
plaisir érotique qui, pour le poète des fabliaux, réside dans le

langage. Le conte comique célèbre sans doute le corps dans
toutes ses cavités et toutes ses protubérances, mais il contient
aussi une bonne part de jouissance liée à la transgression linguistique et qui se traduit par l'utilisation de termes décrivant
les parties du corps. On tire plaisir par exemple de la répétition
de mots interdits. La jeune fille de « De l'Escuiruel », contre le
conseil de sa mère de ne jamais nommer « la chose qui pend
entre les jambes des hommes » (« Et une chose vous desfent...
Que ja ne nommez cele rien/ Que cil homme portent pendant »),
est tout aussi excitée par la répétition du mot que par l'acte
lui-même :

> *« Vit », dis ele, « Dieu merci, vite !*
> *Vit dirai je, cui qu'il anuit,*
> *Vit, chetive ! vit dist mon pere,*
> *Vit dist ma suer, vit dist mon frere,*
> *Et vit dist nostre chamberiere,*
> *Et vit avant et vit arriere*
> *Nomme chascuns à son vouloir. »* (Montaiglon, V, p. 103)

Il y a dans les fabliaux une évidente exultation à parler des
organes sexuels, et aussi à les nommer. On peut en fait identifier tout un sous-groupe de contes fondés sur l'euphémisme où
l'on désigne par un autre nom le pénis ou le vagin, comme pour
leur donner une vie propre grâce à ce geste linguistique. Le mari
de « C'est de la Dame qui aveine demandoit por Morel sa provende avoir », par exemple, se lamente que la force de l'habitude
a entraîné la disparition de l'érotisme conjugal. (« Orent entr'aux
.II. establie,/ Si vos dirai la mencolie ») ; et il demande à sa
femme de participer avec lui à un jeu de noms :

> *« Toutes fois qu'avec moi seras,*
> *Soit en lit ou en autre place,*
> *Et tu vourras que je te face*
> *Se jolif mestier amouroux :*
> *Se me diras : Biax frères doux,*
> *Faites Moriax ait de l'avainne. »* (Montaiglon, I, p. 320)

La vie sexuelle du couple s'en trouve revigorée, comme si de
tels jeux de mots étaient les préliminaires érotiques nécessaires
à l'excitation sexuelle qui s'ensuit.

Ainsi donc, la jeune fille dans « De la Damoiselle qui ne pooit oïr parler de foutre » surmonte elle aussi sa pudeur, et se trouve excitée en nommant son anatomie. Alors que son amant frôle son corps de la main et va aux renseignements (« Et Davïez sa main avale/ .../ bien taste tot o la main destre,/ puis demande que ce puet estre »), elle transforme son *mons veneris* en pâturage (« c'est mes prez »), son vagin en fontaine (« Ce est, fait ele, ma fontaine »), et son anus en corne vigilante (« C'est li cornerres qui la garde ») (vv. 134-152). David, caressé à son tour, prétend que son pénis en érection est un destrier (« Dame, fet cil, c'est mes polains ») et que ses testicules sont deux gardes (« ... ce sont dui mareschal,/ qui ont a garder mon cheval »). Ce jeu élaboré de nomination se termine, bien sûr, par la requête érotique : « Davi, met lou en mon pré pestre,/ ton biau polain, se Deus te gart » (vv. 173-189). Si la demoiselle pudique dans « De la damoiselle qui ne pooit oïr parler de foutre » est au départ effrayée par le langage, et si la demoiselle dans « De l'Escuiruel » parle trop, elles sont néanmoins unies par une expérience commune, celle de l'excitation suscitée par la désignation de l'organe sexuel par un terme autre que le mot juste.

Il y a, chez ces demoiselles pudiques pour qui le jeu linguistique est le prélude nécessaire à l'activité sexuelle, quelque chose qui caractérise l'érotisme des fabliaux d'une manière générale ; c'est le plaisir extrême que le poète, et l'auditoire aussi, vraisemblablement, tire du jeu de mots sur les organes sexuels, qui sont comparés à toutes sortes de choses. Le conte comique est une véritable mine de termes désignant l'expérience érotique, qui consiste en partie à se délecter de cette pratique linguistique et métaphorique. Ainsi le membre viril est appelé « rien », une « chose », un « ostil » (outil), un « tueil » (tuyau), un « bon bourdon » (bâton), un « fuisil » (pierre à feu), une « loche » (louche), une « pendeloche », une « andouille », un « plonjon » (oiseau), un « toraill » (verrou). Il est comparé à une lance, un pieu, une broche, un bélier (boutoir ?). Les testicules sont appelés « pendans », un « hernois » (équipement), un « afère », une « bourse », un « sac », un « sachet », des « grenottes » (oignons de fleurs), un « maillaus » (maillet, battant), un « luisiaus » (peloton), des « oes » (œufs), des « roignons », des « jumaus », des « mareschaux ». Les organes sexuels féminins comme nous l'avons vu, deviennent une « fontaine », ailleurs un cheval nommé « Morel » (Noiraud), un « cochon de lait », un

« pertuis », un « seuil », un « anneau », une « vallée », une « blessure », et une « petite souris » (« sorisette »).

Lorsqu'il s'agit de nommer l'acte sexuel, les poètes des fabliaux ne sont pas moins inventifs, car il n'existe presque aucun aspect de l'expérience humaine qui ne puisse être comparé au sexe[8]. On trouve ainsi un large éventail de termes appartenant au domaine des relations sociales, de la justice, et de la guerre : « piercer », « poindre », « ferir et heurter », « geter les cops le roi », « doner de la corgie » (du fouet), « ferir des cops », « assaillir », « faire assaut », « conbatre », « purfendre sa banere », « chevauchier en loge » (chevaucher à l'intérieur), « remonter... sans frains et sans sele », « estraindre l'ive » (la jument). On trouve aussi des termes liés à la nourriture et la boisson : « poulain pestre et abrever », « le daerrain mès » (le dernier mets), « avoir du bacon », « faire en rost », « aletier » (alaiter), « estre brochie » (être mis en perce), « aforer son tonel » (mettre son tonneau en perce) ; de termes qui se rapportent à l'agriculture et surtout aux plantations : « courtil semer », « rebiner sun guaret » (biner son champ), « tondre », « fouler la vendenge », « prendre le warnehot » (?) ; de termes qui désignent des postures et des mouvements inhabituels : « (r)embroncher », « retorner », « movoir les rains », « culoner », « culeter » ; et finalement, toute une panoplie de termes divers qui témoignent d'une créativité linguistique qui annonce celle de Rabelais : « euvre le porte », « tabourer au tabour », « croistre », « aprendre la medecine », « garir des maus », « fourbir l'anel », « mesurer la longhece », « forgier », « estre vertoillie », « avoir ointes ses valieres » (ses petites vallées). Certaines des métaphores rattachées à l'acte sexuel semblent en effet appartenir à un folklore médiéval dont la signification précise s'est perdue, ce qui n'empêche pas le lecteur moderne de voir en gros de quoi il s'agit ; ainsi les curieuses *figurae veneris* de *Richeut* (« A bachet et a pissechien »), et, ailleurs, les mystérieux « prendre à la torcoise » (à la turque), « faire le ravescot », « ramener le con de Rome », et les « mateculer », « cotener », « herdiier » et « creponer » de Gautier le Leu.

---

8. On peut trouver un excellent inventaire de ces termes, sur lesquels se fonde cette étude, dans l'ouvrage de Charles Muscatine : *The Old French Fabliaux* (New Haven : Yale University Press, 1986), pp. 105 *sq.*

Les linguistes affirment que le lexique d'une langue peut servir d'index de la culture, de ce qui est important pour une société donnée, et de la façon dont cette information est organisée. La culture esquimau, pour citer un exemple devenu classique, possède une richesse de termes pour désigner différentes sortes de neige. En ce qui concerne le Moyen Age, les historiens se tournent vers la « chanson de geste » comme une sorte de musée de guerre médiéval rempli de termes précis désignant les armes, le protocole militaire, et les manœuvres. Le riche vocabulaire érotique des fabliaux offre, quant à lui, une vision privilégiée du sensualisme qui caractérise la culture populaire médiévale. Ce monde contre-culturel est une composante essentielle d'une tradition vivante, qui célèbre la vie pourrait-on dire. Car les poètes des fabliaux cherchent, par-dessus tout, à faire parler le corps, voire dépeignent ouvertement des organes sexuels doués de parole. Ainsi le « Débat du con et du cul » sur la question de savoir quel orifice est le plus important ; et le « Chevalier qui fist parler les Cons », qui est sans doute la source des « Bijoux indiscrets » de Diderot, et qui fait explicitement une analogie entre donner la parole au corps et l'art du jongleur. Il s'agit d'un conte où la générosité d'un chevalier est récompensée par l'octroi de dons magiques de la part d'une demoiselle merveilleuse. Le don, premièrement, du divertissement (vv. 208-213). Et plus particulièrement la capacité de plaire aux autres en faisant parler le corps (vv. 218-222). C'est comme si le poète voulait suggérer que l'érotisme des fabliaux est indissociable du pouvoir de donner une voix au corps, de procurer du plaisir à autrui, et qui est, en droite ligne avec la perpétuelle requête du jongleur qui veut voir son spectacle récompensé, une source abondante de richesses pour ceux qui savent comment divertir les autres, comment les aguicher, et les faire rire.

R. Howard BLOCH
(University of California, Berkeley).

TABLE

IMPRIMÉ EN FRANCE PAR BRODARD ET TAUPIN
La Flèche (Sarthe).
N° d'imprimeur : 26217 – Dépôt légal Éditeur : 52202-09/2004
Édition 03
LIBRAIRIE GÉNÉRALE FRANÇAISE – 31, rue de Fleurus – 75278 Paris cedex 06.

ISBN : 2 - 253 - 06001 - 1   ✦ 30/4532/5